冯其庸评点《红楼梦》二

曹雪芹 著
无名氏 续
冯其庸 评点

青岛出版社

第十九回　　情切切良宵花解语
　　　　　　意绵绵静日玉生香[一]

话说贾妃回宫，次日见驾谢恩，并回奏归省之事。龙颜甚悦，又发内帑彩缎金银等物，以赐贾政及各椒房等员，不必细说。

且说荣、宁二府中因连日用尽心力，真是人人力倦，各各神疲，_{写出一场大事之背面情状，却是追魂摄魄之笔，恰如景阳冈武松打虎以后神疲力尽之状。}又将园中一应陈设动用之物收拾了两三天方完。第一个凤姐事多任重，别人或可偷安躲静，独他是不能脱得的；二则本性要强，不肯落人褒贬，只扎挣着与无事的人一样。_{凤姐亦已筋疲力尽，只是本性要强好胜，强撑场面耳。数句又写出凤姐性格。}

第一个宝玉是极无事最闲暇的。偏这日一早，袭人的母亲又亲来回过贾母，接袭人家去吃年茶，晚间才得回来。_{脂批："一回一回各生机轴，总在人意想之外。"}因此，宝玉只和众丫头们掷骰子赶围棋作戏。正在房内顽的没兴头，忽见丫头们来回说："东府珍大爷来请过去看戏、放花灯。"宝_{一片新正气象，令人受到感染。}

玉听了，便命换衣裳。才要去时，忽又有贾妃赐出糖蒸酥酪来；宝玉想上次袭人喜吃此物，便命留与袭人了。自己回过贾母，过去看戏。

谁想贾珍这边唱的是《丁郎认父》《黄伯央大摆阴魂阵》，更有《孙行者大闹天宫》《姜子牙斩将封神》等类的戏文，倏尔神鬼乱出，忽又妖魔毕露，甚至于扬幡过会，号佛行香，锣鼓喊叫之声远闻巷外。脂批："形容克剥之至，弋扬腔能事毕矣。阅至此则有如耳内喧哗，目中离乱。后文至隔墙闻'袅晴丝'数曲，则有如魂随笛转，魄逐歌销。形容一事，一事毕真，石头是第一能手矣。"满街之人，个个都赞："好热闹戏，别人家断不能有的。"宝玉见繁华热闹到如此不堪的田地，只略坐了一坐，便走开各处闲耍。先是进内去和尤氏和丫鬟姬妾说笑了一回，便出二门来。

一段合情合理之文，写出一番新正气象。尤氏等仍料他出来看戏，遂也不曾照管。贾珍、贾琏、薛蟠等只顾猜枚行令，百般作乐，也不理论，纵一时不见他在座，只道在里边去了，故也不问。至于跟宝玉的小厮们，那年纪大些的，知宝玉这一来了，必是晚间才散，因此偷空也有去会赌的，也有往亲友家去吃年茶的，更有或嫖或饮的，都私散了，待晚间再来；那小些的，都钻进戏房里瞧热闹去了。

宝玉见一个人没有，因想"这里素日有个小书房，内曾挂着一轴美人，极画的得神。今日这般热闹，想那里自然无人，〔二〕那美人也自然是寂寞的，须得我去望慰他一回。"脂批："极不通极胡说中，写出绝代情痴，宜乎众人谓之疯傻。"想着，便往书房

第十九回　情切切良宵花解语　意绵绵静日玉生香

里来。刚到窗前，闻得房内有呻吟之韵。宝玉倒唬了一跳：敢是美人活了不成？_{道真当时情态。}乃乍着胆子，舔破窗纸，_{神情如画。}向内一看，那轴美人却不曾活，却是茗烟按着一个女孩子，也干那警幻所训之事。宝玉禁不住大叫："了不得！"_{一场极秘极密之事，却遭宝玉大叫大嚷。}一脚踹进门去，将那两个唬开了，抖衣而颤。_{想见当时两人惊吓情状。}

茗烟见是宝玉，忙跪求不迭。宝玉道："青天白日，这是怎么说？珍大爷知道，你是死是活？"_{确是实情，非虚声恫吓也。}一面看那丫头，虽不标致，倒还白净，些微亦有动人处，羞的脸红耳赤，低首无言。宝玉跺脚道："还不快跑！"_{脂批："此等搜神夺魄，至神至妙处，只在囫囵不解中得。"}一语提醒了那丫头，飞也似去了。宝玉又赶出去，叫道："你别怕，_{如此提醒，确是宝玉，再加一句，更传宝玉之神。}我是不告诉人的。"_{脂批："活宝玉，移之他人不可。"}急的茗烟在后叫："祖宗，这是分明告诉人了！"_{一段追魂夺魄之笔。}宝玉因问："那丫头十几岁了？"茗烟道："大不过十六七岁了。"宝玉道："连他的岁属也不问问，别的自然越发不知了。可见他白认得你了。可怜，可怜！"

脂批："按此书中写一宝玉，其宝玉之为人，是我辈于书中见而知有此人，实未目曾亲睹者。又写宝玉之发言，每每令人不解；宝玉之生性，件件令人可笑。不独于世上亲见这样的人不曾，即阅今古所有之小说奇传中，亦未见这样的文字。于罄儿处更为甚。其囫囵不解之中实可解，可解之中又说不出理路，合目思之，却如真见一宝玉，真闻此言者，移之第二人万不可，亦不成文字矣。余阅《石头记》中至奇至妙之文，全在宝玉罄儿至痴至呆囫囵不解之语中，其诗词雅谜酒令，奇衣奇食奇玩等类，固他书中未能，然在此书中评之，犹为二着。"

按此段脂批实含最初之典型论思想。以下尚有数段，当于后文详论。

又问："名字叫什么？"茗烟大笑道："若说出名字来话长——真真新鲜奇文，竟是写不出来的。_{脂批："若都写的出来，何以见此书中之妙？脂砚。"}据他说，他母亲养他的时节做了个梦，梦见得了一匹锦,上面是五色富贵不断头卍字的花样。

脂批:"千奇百怪之想,所谓牛溲马勃皆至药也,鱼鸟昆虫皆妙文也。天地间无一物不是妙物,无一物不可不成文,但在人意舍取耳。此皆信手拈来,随笔成趣,大游戏,大慧悟,大解脱之妙文也。"

所以他的名字叫作卍儿。"宝玉听了笑道:"真也新奇,想必他将来有些造化。"说着,沉思一会。

茗烟因问:"二爷为何不看这样的好戏?"宝玉道:"看了半日,怪烦的,出来逛逛,就遇见你们了。这会子作什么呢?"茗烟欻欻笑道:"这会子没人知道,我悄悄的引二爷往城外逛逛去,一会子再往这里来,他们就不知道了。"脂批:"茗烟此时只要掩饰方才之过,故设此以悦宝玉之心。"宝玉道:"不好,仔细花子拐了去。便是他们知道了,又闹大了,不如往熟近些的地方去,还可就来。"茗烟道:"熟近地方,谁家可去?这却难了。"宝玉笑道:"依我的主意,咱们竟找你花大姐姐去,瞧他在家作什么呢。"

脂批:"妙。宝玉心中早安了这着,但恐茗烟不肯引去耳,恰遇茗烟私行淫媾,为宝玉所胁,故以城外引以悦其心,宝玉始说出往花家去,非茗烟适有罪所胁,万不敢如此私引出外,别家子弟尚不敢私出,况宝玉哉!况茗烟哉!文字榫楔细极。"

茗烟笑道:"好,好!倒忘了他家。"又道:"若他们知道了,说我引着二爷胡走,要打我呢?"宝玉道:"有我呢。"茗烟听说,拉了马,二人从后门就走了。

幸而袭人家不远,不过一半里路程,展眼已到门前。茗烟先进去叫袭人之兄花自芳。彼时袭人之母接了袭人与几个外甥女儿、脂批:"一树千枝,一源万派,无意随手,伏脉千里。"几个侄女儿来家,正吃果茶。听见外面有人叫"花大哥",花自芳慌忙出去看时,见是他主仆两个,唬的惊疑不止,

宝玉看袭人,固见袭人亲密,然更见宝玉心中眼中,并不以贵贱分也。

第十九回　情切切良宵花解语　意绵绵静日玉生香

连忙抱下宝玉来，在院内嚷道："宝二爷来了！"别人听见还可，袭人听了，也不知为何，忙跑出来迎着宝玉，一把拉着问："你怎么来了？"宝玉笑道："我怪闷的，来瞧瞧你作什么呢。"袭人听了，才放下心来，嗐了一声，笑道："你也忒胡闹了，可作什么来呢！"一面又问茗烟："还有谁跟来？"茗烟笑道："别人都不知，就只我们两个。"袭人听了，复又惊慌，说道："这还了得！倘或碰见了人，或是遇见了老爷，街上人挤车碰，马轿纷纷的，若有个闪失，也是顽得的！你们的胆子比斗还大。都是茗烟调唆的，回去我定告诉嬷嬷们打你。"茗烟撅了嘴道："二爷骂着打着，叫我引了来，这会子推到我身上。我说别来罢，——不然我们还去罢。"花自芳忙劝："罢了，已是来了，也不用多说了。只是茅檐草舍，又窄又脏，爷怎么坐呢？"

袭人之母也早迎了出来。袭人拉了宝玉进去。宝玉见房中三五个女孩儿，见他进来，都低了头，羞惭惭的。花自芳母子两个百般怕宝玉冷，又让他上炕，又忙另摆果桌，又忙倒好茶。袭人笑道："你们不用白忙，我自然知道。果子也不用摆，也不敢乱给东西吃。"一面说，一面将自己的坐褥拿了铺在一个机上，宝玉坐了；用自己的脚炉垫了脚；向荷包内取出两个梅花香饼儿来，又将自己的手炉掀开焚上，仍盖好，放与宝玉怀内；然后将自己的茶杯斟了茶，送与宝玉。

脂批："叠用四'自己'字，写得宝袭二人素日如何亲洽，如何尊荣，此时一盘托出。盖素日身居侯府绮罗锦绣之中，其安富尊荣之宝玉，亲密浃洽勤慎委婉之袭人，是分所应当，不必写者也。今于此一补，更见其二人平素之情义，且暗透此回中所有母女兄长欲为赎身角口等未到之过文。"

此批提到"留与下部后数十回'寒冬噎酸齑，雪夜围破毡'等处对看"，据此研究家们认为八十回以后雪芹已有撰稿，寒冬两句不仅是后部宝玉情节，其文字也可能是后部文字，如此类批语，后文还有，故后部已有撰稿的可能性是存在的。

彼时他母兄已是忙另齐齐整整摆上一桌子果品来。袭人见总无可吃之物，

脂批："补明宝玉自幼何等娇贵，以此一句，留与下部后数十回'寒冬噎酸齑，雪夜围破毡'等处对看，可为后生过分之戒。叹叹！"

因笑道："既来了，没有空去之理，好歹尝一点儿，也是来我家一趟。"说着，便拈了几个松子穰，

脂批："惟此品稍可一拈，别品便大错了。"

吹去细皮，用手帕托着送与宝玉。

宝玉看见袭人两眼微红，粉光融滑，

脂批："八字画出才收泪之一女儿，是好形容，且是宝玉眼中意中。"

问得极细，答得合理。

因悄问袭人："好好的哭什么？"袭人笑道："何尝哭？才迷了眼揉的。"因此便遮掩过了，

脂批："伏下后文所补未到多少文字。"

当下宝玉穿着大红金蟒狐腋箭袖，外罩石青貂裘排穗褂。袭人道："你特为往这里来又换新服，他们

脂批："指晴雯、麝月等。"

就不问你往那去的？"

脂批："必有是问，阅此则又笑尽小说中无故家常穿红挂绿、绮绣绫罗等语，自谓是富贵语，究竟反是寒酸语。"

宝玉笑道："珍大爷那里去看戏换的。"袭人点头。又道："坐一坐就回去罢，这个地方不是你来的。"宝玉笑道："你就家去才好呢，我还替你留着好东西呢。"袭人悄笑道："悄悄的，叫他们听着什么意思。"

所谓"情切切"也。脂批："想见二人素日情常。"

一面又伸手从宝玉项上将通灵玉摘了下来，向他姊妹们笑道："你们见识见识。

脂批："自一把拉住至此，诸形景动作，袭卿有意微露绛芸轩中隐事也。"

时常说起来都当希罕，恨不能一见，今儿可尽力瞧了。再瞧什么希罕物儿，也不过是这么个东西。"

第十九回　情切切良宵花解语　意绵绵静日玉生香

脂批:"行文至此,固好看之极,且勿论。按此言固是袭人得意之话,盖言你等所希罕不得一见之宝,我却常守常见,视为平物。然余今窥其用意之旨,则是作者借此正为贬玉原非大观者也。"

说毕,递与他们传看了一遍,仍与宝玉挂好。又命他哥哥去或雇一乘小轿,或雇一辆小车,送宝玉回去。花自芳道:"有我送去,骑马也不妨了。"袭人道:"不为不妨,为的是碰见人。"袭人细心周到。

花自芳忙去雇了一顶小轿来,众人也不敢相留,只得送宝玉出去。袭人又抓些果子与茗烟,又把些钱与他买花炮放,教他"不可告诉人,连你也有不是"。一直送宝玉至门前,看着上轿,放下轿帘。花、茗二人牵马跟随。来至宁府街,茗烟命住轿,向花自芳道:"须等我同二爷还到东府里混一混,才好过去的,不然人家就疑惑了。"活画出偷偷出来情景。花自芳听说有理,忙将宝玉抱出轿来,送上马去。宝玉笑说:"倒难为你了。"于是仍进后门来。俱不在话下。

却说宝玉自出了门,他房中这些丫鬟们都越性恣意的顽笑,也有赶围棋的,也有掷骰抹牌的,磕了一地瓜子皮。偏奶母李嬷嬷拄拐进来请安,瞧瞧宝玉,见宝玉不在家,丫头们只顾顽闹,十分看不过。脂批:"人人都看不过,独宝玉看得过。"因叹道:"只从我出去了,不大进来,你们越发没个样儿了,可见更宽松了。别的妈妈们越不敢说你们了。那宝玉是个丈八的灯台——照见人家,照不见自家的。只知嫌人家脏,这是他的屋子,由着你们遭塌,

宝玉一出门,丫鬟们都恣意顽笑,亦可见宝玉平时对待她们的情景。

越不成体统了。"〔脂批："所以为今古未有之宝玉。"〕这些丫头们明知宝玉不讲究这些，二则李嬷嬷已是告老解事出去的了，〔脂批："调侃入微，妙，妙。"〕如今管他们不着，因此只顾顽，并不理他。那李嬷嬷还只管问"宝玉如今一顿吃多少饭""什么时辰睡觉"等语。〔神情如画。〕丫头们总胡乱答应。有的说："好一个讨厌的老货！"〔活画世情。〕

李嬷嬷又问道："这盖碗里是酥酪，怎不送与我去？我就吃了罢。"说毕，拿匙就吃。〔倚老卖老，活灵活现。脂批："写聋钟奶妈便是聋钟奶妈。"〕一个丫头道："快别动！那是说了给袭人留着的，回来又惹气了。〔一语重提第八回李嬷嬷吃枫露茶、宝玉摔杯事。〕你老人家自己承认，别带累我们受气。"〔脂批："这等话语声口，必是晴雯无疑。"〕李嬷嬷听了，又气又愧，便说道："我不信他这样坏了。别说我吃了一碗牛奶，就是再比这个值钱的，也是应该的。难道待袭人比我还重？难道他不想想怎么长大了？我的血变的奶，吃的长这么大，如今我吃他一碗牛奶，他就生气了？我偏吃了，看怎么样！你们看袭人不知怎样，那是我手里调理出来的毛丫头，什么阿物儿！"一面说，一面赌气将酥酪吃尽。〔愈说愈气，故偏将酥酪吃尽也。〕又一丫头笑道："他们不会说话，怨不得你老人家生气。宝玉还时常送东西孝敬你老去，岂有为这个不自在的？"〔脂批："听这声口，必是麝月无疑。"〕李嬷嬷道："你们也不必妆狐媚子哄我，打量上次为茶撵茜雪的事我不知道呢。〔索性自己说出为己喝茶撵茜雪事，一肚子积怨，尽情倒出，故有以下之话也。〕明儿有了不是，我再来领！"

〔旁批：不提袭人还罢，一提袭人，则更见李嬷嬷失时冷落。〕

〔旁批：李嬷嬷一段话，活画出一个背时老嬷嬷的声口情状。〕

第十九回　情切切良宵花解语　意绵绵静日玉生香

说着，赌气去了。

少时，宝玉回来，命人去接袭人。只见晴雯躺在床上不动，_{脂批："娇态已惯。"}宝玉因问："敢是病了？再不然输了？"秋纹道："他倒是赢的。谁知李老太太来了，混输了，他气的睡去了。"_{活画出晴雯。}宝玉笑道："你别和他一般见识，由他去就是了。"说着，袭人已来，_{袭人此时已回来。}彼此相见。袭人又问宝玉何处吃饭，多早晚回来，又代母妹问诸同伴姊妹好。一时换衣卸妆。宝玉命取酥酪来，丫鬟们回说："李奶奶吃了。"_{一顿。}宝玉才要说话，袭人便忙笑道："原来是留的这个，_{袭人赶忙掩过。}多谢费心。前儿我吃的时候好吃，吃过了好肚子疼，足闹的吐了才好。他吃了倒好，搁在这里倒白遭塌了。_{脂批："与前文因失手碎钟遥对，通部袭人皆是如此，一丝不错。"}我只想风干栗子吃，你替我剥栗子，我去铺床。"宝玉听了，信以为真，方把酥酪丢开，取栗子来，自向灯前检剥。一面见众人不在房中，乃笑问袭人道："今儿那个穿红的是你什么人？"_{脂批："若是（见）过女儿之后没有一段文字，便不是宝玉，亦枉《石头记》矣。"}袭人道："那是我两姨妹子。"宝玉听了，赞叹了两声。_{脂批："这一赞叹，又是令人闷闷不解之语，只此便抵过一大篇文字。"}袭人道："叹什么？_{脂批："只一叹字，便引出花解语一回来。"}我知道你心里的缘故，想是说他那里配红的。"_{袭人故意激宝玉耳。}宝玉笑道："不是，不是。那样的人不配穿红的，谁还敢穿？我因为见他实在好的很，怎么也得他在咱们家就好了。"_{写出宝玉一片痴情。}_{脂批："妙谈，妙意。"}袭人冷笑道："我一个人是奴才命罢了，难道连我的亲

回应前宝玉去袭人家事，写出宝玉当时想问未问之话，补足宝玉神态。

宝玉一片痴心好意，袭人却连用"奴才"两字逆之，才逼出宝玉下面一句至关紧要的话来，原来宝玉心中意中，一向以平等待人，故虽欲其来，根本未想以"奴才"待之，此意袭人辈安能知之？

戚都是奴才命不成？定还要拣实在好的丫头才往你家来。" 脂批："妙答。宝玉并未说奴才二字，袭人连补奴才二字，最是劲节，怨不得作此语。" 宝玉听了，忙笑道："你又多心了。我说往咱们家来，必定是奴才不成？ 此答确是宝玉之意。虽语势勉强，因无其他关系可说也。脂批曰："勉强如闻。"就其语势论，脂批是，然脂批仅得其表，未悟其意也。 说亲戚就使不得？" 就语势论更勉强。故脂批云："更强。"盖实无此理也。然就宝玉之意而论，确非欲以奴才致之也，故宝玉之言只能如此说。王府本批云："这样妙文，何处得来？非目见身行，岂能如此之确？"予谓王府本批能会其心之所思、语不能达之意，故曰"妙文"。 袭人道："那也般配不上。" 袭人所说，理也，故曰"般配不上"也。宝玉所说，情也。故超于理之上也。

宝玉便不肯再说，只是剥栗子。袭人笑道："怎么不言语了？想是我才冒撞冲犯了你，明儿赌气花几两银子买他们进来就是了。"宝玉笑道："你说的话，怎么叫我答言呢？ 确是无法答言，盖情与理不能相通也。 我不过是赞他好，正配生在这深堂大院里。 此确是宝玉心意，可惜处此浊世，无人能会此意耳。 没的我们这种浊物 脂批："妙号。后文又曰'须眉浊物'之称，今古未有之一人，始有此今古未有之妙称妙号。" 倒生在这里。"

脂批："这皆宝玉意中确实之念，非前勉强之词，所以谓今古未有之人耳。听其囫囵不解之言，察其幽微感触之心，审其痴妄委婉之意，皆古今未见之人，亦是未见之文字；说不得贤，说不得愚，说不得不肖，说不得善，说不得恶，说不得正大光明，说不得混账恶赖，说不得聪明才俊，说不得庸俗平（常），说不得好色好淫，说不得情痴情种，恰恰只有一颦儿可对，令他人徒加评论，总未摸着他二人是何等脱胎，何等心臆，何等骨肉。余阅此书亦爱其文字耳，实亦不能评出此二人终是何等人物。后观'情榜'评曰：'宝玉情不情，黛玉情情'。此二评自在评痴之上，亦属囫囵不解。妙甚。"

此批合前批，实为中国最初之典型论思想，亦世界最初之典型论思想，盖脂砚、畸笏、雪芹之时代，早于马克思、恩格斯一个世纪，吾人能不珍视之乎？

袭人道："他虽没这造化，倒也是娇生惯养的呢，我姨爹姨娘的宝贝。如今十七岁，各样的嫁妆都齐备了，明年就出嫁。"宝玉听了"出嫁"二字，不禁又嗐了两声。 脂批："宝玉心思另是一样，余前评可见。" 正是不自在，又听袭人叹道："只从我来了这几年，姊妹们都不得在一处。如今我要回去了，他们又都去了。" 袭人竟另出奇论。

宝玉听这话内有文章，不觉吃一惊， 宝玉是实心人，闻此自当吃惊。 忙

第十九回　情切切良宵花解语　意绵绵静日玉生香

丢下栗子，问道："怎么，你如今要回去了？"袭人道："我今儿听见我妈和哥哥商议，教我再耐烦一年，明年他们上来，就赎我出去的呢。"脂批："即余今日犹难为情，况当日之宝玉哉！"宝玉听了这话，越发怔了，因问："为什么要赎你？"袭人道："这话奇了！我又比不得是你这里的家生子儿，一家子都在别处，独我一个人在这里，怎么是个了局？"脂批："说得极是。"宝玉道："我不叫你去也难。"脂批："是头一句驳，故用贵公子声口。无理。"袭人道："从来没这道理。便是朝廷宫里，也有个定例，或几年一选，几年一入，也没有个长远留下人的理，别说你了！"如此一驳，更见只有去的理，没有留的理。

袭人说假话却不动声色，侃侃而谈，煞有介事，遂使宝玉不得不信。

宝玉想一想，果然有理。又道："老太太不放你也难。"自己留不住。再提老太太，又进一步。袭人道："为什么不放？我果然是个最难得的，或者感动了老太太、太太，必不放我出去的，设或多给我们家几两银子，留下我，然或有之；其实我也不过是个平常的人，比我强的多而且多。自我从小儿来了，跟着老太太，先服侍了史大姑娘几年，脂批："百忙中又补出湘云来，真是七穿八达，得空便入。"如今又服侍了你几年。如今我们家来赎，正是该叫去的，只怕连身价也不要，就开恩叫我去呢。提出老太太、太太，反而更可能开恩放走，简直愈说愈有理。若说为服侍的你好，不叫我去，断然没有的事。服侍得好，不让去，是第三层意思。那服侍的好，是分内应当的，不是什么奇功。我去了，仍旧有好的来，不是没了我就不成事。"服侍的好也不是不走的理由。脂批："再一驳，更精细，更有理。"宝玉听了这些

脂批："宝玉并不提王夫人，袭人偏自补出，周密之至。"

333

话，竟是有去的理，无留的理，文章如下棋，已使对手陷入死角。心内越发急了，因又道："虽然如此说，我只一心留下你，已无别着，只此最后一着。不怕老太太不和你母亲说。多多给你母亲些银子，他也不好意思接你了。"脂批："急心肠，故入于霸道无理。"袭人道："我妈自然不敢强。且慢说和他好说，又多给银子；就便不好和他说，一个钱也不给，安心要强留下我，他也不敢不依。但只是咱们家从没干过这倚势仗贵霸道的事。这比不得别的东西，因为你喜欢，加十倍利弄了来给你，那卖的人不得吃亏，可以行得。如今无故平空留下我，于你又无益，反叫我们骨肉分离，这件事，提出"骨肉分离"的大题目，更无留的理。且又补出贾府自家慈善宽厚等事。老太太、太太断不肯行的。"脂批："三驳不独更有理。"宝玉听了，思忖半响，脂批："正是思忖，只有去理，实无留理。"乃说道："依你说，你是去定了？"文章至此，已无回旋余地。只有去的理，没有留的理。以前几层，只是从袭人家一方讲，最后一层，是从宝玉一方讲。前两层是理，后一层是情，谁知情亦不能动袭人必去之心，于是宝玉再下此一语也。袭人道："去定了。"宝玉听了，自思道："谁知这样一个人，这样薄情无义。"于是宝玉于绝望之余，乃叹息袭人之薄情无义也。乃叹道："早知道都是要去的，脂批："都是要去的，妙。可谓触类旁通，活是宝玉。"我就不该弄了来，临了剩我一个孤鬼儿。"脂批："可谓见首知尾，活是宝玉。"说着，便赌气上床睡去了。宝玉至此，已无路可走矣。

袭人一路侃侃而谈，只有去理，绝无留理。文章已是山穷水尽，宝玉亦已绝望。然细按以上袭人所说，皆是说理——自己回去的种种充足理由，而未及她本人的心——她本心是否愿意走。宝玉只说他自己不愿她走，而未问袭人心里是否决定要走，故文章尚留有柳暗花明这一途也。

原来袭人在家，听见他母兄要赎他回去，他就说至死也不回去的。这才是袭人的真心真意。以上只是欲激宝玉耳。又说："当日原是你们没饭吃，就剩我还值几两银子，若不叫你们卖，没有个看着老子娘饿死的理。脂批："补出袭人幼时艰辛苦状，与前文之香菱，后文之晴雯，大同小异。自是又副十二

第十九回　情切切良宵花解语　意绵绵静日玉生香

如今幸而卖到这个地方,〖钗中之冠,故不得不补传之。〗〖袭人实以能留贾府为幸也。〗吃穿和主子一样,又不朝打暮骂。况且如今爹虽没了,你们却又整理的家成业就,复了元气。若果然还艰难,把我赎出来,再多掏澄几个钱,也还罢了,其实又不难了。这会子又赎我作什么?权当我死了,再不必起赎我的念头!"〖其实已下定决心不想走。〗因此哭闹了一阵。〖脂批:"以上补在家今日之事,与宝玉问哭一句针对。"〗

他母兄见他这般坚执,自然必不出来的了。况且原是卖倒的死契,〖补明一句。〗明仗着贾宅是慈善宽厚之家,不过求一求,只怕连身价银一并赏了还是有的事呢。二则,贾府中从不曾作践下人,只有恩多威少的。且凡老少房中所有亲侍的女孩子们,更比待家下众人不同,平常寒薄人家的小姐,也不能那样尊重的。因此,他母子两个也就死心不赎了。次后忽然宝玉去了,他二人又是那般景况,〖脂批:"一件闲事,一句闲文皆无,警甚。"〗他母子二人心下更明白了,越发石头落了地,而且是意外之想,彼此放心,再无赎念了。〖脂批:"一段情结。脂砚。"〗

一段交代,无论是袭人还是袭人家里人,都已"再无赎念"了,以上云云,只是袭人故生波澜耳。

如今且说袭人自幼见宝玉性格异常,〖脂批:"四字好,所谓说不得好,又说不得不好也。"〗其淘气憨顽自是出于众小儿之外,更有几件千奇百怪口不能言的毛病儿。〖脂批:"只如此说更好,所谓说不得聪明贤良,说不得痴呆愚昧也。"〗近来仗着祖母溺爱,父母亦不能十分严紧拘管,更觉放荡弛纵,〖脂批:"四字妙评。脂砚。"〗任性恣情,〖脂批:"四字更好。亦不涉于恶,亦不涉于淫,亦不涉于骄,不过一味任性耳。"〗最不喜务正。〖脂批:"这还是小儿同病。"〗每欲劝时,料不能听,

冯其庸评点《红楼梦》

> 袭人以上一段危言耸听,原来为此,则文章又是"柳暗花明又一村"矣。

今日可巧有赎身之论,故先用骗词,以探其情,以压其气,然后好下箴规。今见他默默睡去了,知其情有不忍,气已馁堕。_{袭人实已制服了宝玉。}自己原不想栗子吃的,只因怕为酥酪又生事故,亦如茜雪之茶等事,_{再将前事交代一笔。}是以假以栗子为由,混过宝玉不提就完了。于是命小丫头子们将栗子拿去吃了,自己来推宝玉。只见宝玉〔三〕泪痕满面,_{正是伤心之极,情到无可奈何处也。}袭人便笑道:"这有什么伤心的?你果然留我,我自然不出去了。"_{一语豁然开朗。}宝玉见这话有文章,便说道:"你倒说说,我还要怎么留你,我自己也难说了。"_{前面已是说到再无可说,故如是说也。}袭人笑道:"咱们素日好处,再不用说。但今日你安心留我,不在这上头。我另说出两三件事来,你果然依了我,就是你真心留我了,_{此时袭人方说出真意,只怪宝玉前面不问她本意何如耳。}刀搁在脖子上,我也是不出去的了。"_{原来只是一个劲的要去,此时却忽然"刀搁在脖子上也不出去",直是文章千变万化。}

> 作者一腔愤世之言,借此一发,无知识无形迹,则与世无沾矣。此作者于世悲极绝望之语,而以小儿信口之言出之,是欲哭无泪、欲语无言也。

宝玉忙笑道:"你说,那几件?我都依你。好姐姐,好亲姐姐,_{脂批:叠二语,活见从纸上走一宝玉下来,如闻其呼,如见其笑。}别说两三件,就是两三百件,我也依。_{只要有一丝留意,便不惜一切也。}只求你们同看着我,守着我,等我有一日化成了飞灰,_{脂批:脂砚斋所谓不知是何心思,始得口出此等不成话之至奇至妙之话,诸公请如何解得,如何评论。所劝者正为此,偏于劝时犯,妙甚。}——飞灰还不好,灰还有形有迹,还有知识。_{脂批:灰还有知识,奇之不可甚言矣,余则谓人尚无知识者多多。}——等我化成一股轻烟,风一吹便散了的时候,你们也管不得我,我也顾不得你们了。那时凭我去,我也凭你们爱那里去就去了。"_{脂批:是聪明,是愚昧,是小儿淘气,余皆不知,只觉悲感难言,奇瑰愈妙。}话未说完〔四〕,急的袭人

第十九回　情切切良宵花解语　意绵绵静日玉生香

忙握他的嘴说："好好的，正为劝你这些，倒更说的狠了。"正是为此而劝，则可见平时宝玉多有此类言语，袭人欲止宝玉此类言语，却偏于劝时喷发而出。文章入化机，不可以法绳也。宝玉忙说道："再不说这话了。"脂批："只说今日一次，呵呵，玉兄，玉兄，你到底哄的那一个？"袭人道："这是头一件要改的。"宝玉道："改了，再要说，你就拧嘴。还有什么？"

袭人道："第二件，你真喜读书也罢，假喜也罢，只是在老爷跟前或在别人跟前，你别只管批驳诮谤，只作出个喜读书的样子来，脂批："宝玉又诮谤读书人，恨此时不能一见如何诮谤。"也教老爷少生些气，脂批："大家听听，可是丫鬟说的话。"在人前也好说嘴。他心里想着，我家代代读书，只从有了你，不承望你不喜读书，已经他心里又气又愧了。而且背前背后乱说那些混话，凡读书上进的人，你就起个名字叫作'禄蠹'；脂批："二字从古未见，新奇之至。难怨世人谓之可杀，余却最喜。"又说只除'明明德'外无书，都是前人自己不能解圣人之书，便另出己意，混编纂出来的。脂批："宝玉目中犹有'明明德'三字，心中犹有'圣人'二字，又素日皆作如是等语，宜乎人人谓之疯傻不肖。"这些话，怎么怨得老爷不气，不时时打你？可见宝玉被打已非一次二次。叫别人怎么想你？"宝玉笑道："再不说了。那原是那小时不知天高地厚，信口胡说，如今再不敢说了。脂批："又作是语，说不得不乖觉，然又是作者瞒人之处也。"还有什么？"

袭人道："再不可毁僧谤道，脂批："一件，是妇女心意。"调脂弄粉。脂批："二件，若不如此，亦非宝玉。"还有更要紧的一件，脂批："忽又作此一语。"再不许吃人嘴上擦的胭脂了，脂批："此一句是闻所未闻之语，宜乎其父母严责也。"与那爱红的毛病儿。"宝玉道："都改，都改。再有什么，快说。"

一段石破天惊之语，却于此时喷发而出，其语亦庄亦谐，亦奇亦正，教人捉摸不住。

"都是前人自己不能解圣人之书，便另出己意，混编纂出来的"数语，骂尽天下腐儒，更骂尽程、朱，骂尽程、朱解孔、孟尽失孔、孟本意，实为杜撰耳。此段话至关紧要，可与当世顾炎武、黄宗羲、王夫之、颜元、唐甄、戴震、袁枚等人之书并读，则能豁然大悟矣！

宝玉说："如今再不敢说了。"脂批说："又是作者瞒人之处也。"可见脂砚深知作者。

袭人、宝钗同一意也，而劝法不同，袭人以媚以娇，故谓"花解语"也。

畸批:"花解语一段,乃袭卿满心满意将玉兄为终身得靠,千妥万当,故如是。余阅至此,余为袭卿一叹。丁亥春,畸笏叟。"

畸笏眉批,极得袭人之心,盖袭人自偷试以后,自谓千妥万当矣,故作此解语之劝也。所谓"八人轿也抬不出我去了",实实是袭人心中之意。

一切都改,说得何等爽快,惟其说得容易,改则不能也。脂砚已看透此事。

袭人笑道:"再也没有了。只是百事检点些,不任意任情的就是了。 脂批:"总包括尽矣。其所谓'花解语'者大矣,不独冗冗为儿女之分也。" 你若果都依了,便拿八人轿也抬不出我去了。"宝玉笑道:"你在这里长远了,不怕没八人轿你坐。"袭人冷笑道:"这我可不希罕的。有那个福气,没有那个道理。纵坐了,也没甚趣。" 脂批:"调侃不浅,然在袭人能作是语,实可爱可敬可服之至,所谓花解语也。"

二人正说着,只见秋纹走进来,说:"快三更了,该睡了。方才老太太打发嬷嬷来问,我答应睡了。"宝玉命取表来看时,果然针已指到亥正, 脂批:"表则是表的写法,前形容自鸣钟则是自鸣钟,各尽其神妙。" 方从新盥漱,宽衣安歇,不在话下。

至次日清晨,袭人起来,便觉身体发重,头疼目胀,四肢火热。先时还扎挣的住,次后挨不住,只要睡着,因而和衣躺在炕上。宝玉忙回了贾母,传医诊视,说道:"不过偶感风寒,吃一两剂药疏散疏散就好了。"开方去后,令人取药来煎好。刚服下去,命他盖上被渥汗,宝玉自去黛玉房中来看视。

彼时黛玉自在床上歇午,丫鬟们皆出去自便,满屋内静悄悄的。宝玉揭起绣线软帘,进入里间,只见黛玉睡在那里,忙走上来推他道:"好妹妹, 脂批:"才住了'好姐姐',又闻'好妹妹',大约宝玉一日之中,一时之内,此六个字未曾暂离口角。妙。" 才吃了饭,又睡觉。"将黛玉唤醒。 脂批:"若是别部书中写此时之宝玉,一进来便生不轨之心,突萌苟且之念,更有许多贼形鬼状等丑态邪言矣。此却反推唤醒他,毫不在

第十九回　情切切良宵花解语　意绵绵静日玉生香

黛玉见是宝玉，因说道："你且出去逛逛。我前儿闹了一夜，今儿还没有歇过来，浑身酸疼。"宝玉道："酸疼事小，睡出来的病大。我替你解闷儿，混过困去就好了。"黛玉只合着眼，说道："我不困，只略歇歇儿，你且别处去闹会子再来。"宝玉推他道："我往那去呢？见了别人就怪腻的。"

脂批："意，所谓'说不得淫荡'是也。"

脂批："补出娇怯态度。"

脂批："所谓'只有一颦可对'，亦属怪事。"

黛玉听了，嗤的一声笑道："你既要在这里，那边去老老实实的坐着。咱们说话儿。"宝玉道："我也歪着。"黛玉道："你就歪着。"宝玉道："没有枕头，咱们在一个枕头上。"黛玉道："放屁！外头不是枕头？拿一个来枕着。"宝玉出至外间，看了一看，回来笑道："那个我不要，也不知是那个脏婆子的。"黛玉听了，睁开眼，起身笑道："真真你就是我命中的'天魔星'！请枕这一个。"说着，将自己枕的推与宝玉，又起身将自己的再拿了一个来，自己枕了，二人对面倒下。

脂批："绵绵密秘入微。"

脂批："更妙。渐逼渐近，所谓意绵绵也。"

脂批："妙语。妙之至，想见其态度。"

"嗤的一声笑"，只一句话，写出黛玉此时心神欢畅。

一段情意缠绵之文，情真意洽，而又烂漫无邪，真是无上妙文。

"你就是我命中的天魔星"一语，写出黛玉多少舒心畅意，黛玉一生能有几次如此欢畅！

黛玉因看见宝玉左边腮上有钮扣大小的一块血渍，便欠身凑近前来，以手抚之细看，又道："这又是谁的指甲刮破了？"宝玉侧身，一面躲，一面笑道："不是刮的，只怕是才刚替他们淘漉胭脂膏子，擩上了一点儿。"说着，便找手帕子要揩拭。黛玉便用自己的帕子替他揩拭了，

脂批："想见其绵缠态度。"

脂批："妙极。补出素日。"

脂批："遥与后文平儿于怡红院晚妆时对照。"

> 红楼之情，至精至微，至真至诚；红楼之文，至绵至密，至柔至细。阅此段真绵绵生香也。他书何能精微妥帖至此！

脂批："想见情之脉脉，意之绵绵。"口内说道："你又干这些事了。脂批："又是劝戒语。"干也罢了，脂批："一转细极，这方是颦卿，不比别人一味固执死劝。"必定还要带出幌子来。便是舅舅看不见，别人看见了，又当奇事新鲜话儿去学舌讨好儿，脂批："补前文之未到，伏后文之线脉。"吹到舅舅耳朵里，又该大家不干净惹气。"脂批："'大家'二字何妙之至，神之至，细腻之至！乃父责其子，纵加以笞楚，何能使'大家不干净'哉？今偏'大家不干净'，则知贾母如何管孙责子，迁怒于众，及自己心中多少抑郁，难堪难禁，代忧代痛，一齐托出。"

> 庚辰眉批："一句描写玉刻骨刻髓，至已（矣）尽矣。壬午春。"
>
> 人之体气，各有不同，黛玉体有幽香，亦非不经之谈。清乾隆时回部有香妃，体有异香，即其例也。

宝玉总未听见这些话，脂批："可知昨夜情切切之语，亦属行云流水矣。"只闻得一股幽香，却是从黛玉袖中发出，闻之令人醉魂酥骨。脂批："却像似淫极，然究竟不犯一些淫意。"宝玉一把便将黛玉的袖子拉住，要瞧笼着何物。黛玉笑道："冬寒十月，谁带什么香呢？"宝玉笑道："既然如此，这香是那里来的？"黛玉道："连我也不知道。脂批："正是。按谚云：'人在气中忘气，鱼在水中忘水。'余今续之曰：'美人忘容，花则忘香。'此则黛玉不知自骨肉中之香同。"想必是柜子里头的香气，衣服上熏染的也未可知。"宝玉摇头道："未必。这香的气味奇怪，不是那些香饼子、香球子、香袋子的香。"黛玉冷笑道：脂批："冷笑便是文章。""难道我也有什么'罗汉''真人'给我些香不成？便是得了奇香，也没有亲哥哥亲兄弟弄了花儿、朵儿、霜儿、雪儿替我炮制。脂批："活颦儿，一丝不错。"我有的是那些俗香罢了。"

> 一句话，引出黛玉绝妙好语来，非如此便不是宝玉，非如此亦便不是黛玉，文章入骨透髓，未见第二人有此神化之笔。

宝玉笑道："凡我说一句，你就拉上这些，不给你个利害，也不知道，从今儿可不饶你了。"说着翻身起来，将两只手呵了两口，脂批："活画。"便伸手向黛玉膈肢窝内两胁下乱挠。黛玉素性触痒，不禁宝玉两手

第十九回　　情切切良宵花解语　　意绵绵静日玉生香

伸来乱挠，便笑的喘不过气来，口里说："宝玉！你再闹，我就恼了。"^{脂批："如见如闻。"}宝玉方住了手，笑问道："你还说这些不说了？"黛玉笑道："再不敢了。"一面理鬓笑道："我有奇香，你有'暖香'没有？"^{脂批："奇问。"}

宝玉见问，一时解不来，^{脂批："一时原难解，终逊黛卿一等，正在此等处。"}因问："什么'暖香'？"黛玉点头叹笑道："蠢才，蠢才！你有玉，人家就有金来配你；人家有'冷香'，你就没有'暖香'去配？"^{至此方点出谜底。}宝玉方听出来。^{脂批："是颦儿活画，然这是阿颦一生心事，故每不禁自及。"}笑道："方才求饶，如今更说狠了。"说着，又去伸手。黛玉忙笑道："好哥哥，我可不敢了。"宝玉笑道："饶便饶你，只把袖子我闻一闻。"说着，便拉了袖子笼在面上，闻个不住。黛玉夺了手道："这可该去了。"宝玉笑道："去，不能。咱们斯斯文文的躺着说话儿。"说着，复又倒下。黛玉也倒下，用手帕子盖上脸。^{神情如画。}宝玉有一搭没一搭的说些鬼话，^{文势先前是急，此处是缓。}黛玉只不理。宝玉问他几岁上京，路上见何景致古迹，扬州有何遗迹故事，土俗民风。黛玉只不答。^{黛玉不答得妙，有神理。文势亦迂缓可喜。}

宝玉只怕他睡出病来，^{脂批："原来只为此，故不暇旁人嘲笑，所以放荡无忌处，不特此一件耳。"}便哄他道："嗳哟！你们扬州衙门里有一件大故事，你可知道？"黛玉见他说的郑重，且又正言厉色，只当是真事，因问："什么事？"^{要想不理亦不能矣。}宝玉见问，便忍着笑顺口诌道："扬州有一座黛山，山上有个林子洞。"

才一停顿，忽又发奇问，黛玉妙思，一时宝玉实难即悟。

绝世真情，绝世妙文，一丝不邪。阅至此，吾叹雪芹之笔，不仅生花，且是鲜露明珠也。

文章愈出愈新奇。

341

黛玉笑道："就是扯谎，自来也没听见这山。"宝玉道："天下山水多着呢，你那里知道这些不成？等我说完了，你再批评。"黛玉道："你且说。"

宝玉又诌道："林子洞里原来有群耗子精。那一年腊月初七日，老耗子升座议事，因说：'明日乃是腊八，世上人都熬腊八粥。如今我们洞中果品短少，须得趁此打劫些来方妙。'乃拔令箭一枝，遣一能干的小耗前去打听。一时小耗回报：'各处察访打听已毕，惟有山下庙里果米最多。'老耗问：'米有几样？果有几品？'小耗道：'米豆成仓，不可胜记。果品有五种：一红枣，二栗子，三落花生，四菱角，五香芋。'老耗听了大喜，实时点耗前去。乃拔令箭问：'谁去偷米？'一耗便接令去偷米。又拔令箭问：'谁去偷豆？'又一耗接令去偷豆，然后一一的都各领令去了。只剩了香芋一种，因又拔令箭问：'谁去偷香芋？'只见一个极小极弱的小耗应道：'我愿去偷香芋。'老耗并众耗见他这样，恐不谙练，且怯懦无力，都不准他去。小耗道：'我虽年小身弱，却是法术无边，口齿伶俐，机谋深远。脂批："凡三句，暗为黛玉作评，讽的妙。"此去管比他们偷的还巧呢。'众耗忙问：'如何比他们巧呢？'小耗道：'我不学他们直偷，我只摇身一变，也变成个香芋，滚在香芋堆里，使人看不出，听不见，却暗暗的用分身法搬运，渐渐的就搬运尽了。岂不比直偷硬取的巧些？'

第十九回　情切切良宵花解语　意绵绵静日玉生香

众耗听了，都道：'妙却妙，只是不知怎么个变法，你先变个我们瞧瞧。'小耗听了，笑道：'这个不难，等我变来。'说毕，摇身说'变'，竟变了一个最标致美貌的一位小姐。众耗忙笑道：'变错了，变错了。原说变果子的,如何变出小姐来？'小耗现形笑道：'我说你们没见世面，只认得这果子是香芋，却不知盐课林老爷的小姐才是真正的香玉呢。'"脂批："前面有试才题对额，故紧接此一篇无稽乱话。前无则可，此无则不可。盖前系宝玉之懒为者，此系宝玉不得不为者，世人讥谤无碍，奖誉不必。"

一大段故事，至此方揭谜底，难怪黛玉亦一时愣住也。

黛玉听了，翻身爬起来，按着宝玉笑道："我把你烂了嘴的！我就知道你是编我呢。"说着，便拧的宝玉连连央告，说："好妹妹，饶我罢，再不敢了！我因为闻你香,忽然想起这个故典来。"黛玉笑道："饶骂了人，还说是故典呢。"

畸批："'玉生香'是要与'小恙梨香院'对看，愈觉生动活泼，且前以黛玉，后以宝钗，特犯不犯，好看煞。丁亥春，畸笏叟。"

一语未了，只见宝钗走来，忽接宝钗，文章紧处愈紧，令人不可释手。笑问："谁说故典呢？我也听听。"黛玉忙让坐，笑道："你瞧瞧，有谁！他饶骂了人，还说是故典。"宝钗笑道："原来是宝兄弟，怨不得他。他肚子里的故典原多。只是可惜一件，凡该用故典之时，他偏就忘了。有今日记得的，前儿夜里的芭蕉诗就该记得。眼面前的倒想不起来，别人冷的那样，你急的只出汗。脂批："与前'拭汗'二字针对，不知此书何妙至如此，有许多妙谈妙语，机锋诙谐，各得其时，各尽其理。前梨香院黛玉之讽则偏从越，此则正而趣。二人真是对手，两不相犯。"这会子偏又有记性了。"黛玉听了，笑道："阿弥陀佛！到底是我的好姐姐，你一般也遇见对子了。可

一笔又紧接前"绿蜡"事，文章妙合无间。

343

知一还一报,不爽不错的。"刚说到这里,只听宝玉房中一片声嚷,吵闹起来。正是:

　　戏谑主人调笑仆,相合姊妹合欢亲。〔五〕

第十九回　情切切良宵花解语　意绵绵静日玉生香

【回后评】

茗烟因与卍儿之事，欲巴结宝玉，引宝玉到城外逛逛，宝玉遂与茗烟到袭人家。其实宝玉原即想去袭人家也，不过因茗烟先说出城，遂因势利导耳。宝玉之到袭人家，固因宝袭之亲昵，亦见宝玉待人素无贵贱等级畛域，故到袭人家略无主奴贵贱之感，一如平常情景，反因见袭人两姨姐妹，而自惭浊物，足见宝玉心中意中视人如己，无高下贵贱之界耳。

花解语一段，写出袭人柔媚，写出袭人深心。袭人所劝，实宝钗、湘云等人所劝，亦即贾政之意也。乃钗、湘诸人之劝，皆为宝玉峻拒，而袭人所劝，宝玉却答应"都改"，可见袭人之媚，亦见袭人之以柔克刚也，亦袭人之为"袭人"也。然而宝玉口虽应之，改则未改也，此又宝玉之为宝玉也。

"玉生香"为宝黛情柔意密而又天真无邪之一段最纯朴文字，其情在有无之间，亦黛玉一生中最欢畅无愁之时。文章如春花之烂漫，如秋月之朗洁，具无限缠绵之意，有有余不尽之妙。

人之体气各有不同。传清乾隆时回部女体有异香，高宗平回疆纳为妃，人称香妃，孟森考实即容妃。今新疆喀什尚有香妃墓，为纪念冢，予曾往观，并摄有照片，其出生地在黑水河北，予亦曾往。其真墓在清东陵，已发掘。此处雪芹写黛玉体有幽香，当自另有所据，不必出于香妃。予举此不过藉以为例耳。

本回数段脂砚之批，实为中国最初之典型论思想，然脂砚早于马克思、恩格斯整整一个世纪，是诚可宝也。乃竟有人以为脂砚并无其人云云，听此荒论，能不令人怃然！

【校记】

〔一〕庚辰、己卯第十九回无回目,庚本"第十九回"四字及己卯本"第十九回 情切切良宵花解语 意绵绵静日玉生香"均系后添。列藏、杨本、蒙府、戚序、舒序、甲辰诸本均同己卯本回目。今从诸本补。

〔二〕庚辰本在"有个小书房"句的"房"字下有"名"字,并空出五字位置,可能是拟填书房名,而后未填,故又将"名"字点去。"想那里自然",庚本"自然"两字点去,下空半行。检查各本,此处均有改动,今据甲辰本保留"自然"二字,并下添"无人"二字,以贯通全句。

〔三〕"只见宝玉"四字,己卯、庚辰、戚序本无,蒙府本作"只见泪痕满面"。杨本、列藏、舒序、甲辰、程甲各本均作"只见宝玉泪痕满面"。据改。

〔四〕"话未说完",己卯、庚辰、杨本、戚序、列藏、舒序、甲辰、程甲等各本均无,唯蒙府本独有,据蒙府本增。

〔五〕回末联语,诸本均无,唯甲辰本存。据甲辰本补。

第二十回　　王熙凤正言弹妒意
　　　　　　　林黛玉俏语谑娇音[一]

话说宝玉在林黛玉房中说"耗子精",宝钗撞来,讽刺宝玉元宵不知"绿蜡"之典,三人正在房中互相讥刺取笑。那宝玉正恐黛玉饭后贪眠,一时存了食,或夜间走了困,皆非保养身体之法;

脂批:"云宝玉亦知医理,却只是在颦钗等人前方露,亦如后回许多明理之语,只在闺前现露三分,越在雨村等经济人前,如痴如呆,实令人可恨。但雨村等视宝玉不是人物,岂知宝玉视彼等更不是人物?故不与接谈也。宝玉之情痴真乎假乎,看官细评。"

幸而宝钗走来,大家谈笑,那林黛玉方不欲睡,自己才放了心。忽听他房中嚷起来,大家侧耳听了一听,林黛玉先笑道:"这是你妈妈和袭人叫嚷呢。那袭人也罢了,你妈妈再要认真排场他,可见老背晦了。"

脂批:"袭卿能使颦卿一赞,愈见彼之为人矣,观者诸公以为何?"

宝玉忙要赶过来,宝钗忙一把拉住道:"你别和你妈妈吵才是,他老糊涂了,倒要让他一步为是。宝玉道:"我知道了。"说毕走来,只见李嬷嬷拄着拐棍,在当地骂袭人:"忘了本的小娼妇!我抬举起你来,这会子我来了,你大模大样的躺在炕上,见我来也不

借李嬷嬷一顿骂,写出袭人在众人心目中之状况。李嬷嬷不在宝玉身边,何能知许多琐事,当是宝玉身边人所告,则可见袭人于众人中孤立之状,亦可知袭人与宝玉绸缪之情。

> 活生生的一个李嬷嬷，她因原是宝玉奶妈，身份不同，加上又有了年纪，所以倚老卖老，可以骂众丫头，亦敢骂袭人。然前赵嬷嬷，是贾琏的奶妈，身份与李嬷嬷同，却判若两人，完全是两种个性、两个人物，足见雪芹之笔与造化功同。

理一理。一心只想妆狐媚子哄宝玉，哄的宝玉不理我，听你们的话。你不过是几两臭银子买来的毛丫头，这屋里你就作耗，如何使得！好不好拉出去配一个小子，看你还妖精似的哄宝玉不哄！"袭人先只道李嬷嬷不过为他躺着生气，少不得分辩说"病了，才出汗，蒙着头，原没看见你老人家"等语。后来只管听他说"哄宝玉""妆狐媚"，又说"配小子"等，由不得又愧又委屈，禁不住哭起来。

> 写李嬷嬷笔笔神妙，吃茶、酥酪等事，别人不说，反由李嬷嬷自己说，活写出一个唠叨老妪之形象。

宝玉虽听了这些话，也不好怎样，少不得替袭人分辩病了吃药等话，又说："你不信，只问别的丫头们。"李嬷嬷听了这话，益发气起来了，说道："你只护着那起狐狸，那里认得我了？叫我问谁去？_{脂批："真有是语。"}谁不帮着你呢？_{脂批："真有是事。"}谁不是袭人拿下马来的！我都知道那些事。_{脂批："囫囵语，难解。"}我只和你在老太太、太太跟前去讲了。把你奶了这么大，到如今吃不着奶了，把我丢在一旁，逗着丫头们要我的强。"一面说，一面也哭起来。彼时黛玉、宝钗等也走过来劝说："妈妈，你老人家担待他们一点子就完了。"李嬷嬷见他

> 畸批："特为乳母传照，暗伏后文倚势奶娘线脉。《石头记》无闲文并虚字在此。壬午孟夏，畸笏老人"

二人来了，便拉住诉委屈，_{脂批："四字，嬷嬷是看重二人身份。"}将当日吃茶，茜雪出去，与昨日酥酪等事，唠唠叨叨说个不清。_{脂批："好极，妙极，毕肖极。"}

可巧凤姐正在上房算完输赢账，听得后面高声嚷动，便知是李嬷嬷老病发了，_{可见此老时常发作。}排揎宝玉的人。

第二十回　王熙凤正言弹妒意　林黛玉俏语谑娇音

正值他今儿输了钱，_{原来因输了钱，心气不平。}迁怒于人，便连忙赶过来，拉了李嬷嬷，笑道："好妈妈，别生气。大节下，老太太才喜欢了一日。你是个老人家，别人高声，你还要管他们呢；_{戴高帽子。}难道你反不知道规矩，在这里嚷起来，叫老太太生气不成？_{既劝又压，软中有硬。脂批："阿凤两提'老太太'，是叫老奴想袭卿是老太太的人。况又双关大体，勿泛泛看去。"}你只说谁不好，我替你打他。我家里烧的滚热的野鸡，快来跟我吃酒去。"一面说，一面拉着走，又叫："丰儿，替你李奶奶拿着拐棍子，擦眼泪的手帕子。"_{脂批："一丝不漏。"}

那李嬷嬷脚不沾地_{四字妙极趣极。}跟了凤姐走了，一面还说："我也不要这老命了，越性今儿没了规矩，闹一场子，讨个没脸，强如受那娼妇蹄子的气！"_{再加几笔，活画一多事老嬷形象，不要老命，越性没规矩等话，直摄李嬷嬷之神。}后面宝钗、黛玉随着，见凤姐儿这般，都拍手笑道："亏这一阵风来，_{好辞。凤姐快人快语。}_{将李嬷嬷席卷而去，真如风卷残云也。拾文字非阿凤俱有琐细引迹事。《石头记》得力处俱在此。}把个老婆子撮了去了。"_{脂批："批书人也是这样说。看官将一部书中人一一想来，收}宝玉点头叹道："这又不知是那里的账，只拣软的排揎。昨儿又不知是那个姑娘得罪了，上在他账上。"

一句未了，晴雯在旁笑道："谁又不疯了，得罪他作什么？便得罪了他，就有本事承认，不犯着带累别人！"_{是晴雯声口。}袭人一面哭，一面拉宝玉道："为我得罪了一个老奶奶，你这会子又为我得罪这些人，这还不够我受的，还只是拉别人。"_{两个"为我"，适足以见袭人在众人中不能得人也。}宝玉

_{畸批："茜雪至'狱神庙'方呈正文，袭人正文标昌（目曰）：'花袭人有始有终。'余只见有一次誊清时，于狱神庙慰宝玉等五六稿被借阅者迷失，叹叹！丁亥夏，畸笏叟。"}

_{脂批："一段特为怡红袭人、晴雯、茜雪三媛之性情见识身份而写。己卯冬夜。"}

见他这般病势，又添了这些烦恼，连忙忍气吞声，安慰他仍旧睡下出汗。又见他汤烧火热，自己守着他，歪在旁边，劝他只养着病，别想着这些没要紧的事生气。袭人冷笑道：冷笑便是生气了。"要为这些事生气，这屋里一刻还站不得了。可见袭人甚不得众。但只是天长日久，只管这样，可叫人怎么样才好呢。时常我劝你，别为我们得罪人，你只顾一时为我们那样，他们都记在心里，又是连连两个"我们"，此其不得众之因也。遇着坎儿，说的好说不好听，大家什么意思！"一面说，一面禁不住流泪，又怕宝玉烦恼，只得又勉强忍着。

一段写袭人。从李嬷嬷疯骂到袭人自诉，写出袭人得宠而不得众。袭人之话，声声口口只有袭人能说，与别人一丝不沾。

一时杂使的老婆子煎了二和药来。宝玉见他才有汗意，不肯叫他起来，自己便端着就枕与他吃了，即命小丫头子们铺炕。袭人道："你吃饭不吃饭？到底老太太、太太跟前坐一会子，和姑娘们顽一会子再回来。我就静静的躺一躺也好。"宝玉听说，只得替他去了簪环，看他躺下，自往上房来。一段写宝玉，则的是宝玉，一丝不混。

同贾母吃毕饭，贾母犹欲同那几个老管家嬷嬷斗牌解闷，宝玉记着袭人，便回至房中，见袭人朦朦睡去。自己要睡，天气尚早。彼时晴雯、绮霰、秋纹、碧痕都寻热闹，找鸳鸯、琥珀等耍戏去了，独见麝月一个人在外间房里灯下抹骨牌。宝玉笑问道："你怎不同他们顽去？"麝月道："没有钱。"宝玉道："床底下堆着那么些，还不够你输的？"麝月道："都顽

畸批："麝月闲闲无（数）语，令余酸鼻，正所谓对景伤情。丁亥夏，畸笏。"

第二十回　　王熙凤正言弹妒意　林黛玉俏语谑娇音

去了，这屋里交给谁呢？那一个又病了。满屋里上头是灯，地下是火。那些老妈妈子们，老天拔地，服侍一天，也该叫他们歇歇；小丫头子们也是服侍了一天，这会子还不叫他们顽顽去？所以让他们都去罢，我在这里看着。"宝玉听了这话，公然又是一个袭人。脂批："岂敢？每于如此等处，石兄何尝轻轻放过不介意来？亦作（者）欲瞒看官，又被批书人看出，呵呵。" 因笑道："我在这里坐着，你放心去罢。"麝月道："你既在这里，越发不用去了，咱们两个说话顽笑岂不好？"脂批："全是袭人口气，所以后来代任。" 宝玉笑道："咱两个作什么呢？怪没意思的。也罢了，早上你说头痒，这会子没什么事，我替你篦头罢。"麝月听见，便道："就是这样。"说着，将文具镜匣搬来，卸去钗钏，打开头发。宝玉拿了篦子，替他一一的梳篦。脂批："金闺细事，如此写。"

只篦了三五下，只见晴雯忙忙走进来，原为取钱，一见了他两个，便冷笑道："哦，交杯盏还没吃，倒上头了！"脂批："谑语，亦少露怡红细事。" 宝玉笑道："你来，我也替你篦一篦。"活宝玉。晴雯道："我没那么大福。"说着，拿了钱，便摔帘子出去了。活活画出一晴雯，嘴尖身快，"摔帘子"三字尤传神。

宝玉在麝月身后，麝月对镜，二人在镜内相视。宝玉便向镜内笑道："满屋里就只是他磨牙。"麝月听说，忙向镜中摆手，宝玉会意。情景如画。忽听唿一声帘子响，晴雯又跑进来问道："我怎么磨牙了？咱们倒得说说。"的是晴雯。麝月笑道："你去你的罢，又来问人了。"

前服侍袭人吃药，为她除镯环，此又为麝月篦头，活活画出一宝玉。

脂批："娇态满纸，令人叫绝。壬午九月。"

351

晴雯笑道："你又护着。你们那瞒神弄鬼的，我都知道。等我捞回本儿来再说话。"_{一句话，又藏多少细事。}说着，一径出去了。

脂批："闲（关）上一段儿女口舌，却写麝月一人。有袭人出嫁之后，宝玉、宝钗身边还有一人，虽不及袭人周到，亦可免微嫌小敝（弊）等患，方不负宝钗之为人也。故袭人出嫁后云'好歹留着麝月'一语，宝玉便依从此语。可见袭人虽去（出嫁），实未去也。写晴雯之疑忌，亦为下文跌扇角口等文伏脉，却又轻轻抹去。正见此时都在幼时，虽微露其疑忌，见得人各禀天真之性，善恶不一，往后渐大渐生心矣。但观者凡见晴雯诸人则恶之，何愚也哉！要知自古及今，愈是尤物，其猜忌（嫉）妒愈甚。若一味浑厚大量涵养，则有何可令人怜爱护惜哉！然后知宝钗、袭人等行为，并非一味蠢拙古板，以女夫子自居。当绣幙灯前，绿窗月下，亦颇有或调或妒、轻俏艳丽等说。不过一时取乐买笑耳，非切切一味妒才嫉贤也，是以高诸人百倍。不然，宝玉何甘心受屈于二女夫子哉，看过后文则知矣。故观书诸君子，不必恶晴雯，正该感晴雯金闺绣阁中生色方是。"

这里宝玉通了头，命麝月悄悄的服侍他睡下，不肯惊动袭人。一宿无话。

至次日清晨起来，袭人已是夜间发了汗，觉得轻省了些，只吃些米汤静养。宝玉放了心，因饭后走到薛姨妈这边来闲逛。彼时正月内，学房中放年学，闺阁中忌针黹，却都是闲时。贾环也过来顽，正遇见宝钗、香菱、莺儿三个赶围棋作耍，贾环见了也要顽。宝钗素昔看他亦如宝玉，_{待贾环如宝玉，只有宝钗能如此，此亦宝钗之异于众人处也。}并没他意。今儿听他要顽，让他上来坐了一处。一磊十个钱，头一回自己赢了，心中十分欢喜。后来接连输了几盘，便有些着急。赶着这盘正该自己掷骰子，若掷个七点便赢，若掷个六点，下该莺儿掷三点就赢了。因拿起骰子来，狠命一掷，一个作定了五，那一个乱转。莺儿拍着手只叫"幺"，_{脂批："好看煞。娇憨如此。"}贾环便瞪着眼"六、七、八"混叫。那骰子偏生转出幺来，贾环急了，伸手便抓起骰子来，然后就拿钱，说是个六点。_{活写贾环恶赖。}莺

此段脂批极为重要：一、它涉及后部袭人、麝月等的情节，为研究《红楼梦》后部提供了线索；二、它提出了晴雯等人"此时都在幼时，虽微露其疑忌，见得人各禀天真之情……"，这里明确提出了《红楼梦》人物的各具个性和个性的成长、发展问题，即所谓"渐大渐生心"的问题。这两个问题实是文艺理论的重要问题。处在十八世纪前期的《红楼梦》，即能鲜明地提出人物的个性化和个性的成长发展化，实在是一种先进深刻的见解。

脂批："写环兄先赢，亦是天生地设现成文字。己卯冬夜。"

写莺儿与写贾环完全两副笔墨、两个形象。写莺儿得其娇憨，写贾环得其粗赖鄙俗。

第二十回　　王熙凤正言弹妒意　林黛玉俏语谑娇音

儿便说："分明是个幺！"宝钗见贾环急了，便瞅莺儿说道："越大越没规矩，难道爷们还赖你？写宝钗入骨，只此细节便传宝钗之神，所谓"颊上三毫"也。宝钗只知"规矩"，不顾事实。还不放下钱来呢！"

莺儿满心委屈，见宝钗说，不敢则声，只得放下钱来，口内嘟囔说："一个作爷的，还赖我们这几个钱，连我也不放在眼里。口吻毕肖，确是如此，环儿之所以下三滥也。前儿我和宝二爷顽，脂批："倒卷帘法，实写幼时往事，可伤。"他输了那些，也没着急。下剩的钱，还是几个小丫头子们一抢，他一笑就罢了。"写宝玉。宝钗不等说完，连忙断喝。贾环道："我拿什么比宝玉呢？你们怕他，都和他好，都欺负我不是太太养的。"说着，便哭了。宝钗忙劝他："好兄弟，快别说这话，人家笑话你。"脂批："观者至此，有不卷帘厌看者乎？余替宝卿实难为情。"又骂莺儿。

正值宝玉走来，见了这般形况，问："是怎么了？"贾环不敢则声。宝钗素知他家规矩，凡作兄弟的，都怕哥哥，脂批："大族规矩原是如此，一丝儿不错。"却不知那宝玉是不要人怕他的。他想着："弟兄们一并都有父母教训，何必我多事。反生疏了。况且我是正出，他是庶出，饶这样还有人背后谈论，还禁得辖治他了。"更有个呆意思存在心里。

你道是何呆意？因他自幼姊妹丛中长大，亲姊妹有元春、探春，伯叔的有迎春、惜春，亲戚中又有史湘云、林黛玉、薛宝钗等诸人。他便料定，原来天生人为万物之灵，凡山川日月之精秀，只钟于女儿，须眉男子不过是些渣滓浊沫而已。因有这个呆念在心，

在宝钗眼里，只有主奴之分，没有是非之分，只能以"礼"处事，不能以实处事也。

脂批："又用讳人语瞒着看官。己卯冬辰。"

宝玉以为女清男浊，女秀男蠢。"须眉男子不过是些渣滓浊沫"，此实石破天惊之语，中国自奴隶社会到封建社会，几千年无不是以男子为主，宝玉却认为"凡山川日月之精秀，只钟于女儿"，把数千年传统思想、道德彻底颠倒位置。

把一切男子都看成混沌浊物，可有可无。只是父亲叔伯兄弟中，因孔子是亘古第一人说下的，不可忤慢，只得要听他这句话，脂批："听了这一个人之话，岂是呆子，由你自己说罢。我把你作极乖的人看。"所以，弟兄之间不过尽其大概的情理就罢了，并不想自己是丈夫，须要为子弟之表率。是以贾环等都不怕他，却怕贾母，才让他三分。

> 《论语·学而》说："孝弟也者，其为仁之本与！"这句话是讲父子兄弟关系的，所以宝玉"只得要听他这句话"，但尽管这样，宝玉于"兄弟之间不过尽其大概的情理就罢了"，这就是说，对于孔子的话也不过"尽其大概"而已，这里隐隐说出了不尊孔孟之道的意思。

如今宝钗恐怕宝玉教训他，倒没意思，便连忙替贾环掩饰。宝玉道："大正月里哭什么？这里不好，你别处顽去。你天天念书，倒念糊涂了。确是念糊涂了。程朱以来念四书五经者，大都是念糊涂了。比如这件东西不好，横竖那一件好，就弃了这件取那个，难道你守着这个东西哭一会子就好了不成？你原是来取乐顽的，既不能取乐，就往别处去再寻乐顽去。哭一会子，〔二〕难道算取乐顽了不成？思路活泼，不拘一端。倒招自己烦恼，不如快去为是。"脂批："呆子都（却）会立这样意，说这样话。"贾环听了，只得回来。

赵姨娘见他这般，因问："又是那里垫了踹窝来了？"一问不答，再问时，贾环便说："同宝姐姐顽的，莺儿欺负我，赖我的钱，宝玉哥哥撵我来了。"赵姨娘啐道："谁叫你上高台盘去了？下流没脸的东西！活画出赵姨娘。那里顽不得，谁叫你跑了去讨没意思！"

> 宝玉平时于兄弟之间，不过尽其大概情理，此处却为莺儿教训贾环。但却又教训出另一番道理，与上宝钗严守主奴之分，教训莺儿，曲护贾环，成一鲜明对照。故宝钗与宝玉思想之不合辙，非唯一端，在日常处事亦各有其道。《红楼梦》写人物，常于极细处着墨，故当于细处读也。

正说着，可巧凤姐在窗外过，都听在耳内，便隔窗说道："大正月又怎么了？环兄弟小孩子家，一半点儿错了，你只教导他，说这些淡话作什么！凭他怎

第二十回　王熙凤正言弹妒意　林黛玉俏语谑娇音

么去，还有太太老爷管他呢，就大口啐他！他现是主子，不好了，横竖有教导他的人，与你什么相干！_{赵姨是妾，虽生了贾环，其低贱地位未改。贾环是贾政之子，故是主子，比赵姨身份高，故赵姨不能啐主子。这是封建礼法所定，于此细节，亦可见当时社会的等级区别。}环兄弟，出来，跟我顽去。"

贾环素日怕凤姐比怕王夫人更甚，_{可见凤姐之威。}听见叫他，忙唯唯的出来。赵姨娘也不敢则声。凤姐向贾环道："你也是个没气性的！时常说给你：要吃、要喝、要顽、要笑，只爱同那一个姐姐妹妹哥哥嫂子顽，就同那个顽。你不听我的话，反叫这些人教的歪心邪意，_{脂批："借人发脱，好阿凤，好口齿，句句正言正理，赵姨安得不抿翅低头静听发挥。批至此，不禁一大白又大白矣。"}狐媚子霸道的。自己不尊重，要往下流走，安着坏心，还只管怨人家偏心。输了几个钱？_{脂批："转得好。"}就这么个样儿！"贾环见问，只得诺诺的回说："输了一二百。"凤姐道："亏你还是爷，输了一二百钱就这样！"回头叫丰儿："去取一吊钱来，姑娘们都在后头顽呢，把他送了顽去。_{脂批："收什得好。"}——你明儿再这么下流狐媚子，我先打了你，打发人告诉学里，皮不揭了你的！_{脂批："又一折笔，更觉有味。"}为你这个不尊重，恨的你哥哥牙根痒痒，不是我拦着，窝心脚把你的肠子窝出来了。"喝命："去罢！"_{脂批："本来面目，断不可少。"}贾环喏喏的跟了丰儿，得了钱，_{脂批："三字写着环哥。"}自己和迎春等顽去。不在话下。_{脂批："一段大家子奴妾吃吻，如见如闻，正为下文五鬼作引也。余为宝玉肯效凤姐一点余风，亦可继荣宁之盛。诸公当为如何？"}

> 凤姐借题发挥，句句刺向赵姨娘，为下文赵姨娘与马道婆用魇魔法暗害凤姐、宝玉先下一笔。

> 脂批："嫡嫡是彼亲生，句句竟成正中贬，赵姨娘实难答言。至此方知题标用'弹'字甚妥。己卯冬夜。"

且说宝玉正和宝钗顽笑，忽见人说："史大姑娘来了。"脂批："妙极。凡宝玉、宝钗正闲相遇时，非黛玉来，即湘云来，是恐泄漏文章之精华也。若不如此，则宝玉久坐忘情，必被宝卿见弃，杜绝后文成其夫妇时无可谈旧之情，有何趣味哉！"宝玉听了，抬身就走。宝钗笑道："等着，咱们两个一齐走，一个抬身就走，一个说等着。情景逼真，如同目见。瞧瞧他去。"说着，下了炕，同宝玉一齐来至贾母这边。只见史湘云大笑大说的，"大笑大说"四字，便写出湘云神态，十二钗中，惟她如此也。见他两个来，忙问好厮见。

脂批："写湘云又一笔法，特犯不犯。"正值林黛玉在旁，因问宝玉："在那里的？"宝玉便说："在宝姐姐家的。"黛玉冷笑道："我说呢，亏在那里绊住，不然早就飞了来了。"

脂批："总是心中事语，故机括一动，随机而出。"宝玉笑道："只许同你顽，替你解闷儿。不过偶然去他那里一趟，就说这话。"宝玉说的是实情。林黛玉道："好没意思的话！去不去管我什么事，我又没叫你替我解闷儿。还许你从此不理我呢！"说着，便赌气回房去了。活画出黛玉。

宝玉忙跟了来，问道："好好的又生气了？就是我说错了，你到底也还坐在那里，和别人说笑一会子。又来自己纳闷。"宝玉是识大体的话。林黛玉道："你管我呢！"宝玉笑道："我自然不敢管你，只没有个看着你自己作贱了身子呢。"林黛玉道："我作贱坏了身子，我死，与你何干！"何必如此动气？此所以是黛玉也。宝玉道："何苦来，大正月里，死了活了的。"林黛玉道："偏说死！我这会子就死！你怕死，你长命百岁的，如何？"赌气至极，真是何苦！宝玉笑道："要像只管这样闹，我还怕死呢，倒不如死了干净。"

脂批："'等着'二字，大有神情，看官闭目热（熟）思，方知趣味，非批书人谩拟也。己卯冬夜。"

一段细节，写透写活黛玉，作者惯于从细微处刻画人物个性，此其一例。

第二十回　王熙凤正言弹妒意　林黛玉俏语谑娇音

黛玉忙道："正是了，要是这样闹，不如死了干净。"宝玉道："我说我自己死了干净，别听错了话赖人。"〖宝玉亦赌气了。〗〖愈说愈缠，真难开交。〗

正说着，宝钗走来道："史大妹妹等你呢。"说着，便推宝玉走了。〖脂批："此时宝钗尚未知他二人心性，故来劝。后文察其心性，故掷之不闻矣。"〗这里黛玉越发气闷，〖宝玉如此一走，黛玉必当更加伤心，更加赌气。〗只向窗前流泪。没两盏茶的工夫，宝玉仍来了。〖去去即来，是真宝玉。脂批："盖宝玉亦是心中只有黛玉，见宝钗难却其意，故暂陪（随）彼去，以完宝钗之情，故少坐仍来也。"〗林黛玉见了，越发抽抽噎噎的哭个不住。〖宝玉回来黛玉自然越发抽噎。〗

宝玉见了这样，知难挽回，打叠起千百样的款语温言来劝慰。不料自己未张口，只见黛玉先说道："你又来作什么？横竖如今有人和你顽，比我又会念，又会作，又会写，又会说笑，又怕你生气拉了你去，你又作什么来？死活凭我去罢了！"〖一番埋怨，一番唠叨，却是感情回转处，所谓"佛说原来怨是亲"也。〗

宝玉听了，忙上来悄悄的说道："你这么个明白人，难道连'亲不间疏，先不僭后'〖脂批："八字足可消气。"〗也不知道？我虽糊涂，却明白这两句话。头一件，咱们是姑舅姊妹，宝姐姐是两姨姊妹，论亲戚，他比你疏。第二件，你先来，咱们两个一桌吃，一床睡，长的这么大了，他是才来的，岂有个为他疏你的？"〖其实正中黛玉心里，但说得太直白，黛玉一时难表接受耳。〗林黛玉啐道："我难道为叫你疏他？我成了个什么人了呢！我为的是我的心。"〖此是真话，是最要紧的话。〗宝玉道："我也为的是我的心。难道你就知你的心，不知我的心不

〖脂批："明明写湘云来是正文，只用二三答言，反接写玉、林小角口，又用宝钗岔开，仍不了局。再用千句柔言、百般温态，正在情完未完之时，湘云突在（至），'谑娇音'之文才见。真是'卖弄有家私'之笔也。丁亥夏，畸笏叟。"〗

黛玉说："我为的是我的心。"宝玉说："我也为的是我的心，难道你就知你的心，不知我的心不成？"此二人对答，已直披心肝，两心合一矣。阅古今小说，写情至此深切，实为前所未见，红楼写情，深入心底，刻骨铭心，真入情之至者。

成？"^{至此二人心相照矣。脂批:"此二语不独观者不解，料作者亦未必解；不但作者未必解，想石头亦不解，不过述宝、林二人之语耳。石头既未必解，宝、林此刻更自己亦不解，皆随口说出耳。若观者必欲要解，须自揣自身是宝、林之流则洞然可解；若自料不是宝、林之流，则不必求解矣。万不可记此二句不解，错谤宝、林及石头作者等人。"}林黛玉听了，低头一语不发，^{黛玉低头不语，是心中实实感动也。}半日说道："你只怨人行动嗔怪了你，你再不知道你自己恼人难受。

黛玉从"恼人难受"，忽然说到"反把个青肷披风脱了"，其疼惜至爱之情，自然溢出，此等文笔，虽化工亦不过矣！真风行水上，自然成纹也。

^{黛玉爱之至深，故感"恼人难受"也。读者至此，当叹雪芹之笔精妙至此！}就拿今日天气比，分明今儿冷的这样，你怎么倒反把个青肷披风脱了呢？"^{脂批:"真真奇绝妙文，}^{真如羚羊挂角，无迹可求，此等奇妙，非口中笔下可形容出者。"}宝玉笑道："何尝不穿着。见你一恼，我一暴躁就脱了。"^{宝玉之话，更真更妙，可见两人爱之至深。然世间有何文字，能入人心如此之深哉！}林黛玉叹道："回来伤了风，又该饿着吵吃的了。"

^{脂批:"一语仍归儿女本传，却又轻轻抹去也。"}

二人正说着，只见湘云走来，笑道："爱哥哥，林姐姐，你们天天一处顽，我好容易来了，也不理我一理儿。"^{好湘云，开口就说得好，一下可让二人随声转换也。亏作者写得出。}黛玉笑道："偏是咬舌子爱说话，连个'二'哥哥也叫不出来，只是'爱'哥哥'爱'哥哥的。回来赶围棋儿，又该你闹'幺爱三四五'了。"^{几句话，黛玉心情已顿变，一天乌云尽已散尽矣。吾听此言，亦为黛玉一畅也。}宝玉笑道："你学惯了他，明儿连你还咬起来呢。"^{脂批:"可笑近之野史中，满纸羞花闭月，莺啼燕语。殊不知}

此段脂批，亦是关于人物个性化的极有见解的文字，读者当注目再三，勿轻轻滑过。

^{真正美人方有一陋处，如太真之肥，飞燕之瘦，西子之病，若施于别个不美矣。今见咬舌二字加以湘云，是何大法手眼，敢用此二字哉。不独不见其陋，且更觉轻俏娇媚，俨然一娇憨湘云立于纸上，掩卷合目思之，其爱厄娇音如入耳内。然后将满纸莺啼燕语之字样，填粪窖可也。"}史湘云道："他再不放人一点儿，专挑人的不好。你自己便比世人好，也不犯着见一个打趣一个。^{湘云率真，故心直口快，略无顾忌。}我指出一个人来，你敢挑他，我就伏你。"黛玉忙问是谁。湘云道："你敢挑宝姐姐的短处，就算你是好的。我算不如你，他怎

湘云特提宝钗，是湘云已钦佩宝钗至极也，亦可见宝钗之会笼络人也。宝钗是深于城府者，湘云万万不及，故脱口即提宝钗耳。一段对话，好看煞人。

第二十回　王熙凤正言弹妒意　林黛玉俏语谑娇音

么不及你呢。"黛玉听了，冷笑道："我当是谁，原来是他！我那里敢挑他呢。"<small>一波才平，一波又起，用宝玉分开，文章变化无穷。</small>宝玉不等说完，忙用话分开。

湘云笑道："这一辈子我自然比不上你。我只保佑着明儿得一个咬舌的林姐夫，时时刻刻你可听'爱''厄'去。阿弥陀佛，那才现在我眼里！"说的众人一笑，湘云忙回身跑了。要知端详，下回分解。

<small>脂批："此作者放笔写，非袭钗贬颦也。己卯冬夜。"</small>

<small>文章正要紧张处，忽用湘云一句笑话截止，且自己立即"回身跑了"，使众人一笑而止，文章何等轻灵！吾深叹世间再未见第二个曹雪芹也！</small>

【回后评】

　　此回借李嬷嬷骂袭人，写出李嬷嬷落寞不愤心态，更写出袭人因媚上得宠而失众鬟之心，亦写出宝玉偏宠袭人情景。

　　此回因袭人病而独出麝月，隐然写出麝月是袭人第二，为后文预留线索，惜不得见雪芹后文耳。宝玉为麝月篦头，正是与宝玉为袭人喂药除簪对照。

　　此回写晴雯虽只寥寥数笔，而其人已活现纸上，其口齿已萦回于读者之耳际矣。晴雯说"你们那瞒神弄鬼的，我都知道"，此一语隐伏怡红许多细事，而晴雯却不相与，足见晴雯独别于"你们"之外，亦与后文晴雯受冤临终前之语相照应也。

　　此回写贾环之猥琐、赵姨娘之阴贼怨毒，亦各传神。因贾环之事，引出宝玉一大片关于孔子及父子兄弟之想法，继上回"都改"之后，又一次泛出叛逆传统的思想，足见他的"都改"只是虚应，其真实思想丝毫未改也。因赵姨娘之事，又引出凤姐一大片关于嫡庶之论，为后回赵姨娘阴害凤姐、宝玉事预伏。

　　此回宝黛论心一段，是宝、黛之情深于钗湘之明写，宝、黛二人亦从此各自心印矣。

　　庚辰本回后评："此回文字重作轻抹。得力处是凤姐拉李嬷嬷去，借环哥弹压赵姨娘。细致处(是)宝钗为李嬷嬷劝宝玉，安慰环哥，断喝莺儿。至急为难处是宝、颦论心。无可奈何处是就拿今日天气比，黛玉冷笑道：'我当是谁，原来是他！'冷眼最好看处是宝钗、黛玉看凤姐拉李嬷嬷云'这一阵风'，玉、麝一节，湘云到宝玉就走，宝钗笑说'等着'，湘云大笑大说，颦儿学咬舌，湘云念佛跑了数节，可使看官于纸能耳闻目睹

第二十回　　王熙凤正言弹妒意　林黛玉俏语谑娇音

其音其形之文。"

【校记】

〔一〕回目：己卯、庚辰、蒙府、戚序、甲辰、程甲诸本同。杨本"娇"作"姣"。列本"俏"作"悄"，舒本"俏"作"巧"。

〔二〕庚本作"再寻乐顽一会子"，据杨本、舒序本改。

第二十一回　贤袭人娇嗔箴宝玉 俏平儿软语救贾琏

话说史湘云跑了出来，怕林黛玉赶上，宝玉在后忙说："仔细绊跌了！那里就赶上了。"林黛玉赶到门前，被宝玉叉手在门框上拦住，笑劝道："饶他这一遭罢。"林黛玉扳着手说道："我若饶过云儿，再不活着！"湘云见宝玉拦住门，料黛玉不能出来，脂批："写得湘云与宝玉又亲厚之极，却不见疏远黛玉，是何情思耶。"便立住脚笑道："好姐姐，饶我这一遭罢。"恰值宝钗来在湘云身后，也笑道："我劝你两个看宝兄弟分上，都丢开手罢。"脂批："好极，妙极。玉、颦、云三人已难解难分，插入宝钗云："我劝你两个看宝玉兄弟分上……"话只一句，便将四人一齐笼住，不知孰远孰近，孰亲孰疏，真好文字。"黛玉道："我不依。你们是一气的，都戏弄我不成！"脂批："话是颦儿口吻，虽属尖利，真实堪爱堪怜。"宝玉劝道："谁敢戏弄你！你不打趣他，他焉敢说你。"脂批："好二'你'字，连二'他'字，华灼之至。"四人正难分解，有人来请吃饭，方往前边来。脂批："好文章，正是闺中女儿口角之事。若只管谆谆（哼哼）不已，则成何文字。"那天早又掌灯时分，王夫人、李纨、凤姐、迎、探、惜等都往贾母这边来，大家闲话了一回，各自归寝。湘云仍往黛玉房中安歇。

一片天真烂漫、旖旎风光。昔人评宝钗所说"我劝你两个看宝兄弟面上，都丢开手罢"是"轻轻一语，刺及两人，口头刻薄，如风如刀"。（洪秋藩）"也是一语两击，而说来含蓄"。（张新之）都以为宝钗说"看宝兄弟面上"是尖刻的讽刺或含蓄的讽刺，其实此处湘云、黛玉逗闹，一是因湘云说宝玉不陪她玩，二是黛玉学她的咬舌"爱哥哥"，二者皆因宝玉而起，故宝钗说"看宝兄弟面上"，话中并无讥刺之意，且正见文章一片天真化机。如钗、黛、湘所说都是互相刻薄讽刺，则成何文字。而此三人亦失其少女本真矣。脂批云："只一句便将四人一齐笼住，不知孰亲孰疏，真好文字。"此批能得雪芹文心，足见洪、张皆隔靴也。

第二十一回　贤袭人娇嗔箴宝玉　俏平儿软语救贾琏

脂批:"前文黛玉未来时,湘云、宝玉则随贾母。今湘云已去,黛玉既来年岁渐成,宝玉各自有房,黛玉亦各有房,故湘云自应同黛玉一处也。"宝玉送他二人到房,那天已二更多时,袭人来催了几次,方回自己房中来睡。迟迟不肯归去。次日天明时,便披衣靸鞋往黛玉房中来时,天一明即来。不见紫鹃、翠缕二人,只见他姊妹两个尚卧在衾内。那林黛玉严严密密裹着一幅杏子红绫被,脂批:"写黛玉身份。"安稳合目而睡。脂批:"一个睡态。"那湘云却一把青丝拖于枕畔,被只齐胸,一弯雪白的膀子掠于被外,又带着两个金镯子。脂批:"又一个睡态。写黛玉之睡态,俨然就是娇弱女子,可怜。湘云之态,则俨然是个娇态女儿,可爱。真是人人俱尽。人人俱尽,个个活跳,吾不知作者胸中埋伏多少裙钗。"宝玉见了,叹道:脂批:"叹字奇。除玉卿外,世人见之,自归喜也。"

"睡觉还是不老实!回来风吹了,又嚷肩窝疼了。"一面说,一面轻轻的替他盖上。林黛玉早已醒了,觉得有人,就猜着定是宝玉,因翻身一看,果中其料。因说道:"这早晚就跑过来作什么?"宝玉笑道:"这天还早呢!你起来瞧瞧。"黛玉道:"你先出去,让我们起来。"宝玉听了,转身出至外边。

黛玉起来叫醒湘云,二人都穿了衣服。宝玉复又进来,坐在镜台旁边,只见紫鹃、雪雁进来服侍梳洗。湘云洗了面,翠缕便拿残水要泼,宝玉道:"站着,我趁势洗了就完了,省得又过去费事。"说着便走过来,弯腰洗了两把。紫鹃递过香皂去,宝玉道:"这盆里的就不少,不用搓了。"再洗了两把,便要手巾。翠缕道:"还是这个毛病儿,多早晚才改。"

<blockquote>宝玉该走时不走,不该来时却来了,真是活脱脱一个宝玉。</blockquote>

<blockquote>连湘云之婢翠缕都说"还是这个毛病",则可见宝玉此"病"已非一日。</blockquote>

宝玉也不理,忙忙的要过青盐擦了牙,漱了口,

363

完毕，见湘云已梳完了头，便走过来笑道："好妹妹，替我梳上头罢。"湘云道："这可不能了。"宝玉笑道："好妹妹，你先时怎么替我梳了呢？"湘云道："如今我忘了，脂批："'忘了'二字在娇憨。"怎么梳呢？"宝玉道："横竖我不出门，又不带冠子勒子，不过打几根散辫子就完了。"说着，又千妹妹万妹妹的央告。湘云只得扶过他的头来，一一梳篦。在家不戴冠，并不总角，只将四围短发编成小辫，往顶心发上归了总，编一根大辫，红绦结住。自发顶至辫梢，一路四颗珍珠，下面有金坠脚。

写得细极。
令人如目见。

湘云一面编着，一面说道："这珠子只三颗了，这一颗不是的。我记得是一样的，怎么少了一颗？"宝玉道："丢了一颗。"湘云道："必定是外头去掉下来，不防被人拣了去，倒便宜他。"

可见湘云曾多次为他梳辫，亦可见湘云于宝玉事事在心。

脂批："妙谈。道'倒便宜他'四字，是大家千金口吻。近日多用'可惜了的'四字，今失一珠不闻此四字，妙极是极。"

黛玉一旁盥手，冷笑道："也不知是真丢了，也不知是给了人镶什么戴去了！"逼真黛玉说话口气。

宝玉不答，脂批："有神理，有文章。"因镜台两边俱是妆奁等物，顺手拿起来赏玩，脂批："何'赏玩'也，写来奇特。"不觉又顺手拈了胭脂，意欲要往口边送，脂批："是袭人劝后余文。"因又怕史湘云说，脂批："好极，的是宝玉也。"正犹豫间，湘云果在身后看见，一手掠着辫子，便伸手来"拍"的一下，从手中将胭脂打落，说道："这不长进的毛病儿，多早晚才改过。"

左侧批注：
用湘云洗过的水洗脸，还要湘云为他梳头，其平时亲昵可知。

脂批："口中自是应声而出，捉笔人却从何处设想而来，成此天然对答。壬午九月。"

畸批："'倒便宜他'四字，与'忘了'二字是一气而来，得一侯府千金白描矣。畸笏。"

第二十一回　贤袭人娇嗔箴宝玉　俏平儿软语救贾琏

一语未了，只见袭人进来，看见这般光景。知是梳洗过了，只得回来自己梳洗。忽见宝钗走来，因问："宝兄弟那去了？"袭人含笑道："宝兄弟那里还有在家里的工夫！"正好借此发挥。宝钗听说，心中明白。宝钗一听即明，正说明她亦心系此事也。又听袭人叹道："姊妹们和气，也有个分寸礼节，也没个黑家白日闹的！明明指黛玉、湘云。凭人怎么劝，都是耳旁风。"袭人已经不耐烦了，"耳旁风"一语，直刺黛玉。宝钗听了，心中暗忖道：宝钗最喜听到此话。"倒别看错了这个丫头，听他说话，倒有些识见。"脂批："此是宝卿初试，以下渐成知己。"盖宝卿从此心察得袭人果贤女子也。宝钗便在炕上坐了，脂批："好。逐回细看，宝卿待人接物，不疏不亲，不远不近，(可)厌之人亦未见冷淡之态，形诸声色，可喜之人亦未见醲蜜之情，形诸声色，今日便在炕上坐了，盖深取袭卿矣。二人文字此回为始，详批于此，诸公请记之。"慢慢的闲言中套问他年纪家乡等语，留神窥察，此等处可见宝钗心机，非黛玉所可有也。其言语志量深可敬爱。脂批："四字包罗许多文章笔墨，不似近之开口便云非诸女子之可比者。此句大坏。然袭人故佳矣。不书此句是大手眼。"

一时宝玉来了，宝钗方出去。脂批："奇文。写得钗、玉二人形景较诸人皆近，何也？宝玉(之)心，凡女子前不论贵贱，皆亲密之至，岂于宝钗前反生远心哉。盖宝钗之行止，端肃恭严，不可轻犯，宝玉欲近之，而恐一时有渎，故不敢狎犯也。宝钗待下愚尚且和平亲密，何反于兄弟前有远心哉。盖宝玉之形景已泥于闺阁，近之则恐不逊，反成远离之端也。故二人之远，实相近之至也。至颦儿于宝玉实近之至矣，却远之至也。不然，后文如何凡较胜角口诸事，皆出于颦哉。以及宝玉砸玉，颦儿之泪枯，种种孽障，种种忧忿，皆情之所陷，更何辩哉？此一回将宝玉、袭人、钗、颦、云等行止大概一描，已启后大观园中文字也。今详批于此，后久不忽矣。钗与玉远中近，颦与玉近中远，是要紧两大股，不可粗心看过。"宝玉便问袭人道："怎么宝姐姐和你说的这么热闹，见我进来就跑了？"问一声不答，再问时，袭人方道："你问我么？我那里知道你们的原故。"宝玉听了这话，见他脸上气色非往日可比，便笑道："怎么动了真气？"袭人冷笑道："我那里敢动气！只是从今以后别进这屋子了。此等口气，岂是袭人可说，盖平日狎昵甚矣，遂无顾忌也。横竖

雪芹惯于细处传神，此段自洗脸、梳辫到拿胭脂而被打落，种种细节，皆传神妙笔，不独传宝玉之神，亦传湘云之神。

脂批："二人文字此回为始。"此段脂批极重要，足见脂砚亦巨眼也。
宝钗视袭人深可敬爱，则袭人与宝钗同其气志也。此处为宝钗初识袭人。

有人服侍你，矛头直指湘云。再别来支使我。我仍旧还服侍老太太去。"一面说，一面便在炕上合眼倒下。脂批："酷妒妍憨，假态至矣尽矣，观者但莫认真此态为幸。"

宝玉骇异，则袭人以往尚未有如此作态也。

宝玉见了这般景况，深为骇异，脂批："好。可知未尝见袭人之如此技艺也。"禁不住赶来劝慰。那袭人只管合了眼不理。脂批："与犟儿前番娇态如何，愈觉可爱犹甚。"宝玉无了主意，因见麝月进来，脂批："偏麝月来，好文章。"便问道："你姐姐怎么了？"麝月道："我知道么？问你自己便明白了。"好回答，麝月是袭人第二。宝玉听说，呆了一回，自觉无趣，便起身叹道："不理我罢，我也睡去。"说着，便起身下炕，到自己床上歪下。

袭人听他半日无动静，微微的打鼾，料他睡着，便起身拿一领斗篷来，替他刚压上，只听"忽"的一声，宝玉便掀过去，也仍合目装睡。照样回报。袭人明知其意，便点头冷笑道："你也不用生气，从此后我只当哑子，再不说你一声儿，如何？"宝玉禁不住起身问道："我又怎么了？你又劝我。你劝我也罢了，才刚又没见你劝我，一进来你就不理我，赌气睡了。我还摸不着是为什么，这会子你又说我恼了。我何尝听见你劝我什么话了。"其实何须说话，见你梳头洗脸，我还能说什么？袭人道："你心里还不明白，还等我说呢。"一句说破，无须隔靴。脂批云："亦是囫囵语，却从有生以来肺腑中出，千斤重。"

畸批："《石头记》每用囫囵语处，无不精绝奇绝。且总不觉相犯。壬午九月，畸笏。"

正闹着，贾母遣人来叫他吃饭，方往前边来，胡乱吃了半碗，仍回自己房中。只见袭人睡在外头炕上，麝月在旁边抹骨牌。宝玉素知麝月与袭人亲厚，一并

第二十一回　贤袭人娇嗔箴宝玉　俏平儿软语救贾琏

连麝月也不理,揭起软帘自往里间来。麝月只得跟进来。宝玉便推他出去,说:"不敢惊动你们。"〖活画当时景象。〗麝月只得笑着出来,唤了两个小丫头进来。宝玉拿一本书,歪着看了半天,因要茶,抬头只见两个小丫头在地下站着。一个大些儿的生得十分水秀,〖脂批:"二字奇绝。多少娇态包括一尽,今古野史中无有此文也。"〗宝玉便问:"你叫什么名字?"那丫头便说:"叫蕙香。"宝玉便问:"是谁起的?"蕙香道:"我原叫芸香的,是花大姐姐改了蕙香。"宝玉道:"正经该叫'晦气'罢了,什么蕙香呢!"〖此语是冲袭人而来。〗〖一股气无处发泄,至此一发。〗又问:"你姊妹几个?"蕙香道:"四个。"宝玉道:"你第几?"蕙香道:"第四。"宝玉道:"明儿就叫'四儿',不必什么'蕙香''兰气'的,那一个配比这些花,没的玷辱了好名好姓。"〖脂批:"花袭人三字在内,说的有趣。"〗一面说,一面命他倒了茶来吃。袭人和麝月在外间听了抿嘴而笑。

这一日,宝玉也不大出房,也不和姊妹丫头等厮闹,自己闷闷的,只不过拿着书解闷,或弄笔墨;也不使唤众人,只叫四儿答应。谁知四儿是个聪敏乖巧不过的丫头,〖脂批:"又是一个有害无益者。作者一生为此所误,批者一生亦为此所误,于开卷凡见如此人,世人故为喜,余犯(反)抱恨。盖四字误人甚矣。　被误者深感此批。"〗见宝玉用他,他变尽方法笼络宝玉。至晚饭后,宝玉因吃了两杯酒,眼饧耳热之际,若往日则有袭人等大家喜笑有兴,今日却冷冷清清的一人对灯,好没兴趣。待要赶了他们去,又怕他们得了意,

367

以后越发来劝；^{脂批:"宝玉恶劝,此是第一大病也。"}若拿出做上的规矩来镇唬,似乎无情太甚。^{脂批:"宝玉重情不重礼。此是第二大病也。"}说不得横心只当他们死了,横竖自然也要过的。便权当他们死了,毫无牵挂,反能怡然自悦。^{脂批:"此意却好,但袭卿辈不应如此弃也。宝玉之情,今古无人可比固矣。然宝玉有情极之毒。亦世人莫忍为者,看至后半部,则洞明矣。此是宝玉(第)三大病也。宝玉看(有)此世人莫忍为之毒,故后文方能'悬崖撒手'一回。若他人得宝钗之妻,麝月之婢,岂能弃而而(为)僧哉。玉一生偏僻处。"}因命四儿剪灯烹茶,自己看了一回《南华经》。〔一〕正看至《外篇·胠箧》一则,其文曰:

> 故绝圣弃知,大盗乃止。擿玉毁珠,小盗不起。焚符破玺,而民朴鄙;掊斗折衡,而民不争。殚残天下之圣法,而民始可与论议。擢乱六律,铄绝竽瑟,塞瞽旷之耳,而天下始人含其聪矣。灭文章,散五采,胶离朱之目,而天下始人含其明矣。毁绝钩绳而弃规矩,攦工倕之指,而天下始人有其巧矣。

看至此,意趣洋洋,趁着酒兴,不禁提笔续曰:

> 焚花散麝,而闺阁始人含其劝矣。戕宝钗之仙姿,灰黛玉之灵窍,丧减情意,而闺阁之美恶始相类矣。彼含其劝,则无参商之虞矣。戕其仙姿,无恋爱之心矣。灰其灵窍,无才思之情矣。彼钗、玉、花、麝者,皆张其罗而穴其隧,所以迷眩缠陷天下者也。

^{脂批:"直似庄老,奇甚怪甚。"}

侧批:

宝玉欲以此解脱,谈何容易。

此段批语极重要,涉及后部许多重要情节。

脂批:"趁着酒兴不禁而续,是作者自站地步处,谓余何人耶,敢续《庄子》。然奇极怪极之笔,从何设想,怎不令人叫绝。己卯冬夜。"

宝玉续《庄》一段文字,真陷于情也,不可解也。至后三十二回因仕途经济之论,宝玉则于情陷中跃然而出矣。至后部宝玉悬崖撒手,则更脱然离尘矣。故此续虽以一时游戏笔墨,实先种其因也,实直贯结尾之文也。读者切不可忽此。

第二十一回　贤袭人娇嗔箴宝玉　俏平儿软语救贾琏

续毕，掷笔就寝。头刚着枕，便酣然睡去，一夜竟不知所之，直至天明方醒。脂批："此犹是袭人余功也。想每日每夜宝玉自是心忙身忙口忙之极。今则怡然自适，虽此一刻，于身心无所补益，能有一时之闲闲自若，亦岂非袭卿之所使也。"翻身看时，只见袭人和衣睡在衾上。脂批："神极之笔。试思袭人不来同卧，亦不成文字，来同卧更不成文字，却云和衣衾上，正是来同卧不来同卧之间，何神奇，文妙绝矣，好袭人！真好石头，记得真；真好述者，（述得）不错；真好批者，批得出。"宝玉将昨日的事已付与度外，脂批："更好，可见玉卿的是天真烂熳之人也。近之所谓'呆公子'，又曰'老好人'，又曰'无心道人'是也。殊不知尚古淳风。"便推他说道："起来好生睡，看冻着了。"脂批："这亦暗露玉兄闲窗净几，不寂不离之工业。壬午孟夏。"

原来袭人见他无晓夜和姊妹们厮闹，若直劝他，料不能改，故用柔情以警之，料他不过半日片刻仍复好了。不想宝玉一日夜竟不回转，自己反不得主意，直一夜没好生睡得。今忽见宝玉如此，料他心意回转，便越性不睬他。宝玉见他不应，便伸手替他解衣，刚解开了钮子，被袭人将手推开，又自扣了。

宝玉无法，只得拉住他的手笑道："你到底怎么了？"连问几声，袭人睁眼说道："我也不怎么。你睡醒了，你自过那边房里去梳洗，再迟了就赶不上。"说到关键上，一发而出。宝玉道："我过那里去？"袭人冷笑道："你问我，我知道？你爱往那里去，就往那里去。从今咱们两个丢开手，省得鸡声鹅斗，叫别人笑。横竖那边腻了过来，这边又有个什么'四儿''五儿'服侍。连四儿一并算上。我们这起东西，可是白'玷辱了好名好姓'的。"回报。宝玉笑道："你今儿还记着呢！"袭人道："一百年还记着呢！比不得你，拿着我的话当耳旁风，夜里说了，早起就忘了。"_{可见袭人以往所劝均无效也。脂批云："这方是正文,直勾起花解语一回文字。"}宝玉见他娇嗔满面,情不可禁,便向枕边拿起一根玉簪来,一跌两段,说道:"我再不听你说,就同这个一样。"_{跌是跌,听则仍未必也。}袭人忙的拾了簪子,说道:"大清早起,这是何苦来!听不听什么要紧,也值得这种样子。"宝玉道:"你那里知道我心里急!"袭人笑道:"你也知道着急么!可知我心里怎么样?_{前面是与黛玉论心,此处却与袭人论心,然所论却非一心也。}快起来洗脸去罢。"说着,二人方起来梳洗。

宝玉往上房去后,谁知黛玉走来,见宝玉不在房中,因翻弄案上书看,可巧翻出昨儿的《庄子》来。看至所续之处,不觉又气又笑,不禁也题笔续书一绝云:

无端弄笔是何人?作践南华庄子因。

不悔自己无见识,却将丑语怪他人!

_{黛玉一诗,是当头棒喝,喝醒宝玉种种空想。脂批云:"骂得痛快,非颦儿不可。真好颦儿,真好颦儿,好诗。若云知音者,颦儿也。至此方完篾玉半回。 不用宝玉见此诗若长若短,亦是大手法。"}

写毕,也往上房来见贾母,后往王夫人处来。

谁知凤姐之女大姐病了,_{文章忽于此处,峰回路转,另开别径。}正乱着请大夫来诊脉。大夫便说:"替夫人奶奶们道喜,姐儿发热是见喜了,并非别病。"王夫人、凤姐听了,忙遣人问:"可好不好?"医生回道:"病虽险,却顺,倒还不妨。预备桑虫猪尾要紧。"

凤姐听了,登时忙将起来:一面打扫房屋,供奉

庚辰眉批:"赵香梗先生《秋树根偶谭》内,兖州少陵台有子美词(祠),为郡守毁为己词(祠),先生叹子美生遭丧乱,奔走无家,孰料千百年后数椽片瓦犹遭贪吏之毒手,甚矣才人之厄。固(因)改公'茅屋为秋风所破歌'数句为少陆(陵)解嘲:'少陵遗像太守欺无力,忍能对面为盗贼,公然折克非己祠,旁人有口呼不得,梦归来号闻叹息,白日无光天地黑。安得旷宅千万官(间),太守取之不尽生钦(欢)颜,公祠免毁安如山。'读之令人感慨悲愤,心常耿耿。

"壬午九月,因索书甚迫,姑志于此(指前所录赵香梗《秋树根偶谭》文)。非批《石头记》也,为续《庄子因》数句,真是打破胭脂阵,坐透红粉关,另开生面之文,无可评处。

"又借阿颦诗自相鄙驳,可见余前批不谬。己卯冬夜。"

畸批:"宝玉不见诗,是后文余步也。《石头记》得力所在。丁亥夏,畸笏叟。"

第二十一回　贤袭人娇嗔箴宝玉　俏平儿软语救贾琏

痘疹娘娘，一面传与家人，忌煎炒等物，一面命平儿打点铺盖、衣服，与贾琏隔房，一面又拿大红尺头与奶子、丫头亲近人等裁衣。<脂批："几个一面，写得如见其景。">外面又打扫净室，款留两个医生，轮流斟酌诊脉下药。十二日不放家去。贾琏只得搬出外书房来斋戒，凤姐与平儿都随着王夫人日日供奉娘娘。

那个贾琏，只离了凤姐便要寻事，<写贾琏。>独寝了两夜，便十分难熬，便暂将小厮们内有清俊的选来出火。不想荣国府内有一个极不成器破烂酒头厨子，名唤多官，<又生妙文。>人见他懦弱无能，都唤他作"多浑虫"。因他自小父母替他在外娶了一个媳妇，今年方二十来往年纪，生得有几分人才，见者无不羡爱。他生性轻浮，最喜拈花惹草，多浑虫又不理论，只是有酒、有肉、有钱，便诸事不管了，所以荣、宁二府之人都得入手。因这个媳妇美貌异常，轻浮无比，众人都呼他作"多姑娘儿"。<多字涵义甚妙。>

如今贾琏在外熬煎，<两字形容得出。>往日也曾见过这媳妇，失过魂魄，<见过就失魂魄。写透贾琏。>只是内惧娇妻，外惧娈宠，不曾下得手。那多姑娘儿也曾有意于贾琏，只恨没空。今闻贾琏挪在外书房来，他便没事也要走两趟去招惹。<写透多姑娘。可见双方均已思慕久矣。>惹的贾琏似饥鼠一般，少不得和心腹的小厮们计议，合同遮掩谋求，多以金帛相许。小厮们焉有不允之理，况都和这媳妇是好友，<趣极之文。>一说便成。

一部《红楼梦》，唯此一段略近《金瓶梅》，脂批说："写于贾琏身上，恰极当极。"脂批只说对了部分，并非全都如此，如四十四回贾琏私通鲍二家的，就未直面描写此类事，娶尤二姐，更未有此类描写。"戏熙凤"，夫妻白昼放纵，但只用暗写，稍示痕迹，于此可知《红楼梦》之笔，洁而又洁，虽写贾琏，亦非处处如此，此雪芹远远高于其他小说作者处也。

373

> 如说家常之易。

是夜二鼓人定，多浑虫醉昏在炕，贾琏便溜了来相会。进门一见其态，早已魄飞魂散，也不用情谈款叙，便宽衣动作起来。

谁知这媳妇有天生的奇趣，一经男子挨身，便觉遍身筋骨瘫软，使男子如卧棉上；更兼淫态浪言，压倒娼妓，诸男子至此岂有惜命者哉。那贾琏恨不得连身子化在他身上。那媳妇故作浪语，在下说道："你家女儿出花儿，供着娘娘，你也该忌两日，倒为我脏了身子。快离了我这里罢。"贾琏一面大动，一面喘吁吁答道："你就是娘娘！我那里管什么娘娘！"那媳妇越浪，贾琏越丑态毕露。一时事毕，两个又海誓山盟，难分难舍，此后遂成相契。

> 脂批："一部书中，只有此一段丑极太露之文，写于贾琏身上，恰极当极。己卯冬夜。"

> 脂批："看官熟思写珍、琏辈当以何等文方妥方恰也。壬午孟夏。"

一日，大姐毒尽癍回，十二日后，送了娘娘，合家祭天祀祖，还愿焚香，庆贺放赏已毕，贾琏仍复搬进卧室。见了凤姐，正是俗语云"新婚不如远别"，更有无限恩爱，自不必烦絮。

次日早起，凤姐往上屋去后，平儿收拾贾琏在外的衣服铺盖，不承望枕套中抖出一绺青丝来。

> 意外之文，又生妙趣。

平儿会意，忙拽在袖内，

> 脂批："好极。不料平儿大有袭卿之身份，可谓何地无材，盖遭际有别耳。"

便走至这边房内来，拿出头发来，向贾琏笑道："这是什么？"贾琏看见着了忙，抢上来要夺。平儿便跑，被贾琏一把揪住，按在炕上，掰手要夺，口内笑道："小蹄子，你不趁早拿出来，我把你膀子撅折了。"平儿

> 畸批："此段系书中情之瘢疵，写为阿凤生日泼醋回及一大（天）风流宝玉悄看晴雯回作引，伏线千里外之笔。丁亥夏，畸笏。"

第二十一回　贤袭人娇嗔箴宝玉　俏平儿软语救贾琏

笑道："你就是没良心的。我好意瞒着他来问，你倒赌狠！你只赌狠，等他回来我告诉他，看你怎么着。"贾琏听说，忙陪笑央求道："好人，赏我罢，我再不赌狠了。"〖一段极妙趣文，活画贾琏，亦为平儿着一笔。〗

一语未了，只听凤姐声音进来。〖脂批："惊天骇地之文，如何，不知下文怎样了结，使贾琏及观者一齐丧胆。"〗贾琏听见松了手〔二〕，〖脂批："都怕他知道。"〗平儿刚起身，凤姐已走进来，命平儿快开匣子，替太太找样子。平儿忙答应了找时，凤姐见了贾琏，忽然想起来，便问平儿："拿出去的东西都收进来了么？"平儿道："收进来了。"凤姐道："可少什么没有？"平儿道："我也怕丢下一两件，细细的查了查，也不少。"凤姐道："不少就好，只是别多出来罢？"〖只有凤姐能想得到。〗平儿笑道："不丢万幸，谁还添出来呢？"凤姐冷笑道："这半个月难保干净，〖一说就着。〗或者有相厚的丢下的东西：戒指、汗巾、香袋儿，再至于头发、指甲，都是东西。"〖可见已是经验之谈。〗一席话，说的贾琏脸都黄了。〖吓煞。〗

贾琏在凤姐身后，只望着平儿杀鸡抹脖使眼色儿。〖活画。〗平儿只装着看不见，因笑道："怎么我的心就和奶奶的心一样！我就怕有这些个，留神搜了一搜，竟一点破绽也没有。〖轻描淡写，掩过满天乌云。〗奶奶不信时，那些东西我还没收呢，奶奶亲自翻寻一遍去。"〖已经早已拿走了，偏教亲自翻寻。〗凤姐笑道："傻丫头，〖脂批："可叹可笑，竟不知谁傻。"〗他便有这些东西，那里就叫咱们翻着了！"〖脂批："好阿凤，好文字，虽系闺中女儿口角小事，读之不无聪明得失痴心真假之感。"〗说着，寻了样子又上去了。

平儿指着鼻子，晃着头笑道："这件事怎么回谢我呢？"【脂批："娇俏如见，迥不犯袭卿、麝月一笔。"】喜的个贾琏身痒难挠，跑上来搂着，"心肝肠肉"乱叫乱谢。平儿仍拿了头发笑道："这是我一生的把柄了。好就好，不好就抖漏出这事来。"贾琏笑道："你只好生收着罢，千万别叫他知道。"口里说着，瞅他不防，便抢了过来，笑道："你拿着终是祸患，不如我烧了他完事了。"【脂批："妙。说使平儿收了，再不致泄漏，故仍用贾琏抢回。后文遗失，方能穿插过脉也。"】一面说着，一面便塞于靴掖内。

平儿咬牙道："没良心的东西，过了河就拆桥，明儿还想我替你撒谎！"贾琏见他娇俏动情，便搂着求欢，被平儿夺手跑了。急的贾琏弯着腰恨道："死促狭小淫妇！一定浪上人的火来，他又跑了。"【脂批："丑态如见，淫声如闻，今古淫书未有之章法。"】平儿在窗外笑道："我浪我的，谁叫你动火了？难道图你受用一回，叫他知道了，又不待见我。"【脂批："凤姐醋妒，于平儿前犹如是。况他人乎？余为凤姐必是甚于诸人，观者不信，今平儿说出，然乎否乎。"】

一段夫、妻、妾之间文字，何等逼真，寥寥数笔，使贾琏、熙凤、平儿各现其形，真传神妙笔。

贾琏道："你不用怕他，等我性子上来，把这醋罐子打个稀烂，他才认得我呢！他防我像防贼似的，只许他同男人说话，不许我和女人说话。我和女人略近些，他就疑惑。他不论小叔子、侄儿，大的小的，说说笑笑，就不怕我吃醋了！以后我也不许他见人！"平儿道："他醋你使得，你醋他使不得。他原行的正，走的正。你行动便有个坏心，连我也不放心，别说他

第二十一回　贤袭人娇嗔箴宝玉　俏平儿软语救贾琏

了。"贾琏道："你两个一口贼气，都是你们行的是，我凡行动都存坏心。多早晚都死在我手里！"

一句未了，凤姐走进院来，因见平儿在窗外，就问道："要说话两个人不在屋里说，怎么跑出一个来，隔着窗子，是什么意思？"贾琏在窗内接道："你可问他，倒像屋里有老虎吃他呢。"平儿道："屋里一个人没有，我在他跟前作什么？"

畸批："此等章法，是在戏场上得来，一笑。畸笏。"

凤姐儿笑道："正是没人才好呢。"平儿听说，便说道："这话是说我呢？"凤姐笑道："不说你，说谁？"平儿道："别叫我说出好话来了。"

脂批："笑字妙，平儿反正色，凤姐反陪笑，奇极，意外之文。"

平儿亦已忍无可忍了。但终究未说出耳。加上许多小心。平儿平儿，有你好说嘴的。

说着，也不打帘子让凤姐，

脂批："若在屋里，何敢如此形景，不要

自己先摔帘子进来，往那边去了。凤姐自掀帘子进来，说道："平儿疯魔了。这蹄子认真要降伏我，仔细你的皮要紧！"贾琏听了，已绝倒炕上，拍手笑道："我竟不知平儿这么利害，从此倒服他了。"凤姐道："都是你惯的他，我只和你说！"贾琏听说忙道："你两个不卯，又拿我来作人。我躲开你们。"凤姐道："我看你躲到那里去。"贾琏道："我就来。"凤姐道："我有话和你商量。"不知商量何事，且听下回分解。正是：

淑女从来多抱怨，娇妻自古便含酸。

【回后评】

袭人箴宝玉,是因宝玉用湘云残水洗脸、央湘云梳头等事也。盖宝玉梳头,平日当是袭人、麝月诸人之事,今忽由湘云替代,故惹袭人之妒耳。袭人一番埋怨之词,"凭人怎么劝,都是耳旁风"。此语直刺黛玉。盖由湘云住黛玉处,次日天明,宝玉即披衣靸鞋往黛玉房中,由是而刺及黛玉也。"凭人怎么劝"者,袭人当因黛玉而多次劝宝玉矣。湘云难得来,与"凭人怎么劝"语不当。

因袭人之妒之叹,宝钗得识袭人,引为同心,于此可知宝钗实机心人也,亦可确知二人实同调,则后日袭人种种机心,倾陷黛、晴等,俱不偶然矣。

写黛玉、湘云睡相,各如其人,写得天真烂漫,文字已极艳冶矣,更加宝玉披衣靸鞋进去,复为其盖被,文章坦荡自然,如在光天化日之下,赏娇花嫩叶,略无杂念。尤其是湘云为宝玉梳头,宝玉拿胭脂被打落等文字,历历写来,如行云流水,皆自然而然,无丝毫轻薄之意。此因作者意念之纯之高,方能有文章之净之洁也。

贾琏、多姑娘一段,为全书仅有之笔,作者稍稍放笔,欲暴大家公子之丑之恶耳,所谓书、礼之家,如此而已。

宝玉续《庄》,是因钗、黛、湘、袭、麝之情困也,意欲"焚花散麝"以解脱此情网,除一时之烦恼耳;然此时之宝玉,岂能真悟真哉?故借黛玉之诗作当头棒喝,而宝玉一觉醒来,亦已将此事付之度外。文章随机而化,略无痕迹。

平儿救贾琏一段,是平儿特写,读者以往所见之平儿,皆凤姐之左右手,唯此能见平儿自身。当"平儿指着鼻子,恍着头,笑道:'这件事怎么回谢我呢?'"时,读者眼中如

第二十一回　贤袭人娇嗔箴宝玉　俏平儿软语救贾琏

见其姣态,如听其俏音。吾故知作者胸中藏有大千世界也。

本回庚辰本回前评云:"有客题《红楼梦》一律,失其姓氏,惟见其诗意骇警,故录于斯:'自执金矛又执戈,自相戕戮自张罗。茜纱公子情无限,脂砚先生恨几多。是幻是真空历遍,闲风闲月枉吟哦。情机转得情天破,情不情兮奈我何?'凡是书题者不少,此为绝调。诗句警拔,且深知拟书底里,惜乎失名矣!按此回之文固妙,然未见后卅回,犹不见此之妙。此曰'娇嗔箴宝玉''软语救贾琏',后曰'薛宝钗借词含讽谏,王熙凤知命强英雄'。今只从二婢说起,后则直指其主。然今日之袭人、宝玉,亦他日之袭人、他日之宝玉也。今日之平儿、贾琏,亦他日之平儿、他日之贾琏也。何今日之玉犹可箴,他日之玉已不可箴耶?今日之琏犹可救,他日之琏已不能救耶?箴与谏无异也,而袭人安在哉?宁不悲乎?救与强无别也,今因平儿救,此日阿凤英气何如是也?他日之强,何身微运蹇,展眼何如彼耶?甚矣!人世之变迁如此,光阴倏尔如此!今日写袭人,后文写宝钗;今日写平儿,后文写阿凤。文是一样情理,景况光阴事却天壤矣!多少恨泪洒出此两回书。此回袭人三大功,直与宝玉一生三大病映射。"

按:此段回前评,涉及后文多少情节,结局。其自执金戈一诗,亦与曹家之败有关。所谓"深知拟书底里"也。从以上诸点看,合其他有关批语,则可测知雪芹后部书,似亦初成矣,况批中明提"后三十回",则八十回后,真三十回乎?此语至关紧要。惜无更多证据也。

【校记】

〔一〕"因命四儿剪灯烹茶，自己看了一回《南华经》"两句，庚本、戚序、蒙府本均无。杨本、列本、甲辰、舒序、程甲各本均有，文字有小异，此从舒序本。

〔二〕"贾琏听见松了手"，原作"都怕他知道"，"都怕"二字为楔添。——按此句当是脂评。兹据蒙府、戚序、杨本、列藏诸本改。

第二十二回　　听曲文宝玉悟禅机
　　　　　　　制灯谜贾政悲谶语

　　话说贾琏听凤姐儿说有话商量，因止步问是何话。凤姐道："二十一是薛妹妹的生日，你到底怎么样呢？"贾琏道："我知道怎么样！你连多少大生日都料理过了，这会子倒没了主意。"凤姐道："大生日料理，不过是有一定的则例在那里。如今他这生日，大又不是，小又不是，所以和你商量。" 脂批："有心机人在此。"

> 连过生日都有则例，可见族大人多，豪门之家派势极大。

　　贾琏听了，低头想了半日道："你今儿糊涂了。现有比例，那林妹妹就是比例。往年怎么给林妹妹过的，如今也照依给薛妹妹过就是了。" 凤姐早就定了给宝钗超规格过生日。却想让贾琏先说，但贾琏不知其意，只以黛玉为比。脂批："此例引的极是，无怪贾政委以家务也。" 凤姐听了，冷笑道："我难道连这个也不知道？我原也这么想定了。但昨儿听见老太太说，问起大家的年纪生日来，听见薛大妹妹今年十五岁，虽不是整生日，也算得将笄之年。老太太说要替他作生日。想来若果真替他作，自然比往年与林妹妹的不同了。"贾琏道："既如此，就比林妹妹的多增些。"

凤姐道:"我也这们想着,所以讨你的口气。我若私自添了东西,你又怪我不告诉明白你了。"贾琏笑道:"罢,罢,这空头情我不领。你不盘察我就够了,我还怪你!"说着,一径去了,不在话下。

畸批:"将薛林作甄玉贾玉看书,则不失执笔人本旨矣。丁亥夏,畸笏叟。"

脂批:"一段题纲写得如见如闻,且不失前篇惧内之旨,最奇者,黛玉乃贾母溺爱之人也,不闻为作生辰,却云特意与宝钗,实非人想得着之文也。此书通部皆用此法,瞒过多少见者,余故云不写而写是也。"

且说史湘云住了两日,因要回去。贾母因说:"等过了你宝姐姐的生日,看了戏再回去。"史湘云听了,只得住下。又一面遣人回去,将自己旧日作的两色针线活计取来,为宝钗生辰之仪。

"稳重和平"下脂批云:"四字评倒黛玉,是以特从贾母眼中写出。"自此,于贾母处渐见钗重黛轻矣。然此处尚是微露其端,观者当知其渐也。

谁想贾母自见宝钗来了,喜他稳重和平, 宝钗已得贾母欢心,则可见其平日心机之功。 正值他才过第一个生辰,便自己蠲资二十两, 贾母亲自出资,其意义自然不同。 唤了凤姐来,交与他置酒戏。凤姐凑趣笑道:"一个老祖宗给孩子们作生日,不拘怎样,谁还敢争,又办什么酒戏。既高兴要热闹,就说不得自己花上几两。巴巴的找出这霉烂了的二十两银子来作东道,这意思还叫我赔上。果然拿不出来也罢了,金的、银的、圆的、扁的,压塌了箱子底,只是勒掯我们。举眼看看,谁不是儿女?难道将来只有宝兄弟顶了你老人家上五台山不成?那些梯己只留与他,我们如今虽不配使,也别苦了我们。这个够酒的,够戏的?"说的满屋里都笑起来。贾母亦笑道:"你们听听这嘴!

脂批:"前看凤姐问琏作生日数语,甚泛泛,至此见贾母蠲资,方知作者写阿凤心机,无丝毫漏笔。己卯冬夜。"

脂批:"小科诨解颐,却为借当伏线。壬午九月。"

第二十二回　听曲文宝玉悟禅机　制灯谜贾政悲谶语

我也算会说的，怎么说不过这猴儿。你婆婆也不敢强嘴，你和我哪哪的。"凤姐笑道："我婆婆也是一样的疼宝玉，我也没处去诉冤，倒说我强嘴。"说着，又引着贾母笑了一回，贾母十分喜悦。阿凤舌绽莲花，自令贾母欢喜。

到晚间，众人都在贾母前，定昏之余，大家娘儿姊妹等说笑时，贾母因问宝钗爱听何戏，爱吃何物等语。宝钗深知贾母年老人，喜热闹戏文，爱吃甜烂之食，便总依贾母往日素喜者说了出来。写宝钗处处机心，总卜贾母之欢。贾母更加欢悦。次日便先送过衣服玩物礼去，王夫人、凤姐、黛玉等诸人皆有，随分不一，不须多记。

至二十一日，就贾母内院中搭了家常小巧戏台，脂批："另有大礼所用之戏台也，侯门风俗断不可少。"定了一班新出小戏，昆弋两腔皆有。脂批："是家宴，非东阁盛设也。非世代公子再想不及此。"脂批："是贾母好热闹之故。"就在贾母上房摆了几席家宴酒席，并无一个外客，只有薛姨妈、史湘云、宝钗是客，余者皆是自己人。黛玉在自己人之内。

这日早起，宝玉因不见林黛玉，可见宝玉之心时时系于黛玉。便到他房中来寻，只见林黛玉歪在炕上。宝玉笑道："起来吃饭去，就开戏了。你爱看那一出？我好点。"林黛玉冷笑道："你既这样说，你就特叫一班戏来，拣我爱听的唱给我看。这会子犯不上跐着人借光儿问我。"全是生气话。宝玉笑道："这有什么难的。明儿就这样行，也叫他们借咱们的光儿。"宝玉尚未觉察。一面说，一面拉起他来，携手出去。因生日之事，已引起黛玉不快。非黛玉多心敏感也。黛玉实处此境，岂能无动于衷乎？"世情恶衰歇，万事随转烛。"黛玉之处境渐见衰歇矣，读者拭目观之。

383

吃了饭点戏时，贾母一定先叫宝钗点。宝钗推让一遍，无法，只得点了一折《西游记》^{脂批："是顺贾母之心也。"}贾母自是欢喜，然后便命凤姐点。凤姐亦知贾母喜热闹，更喜谑笑科诨，便点了一出《刘二当衣》。贾母果真更又喜欢，^{写宝钗承意，写凤姐承意，可见两人同其机心。}然后便命黛玉点。^{脂批："先让凤姐点者，是非待凤先而后玉也，盖亦素喜凤嘲笑得趣之故，今故命彼点，彼亦自知，并不推让，承命一点，便合其意。此篇是贾母取乐，非礼筵大典，故如此写。"}黛玉因让薛姨妈、王夫人等。贾母道："今日原是我特带着你们取笑，咱们只管咱们的，别理他们。我巴巴的唱戏摆酒，为他们不成？他们在这里白听白吃，已经便宜了，还让他们点呢！"说着，大家都笑了。黛玉方点了一出。^{脂批："不题何戏，妙。盖黛玉不喜看戏也，正是与后文妙曲警芳心留地步，正见此时不过草草随众而已，非心之所愿也。"}然后宝玉、史湘云、迎、探、惜、李纨等俱各点了，按出扮演。

至上酒席时，贾母又命宝钗点。宝钗点了一出《鲁智深醉闹五台山》。宝玉道："只好点这些戏。"宝钗道："你白听了这几年的戏，那里知道这出戏的好处。排场又好，词藻更妙。"^{宝钗居然又是听戏行家。}宝玉道："我从来怕这些热闹戏。"宝钗笑道："要说这一出热闹，你还算不知戏呢。^{脂批："是极。宝钗可谓博学矣。不似黛玉只一《牡丹亭》便心身不自主矣，真有学问如此，宝钗是也。"}你过来，我告诉你，这一出戏热闹不热闹。——是一套北《点绛唇》，铿锵顿挫，韵律不用说是好的了。只那词藻中有一支《寄生草》，填的极妙，你何曾知道。"宝玉见说的这般好，便凑近来央告："好姐姐，念与我听听。"宝钗便念道：

畸批："凤姐点戏，脂砚执笔事，今知者聊（寥）聊（寥）矣，不怨夫。"

畸批："前批书者聊（寥）聊（寥），今丁亥夏只剩朽物一枚，宁不痛乎。"

老气横秋，的是贾母的口气。

第二十二回　听曲文宝玉悟禅机　制灯谜贾政悲谶语

漫揾英雄泪，相离处士家。谢慈悲剃度在莲台下。没缘法，转眼分离乍。赤条条来去无牵挂。那里讨烟蓑雨笠卷单行？一任俺，芒鞋破钵随缘化！此曲直射后文。

宝玉听了，喜的拍膝画圈，称赏不已，又赞宝钗无书不知。林黛玉道："安静看戏罢，还没唱《山门》，你倒先唱《妆疯》了。"脂批："趣极。今古利口莫过于优伶，此一诙谐，优伶亦不得如此急速得趣，可谓才人百技也。一段醋意可知。"说的湘云也笑了。于是大家看戏。

至晚席散时，贾母深爱那作小旦的与一个作小丑的，因命人带进来，细看时益发可怜见。脂批："是贾母眼中之内之想。"因问年纪，那小旦才十一岁，小丑才九岁，大家叹息一回。贾母令人另拿些肉果与他两个，又另外赏钱两串。凤姐笑道："这个孩子扮上活像一个人，你们再看不出来。"脂批："明明不叫人说出。"宝钗心里也知道，便只一笑不肯说。脂批："宝钗如此。"宝玉也猜着了，亦不敢说。脂批："不敢少（妙）。"史湘云接着笑道："倒像林妹妹的模样儿。"脂批："口直心快，无有不可说之事。"宝玉听了，忙把湘云瞅了一眼，宝玉听湘云之言，自觉刺耳。使个眼色。众人却都听了这话，留神细看，都笑起来了，说果然不错。一时散了。

凤姐说"活像一个人"，自然已有所指，只是不说，宝钗一笑而不说，其实"一笑"，即是说也，且略含轻鄙也。宝玉"不敢"说，是惜黛玉也。湘云直口而说，是无心也，虽说而不存鄙意也。

晚间，湘云更衣时，便命翠缕把衣包打开收拾，都包了起来。意外之文，突如其来。翠缕道："忙什么，等去的日子再包不迟。"湘云道："明儿一早就走。在这里作什么？看人家的鼻子眼睛，什么意思！"脂批："此是真恼，非颦"

畸批："湘云、探春二卿，正事无不可对人言芳性。丁亥夏，畸笏叟。"

未写黛玉之恼，先写湘云之恼，文章出其不意。

385

宝玉听了这话，忙赶近前拉他说道："好妹妹，你错怪了我。林妹妹是个多心的人。别人分明知道，不肯说出来，也皆因怕他恼。谁知你不防头就说了出来，他岂不恼你。我是怕你得罪了他，所以才使眼色。你这会子恼我，不但辜负了我，而且反倒委屈了我。宝玉是一番真诚实话。若是别人，那怕他得罪了十个人，与我何干呢！"湘云摔手道："你那花言巧语别哄我。我也原不如你林妹妹。别人说他，拿他取笑，都使得。只我说了，就有不是。我原不配说他。他是小姐主子，我是奴才丫头，得罪了他，使不得！"湘云别有会意，真错中错也。

儿之恼可比，然错怪宝玉矣。亦不可不恼。

好心不得好解，难怪宝玉急煞。

宝玉急的说道："我倒是为你，反为出不是来了。我要有外心，立刻就化成灰，叫万人践踏！"脂批："千古未闻之誓，恳切尽情，宝玉此刻之心为如何。"湘云道："大正月里，少信嘴胡说这些没要紧的恶誓！散话歪话说给那些小性儿、行动爱恼的人、会辖治你的人听去！发誓原为明心，岂知毫无用处，反引出另一人来。别叫我啐你。"说着，一径至贾母里间屋里，忿忿的躺着去了。

一段无理歪缠文字，却各有各的思路，各有各的动气之因，若从各人想来，均各有理，此文章错综之妙，造化之功也。

宝玉没趣，只得又来寻黛玉。刚到门坎前，黛玉便推出来，将门关上。奇极怪极，文章愈见波澜。宝玉又不解何意，在窗外只是吞声叫"好妹妹"。可怜宝玉，实在不知如何是好。黛玉总不理他。宝玉闷闷的垂头自审。袭人早知端的，当此时断不能劝。那宝玉只是呆呆的站在那里。黛玉只当他回房去了，便起来开门，只见宝玉还站在那里。可见站已甚久。黛玉反不好意思，不好再关，只得抽身上床躺着。

第二十二回　听曲文宝玉悟禅机　制灯谜贾政悲谶语

宝玉随进来问道："凡事都有个原故，说出来，人也不委屈。好好的就恼了，终是什么原故起的？"林黛玉冷笑道："问的我倒好，我也不知为什么原故。我原是给你们取笑的——拿我比戏子，取笑。"_{万万没有想到连宝玉也被装进去。}宝玉道："我并没有比你，我并没笑。为什么恼我呢？"黛玉道："你还要比？你还要笑？你不比不笑，比人家比了笑了的还利害呢！"_{更是意想不到。}宝玉听说，无可分辩，不则一声。_{碰到如此不论不理、歪曲纠缠之误会，叫宝玉如何回答，真是无可分辩，哭笑不得，但自黛玉方面来想，则亦歪缠得有思路，误解得有原因。可见作者于各人之情绪思路，揣摹得极深极细极透矣。脂批云："何便无言可辩，真令人不解。前文湘云方来，'正言弹妒意'一篇中，颦玉角口后收也掛子一篇，余已注明不解矣，回思自心自身是玉颦之心，则洞然可解，否则无可解也。身非宝玉，则有辩有答；若宝玉则再不能辩不能答。何也？总在二人心上想来。"}

黛玉又道："这一节还恕得。再者你为什么又和云儿使眼色？这安的是什么心？莫不是他和我顽，他就自轻自贱了？他原是公侯的小姐，我原是贫民的丫头，他和我顽，设若我回了口，岂不他自惹人轻贱呢？是这主意不是？这却也是你的好心，只是那一个偏又不领你这好情，一般也恼了。_{一个眼色，湘云是湘云的理解。黛玉是黛玉的理解，理解各各不同，却反映出各自的心理情绪。其所同者，都是从各人自己的角度误解了宝玉之意。脂批："颦儿自知云儿恼，用心甚矣。"}你又拿我作情，倒说我小性儿，_{脂批："颦儿却又听见，用心甚矣。"}行动肯恼。你又怕他得罪了我，我恼他。我恼他，与你何干？他得罪了我，又与你何干？"_{想不到连"小性儿"等话，都已被黛玉听到，则误会更深，更不可解矣，故连问两个"与你何干"也！问得没头没脑，问得无头无绪，却是一腔愤怨。文章至此，真是天机化工之笔。脂批云："问的却极是。但未必心应，若能如此，将来泪尽夭亡，已化乌有，世间亦无此一部《红楼梦》矣。"}

宝玉见说，方才与湘云私谈，他也听见了。细想自己原为他二人，怕生隙恼，方在其中调和，不想并

_{脂批："此书如此等文章多多，不能枚举，机括神思自从天分而有。其毛锥写人口气传神摄魄处，怎不令人拍案称奇叫绝。丁亥夏，畸笏叟。"}

_{畸批："神工乎？鬼工乎？文思至此尽矣。丁亥夏，畸笏。"}

未调和成功，反已落了两处的贬谤。正与前日所看《南华经》上，有"巧者劳而智者忧，无能者无所求，饱食而遨游，泛若不系之舟；"又曰"山木自寇，源泉自盗"等语。[脂批："按原注，山木漆树也，精脉自出，岂人所使之。故云自寇，言自相戕贼也。"][脂批："源泉味甘，然后人争取之，自寻干涸也；亦如山木，意皆寓人智能聪明多知之害也。前文无心云看《南华经》，不过袭人等恼时，无聊之甚，偶以释闷耳。殊不知用于今日，大解悟大觉迷之功甚矣。市徒见此必云前日看的是外篇《胠箧》，如何今日又知若许篇？然则彼（时）只曾看外篇数语乎？想其理自然默默看过几篇适至外篇，故偶触其机方续之也。若云只看了那几句便续，则宝玉彼时之心是有意续庄子，并非释闷时偶续之也。且更有见前所续，则曰续的不通，更可笑矣。试思宝玉虽愚，岂有安心立意与庄叟争衡哉。且宝玉有生以来此身此心为诸女儿应酬不暇，眼前多少现成有益之事尚无暇去作，岂忽然要分心于腐言糟粕之中哉。可知除闺阁之外并无一事是宝玉立意作出来的。大则天地阴阳，小则功名荣枯，以及吟篇琢句，皆是随分触情，偶得之不喜，失之不悲，若当作有心则谬矣，只看大观园题咏之文。以算平生得意之句，得意之事矣，然亦总不见再吟一句，再题一事，据此可见矣。然后可知前夜是无心顺手拈了一本《庄子》在手，且酒兴醺醺，芳愁默默，顺手不计工拙，草草一续也。若使顺手拈一本近时鼓词，或如钟无艳赴会，其（齐）太子走国等草野风邪之传，必亦续之矣。观者试看此批，然后谓余不谬。所以可恨者，彼夜却不曾拈了《山门》一出传奇，若使《山门》在案，彼时拈着，又不知于《寄生草》后续出何等超凡入圣大觉大悟诸语录来。黛玉一生是聪明所误，宝玉是多事（所误）。（多事）者，情之事也，非世事也。多情曰多事，亦宗曰庄笔而来。盖余亦偏с，可笑。阿凤是机心所误。宝钗是博知所误。湘云是自爱所误。袭人是好胜所误。皆不能跳出庄叟言外，悲亦甚矣，再笔。"]因此越想越无趣。再细想来，目下不过这两个人，尚未应酬妥协，将来犹欲何为？[脂批："看他只这一笔，写得宝玉又如何用心于世道。言闺中红粉尚不能周全，何碌碌懵懵欲治世待人接物哉？视闺中自然女儿戏，视世道如虎狼矣，谁云不然。"]想到其间，也无庸分辩回答，自己转身回房来。

[旁批：宝玉至此，意懒心灰，无路可走矣。]

[旁批："转身回房来"下脂批："颦儿云：'与你何干？'宝玉如此一回则曰'与我何干'可也。口虽未出，心已误（悟）矣，但恐不常耳。若常存此念，无此一部书矣。看他下文如何转折。"]

林黛玉见他去了，便知他回思无趣，赌气去了，一言也不曾发，不禁自己越发添了气，[脂批："只此一句，又勾起波浪。去则去，来则来，又何气哉。总是断不了这根孽肠，忘不了这个祸胎，既无而又有也。"]便说道："这一去，一辈子也别来，也别说话。"

宝玉不理，[脂批："此是极心死处，将来如何？"]回房躺在床上，只是瞪瞪的。袭人深知原委，不敢就说，[脂批："一说必崩。"]只得以他事来解释，因说道："今儿看了戏，又勾出几天戏来。宝姑娘一定要还席的。"宝玉冷笑道："他还不还，管谁

第二十二回　听曲文宝玉悟禅机　制灯谜贾政悲谶语

什么相干。"脂批："大奇大神之文，此'相干'之语，仍是近文与颦儿之语之相干也。上文来（未）说终存于心，却于宝钗身上发泄。素厚者惟颦云，今为彼等尚存此心，况于素不契者，有不直言者乎？情理笔墨，无不尽矣。"袭人见这话不是往日的口吻，因又笑道："这是怎么说？好好的大正月里，娘儿们姊妹们都喜喜欢欢的，你又怎么这个形景了？"宝玉冷笑道："他们娘儿们姊妹们欢喜不欢喜，也与我无干。"脂批："先及宝钗，后及众人，皆一颦之祸流毒于众人。宝玉之心，实仅有一颦乎。"袭人笑道："他们既随和，你也随和，岂不大家彼此有趣。"宝玉道："什么是'大家彼此'！他们有'大家彼此'，我是'赤条条来去无牵挂'。"脂批："拍案叫好。当此一发，西方诸佛亦来听此棒喝，参此语录。"谈及此句，不觉泪下。脂批："还是心中不净不了，斩不断之故。"袭人见此光景，不肯再说。宝玉细想这句意味，不禁大哭起来，脂批："此是忘机大悟，世人所谓疯颠是也。"翻身起来至案，遂提笔立占一偈云：

> 你证我证，心证意证。
>
> 是无有证，斯可云证。
>
> 无可云证，是立足境。脂批："已悟已觉，是好偈矣。宝玉悟禅亦由情，读书亦由情，读庄亦由情，可笑。"

写毕，自虽解悟，又恐人看此不解，脂批："自悟则自了，又何用人亦解哉。此正是犹未觉大悟也。"因此亦填一支《寄生草》，也写在偈后。脂批："此处亦续《寄生草》，余前批云不曾见续，今却见之，是意外之幸也。盖前夜《庄子》是道悟，此日是禅悟。天花散漫之文也。"自己又念一遍，自觉无挂碍，中心自得，便上床睡了。脂批："前夜已悟，今夜又悟，二次翻身不出，故一世堕落无成也。不写出曲文何辞，却留与宝钗眼中写出，是交代过节也。"谁想黛玉见宝玉此番果断而去，故以寻袭人为由，来视动静。脂批："这又何必，总因慧刀不利，未斩毒龙之故也，大都如此，叹叹。"袭人笑回："已经睡了。"黛玉听说，便

却从前面黛玉几个"与你何干"生出。

前面一支《寄生草》，引出此时宝玉"赤条条来去无牵挂"之念，文章直射最后结局。

证者心印也，了悟也，解悟也，至不求了悟、不求解脱之境界，斯正悟矣了矣。

黛玉刚说"一辈子也别来，也别说话"，转身又来了，是亦情根总未断也。

要回去。袭人笑道："姑娘请站住，有一个字帖儿，瞧瞧是什么话。"说着，便将方才那曲子与偈语悄悄拿来，递与黛玉看。黛玉看了，知是宝玉一时感忿而作，不觉可笑可叹，可见俱是一时之感，不仅宝玉如此，黛玉亦如此也。要断此情根谈何容易！脂批："是个善知觉，何不趁此大家一解，齐证上乘，甘心堕落迷津哉！"便向袭人道："作的是顽意儿，不过"顽意儿"而已，不必认真。无甚关系。"脂批："黛玉说'无关系'，将来必无关系。余正恐颦玉从此一悟则无妙文可看矣。不想颦儿视之为漠然。更曰'无关系'，可知宝玉不能悟也。余心稍慰。盖宝玉一生行为，颦知最确，故余闻颦语则信而又信，不必定玉而后证之方信也。余云恐他二人一悟，则无妙文可看，然欲为开我怀，为醒我目，却愿他二人永堕迷津，生出孽障，余心甚不公矣。世云损人利己者，余此愿是矣，试思之可发一笑。今自呈于此，亦可为后人一笑，以助茶前酒后之兴耳。而今后天地间岂不又添一趣谈乎。凡书皆以趣谈读去，其理自明，其趣自得矣。"说毕，便携了回房去，与湘云同看。可见俱是一时之感。脂批云："却不同湘云分崩，有趣。"次日又与宝钗看。宝钗看其词曰：脂批："出自宝钗目中，正是大关键处。"

无我原非你，从他不解伊。肆行无碍凭来去，茫茫着甚悲愁喜，纷纷说甚亲疏密。从前碌碌却因何，到如今回头试想真无趣！

脂批："看此一曲，试思作者当日发愿不作此书，却立意要作传奇，则又不知有如何曲曲矣。"

"回头试想真无趣"，只是四面碰壁，不解其情故也，何有于悟，宝钗说"这个人悟了"，亦把"悟"字解得太容易了！

看毕，又看那偈语，又笑道："这个人悟了。都是我的不是，都是我昨儿一支曲子惹出来的。这些道书禅机，最能移性。脂批："拍案叫绝，此方是大悟彻语录，非宝卿不能谈此也。"明儿认真说起这些疯话来，存了这个意思，都是从我这一支曲子上来，我成了个罪魁了。"说着，便撕了个粉碎，递与丫头们说："快烧了罢。"黛玉笑道："不该撕，等我问他。你们跟我来，包管叫他收了这个痴心邪话。"还是黛玉真正理解他，只要黛玉一出，则宝玉一切如常，可叹，可叹！

第二十二回　　听曲文宝玉悟禅机　制灯谜贾政悲谶语

　　三人果然都往宝玉屋里来。一进来,黛玉便笑道:"宝玉,我问你:至贵者是'宝',至坚者是'玉'。尔有何贵? 尔有何坚?"脂批:"拍案叫绝。大和尚来答此机锋,想亦不能答也。非颦儿,第二人无此灵心慧性也。"宝玉竟不能答。三人拍手笑道:"这样钝愚,还参禅呢。"黛玉又道:"你那偈末云'无可云证,是立足境',固然好了,只是据我看,还未尽善。我再续两句在后。"因念云,"无立足境,是方干净。"脂批:"拍案叫绝,此又深一层也。亦如谚云:'去年贫,只立锥,今年贫,锥也无。'其理一也。"

黛玉一问,亦是当头棒喝!

　　宝钗道:"实在这方悟彻。当日南宗六祖惠能,初寻师至韶州,闻五祖弘忍在黄梅,他便充役火头僧。五祖欲求法嗣,令徒弟诸僧各出一偈。上座神秀说道:'身是菩提树,心如明镜台。时时勤拂拭,莫使有尘埃。'彼时惠能在厨房碓米,听了这偈,说道:'美则美矣,了则未了。'因自念一偈曰:'菩提本非树,明镜亦非台。本来无一物,何处染尘埃?'五祖便将衣钵传他。脂批:"出《语录》。总写宝卿博学宏览,胜诸才人。颦儿却聪慧灵智,非学力所致,皆绝世绝伦之人也。宝玉宁不愧杀。"今儿这偈语亦同此意了。岂能真同,只是形式相似而已。只是方才这句机锋,尚未完全了结,这便丢开手不成?"

宝钗引六祖惠能事作比,其实两者何能相比,惠能得五祖衣钵,宝玉不过一时之感,所以自认"不过一时顽话罢了"。再说,此时宝玉还不可能至了悟境界,如此时了悟,则无以后之文矣。

　　黛玉笑道:"彼时不能答,就算输了。这会子答上了,也不为出奇。只是以后再不许谈禅了。连我们两个所知所能的,你还不知不能呢,还去参禅呢!"

　　宝玉自以为觉悟,不想忽被黛玉一问,便不能答;宝钗又比出"语录"来,此皆素不见他们能者。自己脂批:"前以《庄子》为引,故偶续之;又借颦儿诗一郦驳,兼不写着落,以为瞒过看官矣。此回用若许曲折,仍用老庄引出一偈来,再续一《寄生草》,可为大觉大悟已。以之上承果位,以后无书可作矣。却又轻轻用黛玉一问机锋,又续偈言二句,并用宝钗讲五祖六祖问答二实偈子,使宝玉无言可答,仍将一大善知识,始终跌不出警幻幻榜中,作下回若干回书。真有机心游龙不测之势,安得不叫绝。且历来小说中万写不到者。己卯冬夜。"

想了一想:"原来他们比我的知觉在先,尚未解悟,我如今何必自寻苦恼。"想毕,便笑道:"谁又参禅,不过一时顽话罢了。"说着,四人仍复如旧。

脂批:"轻轻抹去也。'心净难'三字不谬。"

忽然人报,娘娘差人送出一个灯谜儿,用娘娘送灯谜,将话题转换。命你们大家去猜,猜着了每人也作一个进去。四人听说忙出去,至贾母上房。只见一个小太监,拿了一盏四角平顶白纱灯,专为灯谜而制,上面已有一个,众人都争看乱猜。小太监又下谕道:"众小姐猜着了,不要说出来,每人只暗暗的写在纸上,一齐封进宫去,娘娘自验是否。"宝钗等听了,近前一看,是一首七言绝句,并无甚新奇,口中少不得称赞,宝钗世故而机心,故口是而心非也。写宝钗终不离此。只说难猜,故意寻思,其实一见就猜着了。宝玉、黛玉、湘云、探春脂批:"此处透出探春,正是草蛇灰线,后文方不突然。"四个人也都解了,各自暗暗的写了半日。一并将贾环、贾兰等传来,一齐各揣机心,脂批:"写出猜谜人行景,看他偏于两次戒(禅)机后,写此机心机事,足见用意至深至远。"都猜了,写在纸上。然后各人拈一物作成一谜,恭楷写了,挂在灯上。

太监去了,至晚出来传谕:"前日娘娘所制,俱已猜着,惟二小姐与三爷猜的不是。脂批:"迎春、贾环也,交错有法。"小姐们作的也都猜了,不知是否。"说着,也将写的拿出来。也有猜着的,也有猜不着的,都胡乱说猜着了。

第二十二回　听曲文宝玉悟禅机　制灯谜贾政悲谶语

太监又将颁赐之物送与猜着之人，每人一个宫制诗筒，脂批："诗筒，身边所佩之物，以待偶成之句，草录暂收之，其归至窗前，不致有亡也。或茜牙成，或琢香屑，或以绫素为之不一，想来奇特事，从不知也。二物极微极雅。"一柄茶筅，脂批："破竹如帚，以净茶具之积也。"独迎春、贾环二人未得。迎春自以为顽笑小事，并不介意，脂批："大家小姐。"贾环便觉得没趣。且又听太监说："三爷说的这个不通，娘娘也没猜，叫我带回问三爷是个什么。"脂批："贾环总是不入流。"众人听了，都来看他作的什么，写道是：

大哥有角只八个，二哥有角只两根。

大哥只在床上坐，二哥爱在房上蹲。

脂批："可发一笑，真环哥之谜。"

众人看了，大发一笑。脂批："诸卿勿笑，难为了作者摹拟。"贾环只得告诉太监说："一个枕头，一个兽头。"脂批："亏他好才情，怎么想来。"太监记了，领茶而去。

贾母见元春这般有兴，自己越发喜乐，便命速作一架小巧精致围屏灯来，设于堂屋，命他姊妹们各自暗暗的作了，写出来黏于屏上，然后预备下香茶细果以及各色顽物，为猜着之贺。贾政朝罢，见贾母高兴，况在节间，晚上也来承欢取乐。设了酒果，备了玩物，上房悬了彩灯，请贾母赏灯取乐。上面贾母、贾政、宝玉一席，下面王夫人、宝钗、黛玉、湘云又一席，迎、探、惜三个又一席。地下婆娘丫鬟站满。李宫裁、王熙凤二人在里间又一席。贾政因不见贾兰，便问："怎么不见兰哥？"脂批："看他透出贾政极爱贾兰。"地

由元春之灯谜，引出贾母灯谜。

下婆娘忙进里间问李氏,李氏起身笑着回道:"他说方才老爷并没去叫他,他不肯来。"婆娘回复了贾政。众人都笑说:"天生的牛心古怪。"贾政忙遣贾环与两个婆娘将贾兰唤来。贾母命他在身旁坐了,抓果品与他吃。大家说笑取乐。

往常间只有宝玉高谈阔论,今日贾政在这里,便惟有唯唯而已。脂批:"写宝玉如此。非世家曾经严父之训者,断写不出此一句。"余者湘云虽系闺阁弱女,却素喜谈论,今日贾政在席,也自缄口禁言。黛玉本性懒与人共,原不肯多语。脂批:"黛玉如此,与人多话则不肯,问得与宝玉话更多哉。"宝钗原不妄言轻动,便此时亦是坦然自若。脂批:"瞧他写宝钗,真是又曾经严父慈母之明训,又是世府千金,自己又天性从礼合节,前三人之长并归于一身。前三人向有捏作之态,故惟宝钗一人作坦然自若,并不见蹈规踏矩也。"故此一席虽是家常取乐,反见拘束不乐。脂批:"非世家公子,断写不及此。想近时之家,纵其儿女哭笑素饮,长者反以为乐,其礼不法何如是耶。"

贾母深体人意。贾母亦知因贾政一人在此所致之故,脂批:"这一句,又明补出贾母亦是世家明训之千金也,不然断想不及此。"酒过三巡,便撵贾政去歇息。贾政亦知贾母之意,撵了自己去后,好让他们姊妹兄弟取乐的。贾政忙陪笑道:"今日原听见老太太这里大设春灯雅谜,故也备了彩礼酒席,特来入会。何疼孙子孙女之心,便不略赐与儿子半点?"脂批:"贾政如此,余亦泪下。"贾母笑道:"你在这里,他们都不敢说笑,没的倒叫我闷。你要猜谜时,我便说一个你猜,猜不着是要罚的。"贾政忙笑道:"自然要罚。若猜着了,也是要领赏的。"贾母道:"这

第二十二回　听曲文宝玉悟禅机　制灯谜贾政悲谶语

个自然。"说着便念道：

猴子身轻站树梢。脂批："所谓'树倒猢狲散'是也。"

——打一果名

贾政已知是荔枝，脂批："的是贾母之谜。"便故意乱猜别的，罚了许多东西；然后方猜着，也得了贾母的东西。然后也念一个与贾母猜，念道：

身自端方，体自坚硬。

虽不能言，有言必应。

脂批："好极。的是贾老之谜，包藏贾府祖宗自身，'必'字隐'笔'字，妙极妙极。"

——打一用物

说毕，便悄悄的说与宝玉。宝玉意会，又悄悄的告诉了贾母。贾母想了想，果然不差，便说："是砚台。"贾政笑道："到底是老太太，一猜就是。"回头说："快把贺彩送上来。"地下妇女答应一声，大盘小盘一齐捧上。贾母逐件看去，都是灯节下所用所顽新巧之物，甚喜，遂命："给你老爷斟酒。"宝玉执壶，迎春送酒。

贾母因说："你瞧瞧那屏上，都是他姊妹们做的，再猜一猜我听。"贾政答应，起身走至屏前，只见头一个写道是：

能使妖魔胆尽摧。身如束帛气如雷。

一声震得人方恐，回首相看已成灰。

脂批："此元春之谜，才得侥幸，奈寿不长，可悲哉。"

贾政道："这是炮竹嗄。"宝玉答道："是。"贾政又看道：

> 天运人功理不穷。有功无运也难逢。
>
> 因何镇日纷纷乱，只为阴阳数不同。

脂批："此迎春一生遭际，惜不得其夫何。"

贾政道："是算盘。"迎春笑道："是。"又往下看是：

> 阶下儿童仰面时。清明妆点最堪宜。
>
> 游丝一断浑无力，莫向东风怨别离。

脂批："此探春远适之谶也，使此人不远去，将来事败，诸子孙不至流散也，悲哉伤哉。"

贾政道："这是风筝。"探春笑道："是。"又看道是：

脂批："此后破失，俟再补。"

> 前身色相总无成。不听菱歌听佛经。
>
> 莫道此生沉黑海，性中自有大光明。〔一〕

脂批："此惜春为尼之谶也。公府千金，至缁衣乞食，宁不悲夫。"

贾政道："这是佛前海灯嗄。"惜春笑答道："是海灯。"

四人灯谜，全由贾政心中解破，预伏后部之事。

贾政心内沉思道："娘娘所作爆竹，此乃一响而散之物。迎春所作算盘，是打动乱如麻。探春所作风筝，乃飘飘浮荡之物。惜春所作海灯，益发清净孤独。今乃上元佳节，如何皆用此不祥之物为戏耶？"心内愈思愈闷，因在贾母之前，不敢形于色，只得仍勉强往下看去。只见后面写着七言律诗一首，却是宝钗所

作,随念道:

> 朝罢谁携两袖烟。琴边衾里总无缘。
> 晓筹不用鸡人报,五夜无烦侍女添。
> 焦首朝朝还暮暮,煎心日日复年年。
> 光阴荏苒须当惜,风雨阴晴任变迁。

贾政看完,心内自忖道:"此物还倒有限。只是小小之人作此诗句,更觉不祥,皆非永远福寿之辈。"想到此处,愈觉烦闷,大有悲戚之状,因而将适才的精神减去十之八九,只垂头沉思。

贾母见贾政如此光景,想到或是他身体劳乏,亦未可定,又兼恐拘束了众姊妹,不得高兴顽耍,即对贾政道:"你竟不必猜了。去安歇罢。让我们再坐一会,也好散了。"贾政一闻此言,连忙答应几个"是"字,又勉强劝了贾母一回酒,方才退出去了。回至房中,只是思索,翻来覆去,竟难成寐,不由伤悲感慨,不在话下。

且说贾母见贾政去了,便道:"你们可自在乐一乐罢。"一言未了,早见宝玉跑至围屏灯前,指手画脚,满口批评,这个这一句不好,那一个做的不恰当,如同开了笼的猴子一般。宝钗便道:"还像适才坐着,大家说说笑笑,岂不斯文些儿。"凤姐自里间忙出来插口道:"你这个人,就该老爷每日令你寸步不离方好。适才我忘了,为什么不当着老爷,撺掇叫你也作

庚辰本眉批:"暂记宝钗制谜云。"以下即录宝钗"朝罢谁携"诗。

宝钗诗谜,是庚辰本录存者,其余已是后补文字。

畸批:"此回未成,而芹逝矣,叹叹。丁亥夏,畸笏叟。"

仍用贾政一解。

一场灯节,却在强欢中度过。

诗谜儿。若如此，怕不得这会子正出汗呢。"说的宝玉急了，扯着凤姐儿，扭股儿糖似的只是厮缠。贾母又与李宫裁并众姐妹说笑了一会，也觉有些困倦起来。听了听已是漏下四鼓，命将食物撤去，赏散与众人，随起身道："我们安歇罢。明日还是节下，该当早起。明日晚间再顽罢。"且听下回分解。

第二十二回　听曲文宝玉悟禅机　制灯谜贾政悲谶语

【回后评】

　　贾母特为宝钗蠲资过生日，熙凤又将生日规格置于黛玉之上，贾母又"喜他稳重和平"，以此种种看，宝钗已渐夺贾母之心，凤姐之举，是贾母爱心之反映也。否则凤姐何能将宝钗生日规格置于贾母嫡亲外孙女之上，宝钗不过王夫人之外甥女耳，其亲疏岂能与黛玉比，故宝玉有"亲不间疏"之言也。今宝钗之遇竟越过黛玉，则其渐可知矣。

　　因宝钗生日演戏，竟由宝钗点出《鲁智深醉闹五台山》，并由钗、玉共赏北《点绛唇》"转眼分离乍。赤条条来去无牵挂"一曲，其意深远，直射后回生离之意而自然贴切，天衣无缝。

　　凤姐说演小旦的"活像一个人"，暗指黛玉。凤姐敢如此说，已见黛玉在贾母等人眼中之宠爱已大不如前。而湘云直口说穿，遂引出无限风波，文章煞是好看。

　　宝玉因劝慰湘、黛而反遭误解生分，从而产生证悟，为后文之结局先作一引。然宝玉之悟，非彻悟也，是一时之感也，唯黛玉能明其意，故用黛玉棒喝而罢。

　　由元春灯谜引出贾母、贾政及诸人灯谜，并由贾政悟出其衰败之意，一场欢喜热闹灯节，遂于黯然中收场。作者于元春省亲大热闹方过，已渐示盛极必衰之意矣！

【校记】

　　〔一〕庚本此句以下文字缺失，仅存宝钗诗谜，列藏本同庚本。杨本、甲辰、程甲各本均有惜春诗谜"性中自有大光明"以下文字，但庚本宝钗诗谜却改为黛玉诗谜。蒙府、戚序、舒序均有惜春诗谜以下文字，宝钗诗谜仍属宝钗，与庚辰本同，兹即据戚序本补入。

第二十三回　　西厢记妙词通戏语
　　　　　　　牡丹亭艳曲警芳心

> 为元春省亲作一总结束，亦为大观园作一增补。

话说贾元春自那日幸大观园回宫去后，便命将那日所有的题咏，命探春依次抄录妥协，自己编次，叙其优劣，又命在大观园勒石，为千古风流雅事。因此，贾政命人各处选拔精工名匠，在大观园磨石镌字，贾珍率领蓉、萍等监工。因贾蔷又管理着文官等十二个女戏并行头等事，不大得便，因此贾珍又将贾菖、贾菱唤来监工。一日，汤蜡钉朱，动起手来。这也不在话下。

且说那个玉皇庙并达摩庵两处，一班的十二个小沙弥并十二个小道士，如今挪出大观园来，贾政正想发到各庙去分住，不想后街上住的贾芹之母周氏，正盘算着也要到贾政这边谋一个大小事务与儿子管管，也好弄些银钱使用，可巧听见有这件事，便坐轿子来求凤姐。凤姐因见他素日不大拿班做势的，便依允了，想了几句话便回王夫人说："这些小和尚道士万不可

第二十三回　西厢记妙词通戏语　牡丹亭艳曲警芳心

打发到别处去，一时娘娘出来就要承应。倘或散了，若再用时，可是又费事。依我的主意，不如将他们竟送到咱们家庙里铁槛寺去，月间不过派一个人拿几两银子去买柴米就完了。说声用，走去叫来，一点儿不费事呢。"王夫人听了，便商之于贾政。贾政听了笑道："倒是提醒了我，就是这样。"实时唤贾琏来。好说词，使王夫人不得不应。

当下贾琏正同凤姐吃饭，一闻呼唤，不知何事，放下饭便走。凤姐一把拉住，笑道："你且站住，听我说话。若是别的事我不管，若是为小和尚们的事，好歹依我这么着。"如此这般教了一套话。贾琏笑道："我不知道，你有本事你说去。"凤姐听了，把头一梗，把筷子一放，腮上似笑不笑的瞅着贾琏道："你当真的，还是顽话？"看凤姐之威。贾琏笑道："西廊下五嫂子的儿子芸儿来求了我两三遭，要个事情管管。我依了，叫他等着。好容易出来这件事，你又夺了去。"凤姐儿笑道："你放心。园子东北角子上，娘娘说了，还叫多多的种松柏树，楼底下还叫种些花草。等这件事出来又多出一桩事来。我管保叫芸儿管这件工程。"贾琏道："果然这样也罢了。只是昨儿晚上，我不过是要改个样儿，你就扭手扭脚的。"凤姐儿听了，嗤的一声笑了，向贾琏啐了一口，低下头便吃饭。凤姐早有安排。原来也早有打算，人事都从后门走，古今一例。

贾琏已经笑着去了，到了前面见了贾政，果然是小和尚一事。贾琏便依了凤姐的主意，说道："如今看来，芹儿倒大大的出息了，这件事竟交与他去管办。横竖照在里头的规例，每月叫芹儿支领就是了。"贾政原不大理论这些事，听贾琏如此说，便如此依了。

贾琏回到房中，告诉凤姐儿。凤姐即命人去告诉了周氏。贾芹便来见贾琏夫妻两个，感谢不尽。凤姐又作情央贾琏先支三个月的供给，叫他写了领字，贾琏批票画了押，登时发了对牌出去。银库上按数发出三个月的供给来，白花花二三百两。贾芹随手拈一块，掷与掌平的人，叫他们吃茶罢。于是命小厮拿回家，与母亲商议。登时雇了大叫驴，自己骑上；又雇了几辆车，至荣国府角门前，唤出二十四个人来，坐上车，一径往城外铁槛寺去了。<u>贾芹一事安排毕，又为后文张本。</u>当下无话。

<u>脂批："大观园原系十二钗栖止之所，然工程浩大，故借元春之名而起，再用元春之命以安诸艳，不见一丝扭捏。己卯冬夜。"</u>

如今且说贾元春，因在宫中自编大观园题咏之后，忽想起那大观园中景致，自己幸过之后，贾政必定敬谨封锁，不敢使人进去骚扰，岂不寥落。况家中现有几个能诗会赋的姊妹，何不命他们进去居住，也不使佳人落魄，花柳无颜。却又想到宝玉自幼在姊妹丛中长大，不比别的兄弟，若不命他进去，只怕他冷清了，一时不大畅快，未免贾母、王夫人愁虑，须得也命他进园居住方妙。想毕，遂命太监夏守忠到荣国府来下一道谕，命宝钗等<u>指明命宝钗等在园中居住，亦见宝钗在元春心中印象。</u>只管在园中居住，不可禁约封锢，命宝玉仍随进去读书。

第二十三回　西厢记妙词通戏语　牡丹亭艳曲警芳心

贾政、王夫人接了这谕，待夏守忠去后，便来回明贾母，遣人进去[一]各处收拾打扫，安设帘幔床帐。别人听了还自犹可，惟宝玉听了这谕，喜的无可无不可。正和贾母盘算，要这个，弄那个，忽见丫鬟来说："老爷叫宝玉。"宝玉听了，好似打了个焦雷，登时扫去兴头，脸上转了颜色，便拉着贾母，扭的好似扭股儿糖，杀死不敢去。贾母只得安慰他道："好宝贝，你只管去，有我呢，他不敢委屈了你。况且你又作了那篇好文章。想是娘娘叫你进去住，他吩咐你几句，不过不教你在里头淘气。他说什么，你只好生答应着就是了。"一面安慰，一面唤了两个老嬷嬷来，吩咐"好生带了宝玉去，别叫他老子唬着他"。老嬷嬷答应了。

宝玉只得前去，一步挪不了三寸，蹭到这边来。可巧贾政在王夫人房中商议事情。金钏儿、彩云、彩霞、绣鸾、绣凤等众丫鬟都在廊檐底下站着呢，一见宝玉来，都抿着嘴笑。金钏一把拉住宝玉，脂批："有是事，有是文。"悄悄的笑道："我这嘴上是才擦的香浸胭脂，你这会子可吃不吃了？"写金钏，隐含多少往事，并为后文投井张本。彩云一把推开金钏，笑道："人家正心里不自在，你还奚落他。趁这会子喜欢，快进去罢。"宝玉只得挨进门去。原来贾政和王夫人都在里间呢。赵姨娘打起帘子，赵姨娘打帘子，可见其身份。宝玉躬身进去。只见贾政和王夫人对面坐在炕上说话，地下一溜椅子，迎春、探春、惜春、贾环四个人都坐在那里。一见他进来,惟有探春和惜春、贾环站了起来。

贾政一举目,见宝玉站在跟前,神彩飘逸,秀色夺人;看看贾环,人物委琐,举止荒疏;忽又想起贾珠来;又看看王夫人,只有这一个亲生的儿子,脂批:"批至此,几乎失声哭出。"素爱如珍;自己的胡须将已苍白:因这几件上,把素日嫌恶、处分宝玉之心,不觉减了八九。半晌说道:"娘娘吩咐,说你日日外头嬉游,渐次疏懒,如今叫禁管,同你姊妹在园里读书写字。你可好生用心习学,再如不守分安常,你可仔细!"宝玉连连的答应了几个"是"。王夫人便拉他在身旁坐下。他姊妹三人依旧坐下。

王夫人摸娑着宝玉的脖项说道:"前儿的丸药都吃完了?"宝玉答道:"还有一丸。"王夫人道:"明儿再取十丸来,天天临睡的时候,叫袭人服侍你吃了再睡。"宝玉道:"只从太太吩咐了,袭人天天晚上想着,打发我吃。"

贾政问道:"袭人是何人?"王夫人道:"是个丫头。"贾政道:"丫头,不管叫个什么罢了,是谁这样刁钻,起这样的名字?"王夫人见贾政不自在了,便替宝玉掩饰道:"是老太太起的。"贾政道:"老太太如何知道这话,一定是宝玉。"宝玉见瞒不过,只得起身回道:"因素日读诗,曾记得古人有一句诗云:'花

难得贾政对宝玉两句好评。

脂批:"写宝玉可入园用'禁管'二字,得体理之至。壬午九月。"

叙明袭人名字来历。

第二十三回　西厢记妙词通戏语　牡丹亭艳曲警芳心

气袭人知昼暖。'因这个丫头姓花，便随口起了这个名字。"王夫人忙又道："宝玉，你回去改了罢。老爷也不用为这小事动气。"

贾政道："究竟也无碍，又何用改。只是可见宝玉不务正，专在这些秾词艳赋上作工夫。"说毕，断喝一声："作业的畜生，还不出去！"王夫人也忙道："去罢，只怕老太太等你吃饭呢。"宝玉答应了，慢慢的退出去，向金钏儿笑着伸伸舌头，带着两个嬷嬷一溜烟去了。来时"一步挪不了三寸"，"挨门进去"，去时"一溜烟去了"，写宝玉如画。

刚至穿堂门前，脂批："妙，这便是凤姐扫雪拾玉之处，一丝不乱。"只见袭人倚门立在那里，一见宝玉平安回来，堆下笑来问道：倚门而待，堆笑而问，可见其情之切。脂批云："等坏了，愁坏了，所以有堆下笑来问话。""叫你作什么？"宝玉告诉他："没有什么，不过怕我进园去淘气，吩咐吩咐。"一面说，一面回至贾母跟前，回明原委。只见林黛玉正在那里，宝玉便问他："你住那一处好？"林黛玉正心里盘算这事，脂批："颦儿亦有盘算事，拣择清幽处耳，未知择邻否，一笑。"忽见宝玉问他，便笑道："我心里想着潇湘馆好，潇湘馆，作者固为黛玉而设也。爱那几竿竹子隐着一道曲栏，比别处更觉幽静。"宝玉听了，拍手笑道："正和我的主意一样，原来宝玉亦是此意，可见二人同心。我也要叫你住这里呢。我就住怡红院，咱们两个又近，又都清幽。"脂批："择邻出于玉兄，所谓真知己。"黛玉已知入园事，故作盘算也。

诸人住处，唯黛玉、宝玉两人特写。

晋王嘉《拾遗记·前汉上》："帝息于延凉室，卧梦李夫人授帝蘅芜之香。帝惊起，而香气犹着衣枕，历月不歇。"

二人正计较，就有贾政遣人来回贾母说："二月二十二日子好，哥儿姐儿们好搬进去的。这几日内遣人进去分派收拾。"薛宝钗住了蘅芜苑,林黛玉住了潇湘馆,贾迎春住了缀锦楼,探春住了秋爽斋,惜春住了蓼风轩,李氏住了稻香村,宝玉住了怡红院。每一处添两个老嬷嬷,四个丫头,除各人奶娘亲随丫鬟不算外,另有专管收拾打扫的。至二十二日,一齐进去,登时园内花招绣带,柳拂香风,不似前番那等寂寞了。

> 脂批:"八字写得满园之内,处处有人,无一处不到。"

闲言少叙。且说宝玉自进花园以来,心满意足,再无别项可生贪求之心。每日只和姊妹丫头们一处,或读书,或写字,或弹琴下棋,作画吟诗,以至描鸾刺凤,斗草簪花,低吟悄唱,拆字猜枚,无所不至,倒也十分快乐。他曾有几首即事诗,虽不算好,却倒是真情真景,略记几首云:

春夜即事

霞绡云幄任铺陈。隔巷蟆更听未真。

枕上轻寒窗外雨,眼前春色梦中人。

盈盈烛泪因谁泣,点点花愁为我嗔。

自是小鬟娇懒惯,拥衾不耐笑言频。

夏夜即事

倦绣佳人幽梦长。金笼鹦鹉唤茶汤。

窗明麝月开宫镜,室霭檀云品御香。

琥珀杯倾荷露滑,玻璃槛纳柳风凉。

水亭处处齐纨动,帘卷朱楼罢晚妆。

> 潇湘,指湘江。《山海经·中山经》:"帝之二女居之,是常游于江渊。澧沅之风,交潇湘之渊。"《初学记》引晋张华《博物志》:"舜死,二妃泪下,染竹即斑。"李商隐诗:"湘江竹上痕无限。"

> 诸人进园,从此又一番风光。

第二十三回　　西厢记妙词通戏语　牡丹亭艳曲警芳心

秋夜即事

绛芸轩里绝喧哗。桂魄流光浸茜纱。

苔锁石纹容睡鹤，井飘桐露湿栖鸦。

抱衾婢至舒金凤，倚槛人归落翠花。

静夜不眠因酒渴，沉烟重拨索烹茶。

冬夜即事

梅魂竹梦已三更。锦罽鹴衾睡未成。

松影一庭惟见鹤，梨花满地不闻莺。

女儿翠袖诗怀冷，公子金貂酒力轻。

却喜侍儿知试茗，扫将新雪及时烹。

因这几首诗，当时有一等势利人，见是荣国府十二三岁的公子作的，抄录出来各处称颂；再有一等轻浮子弟，爱上那风骚妖艳之句，也写在扇头、壁上，不时吟哦赏赞。因此竟有人来寻诗觅字，倩画求题的。_{不意大观园中竟亦有笔墨应酬之事。}宝玉益发得了意，镇日家作这些外务。

谁想静中生烦恼，忽一日不自在起来，这也不好，那也不好，出来进去，只是闷闷的。园中那些人，多半是女孩儿，正在混沌世界，天真烂熳之时，坐卧不避，嬉笑无心，那里知宝玉此时的心事。那宝玉心内不自在，便懒待在园内，只在外头鬼混，却又痴痴的。

脂批："不进园去，真不知何心事。"

茗烟见他这样，因想与他开心，左思右想，皆是宝玉顽烦了的，不能开心，惟有这件，宝玉不曾看见

脂批："四诗作尽安福尊荣之贵介公子也。壬午孟夏。"

宝玉初入园中，写其心满意足神态，别无寄托可言。

过。_{脂批:"书房伴读累累如是,余至今痛恨。"}想毕,便走去到书坊内,把那古今小说并那飞燕、合德、武则天、杨贵妃的外传与那传奇角本买了许多来,引宝玉看。宝玉何曾见过这些书,一看见了便如得了珍宝。茗烟又嘱咐他不可拿进园去,"若叫人知道了,我就吃不了兜着走呢。"宝玉那里舍的不拿进去,踟蹰再三,单把那文理细密的拣了几套进去,放在床顶上,无人时自己密看。_{可见此类书为官方所禁。}那粗俗过露的,都藏在外面书房里。

_{从此又进一天地矣。}

那一日,正当三月中浣,早饭后,宝玉携了一套《会真记》,走到沁芳闸桥边,桃花底下,一块石上坐着,展开《会真记》,从头细玩。正看到"落红成阵",只见一阵风过,把树头上桃花吹下一大半来,落的满身满书满地皆是。宝玉要抖将下来,恐怕脚步践踏了,_{脂批:"情不情。"}只得兜了那花瓣,来至池边,抖在池内。那花瓣浮在水面,飘飘荡荡,竟流出沁芳闸去了。

_{正是落花水面皆文章也。}

回来只见地下还有许多,宝玉正踟蹰间,只听背后有人说道:"你在这里作什么?"_{来得正是时候。}宝玉一回头,却是林黛玉来了,肩上担着花锄,锄上挂着花囊,_{天然一幅图画。}手内拿着花帚。_{惜花心情二人相同,却各自不同安排。}宝玉笑道:"好,好,来把这个花扫起来,撂在那水里。我才撂了好些在那里呢。"林黛玉道:"撂在水里不好。你看这里的水干净,只一流出去,有人家的地方,脏的臭的混倒,仍旧把花遭塌了。_{毕竟黛玉想得周到。}那畸角上我有一个花冢,

_{脂批:"此图欲画之心久矣,誓不遇仙笔不写,恐亵我颦卿故也。己卯冬。"}

第二十三回　西厢记妙词通戏语　牡丹亭艳曲警芳心

如今把他扫了，装在这绢袋里，拿土埋上，日久不过随土化了，_{脂批："好名色，新奇。葬花亭里葬花人。"} _{脂批："宁使香魂随土化。"}岂不干净。"_{脂批："写黛玉又胜宝玉十倍痴情。"}

宝玉听了，喜不自禁，笑道："待我放下书，帮你来收拾。"_{无意中露出马脚}黛玉道："什么书？"宝玉见问，慌的藏之不迭，_{已来不及了。}便说道："不过是《中庸》《大学》。"黛玉笑道："你又在我跟前弄鬼。趁早儿给我瞧，好多着呢。"_{如此说法自然是鬼话。黛玉岂能信他读此类书。}宝玉道："好妹妹，若论你，我是不怕的。你看了，好歹别告诉别人去。_{确是如此，可惜后来还是说漏了嘴。}真真这是好书！你要看了，连饭也不想吃呢。"一面说，一面递了过去。林黛玉把花具且都放下，接书来瞧，从头看去，越看越爱看，不顿饭工夫，将十六出俱已看完，自觉词藻警人，余香满口。_{八字的评。才人眼中看才人之书。}虽看完了书，却只管出神，心内还默默记诵。_{可见已与神合。}

宝玉笑道："妹妹，你说好不好？"林黛玉笑道："果然有趣。"宝玉笑道："我就是个'多愁多病身'，你就是那'倾国倾城貌'。"_{不想宝玉现成就用。脂批："看官说宝玉忘情（则）有之，若认作有心取笑，则看不得《石头记》。"}林黛玉听了，不觉带腮连耳通红，登时直竖起两道似蹙非蹙的眉，瞪了两只似睁非睁的眼，微腮带怒，薄面含嗔，指宝玉道："你这该死的胡说！好好的把这淫词艳曲弄了来，还学了这些混话来欺负我。我告诉舅舅舅母去。"说到"欺负"两个字上，早又把眼睛圈儿红了，转身就走。_{才说"好歹别告诉人"，却转身即有事。}宝玉

_{畸批："丁亥春间，偶识一浙省（新）发，其自描美人真神品物，甚合余意。奈彼因宦缘所缠无暇，且不能久留都下，未几南行矣。余至今耿耿，怅然之至。恨与阿颦结一笔墨缘之难若此，叹叹。丁亥夏，畸笏叟。"}

着了急，向前拦住说道："好妹妹，千万饶我这一遭，原是我说错了。若有心欺负你，明儿我掉在池子里，教个癞头鼋吞了去，变个大忘八，等你明儿做了'一品夫人'，病老归西的时候，我往你坟上替你驮一辈子的碑去。"^{脂批："虽是混话一串，却成了最新最奇的妙文。"}说的林黛玉嗤的一声笑了，一面揉着眼睛，一面笑道："一般也唬的这个调儿，还只管胡说。'呸，原来是苗而不秀，是个银样镴枪头。'"^{其实黛玉何曾发怒，只是叫她岂能不如此乎？"银样镴枪头"一语，可见黛玉丝毫未怒也。}宝玉听了，笑道："你这个呢？我也告诉去。"林黛玉笑道："你说你会过目成诵，难道我就不能一目十行么？"

> 镴，诸本皆作"蜡"。《西厢记》原文作"镴"。按："镴"，锡与铅的合金，为软金属。外表看似钢铁，其实其质甚软。

宝玉一面收书，一面笑道："正经快把花埋了罢，别提那个了。"二人便收拾落花，正才掩埋妥协，只见袭人走来，^{幸亏袭人来得晚，未见前事也。}说道："那里没找到，摸在这里来。那边大老爷身上不好，姑娘们都过去请安，老太太叫打发你去呢。快回去换衣裳去罢。"宝玉听了，忙拿了书，别了黛玉，同袭人回房换衣不提。

> 因读《西厢》而二人会心，从此二人心意，皆可借《西厢》会通矣。

这里林黛玉见宝玉去了，又听见众姐妹也不在房，自己闷闷的，^{脂批："有原故。"}正欲回房，刚走到梨香院墙角上，只听墙内笛韵悠扬，歌声婉转。林黛玉便知是那十二个女孩子演习戏文呢。只因林黛玉素习不大喜看戏文，便不留心，只管往前走。偶然两句吹到耳内，明明白白，一字不落，^{愈是不留心戏文，愈是偶然听到，愈是新奇。}唱道是："原来姹紫嫣

第二十三回　西厢记妙词通戏语　牡丹亭艳曲警芳心

红开遍，似这般都付与断井颓垣。"林黛玉听了，倒也十分感慨缠绵，^{两句先把黛玉吸引住。}便止住步侧耳细听，又听唱道是："良辰美景奈何天，赏心乐事谁家院。"听了这两句，不觉点头自叹，^{说到眼前自家身边。}心下自思道："原来戏上也有好文章。^{脂批："非不及钗，系不曾于杂学上用意也。"}可惜世人只知看戏，未必能领略这其中的趣味。"^{深了一层想。}想毕，又后悔不该胡想，耽误了听曲子。又侧耳时，只听唱道："则为你如花美眷，似水流年……"

林黛玉听了这两句，不觉心动神摇，又听道"你在幽闺自怜"等句，亦发如醉如痴，站立不住，便一蹲身坐在一块山子石上，细嚼"如花美眷，似水流年"八个字的滋味。忽又想起前日见古人诗中有"水流花谢两无情"之句，再又有词中有"流水落花春去也，天上人间"之句，又兼方才所见《西厢记》中"花落水流红，闲愁万种"之句，都一时想起来，凑聚在一处。仔细忖度，不觉心痛神痴，眼中落泪。正没个开交，忽觉背上击了一下，及回头看时，原来是……

且听下回分解。正是：

妆晨绣夜心无矣，对月临风恨有之。

戏文又是另一天地，正可与小说相发明。

脂批："情小姐，故以情小姐词曲警之，恰极当极。己卯冬。"

两句直扣心坎，"如花美眷，似水流年"，正射黛玉，能不自怜，能不感慨乎？到"幽闺自怜"句，则直入黛玉之心矣。于是百感交集，名句纷至，自然心痛神痴矣。

"似水流年"数句，警醒黛玉年华身世之感，较前又进一步矣。

脂批："前以《会真记》文，后以《牡丹亭》曲，加以有情有景，消魂落魄诗词，总是急于令颦儿种病根也。看其一路不即不离，曲曲折折写来，令观者亦技难持，况瘦怯怯之弱女乎？"

【回后评】

分派安置小沙弥、小道士，区区小事耳，凤、琏夫妻间亦有争夺，可见利之所在、争之所由也。贾芹一得差使，即支现银，即雇大叫驴，何等风光。此皆走凤姐后门所得也。

由元春之命，诸钗及宝玉进大观园住，最为得体，其实作者写大观园，实为诸钗及宝玉也。无此环境，以后钗、玉、黛诸人故事便难以展开。故借元春省亲写大观园，又以元春之命，令诸人入园，则千妥万当矣。

宝玉住怡红院，黛玉住潇湘馆，相距最近，作者用特笔描写。其余各人住处，皆随笔叙过，然此皆作者经心之笔，非率尔也。

宝玉得《西厢》诸书，因而黛玉亦得读《西厢》，并为之"心痛神痴"，从此两人思想精神，又入一新境界矣。而其间无宝钗一笔，宝钗亦无预其事，实是宝黛与钗，于此书见一思想分界也，且为后文宝钗训黛先留地步。

【校记】

〔一〕"读书"以下二十七字，庚本缺，各本均有，文字略异，今从杨本补。

第二十四回　　醉金刚轻财尚义侠
　　　　　　　　痴女儿遗帕惹相思[一]

话说林黛玉正自情思萦逗、缠绵固结之时,忽有人从背后击了一掌,说道:"你作什么一个人在这里?"林黛玉倒唬了一跳,回头看时,不是别人,却是香菱。林黛玉道:"你这个傻丫头,唬了我一跳,你这会子打那里来?"[二]香菱嘻嘻的笑道:"我来寻我们的姑娘的,找他总找不着。你们紫鹃也找你呢,说琏二奶奶送了什么茶叶来给你的。走罢,回家去坐着。"一面说着,一面拉着黛玉的手,回潇湘馆来了。果然凤姐儿送了两小瓶上用新茶来。林黛玉和香菱坐了。况他们有甚正事谈讲,不过说些这一个绣的好,那一个刺的精,又下一回棋,看两句书,^{脂批:"棋不论盘,书不论章,皆是娇憨女儿神理,写得不即不离,似有若无。妙极。"}香菱便走了。不在话下。

如今且说宝玉,因被袭人找回房去,果见鸳鸯歪在床上^{有神态。}看袭人的针线呢,见宝玉来了,便说道:"你

_{黛玉正情思萦逗之际,用香菱来一击而醒,文章亦随之转换,移步换景,自然天成。}

_{畸批:"是书最好看如此等处,系画家山水树头丘壑俱备,末用浓淡墨点苔法也。丁亥夏,畸笏叟。"}

往那里去了？老太太等着你呢，叫你过那边请大老爷的安去。还不快换了衣服走呢。"袭人便进房去取衣服。宝玉坐在床沿上，褪了鞋等靴子穿的工夫，回头见鸳鸯穿着水红绫子袄儿，青缎子背心，束着白绉绸汗巾儿，脸向那边低着头看针线，脖子上带着花领子。<small>特写鸳鸯一笔。</small>宝玉便把脸凑在他脖项上，闻那香油气，不住用手摩挲，其白腻不在袭人之下，便猴上身去涎皮笑道："好姐姐，把你嘴上的胭脂赏我吃了罢。"<small>脂批："胭脂是这样吃法，看官可经过否？"</small><small>宝玉于鸳鸯之亲昵，亦非其他人可比。</small>一面说着，一面扭股糖似的黏在身上。鸳鸯便叫道："袭人，你出来瞧瞧。<small>脂批："不向宝玉说话，又叫袭人，鸳鸯亦是幻情洞天也。"</small><small>鸳鸯叫袭人来看，是明自己也。</small>你跟他一辈子，也不劝劝，还是这么着。"<small>鸳鸯不推不拒，反叫袭人来看，鸳鸯之于宝玉亦可知矣。</small>袭人抱了衣服出来，向宝玉道："左劝也不改，右劝也不改，你到底是怎么样？你再这么着，<small>脂批："此五字内有深意深心。"</small>这个地方可就难住了。"一边说，一边催他穿了衣服，同鸳鸯往前面来见贾母。

见过贾母，出至外面，人马俱已齐备。刚欲上马，只见贾琏请安回来了，正下马，二人对面，彼此问了两句话。只见旁边转出一个人来："请宝叔安。"宝玉看时，只见这人容长脸，长挑身材，年纪只好十八九岁，生得着实斯文清秀，倒也十分面善，只是想不起是那一房的，叫什么名字。贾琏笑道："你怎么发呆，连他也不认得？他是后廊上住的五嫂子的儿子芸儿。"<small>特写贾芸一笔。</small>宝玉笑道："是了，是了，我怎么就忘了。"因问他母亲好,这会子什么勾当。贾芸指贾琏道:"找二叔说句话。"宝玉笑道:"你倒比先越发出挑了,倒像我的儿子。"贾琏笑道:"好不害臊!人家比你大四五岁呢,就替你作儿子了?"宝玉笑道:"你今年十几岁了?"贾芸道:"十八岁。"

原来这贾芸最伶俐乖觉,听宝玉这样说,便笑道:"俗语说的,'摇车里的爷爷,拄拐杖的孙孙'。虽然岁数大,山高高不过太阳。只从我父亲没了,这几年也无人照管教导。脂批:"虽是随机而应,伶俐人之语,余却伤心。"如若宝叔不嫌侄儿蠢笨,认作儿子,就是我的造化了。"贾琏笑道:"你听见了?认儿子不是好开交的呢。"说着就进去了。宝玉笑道:"明儿你闲了,只管来找我,别和他们鬼鬼祟祟的。此言何指?他们是谁?当是因宝玉与贾琏说话时,贾芸突然转出来而言也。这会子我不得闲儿。明儿你到书房里来,和你说天话儿,我带你园里顽耍去。"说着扳鞍上马,众小厮围随往贾赦这边来。

见了贾赦,不过是偶感些风寒,先述了贾母问的话,然后自己请了安。贾赦先站起来回了贾母话,次后便唤人来:"带哥儿进去太太屋里坐着。"宝玉退出,来至后面,进入上房。邢夫人见了他来,先倒站了起来,请过贾母安,宝玉方请安。邢夫人拉他上炕坐了,方问别人好,又命人倒茶来。一钟茶未吃完,只见那贾琮来问宝玉好。邢夫人道:"那里找活猴儿去!你那奶妈子死绝了,也不收拾收拾你,弄的黑眉乌嘴的,

贾芸会说话,是讨好奉承宝玉,当亦为谋事也。

贾赦先站起来回贾母的话,邢夫人先倒站起来请贾母安,皆特写大家礼节。

那里像大家子念书的孩子!"

正说着,只见贾环、贾兰小叔侄两个也来了,请过安,邢夫人便叫他两个椅子上坐了。贾环见宝玉同邢夫人坐在一个坐褥上,邢夫人又百般摩挲抚弄他,早已心中不自在了,脂批:"千里伏线。"坐不多时,便和贾兰使眼色儿要走。贾兰只得依他,一同起身告辞。宝玉见他们要走,自己也就起身,要一同回去。邢夫人笑道:"你且坐着,我还和你说话呢。"宝玉只得坐了。邢夫人向他两个道:"你们回去,各人替我问你们各人的母亲好。你们姑娘、姐姐、妹妹都在这里呢,闹的我头晕,今儿不留你们吃饭了。"贾环等答应着,便出来回家去了。

宝玉笑道:"可是姐姐们都过来了,怎么不见?"邢夫人道:"他们坐了一会子,都往后头不知那屋里去了。"宝玉道:"大娘方才说有话说,不知是什么话?"邢夫人笑道:"那里有什么话,不过是叫你等着,同你姊妹们吃了饭去。还有一个好顽的东西给你带回去顽。"足见邢夫人待宝玉,与贾环、贾兰有别。

娘儿两个说话,不觉早又晚饭时节。调开桌椅,罗列杯盘,母女姊妹们吃毕了饭。宝玉又去辞别了贾赦,同姊妹们一同回家,见过贾母、王夫人等,各自回房安息。不在话下。前面说有一个好顽的东西给你带回去,此后却未见提及。脂批:"一段为五鬼魔法引。脂砚。"

第二十四回　醉金刚轻财尚义侠　痴女儿遗帕惹相思

且说贾芸进去见了贾琏，因打听可有什么事情。贾琏告诉他："前儿倒有一件事情出来，偏生你婶子再三求了我，给了贾芹了。他许了我，说明儿园里还有几处要栽花木的地方，等这个工程出来，一定给你就是了。"贾芸听了，半晌说道："既是这样，我就等着罢。叔叔也不必先在婶子跟前提我今儿来打听的话，到跟前再说也不迟。"贾芸乖觉，心中已有主意。贾琏道："提他作什么，我那里有这些工夫说闲话儿呢。明儿一个五更，还要到兴邑去走一趟，须得当日赶回来才好。你先去等着，后日起更以后你来讨信儿，来早了我不得闲。"说着便回后面换衣服去了。

贾芸出了荣国府回家，一路思量，想出一个主意来，便一径往他母舅卜世仁家来。脂批："既云'不是人'，如何肯共事，想芸哥此来空了。"原来卜世仁现开香料铺，方才从铺子里来，忽见贾芸进来，彼此见过了，因问他这早晚什么事跑了来。贾芸道："有件事求舅舅帮衬帮衬。我有一件事，用些冰片麝香使用，好歹舅舅每样赊四两给我，八月里按数送了银子来。"卜世仁冷笑道："再休提赊欠一事，前儿也是我们铺子里一个伙计，替他的亲戚赊了几两银子的货，至今总未还上。因此我们大家赔上，立了合同，再不许替亲友赊欠。谁要赊欠，就要罚他二十两银子的东道。况且如今这个货也短，你就拿现银子到我们这不三不四的铺子里来买，也还

卜世仁，不是人也。雪芹痛骂势利之徒，亦痛骂社会，或亦有身经之痛乎？

原为想赊冰片麝香而来，却白得了一勺冰水浇头，还惹来一番教训。写尽世情冷暖。

没有这些，只好倒扁儿去。这是一。二则你那里有正紧事，不过赊了去又是胡闹。你只说舅舅见你一遭儿就派你一遭儿不是。你小人儿家很不知好歹，也到底立个主见，赚几个钱，弄得穿是穿吃[三]是吃的，我看着也喜欢。"

贾芸笑道："舅舅说的倒干净。我父亲没的时候，我年纪又小，不知事。后来听见我母亲说，都还亏舅舅们在我们家出主意，料理的丧事。难道舅舅就不知道的，还是有一亩地两间房子，如今在我手里花了不成？巧媳妇做不出没米的粥来，叫我怎么样呢？还亏是我呢，要是别个，死皮赖脸，三日两头儿来缠着舅舅，要三升米、二升豆子的，舅舅也就没有法呢。"脂批："芸哥亦善谈，井井有理。余二人亦不曾有是气。"

卜世仁道："我的儿，舅舅要有，还不是该的。我天天和你舅母说，只愁你没算计儿。你但凡立的起来，到你大房里，就是他们爷儿们见不着，便下个气，和他们的管家或者管事的人们嬉和嬉和，也弄个事儿管管。脂批："可怜可叹。余竟为之一哭。"前日我出城去，撞见了你们三房里的老四，骑着大叫驴，带着五辆车，有四五十和尚道士，脂批："妙极，写小人口角，羡慕之言，加一倍毕肖。却又是背面傅粉法。"往家庙去了。他那不亏能干的，就有这样的好事儿到他手里了！"[四]贾芸听他韶刀的不堪，便起身告辞。脂批："有志气，有果断。"卜世仁道："怎么急的这样，吃了饭再去罢。"一句未完，只见他娘

第二十四回　醉金刚轻财尚义侠　痴女儿遗帕惹相思

子说道："你又糊涂了。说着没有米，这里买了半斤面来下给你吃，这会子还装胖呢。脂批："虽写小人家涩细，一吹一唱，酷肖之至，却是一气逼出，后文方不突然。《石头记》笔杖全在如此样者。"留下外甥挨饿不成？"卜世仁说："再买半斤来添上就是了。"他娘子便叫女孩儿："银姐，往对门王奶奶家去问，有钱借二三十个，妙绝，令人再想不到此着。写尽世态。明儿就送过来。"夫妻两个说话，那贾芸早说了几个"不用费事"，去的无影无踪了。更妙，不等戏演完，观者早已离场了。

卜世仁已经唠叨不堪，又加他娘子一段绝妙对话，写尽世态炎凉。《红楼梦》固非仅仅写作者家世种种也。

不言卜家夫妇，且说贾芸赌气离了母舅家门，一径回归旧路，心下正自烦恼。一边想，一边低头只管走，不想一头就碰在一个醉汉身上，把贾芸唬了一跳。听那醉汉骂道："臊你娘的！瞎了眼睛，碰起我来了。"贾芸忙要躲身，早被那醉汉一把抓住，对面一看，不是别人，却是紧邻倪二。

原来这倪二是个泼皮，专放重利债，在赌博场吃闲钱，专管打降吃酒。如今正从欠钱人家索了利钱，吃醉回来，不想被贾芸碰了一头，正没好气，抡拳就要打。只听那人叫道："老二住手！是我冲撞了你。"倪二听见是熟人的语音，看也未看，听见是熟人语音，可见醉眼朦胧。将醉眼睁开看时，见是贾芸，忙把手松了，趔趄着笑道："原来是贾二爷，我该死，我该死。这会子往那里去？"贾芸道："告诉不得你，平白的又讨了个没趣儿。"正有气无处出，碰到街坊邻居，故不禁告诉他。倪二道："不妨，不妨，有什么不平的事，告诉我，替你出气。这三街六巷，凭他是谁，有

刚刚碰了一鼻子灰，现在又险挨一顿拳。

脂批："这一节对《水浒记》杨志卖刀，遇没毛大虫一回看，觉好看多矣。己卯冬夜，脂砚。"

人得罪了我醉金刚倪二的街坊，管叫他人离家散！"

<small style="color:orange">虽然是泼皮，却讲义气，与卜世仁对看，好看煞人。</small>

贾芸道："老二，你且别气，听我告诉你这原故。"说着，便把卜世仁一段事告诉了倪二。倪二听了大怒，"要不是令舅，我便骂不出好话来，真真气死我倪二。也罢，你也不用愁烦，我这里现有几两银子，你若用什么，只管拿去买办。但只一件，你我作了这些年的街坊，我在外头有名放账，你却从没有和我张过口。也不知你厌恶我是个泼皮，怕低了你的身份；也不知是你怕我难缠，利钱重？若说怕利钱重，这银子我是不要利钱的，也不用写文约； <small style="color:orange">何等爽气，何等义侠。</small> 若说怕低了你的身份，我就不敢借给你了，各自走开。"一面说，一面果然从搭包里掏出一卷银子来。

<small style="color:orange">贾芸想得在理。</small>

贾芸心下自思："素日倪二虽然是泼皮无赖，却因人而使，颇颇的有义侠之名。 <small style="color:orange">脂批："四字是的评，难得难得，非豪杰不可当。"</small> 若今日不领他这情，怕他臊了，倒恐生事。不如借了他的，改日加倍还他也倒罢了。"想毕笑道："老二，你果然是个好汉，我何曾不想着你，和你张口。但只是我见你所相与交结的，都是些有胆量的有作为的人，似我们这等无能无为的你倒不理。 <small style="color:orange">贾芸真会说话。</small> 我若和你张口，你岂肯借给我。今日既蒙高情，我怎敢不领，回家按例写了文约过来便是了。" <small style="color:orange">周到。</small>

倪二大笑道："好会说话的人。我却听不上这话。

第二十四回　　醉金剛輕財尚義俠　痴女兒遺帕惹相思

既说'相与交结'四个字，如何放账给他，使他的利钱！脂批："如今（不）单是亲友言利，即闺阁中亦然。不但生意新发户，即大户旧族颇颇有之。"既把银子借与他，图他的利钱，便不是相与交结了。闲话也不必讲。既肯青目，这是十五两三钱有零的银子，便拿去置买东西。你要写什么文契，趁早把银子还我，让我放给那些有指望的人使去。"话说得何等爽快直白。贾芸听了，一面接了银子，一面笑道："我便不写罢了，有何着急的。"倪二笑道："这不是话？天气黑了，也不让茶让酒，我还到那边有点事情去，你竟请回去。我还求你带个信儿与舍下，叫他们早些关门睡罢，我不回家去了；倘或有要紧事儿，叫〔五〕我们女儿明儿一早到马贩子王短腿家来找我。"的是邻居口气。一面说，一面趔趄着脚儿去了，不在话下。

　　且说贾芸偶然碰了这件事，心中也十分罕希，想那倪二倒果然有些意思，只是还怕他一时醉中慷慨，到明日加倍的要起来，便怎处？心内犹豫不决。忽又想道："不妨，等那件事成了，当有此想，合情合理。也可加倍还他。"想毕，一直走到个钱铺里，将那银子称一称，十五两三钱四分二厘。贾芸见倪二不撒谎，心下越发欢喜，收了银子，来至家门，先到隔壁将倪二的信捎了与他娘子知道，周到。方回家来。见他母亲自在炕上拈线，见他进来，便问那去了一日。贾芸恐他母亲生气，便不说起卜世仁的事来，脂批："孝子可敬，此人后来荣府事败，必有一番作为。"只说在西府里等琏二叔的，问他母亲吃了饭不曾。他母亲已吃过

一段醉金刚故事，与卜世仁对读，足见雪芹之笔，深入社会底层，深入人心深处，义不在亲故、不在世族，义却在社会底层。

脂批："读阅醉金刚一回，务吃刘铉丹家山楂丸一付。一笑。余卅年来得遇金刚之样人不少，不及金刚者亦不少，惜书上不便历历注上芳讳，是余不足心事也。壬午孟夏。"

了，说留的饭在那里。小丫头子拿过来与他吃。

那天已是掌灯时候，贾芸吃了饭收拾歇息，一宿无话。次日一早起来，洗了脸，便出南门，大香铺里买了冰麝，便往荣国府来。打听贾琏出了门，〖特意等贾琏出门。〗贾芸便往后面来。到贾琏院门前，只见几个小厮拿着大高笤帚在那里扫院子呢。忽见周瑞家的从门里出来叫小厮们："先别扫，奶奶出来了。"贾芸忙上前笑问："二婶婶那去？"周瑞家的道："老太太叫，想必是裁什么尺头。"

正说着，只见一群人簇着凤姐出来了。贾芸深知凤姐是喜奉承尚排场的，忙把手逼着，恭恭敬敬抢上来请安。凤姐连正眼也不看，〖写凤姐。〗仍往前走着，只问他母亲好，"怎么不来我们这里逛逛？"贾芸道："只是身上不大好，倒时常记挂着婶子，要来瞧瞧，又不能来。"凤姐笑道："可是会撒谎，不是我提起他来，你就不说他想我了。"贾芸笑道："侄儿不怕雷打了，就敢在长辈前撒谎。昨儿晚上还提起婶子来，〖随口即编，即景生情。〗说婶子身子生的单弱，事情又多，亏婶子好大精神，竟料理的周周全全；要是差一点儿的，早累的不知怎么样呢。"〖愈是奉承她能干，愈能中她心意。〗

脂批："自往卜世仁处去已安排下的。芸哥可用。己卯冬夜。"

凤姐听了，满脸是笑，不由的便止了步，问道："怎么好好的你娘儿们在背地里嚼起我来？"贾芸道："有个原故，只因我有个朋友，家里有几个钱，现开香铺。

第二十四回　醉金刚轻财尚义侠　痴女儿遗帕惹相思

只因他身上捐着个通判，前儿选了云南不知那一处，贾芸真能编。连家眷一齐去，把这香铺也不在这里开了。便把账物攒了一攒，该给人的给人，该贱发的贱发了，像这细贵的货，都分着送与亲朋。他就一共送了我些冰片、麝香。我就和我母亲商量，若要转卖，不但卖不出原价来，而且谁家拿这些银子买这个作什么，便是很有钱的大家子，也不过使个几分几钱就挺折腰了；若说送人，也没个人配使这些，倒叫他一文不值半文转卖了。越编越像。因此我就想起婶子来。往年间我还见婶子大包的银子买这些东西呢，别说今年贵妃宫中，就是这个端阳节下，不用说这些香料自然是比往常加上十倍去的。因此想来想去，只孝顺婶子一个人才合式，方不算遭塌这东西。"一边说，一边将一个锦匣举起来。说得头头是道，一丝不漏。

凤姐正是要办端阳的节礼，采买香料药饵的时节，忽见贾芸如此一来，听这一篇话，心下又是得意，又是欢喜，一经奉承，自然不同。便命丰儿："接过芸哥儿的来，送了家去，交给平儿。"因又说道："看着你这样倒很知好歹，怪道你叔叔常提你，说你说话儿也明白，心里有见识。"脂批："看官须知凤姐所喜者是奉承之言，打动了心，不是见物而欢喜。若说是见物而喜，便不是阿凤矣。"贾芸听这话入了港，便打进一步来，故意问道："原来叔叔也曾提我的？"贾芸真能顺水推舟。凤姐见问，才要告诉他与他事情管的那话，便忙又止住，心下想道：脂批："的是阿凤行事心机笔意。""我如今要告诉他那话，倒叫他看着我见不得东西似的，为得了这点子香,就混许他管事了。今儿先别提起这事。"想毕,便把派他监种花木工程的事都隐瞒的一字不提,_{阿凤何等机心。}随口说了两句没要紧的话,便往贾母那里去了。贾芸也不好提的,只得回来。_{如此才是凤姐手段}

因昨日见了宝玉,叫他到外书房等着,贾芸吃了饭便又进来,到贾母那边仪门外绮霰斋书房里来。只见焙茗、锄药两个小厮下象棋,为夺"车"正拌嘴,还有引泉、扫花、挑云、伴鹤四五个,又在房檐上掏小雀儿顽。贾芸进入院内,把脚一跺,说道:"猴头们淘气,我来了。"众小厮看见贾芸进来,都才散了。贾芸进入房内,便坐在椅子上问:"宝二爷没下来?"焙茗道:"今儿总没下来。二爷说什么,我替你哨探哨探去。"说着,便出去了。

这里贾芸便看字画古玩,有一顿饭工夫还不见来,再看看别的小厮,都顽去了。正是烦闷,只听门前娇声嫩语的叫了一声"哥哥",_{奇事奇声,意想不到。}贾芸往外瞧时,看是一个十六七岁的丫头,生的倒也细巧干净。那丫头见了贾芸,便抽身躲了过去。恰值焙茗走来,见那丫头在门前,便说道:"好,好,正抓不着个信儿。"贾芸见了焙茗,也就赶了出来,问怎么样。_{乘机出来问话。}焙茗道:"等了这一日,也没个人儿过来。这就是宝二爷房里的。——好姑娘,你进去带个信儿,就说廊上的二爷来了。"

第二十四回　醉金刚轻财尚义侠　痴女儿遗帕惹相思

那丫头听说，方知是本家的爷们，便不似先前那等回避，下死眼把贾芸钉了两眼。_{一句话，把小红的眼神写透写活写狠。如饥者得食也。}听那贾芸说道："什么是廊上廊下的，你只说是芸儿就是了。"_{特意告诉她。}半晌，那丫头冷笑了一笑："依我说，二爷竟请回家去，有什么话明儿再来。今儿晚上得空儿我回了他。"焙茗道："这是怎么说？"那丫头道："他今儿也没睡中觉，自然吃的晚饭早。晚上他又不下来。难道只是耍的二爷在这里等着挨饿不成！不如家去，明儿来是正经。便是回来有人带信，那都是不中用的。他不过口里应着，他倒给带呢！"贾芸听这丫头说话简便俏丽，待要问他的名字，因是宝玉房里的，又不便问，只得说道："这话倒是，我明儿再来。"_{一开口，就见小红口齿便捷，思路清晰。}_{明儿再来，一语双关，是叮嘱，是留约。}说着便往外走。焙茗道："我倒茶去，二爷吃茶再去。"贾芸一面走，一面回头说："不吃茶，我还有事呢。"口里说话，眼睛瞧那丫头还站在那里呢。_{一个又用眼睛瞧，一个还站在那里。}

那贾芸一径回家。至次日来至大门前，可巧遇见凤姐往那边去请安，才上了车，见贾芸来，便命人唤住，隔窗子笑道："芸儿，你竟有胆子在我的跟前弄鬼。怪道你送东西给我，原来你有事求我。_{分明当时就知，却留到现在才说。}昨儿你叔叔才告诉我说你求他。"贾芸笑道："求叔叔这事，婶子休提，我昨儿正后悔呢。早知这样，我竟一起头求婶子，这会子也早完了。"_{贾芸真会说话，顺势又奉承又求托。}谁承望叔叔竟不能的。"

凤姐笑道:"怪道你那里没成儿,昨儿又来寻我。"贾芸道:"婶子辜负了我的孝心,我并没有这个意思。_{明明是这个意思,却偏说没有这个意思。}若有这个意思,昨儿还不求婶子。如今婶子既知道了,我倒要把叔叔丢下,少不得求婶子好歹疼我一点儿。"_{顺势更求凤姐。}

_{琏、凤夫妻间,凤尚如此较量,雪芹既写凤,亦写世情也。}凤姐冷笑道:"你们要拣远路儿走,叫我也难说。早告诉我一声儿,有什么不成的,多大点子事,耽误到这会子。那园子里还要种树种花,我只想不出一个人来,你早来不早完了。"贾芸笑道:"既这样,婶子明儿就派了我罢。"凤姐半晌道:"这个我看着不大好。等明年正月里烟火灯烛那个大宗儿下来,再派你罢。"_{故意先说远的,以吊贾芸胃口。}贾芸道:"好婶子,先把这个派了我罢。果然这个办的好,再派我那个。"_{贾芸乖觉,趁势远近都要。}凤姐笑道:"你倒会拉长线儿。罢了,要不是你叔叔说,_{总算照顾一句贾琏。}我不管你的事。我也不过吃了饭就过来,你到午错的时候来领银子,后儿就进去种树。"_{何等爽利,有权就有力量。}说毕,令人驾起香车,一径去了。

贾芸喜不自禁,来至绮霰斋打听宝玉,谁知宝玉一早便往北静王府里去了。贾芸便呆呆的坐到晌午,打听凤姐回来,便写个领票来领对牌。至院外,命人通报了,彩明走了出来,单要了领票进去,批了银数年月,一并连对牌交与了贾芸。贾芸接了,看那批上

第二十四回　醉金刚轻财尚义侠　痴女儿遗帕惹相思

银数批了二百两，心中喜不自禁，翻身走到银库上，交与收牌票的，领了银子。回家告诉母亲，自是母子俱各欢喜。次日一过五鼓，贾芸先找了倪二，将前银按数还他。那倪二见贾芸有了银子，他便按数收回，不在话下。这里贾芸又拿了五十两，出西门找到花儿匠方椿家里去买树，不在话下。了结倪二之事。交代过种树之事。

如今且说宝玉，自那日见了贾芸，曾说明日着他进来说话儿。如此说了之后，他原是富贵公子的口角，那里还把这个放在心上，因而便忘怀了。这日晚上，从北静王府里回来，见过贾母、王夫人等，回至园内，换了衣服，正要洗澡。袭人因被薛宝钗烦了去打结子，秋纹、碧痕两个去催水，檀云又因他母亲的生日接了出去，麝月又现在家中养病；虽还有几个作粗活听唤的丫头，估着叫不着他们，都出去寻伙觅伴的顽去了。不想这一刻的工夫，脂批："妙，必用'一刻'二字，方是宝玉的房中见得时时原有人的，又有今一刻无人，所谓凑巧具一也。"只剩了宝玉在房内。偏生的宝玉要吃茶，一连叫了两三声，方见两三个老嬷嬷走进来。宝玉见了他们，连忙摇手儿说："罢，罢，不用你们了。"老婆子们只得退出。愈是叫人，愈不见人，愈喜欢年轻的，偏来年老的。

宝玉见没丫头们，只得自己下来，拿了碗向茶壶去倒茶。只听背后说道："二爷仔细烫了手，让我们来倒。"一面说，一面走上来，早接了过去。宝玉倒"于无声处听惊雷"，明明无人，却从背后传来声音。

唬了一跳，问："你在那里的？忽然来了，唬我一跳。"那丫头一面递茶，一面回说："我在后院子里，才从里间的后门进来，难道二爷就没听见脚步响？"宝玉一面吃茶，一面仔细打量那丫头：穿着几件半新不旧的衣裳，倒是一头黑鬒鬒的头发，挽着个鬏，容长脸面，细巧身材，却十分俏丽干净。

> 写小红连用四个"一面"，见其行事麻利，动作连贯不停也。
>
> 为小红作一特写。
>
> 反倒问二爷，文章偏从对面写来。
>
> 四字总评，却与贾芸所见相同。

宝玉看了，便笑问道："你也是我这屋里的人么？"那丫头道："是的。"宝玉道："既是这屋里的，我怎么不认得？"那丫头听说，便冷笑了一声道："认不得的也多，岂只我一个。从来我又不递茶递水，拿东拿西，眼见的事一点儿不作，那里认得呢？"宝玉道："你为什么不作那眼见的事？"那丫头道："这话我也难说。只是有一句话回二爷：昨儿有个什么芸儿来找二爷。我想二爷不得空儿，便叫焙茗回他，叫他今日早起来，不想二爷又往北府里去了。"

> 开口便有埋怨，才不得用也。
>
> 听她几番对答，确堪应对，惜宝玉亦未发现此人耳。此亦大观园中被弃之才也。

刚说到这句话，只见秋纹、碧痕嘻嘻哈哈的说笑着进来，两个人共提着一桶水，一手撩着衣裳，趔趔趄趄，泼泼撒撒的。那丫头便忙迎去接。那秋纹、碧痕正对着抱怨："你湿了我的裙子。"那个又说："你踹了我的鞋。"忽见走出一个人来接水，二人看时，不是别人，原来是小红。二人便都诧异，将水放下，忙进房来东瞧西望，并没个别人，只有宝玉，

> 如画。
>
> 此处方点明小红。

第二十四回　醉金刚轻财尚义侠　痴女儿遗帕惹相思

便心中大不自在。_{秋纹、碧痕都容不得别人，其他可想而知。}只得预备下洗澡之物，待宝玉脱了衣裳，二人便带上门出来，走到那边房内便找小红，问他方才在屋里说什么。小红道："我何曾在屋里的？只因我的手帕子不见了，往后头找手帕子去。_{此处方补明小红原由。}不想二爷要茶吃，叫姐姐们一个没有，是我进去了，才倒了茶，姐姐们便来了。"秋纹听了，兜脸啐了一口，骂道："没脸的下流东西！_{可见怡红院内也不平等。}正经叫你催水去，你说有事故，倒叫我们去，你可等着做这个巧宗儿。_{冤枉煞人，何尝如此。}一里一里的，这不上来了。难道我们倒跟不上你了？你也拿镜子照照，配递茶递水不配！"碧痕道："明儿我说给他们，凡要茶要水送东送西的事，咱们都别动，只叫他去便是了。"秋纹道："这么说，不如我们散了，单让他在这屋里呢。"二人你一句，我一句，正闹着，只见有个老嬷嬷进来传凤姐的话说："明日有人带花儿匠来种树，_{响应贾芸差使。}叫你们严紧些，衣服裙子别混晒混晾的。那土山上一溜都拦着帏幙呢，可别混跑。"秋纹便问："明儿不知是谁带进匠人来监工？"那婆子道："说什么后廊上的芸哥儿。"秋纹、碧痕听了都不知道，只管混问别的话。那小红听见了，心内却明白，就知是昨天外书房所见那人了。

原来这小红本姓林，小名红玉，只因"玉"字犯了林黛玉、宝玉，便都把这个字隐起来，便都叫他"小

眉批："怡红细事，俱用带笔白描，是大章法也。丁亥夏，畸笏叟。"

可见怡红院亦非理想世界，宝玉何不察乃尔？

此处方正面叙述小红身世。

红"。原是荣国府中世代的旧仆，他父母现在收管各处房田事务。这红玉年方十六岁，因分人在大观园的时节，把他便分在怡红院中，倒也清幽雅静。不想后来命人进来居住，偏生这一所儿又被宝玉占了。这红玉虽然是个不谙事的丫头，却因他原有三分容貌，心内着实妄想痴心的向上攀高，〖一句写透小红心事。〗每每的要在宝玉面前现弄现弄。只是宝玉身边一干人，都是伶牙俐爪的，〖的评。〗那里插的下手去。〖确实无处下手。〗不想今儿才有些消息，又遭秋纹等一场恶意，心内早灰了一半。正闷闷的，忽然听见老嬷嬷说起贾芸来，不觉心中一动，〖因向上攀高受挫，不觉另有心动也。〗便闷闷的回至房中，睡在床上暗暗盘算，翻来掉去，正没个抓寻。忽听窗外低低的叫道：〖忽来奇情奇景。〗"红玉，你的手帕子我拾在这里呢。"红玉听了，忙走出来看，不是别人，正是贾芸。红玉不觉的粉面含羞，问道："二爷在那里拾着的？"贾芸笑道："你过来，我告诉你。"一面说，一面就上来拉他。那红玉急回身一跑，却被门坎绊倒。要知端的，下回分解。

脂批："《红楼梦》写梦章法，总不雷同，此梦更写得新奇，不见后文，不知是梦。红玉在怡红院为诸媛所掩，亦可谓生不遇时，但看后四章供阿凤驱使可知。"

第二十四回　醉金刚轻财尚义侠　痴女儿遗帕惹相思

【回后评】

此回开头叙香菱、黛玉琐事，次叙宝玉、鸳鸯，再次叙贾芸求事，宝玉戏称贾芸为儿子，再次叙贾环、贾兰，再次叙邢夫人留宝玉吃饭，一路俱是家常琐事，而文章如流水蜿蜒，令人如见大家子弟日常生活种种。

叙贾芸谋事一段，特写贾芸之机灵，言对之间，随口编织谎词而不见滞涩，一如真事，且句句奉承熙凤，投其所好，最后终于如愿以偿。

写贾芸母舅卜世仁夫妇，骂尽天下势利之徒。而此夫妇二人一对一答，卜世仁对贾芸的唠叨责怨，其舅妈借钱买面之谎言，历历写来，令人如见如闻，为《红楼梦》摹写世俗之传神妙笔。

写醉金刚倪二一段，与卜世仁对照，藉见市井小人中亦有侠义肝胆者。其文亦如《水浒》之豪情侠气，为《红楼》全书中之特有篇章，亦如太史公之游侠列传。足见雪芹深善社会底层中之可称者，所谓道在下愚也。

贾芸谋事一段，琏、凤夫妇，亦各争用人名额，以市己之恩威。雪芹观察世情，无不洞察，竟深入于琏、凤之间。

贾芸、小红一段，虽各寥寥数笔，而如吴道子之人物，俱已点睛而动矣，雪芹之笔神乎哉！

小红为宝玉倒茶，即遭秋纹、碧痕之妒，并啐骂之，可见怡红院内亦无平等和平也。宝玉日处其间而不察。雪芹之思，细入毫芒，令人惊叹！

【校记】

〔一〕回目：各本同，文字小有出入。杨本、列本、舒本"惹"作"染"，舒本"义侠"作"仗义"，列本、甲辰本"相思"作"想思"。

〔二〕庚辰"唬我这么一跳，好的，你这会子打那里来"，戚本、舒本同，蒙府本作"好好的"，列本无"好的"两字，甲辰、程甲本作"唬我一跳，你这会子打那里来"，杨本原文同甲辰、程甲，旁改后成"你这傻丫头，冒冒失失的，唬我这么一跳，你这会子打那里来"，程乙本无"这么"两字，余全同杨本改文。兹从甲辰、程甲本删去"好的"两字。

〔三〕以上二十七字，庚本无，从杨本、郑本补。

〔四〕此句据列藏本改。

〔五〕以上二十二字，庚本无，各本皆有，文字有小异，兹据杨本补。

第二十五回　魇魔法姊弟逢五鬼
　　　　　　红楼梦通灵遇双真〔一〕

　　话说红玉心神恍惚，情思缠绵，忽朦胧睡去，遇见贾芸要拉他，却回身一跑，_{写少女之梦逼真。}被门坎绊了一跤，唬醒过来，方知是梦。因此翻来覆去，一夜无眠。至次日天明，方才起来，就有几个丫头子来会他去打扫房子地面，提洗脸水。这红玉也不梳洗，向镜中胡乱挽了一挽头发，洗了洗手，_{所谓粗服乱头，反见真色也。}腰内束了一条汗巾子，便来打扫房屋。

　　谁知宝玉昨儿见了红玉，也就留了心。_{连宝玉亦已留心，可见小红之惹人也。}若要直点名唤他来使用，一则怕袭人等寒心，二则又不知红玉是何等行为，若好还罢了，若不好起来，那时倒不好退送的。_{可见宝玉已为此想得不少。}因此心下闷闷的，早起来也不梳洗，只坐着出神。_{为此一事而竟闷闷的，真爱博而心劳也。}一时下了窗子，隔着纱屉子，向外看的真切，只见好几个丫头在那里扫地，都擦胭抹粉，簪花插柳的，_{脂批："八字写尽蠢婢，是为衬红玉，亦如用豪贵人家浓妆艳饰插金带银的衬宝钗、黛玉也。"}独不见昨儿那一个。_{众里寻他千百度也。}

_{雪芹写梦逼真是梦，而又逼真是真，幻耶真耶，笔入化境。}

宝玉便趿了鞋，晃出了房门，只装着看花儿，这里瞧瞧，那里望望。一抬头，只见西南角上游廊底下栏杆上似有一个人倚在那里，_{那人却在灯火阑珊处。}却恨面前有一株海棠花遮着，看不真切。_{脂批："余所谓此书之妙，皆从诗词句中泛出者，皆系此等笔墨也。试问观者此非'隔花人远天涯近'乎？可知上几回非余妄拟。"}只得又转了一步，仔细一看，可不是昨儿那个丫头在那里出神。_{原来她也在那里出神。}待要迎上去，又不好去的。正想着，忽见碧痕来催他洗脸，只得进去了。不在话下。

> 亦如黛玉之神思恍惚被香菱打断也。

却说红玉正自出神，忽见袭人招手叫他，只得走上前来。袭人笑道："我们这里的喷壶还没有收拾了来呢，你到林姑娘那里去，把他们的借来使使。"红玉答应了，便走出来往潇湘馆去。正走上翠烟桥，抬头一望，只见山坡上高处都是拦着帏幕，方想起今儿有匠役在里头种树。因转身一望，只见那边远远的一簇人在那里掘土，贾芸正坐在那山子石上。红玉待要过去，又不敢过去，_{可望而不可即，不胜怅惘。}只得闷闷的向潇湘馆取了喷壶回来，无精打彩自向房内倒着。众人只说他一时身上不爽快，都不理论。

> 写红玉初恋心理，何等细腻传神，众人都不理论者，因红玉心事初未为人所知也。

展眼过了一日，_{脂批："必云展眼过了一日者，是反衬红玉挨一刻似一夏也。知乎？"}原来次日就是王子腾夫人的寿诞，那里原打发人来请贾母王夫人的，王夫人见贾母不自在，也便不去了。倒是薛姨妈同凤姐儿并贾家三个姊妹、宝钗、宝玉一齐都去了，

第二十五回　魇魔法姊弟逢五鬼　红楼梦通灵遇双真

至晚方回。

可巧王夫人见贾环下了学，命他来抄个《金刚咒》唪诵唪诵。那贾环正在王夫人炕上坐着，命人点灯，拿腔作势的抄写。_{写贾环总是一副歪相。}一时又叫彩云倒杯茶来，一时又叫玉钏儿来剪剪蜡花，一时又说金钏儿挡了灯影。众丫鬟们素日厌恶他，都不答理。只有彩霞还和他合的来，倒了一钟茶来递与他。因见王夫人和人说话儿，他便悄悄的向贾环说道："你安些分罢，何苦讨这个厌那个厌的。"贾环道："我也知道了，你别哄我。如今你和宝玉好，_{只有彩霞尚顾怜他，他却又想到歪处，可见贾环真赖。}把我不答理，我也看出来了。"彩霞咬着嘴唇，向贾环头上戳了一指头，说道："没良心的，狗咬吕洞宾，不识好人心。"_{真是不识好人心。}

一派咋呼，写贾环可厌。

畸批："此等世俗之言，亦因人而用，妥极当极。壬午孟夏雨窗。畸笏。"

两人正说着，只见凤姐来了，拜见过王夫人。王夫人便一长一短的问他，今儿是那几位堂客，戏文好歹，酒席如何等语。说了不多几句话，宝玉也来了，进门见了王夫人，不过规规矩矩说了几句，便命人除去抹额，脱了袍服，拉了靴子，便一头滚在王夫人怀里。王夫人便用手满身满脸摩挲抚弄他，_{脂批："昔天下幼年丧母者，齐来一哭。"}宝玉也搬着王夫人的脖子说长道短的。王夫人道："我的儿，你又吃多了酒，脸上滚热。你还只是揉搓，一会闹上酒来。还不在那里静静的倒一会子呢。"说着，便叫人拿个枕头来。宝玉听说便下来，在王夫人身后倒下,又叫彩霞来替他拍着。宝玉便和彩霞说笑,只见彩霞淡淡的,不大答理,^{刚遭贾环之忌,却遇宝玉说笑。彩霞只能淡淡避之,不想宝玉已招祸矣。}两眼睛只向贾环处看。^{活画彩霞神态。}宝玉便拉他的手笑道:"好姐姐,你也理我理儿呢。"^{又拉手,又说话,宝玉自是惹祸。}一面说,一面拉他的手,彩霞夺手不肯,便说:"再闹,我就嚷了。"

> 宝玉,贵介公子也,其公子之习不能改也。

二人正闹着,原来贾环听的见,素日原恨宝玉,如今又见他和彩霞闹,心中越发按不下这口毒气。^{怒从心中起,恶向胆边生。}虽不敢明言,却每每暗中算计,只是不得下手,今见相离甚近,便要用热油烫瞎他的眼睛。^{居心何狠毒至此也。}因而故意装作失手,把那一盏油汪汪的蜡灯向宝玉脸上只一推。只听宝玉"嗳哟"了一声,满屋里众人都唬了一跳。连忙将地下的戳灯挪过来,又将里外间屋的灯拿了三四盏看时,只见宝玉满脸满头都是油。^{可见烫个正着。}王夫人又急又气,一面命人来替宝玉擦洗,一面又骂贾环。

> 险极恶极。

凤姐三步两步的上炕去替宝玉收拾着,一面笑道:"老三还是这么慌脚鸡似的,我说你上不得高台盘。赵姨娘时常也该教导教导他。"一句话提醒了王夫人,那王夫人不骂贾环,便叫过赵姨娘来骂道:"养出这样黑心不知道理下流种子来,^{真被王夫人骂着。}也不管管!几番几次我都不理论,你们得了意了,越发上来了!"

> 凤姐还未想到贾环是恶意伤害。

那赵姨娘素日虽然也常怀嫉妒之心,不忿凤姐、宝玉两个,也不敢露出来;如今贾环又生了事,受这

第二十五回　魇魔法姊弟逢五鬼　红楼梦通灵遇双真

场恶气，不但吞声承受，而且还要走去替宝玉收拾。只见宝玉左边脸上烫了一溜燎炮出来，幸而眼睛竟没动。王夫人看了，又是心疼，又怕明日贾母问怎么回答，急的又把赵姨娘数落一顿。脂批："总是为楔紧五鬼一回文字。"然后又安慰了宝玉一回，又命取败毒消肿药来敷上。

不幸中之大幸。

宝玉道："有些疼，还不妨事。明儿老太太问，就说是我自己烫的罢了。"宝玉还是一片善心。凤姐笑道："便说是自己烫的，也要骂人为什么不小心看着，叫你烫了！横竖有一场气生的，到明儿凭你怎么说去罢。"王夫人命人好生送了宝玉回房去后，袭人等见了，都慌的了不得。

脂批："为五鬼法作耳，非泛文也。雨窗。"

凤姐说的也是实话。

林黛玉见宝玉出了一天门，就觉闷闷的，没个可说话的人。一日不见兮，如隔三秋。至晚，正打发人来问了两三遍回来不曾，这遍方才回来，又偏生烫了。林黛玉便赶着来瞧，只见宝玉正拿镜子照呢，左边脸上满满的敷了一脸的药。林黛玉只当烫的十分利害，忙上来问怎么烫了，要瞧瞧。宝玉见他来了，忙把脸遮着，摇手叫他出去，不肯叫他看。——知道他的癖性喜洁，见不得这些东西。脂批："写宝玉文字，此等方是正紧笔墨。"林黛玉自己也知道自己有这件癖性。脂批："写林黛玉文字，此等方是正紧（经）笔墨。故二人文字虽多，如此等暗伏淡写处亦不少。观者实实看不出者。"知道宝玉的心内怕他嫌脏，脂批："将二人一并，真真写他二人之心，玲珑七窍。"因笑道："我瞧瞧，烫了那里了，有什么遮着藏着的。"一面说，一面就凑上来，强搬着脖子瞧了一瞧，为宝玉亦不厌脏矣。问他疼

所谓心心相印也。

439

的怎么样。宝玉道："也不很疼，养一两日就好了。"林黛玉坐了一回，闷闷的回房去了。一宿无话。

次日，宝玉见了贾母，虽然自己承认是自己烫的，不与别人相干，免不得那贾母又把跟从的人骂一顿。

过了一日，就有宝玉寄名的干娘马道婆进荣国府来请安。见了宝玉，唬一大跳，问起原由，说是烫的，便点头叹息一回，向宝玉脸上用指头画了一画，活画马道婆。口内嘟嘟囔囔的又持诵了一回，说道："管保就好了，这不过是一时飞灾。"又向贾母道："祖宗老菩萨那里知道，那经典佛法上说的利害，大凡那王公卿相人家的子弟，只一生长下来，暗里便有许多促狭鬼跟着他，得空便拧他一下，或掐他一下，或吃饭时打下他的饭碗来，或走着推他一跤，所以往往的那些大家子孙多有长不大的。"又借题宣传。

贾母听如此说，便赶着问："这有什么佛法解释没有呢？"马道婆道："这个容易，只是替他多作些因果善事也就罢了。再那经上还说，西方有位大光明普照菩萨，专管照耀阴暗邪祟，若有善男子、善女人虔心供奉者，可以永佑儿孙康宁安静，再无惊恐邪祟撞客之灾。"

贾母道："倒不知怎么个供奉这位菩萨？"马道婆道："也不值些什么，不过除香烛供养之外，一天多添几斤香油，点上个大海灯。这海灯，便是菩萨现

马道婆是宝玉寄名干娘，亦可见王夫人之一般。

贼道婆趁机化缘做生意。

第二十五回　魇魔法姊弟逢五鬼　红楼梦通灵遇双真

身法像，昼夜不敢息的。"贾母道："一天一夜也得多少油，明白告诉我，我也好作这件功德的。"

马道婆听如此说，便笑道："这也不拘，随施主菩萨们随心愿舍罢了。〔二〕像我庙里，就有好几处的王妃诰命供奉的：南安郡王府里的太妃，他许的多，愿心大，一天是四十八斤油，一斤灯草，那海灯也只比缸略小些；锦田侯的诰命次一等，一天不过二十四斤油；再还有几家也有五斤的、三斤的、一斤的，都不拘数，那小家子穷人家舍不起这些，就是四两半斤，也少不得替他点。"

贾母听了，点头思忖，马道婆又道："还有一件，若是为父母尊亲长上的，多舍些不妨；若是像老祖宗如今为宝玉，若舍多了倒不好，还怕哥儿禁不起，倒折了福。也不当家花花的，要舍，大则七斤，小则五斤，也就是了。"贾母说："既是这样说，你便一日五斤合准了，每月打趸来关了去。"马道婆念一声"阿弥陀佛，慈悲大菩萨"。贾母又命人来吩咐："以后大凡宝玉出门的日子，拿几串钱交给他的小子们带着，遇见僧道穷苦人好舍。"

说毕，那马道婆又坐了一回，便又往各院各房问安，闲逛了一回。一时来至赵姨娘房内，二人见过，赵姨娘命小丫头倒了茶来与他吃。马道婆因见炕上堆着些零碎绸缎湾角，赵姨娘正黏鞋呢。马道婆道："可

畸批："点头思忖是量事之大小，非吝啬也。壬午夏，雨窗，畸笏。"

句句打到贾母心里。贼婆参透人情。

终于达到了贼婆目的。

441

是我正没了鞋面子了。_{见什么要什么。}赵奶奶你有零碎缎子,不拘什么颜色的,弄一双鞋面给我。"赵姨娘听说,便叹口气说道:"你瞧瞧那里头,还有那一块是成样的?成了样的东西,也不能到我手里来!有的没的都在这里,你不嫌,就挑两块子去。"马道婆见说,果真便挑了两块,袖将起来。

> 趁机发怨言。

赵姨娘问道:"前日我送了五百钱去,在药王跟前上供,你可收了没有?"马道婆道:"早已替你上了供了。"赵姨娘叹口气道:"阿弥陀佛!我手里但凡从容些,也时常的上个供,只是心有余力量不足。"马道婆道:"你只管放心,将来熬的环哥儿大了,得个一官半职,那时你要作多大的功德不能?"

赵姨娘听说,鼻子里笑了一声,说道:"罢,罢,再别说起。如今就是个样儿,我们娘儿们跟的上这屋里那一个儿!也不是有了宝玉,竟是得了活龙。他还是小孩子家,长的得人意儿,大人偏疼他些也还罢了;我只不服这个主儿。"一面说,一面伸出两个指头儿来。_{神情毕现。}马道婆会意,便问道:"可是琏二奶奶?"

赵姨娘嗐的忙摇手儿,走到门前,掀帘子向窗外看看无人,方进来向马道婆悄悄说道:"了不得,了不得!提起这个主儿来,真真把人气杀,叫人一言难尽。我白和你打个赌,明儿〔三〕这一分家私要不都叫他搬送到娘家去,_{愈说愈贴近。}我也不是个人。"

> 一提凤姐,便气氛紧张,一是以前曾有教训,二是凤姐之威,三是所言皆阴贼之言,怕人听见也。

第二十五回　魇魔法姊弟逢五鬼　红楼梦通灵遇双真

马道婆见他如此说，便探他口气说道：_{又有机会来了。}"我还用你说，难道都看不出来。也亏你们，心里也不理论，只凭他去。倒也妙。"_{挑逗。}赵姨娘道："我的娘，不凭他去，难道谁还敢把他怎么样呢？"马道婆听说，鼻子里一笑，半晌说道："不是我说句造孽的话，你们没有本事，也难怪别人。明不敢怎样，暗里也就算计了，还等到这如今！"_{暗里算计人，是贼婆拿手。}

赵姨娘闻听这话里有道理，心内暗暗的欢喜，_{正中其心怀。}便说道："怎么暗里算计？我倒有这个意思，只是没这样的能干人。你若教给我这法子，我大大的谢你。"_{愈靠愈近，渐渐贴紧了。}马道婆听说这话打拢了一处，便又故意说道："阿弥陀佛！你快休问我，我那里知道这些事。罪过，罪过。"_{欲擒故纵，贼婆惯技。}赵姨娘道："你又来了。你是最肯济困扶危的人，难道就眼睁睁的看人家来摆布死了我们娘儿两个不成？难道还怕我不谢你。"_{说到了关键。}马道婆听说如此，便笑道："若说我不忍叫你娘儿们受人委屈还犹可，若说谢我的这两个字，可是你错打算盘了。就便是我希图你谢，靠你有些什么东西能打动我？"_{一句推，一句拉，贼婆世故，无人能及。} _{简直是请菩萨救人。}

赵姨娘听这话口气松动了，便说道："你这么个明白人，怎么糊涂起来了。你若果然法子灵验，把他两个绝了，_{狠心。}明日这家私不怕不是我环儿的。那时你要什么不得？"_{原来是一桩极大生意。}马道婆听了，低了头，半晌说道:"那时候事情妥了,又无凭据,你还理我呢!"赵姨娘道:"这又何难。如今我虽手里没什么,也零碎攒了几两梯己,还有几件衣服、簪子,你先拿些去。下剩的,我写个欠银子的文契给你。你要什么保人也有。到那时,我照数给你。"

<small>老谋深算,可见其作恶多端矣。</small>
<small>有现银。</small>
<small>有借据。还有保人,再无可疑。</small>

马道婆道:"果然这样?"赵姨娘道:"这如何还撒得谎。"说着,便叫过一个心腹婆子来,耳根底下嘁嘁喳喳说了几句话。那婆子出去了,一时回来,果然写了个五百两欠契来。赵姨娘便印了手模,又从厨柜里将梯己拿了出来,与马道婆道:"这个你先拿了去做香烛供奉使费,可好不好?"马道婆看看白花花的一堆银子,又有欠契,并不顾青红皂白,满口里应着,伸手先去抓了银子掖起来,然后收了欠契。又向裤腰里掏了半晌,掏出十个纸铰的青面白发的鬼来,并两个纸人,递与赵姨娘,又悄悄的教他道:"把他两个的年庚八字写在这两个纸人身上,一并五个鬼都掖在他们各人的床上就完了。我只在家里作法,自有效验。千万小心,不要害怕!"正才说着,只见王夫人的丫鬟进来找道:"奶奶可在这里,太太等你呢。"二人方散了,不在话下。

<small>他还有心腹婆子,可见天下之大,坏人亦不少也。</small>
<small>一开就是五百两,手段不小。</small>
<small>见了银子眼就亮了。</small>
<small>原来凶具随身携带。</small>

<small>光天化日之下,亦有阴谋害人之徒,马道婆是一类,不必都是马道婆,其害人之法亦不必都是纸鬼,然其害人之心则一也。世人不可不防之。或曰马道婆之术迷信也,岂能有效,此刻舟求剑之论也,要之得意而忘言,得鱼而忘筌可矣!</small>

<small>脂批:"宝玉系马道婆寄名干儿,一样下此毒手,况阿凤乎?三姑六婆之为害如此,即贾母之神明,在所不免,其他只知吃斋念佛之夫人太君,岂能防嫌得来,此系老太君一大病,作者一片婆心,不避嫌疑,特为写出,使看官再四思之,慎之,戒之!戒之!"</small>

却说林黛玉因见宝玉近日烫了脸,总不出门,倒

第二十五回　魇魔法姊弟逢五鬼　红楼梦通灵遇双真

时常在一处说说话儿。这日饭后看了两篇书，自觉无趣，便同紫鹃、雪雁做了一回针线，更觉烦闷。便倚着房门出了一回神，脂批："所谓'闲倚绣房吹柳絮'是也。"信步出来，看阶下新进出的稚笋，不觉出了院门。来到园中，四顾无人，惟见花光柳影，鸟语溪声。八字一片春色。

林黛玉信步便往怡红院中来，只见几个丫头舀水，都在回廊上围着看画眉洗澡呢。听见房内有笑声，林黛玉便入房中看时，原来是李宫裁、凤姐、宝钗都在这里呢，一见他进来都笑道："这不又来了一个。"林黛玉笑道："今儿齐全，谁下帖子请来的？"春光明媚，人情欢悦。黛玉心情亦不坏。凤姐道："前儿我打发了丫头送了两瓶茶叶去，你往那去了？"林黛玉笑道："哦，可是倒忘了，多谢多谢。"凤姐儿又道："你尝了可还好不好？"没有说完，宝玉便说道："论理可倒罢了，只是我说不大甚好，也不知别人尝着怎么样。"宝玉先说不好。宝钗道："味倒轻，只是颜色不大好些。"凤姐道："那是暹罗进贡来的。我尝着也没什么趣儿，还不如我每日吃的呢。"林黛玉道："我吃着好，不知你们的脾胃是怎样。"宝玉道："你果然爱吃，把我这个你拿了去吃罢。"凤姐笑道："你要爱吃，我那里还有呢。"林黛玉道："果真的，我就打发丫头取去了。"凤姐道："不用取去，我打发人送来就是了。我明儿还有一件事求你，一同打发人送来。"

畸批："二宝答言，是补出诸艳俱领过之文。乙酉冬雪窗，畸笏老人。"
品茶是一门学问。余七十年代下放江西余江种茶，所住茅屋旁有古泉一道，泉甘而冽，屋边老茶树三棵。每年清明前即自采茶叶晾炒，然后用泉水烹茶，其味清涩而回甘，色嫩绿，惜所采甚少，仅能供十余次品尝，如此者三年。经此，予始粗识茶味，亦粗识泉味也。此处宝玉、凤姐不喜暹罗贡茶，而黛玉喜爱，则因口味不同也。

林黛玉听了笑道："你们听听，这是吃了他们家一点子茶叶，就来使唤人了。"黛玉嘴尖，反惹来凤姐现成趣话。凤姐笑道："倒求你，你倒说这些闲话，吃茶吃水的。你既吃了我们家的茶，怎么还不给我们家作媳妇？"凤姐此话，透出消息，此时贾府诸人均以黛玉当为宝玉之配也。甲戌批："二玉事在贾府上下诸人，即看书人、批书人，皆信定一段好夫妻，书中常常每每道及。岂其不然。叹叹。"众人听了，一齐都笑起来。林黛玉红了脸，一声儿不言语，便回过头去了。李宫裁笑向宝钗道："真真我们二婶子的诙谐是好的。"林黛玉含羞笑道："什么诙谐，不过是贫嘴贱舌，讨人厌恶罢了。"黛玉虽然如此，其内心当亦乐闻此语也。说着便啐了一口。

凤姐笑道："你别作梦！你替我们家作了媳妇，少什么？"指宝玉道："你瞧瞧，人物儿、门第配不上，根基配不上，家私配不上？那一点还玷辱了谁呢？"

可见凤姐此论并非贫嘴，确是认真比较而言，亦可知黛玉此时已为众论所归。

林黛玉抬身就走。宝钗便叫："颦儿急了，还不回来坐着。走了倒没意思。"说着便站起来拉住。刚至房门前，只见赵姨娘和周姨娘两个人进来瞧宝玉。李宫裁、宝钗、宝玉等都让他两个坐。赵姨娘是来看动静的。独凤姐只和林黛玉说笑，正眼也不看他们。宝钗方欲说话时，只见王夫人房内的丫头来说："舅太太来了，请奶奶姑娘们出去呢。"李宫裁听了，连忙叫着凤姐等走了。赵、周两个忙辞了宝玉出去。宝玉道："我也不能出去，你们好歹别叫舅母进来。"又道："林妹妹，

第二十五回　魇魔法姊弟逢五鬼　红楼梦通灵遇双真

你先略站一站，我说一句话。"凤姐听了，回头向林黛玉笑道："有人叫你说话呢。"说着，便把林黛玉往里一推，和李纨一同去了。这里宝玉拉着林黛玉的袖子，只是嘻嘻的笑，心里有话，<small>宝玉此时满心欢喜，想说，但已病作，不能说出矣。</small>只是口里说不出来。此时林黛玉只是禁不住把脸红涨了，<small>黛玉自是禁不住脸红。</small>挣着要走。宝玉忽然"嗳哟"了一声，说："好头疼！"林黛玉道："该，阿弥陀佛！"<small>黛玉岂知病作，还如平时说笑耳。</small>只见宝玉大叫一声："我要死！"将身一纵，离地跳有三四尺高，口内乱嚷乱叫，说起胡话来了。<small>病大作矣。</small>林黛玉并丫头们都唬慌了，忙去报知王夫人、贾母等。此时王子腾的夫人也在这里，都一齐来时，宝玉益发拿刀弄杖，寻死觅活的，<small>有人竟说宝玉身边哪来刀杖？此不过形容之辞耳，岂能刻板理解。</small>闹得天翻地覆。贾母、王夫人见了，唬的抖衣乱颤，且"儿"一声、"肉"一声放声恸哭。于是惊动诸人，连贾赦、邢夫人、贾珍、贾政、贾琏、贾蓉、贾芸、贾萍、薛姨妈、薛蟠并周瑞家的一干家中上上下下、里里外外众媳妇丫头等，都来园内看视。登时园内乱麻一般。

　　正没个主见，只见凤姐手持一把明晃晃钢刀，砍进园来，见鸡杀鸡，见狗杀狗，见人就要杀人。众人益发慌了。周瑞媳妇忙带着几个有力量的胆壮的婆娘上去抱住，夺下刀来，抬回房去。平儿、丰儿等哭的泪天泪地。贾政等心中也有些烦难，顾了这里，丢不下那里。

<small>脂批："黛玉念佛是吃茶之语在心故也，然摹写神妙，一丝不漏如此。己卯冬夜。"</small>

<small>脂批："自黛玉看书起，闲闲一段写来，真无用针之空。如夏日乌云四起，疾闪长雷不绝，不知雨落何时。忽然霹雳一声，倾盆大注，何快如之，何乐如之，真令人宁不叫绝。"</small>

<small>一个宝玉已使园内乱麻一团，再加凤姐持刀杀来，其乱更不堪矣。</small>

别人慌张自不必讲，独有薛蟠更比诸人忙到十分去：又恐薛姨妈被人挤倒，又恐薛宝钗被人瞧见，又恐香菱被人臊皮——知道贾珍等是在女人身上做功夫的，因此忙的不堪。_{薛蟠另是一番忙头。}忽一眼瞥见了林黛玉，风流婉转，已酥倒在那里。_{脂批："忙中写闲，真大手眼，大章法。"}

当下众人七言八语，有的说请端公送祟的，有的说请巫婆跳神的，有的又荐玉皇阁的张真人，种种喧腾不一。也曾百般的医治祈祷，问卜求神，总无效验。堪堪的日落。王子腾的夫人告辞去后，次日王子腾自己亲来瞧问。接着小史侯家、邢夫人弟兄辈并各亲戚眷属都来瞧看，也有送符水的，也有荐僧道的，总不见效。

他叔嫂二人愈发糊涂，不省人事，睡在床上，浑身火炭一般，口内无般不说。到夜晚间，那些婆娘、媳妇、丫头们都不敢上前。因此把他二人都抬到王夫人的上房内，夜间派了贾芸带着小厮们挨次轮班看守。贾母、王夫人、邢夫人、薛姨妈等寸地不离，只围着干哭。_{到此地步，可见束手无策。}

此时贾赦、贾政又恐哭坏了贾母，日夜熬油费火，闹的人口不安，也都没了主意。贾赦还是各处去寻僧觅道。贾政见不灵效，着实懊恼，因阻贾赦道："儿女之数，皆由天命，非人力可强者。他二人之病，出于不意，百般医治不效，想天意该如此，也只好由他_{贾政已绝望。}

第二十五回　魇魔法姊弟逢五鬼　红楼梦通灵遇双真

们去罢。"贾赦也不理此话，仍是百般忙乱，那里见些效验。

看看三日光阴，那凤姐和宝玉躺在床上，越发连气都将没了。合家人口无不惊慌，都说没了指望，忙着将他二人的后世衣履都置备下了。(看看已将绝望。)贾母、王夫人、贾琏、平儿、袭人这几个人，更比诸人哭的忘餐废寝，觅死寻活。赵姨娘、贾环等自是欢喜称愿。

到了第四日早晨，贾母等正围着他两个哭时，只见宝玉睁开眼说道："从今以后，我可不在你家了！快收拾了，打发我走罢。"(惊人之语，令人吓杀。)贾母听了这话，如同摘心去肝一般。

赵姨娘在旁劝道："老太太也不必过于悲痛。哥儿已是不中用了。不如把哥儿的衣服穿好，让他早些回去，也免些苦。只管舍不得他，这口气不断，他在那世里也受罪不安生。"(赵姨娘终于忍不住要说话了，只要开口，总掩不住幸灾乐祸心理。)这些话没说完，被贾母照脸啐了一口唾沫，骂道："烂了舌头的混账老婆，谁叫你来多嘴多舌的！你怎么知道他在那世里受罪不安生？怎么见得不中用了？(问得好！)你愿他死了，有什么好处？(说到她心上，好处自然很多。)你别做梦！他死了，我只和你们要命。(岂知反而要向你们要命。)素日都不是你们调唆着逼他写字念书，把胆子唬破了，见了他老子不像个避猫鼠儿？(连贾政也被责在内。)都不是你们这起淫妇调唆的？这会子逼死了他，你们遂了心了，我饶那一个！"一面骂，一面哭。

贾政在旁听见这些话，心里越发难过，便喝退赵姨娘，自己上来委婉解劝。

> 文章越写越紧，已到山穷水尽了。

一时又有人来回说："两口棺椁都做齐了，请老爷出去看。"贾母听了，如火上浇油一般，便骂："是谁做了棺椁？"一叠声只叫把做棺材的拉来打死。

> 忽听木鱼声响，意外之惊，意外之望。文章亦另辟奇径。

正闹的天翻地覆，没个开交，只闻得隐隐的木鱼声响，念了一句："南无解冤孽菩萨。"又听说道："有那人口不利，家宅颠倾，或逢凶险，或中邪祟者，我们善能医治。"贾母、王夫人听见这些话，那里还耐得住，便命人去快请进来。贾政虽不自在，奈贾母之言如何违拗；又想如此深宅，何得听的这样真切，心中亦是希罕，便命人请了进来。

> 听到此话，自然如得杨枝甘露。

众人举目看时，原来是一个癞头和尚与一个跛足道人。只见那和尚是怎的模样：

> 鼻如悬胆两眉长。目似明星蓄宝光。
>
> 破衲芒鞋无住迹，腌臜更有满头疮。

那道人又是怎生模样：

> 一足高来一足低。浑身带水又拖泥。
>
> 相逢若问家何处，却在蓬莱弱水西。

贾政问道："你道友二人在那庙焚修？"那僧笑道："长官不须多话，〔倒是直截了当〕因闻得府上人口不利，故特来医治。"贾政道："倒有两个人中邪，不知你们有何符水？"那道人笑道："你家现有希世奇珍，如何倒

第二十五回　魇魔法姊弟逢五鬼　红楼梦通灵遇双真

问我们要符水？"_{意想不到之事。}

贾政听这话有意思，心中便动了，因说道："小儿落草时虽带了一块宝玉下来，上面说能除邪祟，谁知竟不灵验。"_{还算贾政脑子快。}那僧道："长官你那里知道那物的妙用。只因他如今被声色货利所迷，故此不灵验了。你今且取他出来，待我们持诵持诵，只怕就好了。"

贾政听说，便向宝玉项上取下那玉来，递与他二人。那和尚接了过来，擎在掌上，长叹一声道："青埂峰一别，展眼已过十三载矣！人世光阴，如此迅速，尘缘满日，若似弹指！_{脂批："见此一句，令人可叹可惊，不忍往后再看矣。"}可羡你当时的那段好处：

　　天不拘兮地不羁。心头无喜亦无悲。

　　却因锻炼通灵后，便向人间觅是非。

可叹你今日这番经历：

　　粉渍脂痕污宝光。绮栊昼夜困鸳鸯。

　　沉酣一梦终须醒，冤孽偿清好散场。"

念毕，又摩弄一回，说了些疯话，递与贾政道："此物已灵，不可亵渎，悬于卧室上槛，将他二人安在一屋之内，除亲身妻母外，不可使阴人冲犯。三十三日之后，包管身安病退，复旧如初。"说着，回头便走了。

脂批："通灵玉除邪，全部百回只此一见，何得再言。僧道踪迹虚实，幻笔幻想，写幻人于幻文也。壬午孟夏，雨窗。"

贾政赶着还说话，让二人坐了吃茶，要送谢礼，他二人早已出去了。贾母等还只管着人去赶，那里有个踪影。少不得依言，将他二人就安放在王夫人卧室畸批:"通灵玉听癞和尚二偈,即刻灵应,抵却前回若干庄子及语录机锋偈子,正所谓物各有主也。叹不能得见宝玉悬崖撒手文字为恨。丁亥夏,畸笏叟。"

之内,将玉悬在门上。王夫人亲身守着,不许别个人进来。

至晚间,他二人竟渐渐醒来,说腹中饥饿。^{竟然绝处逢生。}贾母、王夫人如得了珍宝一般,^{脂批:"昊天罔极之恩,如何得报,哭杀幼而丧父母者。"}旋熬了米汤来,与他二人吃了,精神渐长,邪祟稍退,一家子才把心放下来。

李宫裁并贾府三艳,薛宝钗、林黛玉、平儿、袭人等在外间听信息。^{可见诸人焦急心情。}闻得吃了米汤,省了人事,别人未开口,林黛玉先就念了一声"阿弥陀佛"。

黛玉心中一松,不觉冲口而出。薛宝钗便回头看了他半日,嗤的一声笑。众人都不会意,贾惜春道:"宝姐姐,好好的笑什么?"

宝钗笑道:"我笑如来佛比人还忙:^{脂批:"这一句作正意看,余皆雅谑。但此一谑,抵挈儿半部之谑。"}又要讲经说法,又要普渡众生;这如今宝玉、凤姐姐病了,又是烧香还愿,赐福消灾;今儿才好些,又管林姑娘的姻缘了。你说忙的可笑不可笑。"

宝钗针对病前之话也,别人听了犹可,唯黛玉听了,如针刺耳,故此处脱口而出矣。

林黛玉不觉的红了脸,啐了一口道:"你们这起人不是好人,不知怎么死!再不跟着好人学,只跟着那些贫嘴恶舌的人学。"一面说,一面摔帘子出去了。不知端详,且听下回分解。

此回书因才干乖觉太露,引出事来,作者婆心为世之乖觉人为鉴。

第二十五回　魇魔法姊弟逢五鬼　红楼梦通灵遇双真

【回后评】

上回写贾芸看红玉，又写红玉远远看贾芸，文章总如雾里看山，时隐时现，而令人顿生缥缈之感，真是"隔花人远天涯近"也。作者如此写红玉，红玉于后文当大有用处，惜不得见后文耳。

贾环将一盏油汪汪的蜡灯往宝玉脸上推，其心狠毒，直欲伤害宝玉。宝玉、贾环同父兄也，何弟残兄竟至如此？雪芹写此，或有所本乎，恨不能起雪芹而问之。

赵姨娘勾结马道婆暗害宝玉、凤姐性命，其心更毒。雪芹笔下之马道婆，活画出一个江湖贼婆，其阴贼之心，令人难忘。或曰：马道婆剪纸害人，迷信也，不足为信。岂不知今日尚有迷信，何况当时。且雪芹写此意在警醒世人，而笔伐丑类，固不可以刻舟以求剑也。

凤姐给黛玉送茶一段，可见此时黛玉，贾府上下皆以为宝玉必娶之矣。即黛、宝二人亦心肯此言矣。岂知后文陡生波澜，恨不能得后文而读之。

【校记】

〔一〕回目：甲戌、戚序、蒙府本同庚辰本。蒙本下句"遇双真"，"遇"误书作"通"。杨本、列本、舒本、甲辰本、程甲本上句均作"魇魔法叔嫂逢五鬼"，下句杨本作"通灵玉姐弟遇双仙"，列本、舒本均作"通灵玉蒙蔽遇双仙"，程甲本"双仙"作"双真"。

〔二〕"愿舍罢了"四字，庚辰本无，据甲戌本增。

〔三〕以上二十二字，据列藏、杨本补。

第二十六回　　蜂腰桥设言传心事
　　　　　　　潇湘馆春困发幽情[一]

话说宝玉养过了三十三天之后,不但身体强壮,亦且连脸上疮痕平复,仍回大观园内去。这也不在话下。

且说近日宝玉病的时节,贾芸带着家下小厮坐更看守,昼夜在这里,那红玉同众丫鬟也在这里守着宝玉,彼此相见多日,都渐渐混熟了。那红玉见贾芸手里拿的手帕子,倒像是自己从前掉的,待要问他,又不好问的。不料那和尚、道士来过,用不着一切男人,贾芸仍种树去了。这件事待要放下,心内又放不下;待要问去,又怕人猜疑。正是犹豫不决,神魂不定之际,忽听窗外问道:"姐姐在屋里没有?"红玉闻听,在窗眼内望外一看,原来是本院的个小丫头名叫佳蕙的,因答说:"在家里,你进来罢。"佳蕙听了,跑进来就坐在床上,笑道:"我好造化!

<small>补出红玉、贾芸一段文字,因渐渐混熟,故红玉得见贾芸拿着自己的帕子,由此而相思日深矣。</small>

<small>意外之情,意外之文。</small>

第二十六回　蜂腰桥设言传心事　潇湘馆春困发幽情

才刚在院子里洗东西,宝玉叫往林姑娘那里送茶叶,花大姐姐交给我送去。可巧老太太那里给林姑娘送钱来,正分给他们的丫头们呢。见我去了,林姑娘就抓了两把给我,也不知多少。_{写佳蕙,亦是写黛玉。}你替我收着。"便把手帕子打开,把钱倒了出来,红玉替他一五一十的数了收起。

脂批:"此等细事,是旧族大家闺中常情,今特为暴发钱奴写来作鉴,一笑。壬午夏,雨窗。"

佳蕙道:"你这一程子心里到底觉怎么样?依我说,你竟家去住两日,请一个大夫来瞧瞧,吃两剂药就好了。"_{在佳蕙眼里红玉在生病,岂知此病非那病耳。}红玉道:"那里的话,好好的,家去作什么!"佳蕙道:"我想起来了,林姑娘生的弱,时常他吃药,你就和他要些来吃,也是一样。"_{真是小孩子家说话。}红玉道:"胡说!药也是混吃的。"佳蕙道:"你这也不是个长法儿,又懒吃懒喝的,终久怎么样?"红玉道:"怕什么,还不如早些儿死了倒干净!"_{相思真苦,故有是言耳。}佳蕙道:"好好的,怎么说这些话?"红玉道:"你那里知道我心里的事!"_{欲说还休。}

佳蕙点头,想了一会子道:"可也怨不得,这个地方难站。就像昨儿老太太因宝玉病了这些日子,说跟着服侍的这些人都辛苦了,如今身上好了,各处还完了愿,叫把跟着的人都按着等儿赏他们。我们算年纪小,上不去,我也不抱怨;像你怎么也不算在里头?我心里就不服。袭人那怕他得十分儿,也不恼他,原该的。说良心话,谁还敢比他呢。别说他素日殷勤小

补叙前事。

心,便是不殷勤小心,也拼不得。可气晴雯、绮霰他们这几个,都算在上等里去,仗着老子娘的脸面,众人倒捧着他去。你说可气不可气?"

红玉道:"也不犯着气他们。俗语说的好,'千里搭长棚,没有个不散的筵席',谁守谁一辈子呢!不过三年五载,各人干各人的去了。那时谁还管谁呢!"这两句话,不觉感动了佳蕙的心肠,由不得眼睛红了,又不好意思好端端的哭,只得勉强笑道:"你这话说的却是。昨儿宝玉还说,明儿怎么样收拾房子,怎么样做衣裳,倒像有几百年的熬煎。"

红玉听了,冷笑了两声,方要说话,只见一个未留头的小丫头子走进来,手里拿着些花样子并两张纸,说道:"这是两个样子,叫你描出来呢。"说着,向红玉掷下,回身就跑了。红玉向外问道:"倒是谁的?也等不得说完就跑,谁蒸下馒头等着你,怕冷了不成!"那小丫头在窗外只说得一声:"是绮大姐姐的。"抬起脚来咕咚咕咚又跑了。

红玉便赌气把那样子掷在一边,向抽屉内找笔,找了半天都是秃了的,因说道:"前儿一枝新笔放在那里了?怎么一时想不起来。"一面说着,一面出神,想了一会,方笑道:"是了,前儿晚上莺儿拿了去了。"便向佳蕙道:"你替我取了来。"佳蕙道:"花大

丫头有丫头的见识,佳蕙亦为红玉抱不平,又盛称袭人而贬晴雯、绮霰。丫头眼中之诸鬟也。

"'千里搭长棚,没有个不散的筵席',谁守谁一辈子呢?不过三年五载,各人干各人的去了。那时谁还管谁呢?"这两句话,是红玉在心里不平时说的,当时语言的涵义,只是指他们大家在这里长不了,然而这两句话,却给人以好景不长、大厦将倾将散的言外之音,而且暗示了大观园中人们的一些预感,因此这两句话,遂成为涵义丰富而有预见性的名言。

这是红玉留下的名言,不可不记住。脂批:"此时写出此等言语,令人堕泪。"

正在盛时,而离散之感已偷偷袭来。

又是一样写法。

写得活灵活现,如见其人,如闻其声。

脂批:"红玉一腔委曲怨愤,系身在怡红不能遂志,看官勿错认为芸儿害相思也。己卯冬。"

第二十六回　蜂腰桥设言传心事　潇湘馆春困发幽情

姐姐还等着我替他抬箱子呢，你自己取去罢。"_{几个小女孩，个个活灵活现，亏作者写得出。}红玉道："他等着你，你还坐着闲打牙儿？我不叫你取去，他也不等着你了。_{驳得有理。}坏透了的小蹄子！"说着，自己便出房来，出了怡红院，一径往宝钗院内来。

畸批："狱神庙回有茜雪、红玉一大回文字，惜迷失无稿，叹叹。丁亥夏畸笏叟。"

刚至沁芳亭畔，只见宝玉的奶娘李嬷嬷从那边走来。红玉立住笑问道："李奶奶，你老人家那去了？怎打这里来？"李嬷嬷站住，将手一拍道："你说说，好好的又看上了那个种树的，什么云哥儿、雨哥儿的，_{正对上心境，正要听芸哥儿的消息。}这会子逼着我叫了他来。明儿叫上房里听见，可又是不好。"_{正好是来告诉她，千金难买此消息也，好不喜煞红玉。}红玉笑道："你老人家当真的就依了他去叫了？"李嬷嬷道："可怎么样呢？"红玉笑道："那一个要是知道好歹，就回不进来才是。"_{进一步探口气。}李嬷嬷道："他又不痴，为什么不进来？"_{正好回答！谢谢。}红玉道："既是进来，你老人家该同他一齐来，回来叫他一个人乱碰，可是不好呢。"_{借故进一步再问明白。}李嬷嬷道："我有那样工夫和他走。不过告诉了他，回来打发个小丫头子，或是老婆子，带进他来就完了。"_{确是老婆子口气，答得周全，答得好，都明白了。}说着，拄着拐杖一径去了。红玉听说，便站着出神，且不去取笔。_{脂批："总是不言神情，另出花样。"}

一时，只见一个小丫头子跑来，见红玉站在那里，便问道："林姐姐，你在这里作什么呢？"红玉抬头见是小丫头子坠儿。红玉道："那去？"坠儿道："叫我带进芸二爷来。"〔正是要等这句话。〕说着，一径跑了。

这里红玉刚走至蜂腰桥门前，只见那边坠儿引着贾芸来了。〔脂批："妙。不说红玉不走，亦不说走，只说'刚走至'三字，可知红玉有私心矣。若说出必定不走，必定走，则文字死板亦且棱角过露，非写女儿之笔也"。〕那贾芸一面走，一面拿眼把红玉一溜。那红玉只装着和坠儿说话，也把眼去一溜贾芸，四目恰相对时，红玉不觉脸红了，〔脂批："看官至此，须掩卷细想上二十回中，篇篇句句点'红'字处，可与此处想如何。"〕一扭身往蘅芜苑去了。不在话下。〔写红玉绝妙，若无此一笔，读者试想如何写法？〕

> 写红玉、贾芸一段文字，两人真灵犀一点也，前面红玉问李嬷嬷，曲曲折折，合情合理，句句是该说，而句句是寻问，一丝不走当时神理。后遇坠儿，只说"叫我带进芸二爷来"就跑，似专为报信来者，文笔跳脱活泼，如见此天真丫头。

> 红玉刚走至蜂腰桥一段，正如脂评所析"刚走至"三字之神妙，"文章本天然，妙手偶得之"也。

这里，贾芸随着坠儿，逶迤来至怡红院中。坠儿先进去回明了，然后方领贾芸进去。贾芸看时，只见院内略略有几点山石，种着芭蕉，那边有两只仙鹤在松树下剔翎。一溜回廊上吊着各色笼子，笼着仙禽异鸟。上面小小五间抱厦，一色雕镂新鲜花样隔扇，上面悬着一个匾额，四个大字，题道是"怡红快绿"。贾芸想道："怪道叫'怡红院'，原来匾上是恁样四个字。"〔脂批："伤哉，展眼便红稀绿瘦矣！叹叹。"〕正想着，只听里面隔着纱窗子笑说道："快进来罢。〔脂批："此又若张僧繇点睛之龙，破壁飞矣，焉得不拍案叫绝。"〕我怎么就忘了你两三个月！"贾芸听的是宝玉的声音，连忙进入房内。抬头一看，只见金碧辉煌，文章炳灼，却看不见宝玉在那里。一回头，只见左边立着一架大穿衣镜，从镜后转出两个一般大的十五六岁的丫头来，说："请二爷里头屋里坐。"贾芸连正眼也不敢看，〔写得真。〕连忙答

> 为怡红院特写一笔。

> 妙极，只听其声，不见其人。

第二十六回　蜂腰桥设言传心事　潇湘馆春困发幽情

应了。又进一道碧纱厨，只见小小一张填漆床上，悬着大红销金撒花账子。细写一笔，只觉金碧辉煌。宝玉穿着家常衣服，靸着鞋，倚在床上，拿着本书看。脂批："这是等芸哥看，故作款式，若果真看书，在隔纱窗子说话时已放下了。玉兄若见此批故云：老货，他处处不放松，可恨。 回思将余比作钗颦等乃一知己，余何幸也，一笑。"见他进来，将书掷下，早堆着笑，立起身来。贾芸忙上前请了安，宝玉让坐，便在下面一张椅子上坐了。宝玉笑道："只从那个月见了你，我叫你往书房里来，谁知接接连连许多事情，就把你忘了。"贾芸笑道："总是我没福，偏偏又遇着叔叔身上欠安。叔叔如今可大安了？"宝玉道："大好了。我倒听见说，你辛苦了好几天。"贾芸道："辛苦也是该当的。叔叔大安了，也是我们一家子的造化。"说着，只见有个丫鬟端了茶来与他。那贾芸口里和宝玉说着话，眼睛却溜瞅那丫鬟：细挑身材，容长脸面，穿着银红袄儿，青缎背心，白绫细折裙。——不是别个，却是袭人。

那贾芸自从宝玉病了几天，他在里头混了两日，他却把那有名人口认记了一半。脂批："一路总是（写）贾芸是个有心人，一丝不乱。"他也知道袭人在宝玉房中比别个不同，今见他端了茶来，宝玉又在旁边坐着，便忙站起来，笑道："姐姐怎么替我倒起茶来？我来到叔叔这里，又不是客，让我自己倒罢。"脂批："总写贾芸乖觉，一丝不乱。"宝玉道："你只管坐着罢。丫头们跟前也是这样！"贾芸笑道："虽如此说，叔叔房里姐姐们，我怎么敢放肆呢。"一面说，一面坐下吃茶。

再写室内陈设。

富贵公子生活起居如此。不能忘却宝玉是贵公子也。

借贾芸之眼，特写袭人一笔，身材穿着，色彩俱各妥当，细看袭人亦不减其美，不然何能在宝玉身边。

那宝玉便和他说些没要紧的散话：又说道谁家的戏子好，谁家的花园好；又告诉他谁家的丫头标致，谁家的酒席丰盛；又是谁家有奇货，又是谁家有异物。脂批："几个谁家，自北静王公侯驸马诸大家包括尽矣，写尽纨袴口角。 脂砚斋再笔：对芸兄原无可说之话。"那贾芸口里只得顺着他说，说了一会，见宝玉有些懒懒的了，便起身告辞。宝玉也不甚留，只说："你明儿闲了，只管来。"仍命小丫头子坠儿送他出去。

出了怡红院，贾芸见四顾无人，便把脚慢慢停着些走，因无人故敢慢走也。口里一长一短和坠儿说话，先问他："几岁了？名字叫什么？你父母在那一行上？在宝叔房内几年了？渐问渐近。一个月多少钱？共总宝叔房内有几个女孩子？"近了。那坠儿见问，便一桩桩的都告诉他了。

贾芸又道："才刚那个与你说话的，他可是叫小红？"问到关节上。坠儿笑道："他倒叫小红。你问他作什么？"问得自然。贾芸道："方才他问你什么手帕子，我倒拣了一块。"再进一步。坠儿听了，笑道："他问了我好几遍，可有看见他的帕子。我有那么大工夫管这些事！传递红玉消息。今儿他又问我。他说，我替他找着了，他还谢我呢。可见红玉认真寻找，亦早知在贾芸手中，只是无法沟通也。才在蘅芜苑门口说的，二爷也听见了，不是我撒谎。好二爷，你既拣了，给我罢。我看他拿什么谢我。"正要你传递，谢谢！

原来上月贾芸进来种树之时，便拣了一块罗帕，便知是所在园内的人失落的，但不知是那一个人的，

第二十六回　蜂腰桥设言传心事　潇湘馆春困发幽情

故不敢造次。今听见红玉问坠儿，便知是红玉的，心内不胜喜幸。_{是意外之喜。}又见坠儿追索，心中早得了主意，便向袖内将自己的一块取了出来，向坠儿笑道："我给是给你，_{终于将自己手帕传去，天缘凑巧也。}你若得了他的谢礼，不许瞒着我。"坠儿满口里答应了，接了手帕子，送出贾芸，回来找红玉，不在话下。

> 一段贾芸传递手帕情事，写得如此曲折而深入，句句可信，事事可信。

如今且说宝玉打发了贾芸去后，意思懒懒的歪在床上，似有朦胧之态。袭人便走上来，坐在床沿上推他，说道："怎么又要睡觉？闷的很，你出去逛逛不是？"宝玉见说，便拉他的手笑道："我要去，只是舍不得你。"袭人笑道："快起来罢！"一面说，一面拉了宝玉起来。宝玉道："可往那去呢？怪腻腻烦烦的。"袭人道："你出去了就好了，只管这么葳蕤，越发心里烦腻。"

> 闲散几笔，却写出宝玉日常情景。

宝玉无精打彩的，只得依他。晃出了房门，在回廊上调弄了一回雀儿，出至院外，顺着沁芳溪看了一回金鱼。只见那边山坡上两只小鹿箭也似的跑来，宝玉不解其意，正自纳闷。只见贾兰在后面拿着一张小弓追了下来，一见宝玉在前面，便站住了，笑道："二叔叔在家里呢，我只当出门去了。"宝玉道："你又淘气了。好好的射他作什么。"贾兰笑道："这会子不念书，闲着作什么。所以演习演习骑射。"宝玉道："把牙栽了，那时才不演呢。"

> 脂批:"先由'凤尾森森,龙吟细细'八字,'一缕幽香自纱窗中暗暗透出','细细的长叹一声'等句,方引出'每日家情思睡昏昏'仙音妙音来。非纯化工夫之笔不能,可见行文之难。"

说着,顺着脚一径来至一个院门前,只见凤尾森森,龙吟细细。_{脂批:"与后文'落叶萧萧,寒烟漠漠'一对,可伤可叹!"}举目望门上一看,只见匾上写着"潇湘馆"三字。_{宝玉是信步闲行,故无意中举目也,写闲散神情如画。}宝玉信步走入,只见湘帘垂地,悄无人声。走至窗前,觉得一缕幽香从碧纱窗中暗暗透出。_{幽极,静极,妙极,雅极。}宝玉便将脸贴在纱窗上,往里看时,耳内忽听_{脂批:"未曾看见,先听见。有神理。"}得细细的长叹了一声道:"每日家情思睡昏昏。"_{是黛玉无人时情态,却被宝玉听到,总是读《西厢》后,《西厢》已入心头矣。}宝玉听了,不觉心内痒将起来。再看时,只见黛玉在床上伸懒腰。_{脂批:"有神理,真真画出。"}宝玉在窗外笑道:"为甚么'每日家情思睡昏昏'?"一面说,一面掀帘子进来了。

> 一段写黛玉神态,直是化工之笔。

林黛玉自觉忘情,不觉红了脸,拿袖子遮了脸,翻身向里装睡着了。_{神态逼真如画,盖此问不好答也。}宝玉才走上来,要扳他的身子,只见黛玉的奶娘并两个婆子却跟了进来,说:"妹妹睡觉呢,等醒了再请来。"刚说着,黛玉便翻身坐了起来,笑道:"谁睡觉呢。"_{脂批:"妙极。可知黛玉是怕宝玉去也。"}那两三个婆子见黛玉起来,便笑道:"我们只当姑娘睡着了。"说着,便叫紫鹃说:"姑娘醒了,进来伺候。"一面说,一面都去了。

> 脂批:"二玉这回文字,作者亦在无意上写来,所谓'信手拈来无不是'是也。"

黛玉坐在床上,一面抬手整理鬓发,一面笑向宝玉道:"人家睡觉,你进来作什么?"宝玉见他星眼微饧,香腮带赤,不觉神魂早荡,一歪身坐在椅子上,笑道:"你才说什么?"黛玉道:"我没说什么。"宝

第二十六回　蜂腰桥设言传心事　潇湘馆春困发幽情

玉笑道："给你个榧子吃！我都听见了。"

二人正说话，只见紫鹃进来。宝玉笑道："紫鹃，把你们的好茶倒碗我吃。"紫鹃道："那里是好的呢？要好的，只是等袭人来。"黛玉道："别理他，何等亲密，何等自然。你先给我舀水去罢。"紫鹃笑道："他是客，自然先倒了茶来再舀水去。"紫鹃慧心。黛玉虽如此说，并非叫紫鹃真不理他也。说着倒茶去了。宝玉笑道："好丫头，'若共你多情小姐同鸳帐，怎舍得叠被铺床？'"脂批："真正无意忘情冲口而出之语。"林黛玉登时撂下脸来，说道："二哥哥，你说什么？"宝玉笑道："我何尝说什么。"黛玉便哭道："如今新兴的，外头听了村话来，也说给我听；看了混账书，也来拿我取笑儿。我成了爷们解闷的。"一面哭着，一面下床来往外就走。此时黛玉是真恼也。宝玉不知要怎样，心下慌了，忙赶上来说道："好妹妹，我一时该死，你别告诉去。我再要敢，嘴上就长个疔，烂了舌头。"正说着，只见袭人走来说道："快回去穿衣服，老爷叫你呢。"宝玉听了，不觉打了个焦雷一般，脂批："不止玉兄一惊，即阿颦也不免一吓，作者只顾写来，收什二玉之文，忘却颦儿也，想作者亦似宝玉《西厢》之句，忘情而出也，呵呵。"也顾不得别的，疾忙回来穿衣服。出园来，只见焙茗在二门前等着，宝玉便问道："你可知道叫我是为什么？"焙茗道："爷快出来罢，横竖是见去的，到那里就知道了。"一面说，一面催着宝玉。焙茗有鬼。

转过大厅，宝玉心里还自狐疑，因情景有异，难免疑心。只听墙角边一阵呵呵大笑，回头只见薛蟠拍着手笑了出来，

脂批："方才见芸哥所拿之书，一定见是《西厢》，不然，如何忘情至此。"

畸批："若无如此文字收什二玉，写颦无非至再哭恸笑（哭），玉只以陪尽小心软求漫恳，二人一笑而止；且书内若此亦多多矣，未免有犯雷同之病。故用险句结住，使二玉心中不得不将现事抛却，各怀一惊心意，再作下文。壬午孟夏雨窗，畸笏。"

笑道:"要不说姨夫叫你,你那里出来的这么快。"焙茗也笑道:"爷别怪我。"忙跪下了。宝玉怔了半天,方解过来了,_{因吃惊不小,故怔了半天方解过来也。}是薛蟠哄他出来。薛蟠连忙打恭作揖陪不是,又求"不要难为了小子,都是我逼他去的"。宝玉也无法了,只好笑问道:"你哄我也罢了,怎么说我父亲呢?_{真是不应该。}我告诉姨娘去,评评这个理,可使得么?"薛蟠忙道:"好兄弟,我原为求你快些出来,就忘了忌讳这句话。改日你也哄我,说我的父亲就完了。"_{真是只有呆兄能说。}宝玉道:"嗳,嗳,越发该死了。"又向焙茗道:"反叛肏的,还跪着作什么!"焙茗连忙叩头起来。

甲戌批:"如此戏弄,非呆兄无人。欲释二玉,非此戏弄不成立解,勿得泛泛看过。不知作者胸中有多少丘壑。"

薛蟠道:"要不是,我也不敢惊动,只因明儿五月初三日,是我的生日,谁知古董行的程日兴,他不知那里寻了来的这么粗、这么长、粉脆的鲜藕,这么大的大西瓜,这么长一尾新鲜的鲟鱼,这么大的一个暹罗国进贡的灵柏香熏的暹猪。你说,他这四样礼可难得不难得?那鱼、猪不过贵而难得,这藕和瓜亏他怎么种出来的。我连忙孝敬了母亲,_{呆兄倒还有孝心。}赶着给你们老太太、姨父、姨母送了些去。如今留了些,我要自己吃,恐怕折福,左思右想,除我之外,惟有你还配吃,所以特请你来。可巧唱曲儿的小么儿又才来了,我同你乐一天何如?"_{原来如此,呆兄一番呆想呆做,令人哭笑不得。}

一面说,一面来至他书房里。只见詹光、程日兴、

第二十六回　蜂腰桥设言传心事　潇湘馆春困发幽情

胡斯来、单聘仁等并唱曲儿的都在这里，见他进来，请安的，问好的，都彼此见过了。吃了茶，薛蟠即命人摆酒来。说犹未了，众小厮七手八脚摆了半天，_{薛蟠宴请，才有众小厮七手八脚。}方才停当归坐。宝玉果见瓜藕新异，因笑道："我的寿礼还未送来，倒先扰了。"薛蟠道："可是呢，明儿你送我什么？"宝玉道："我可有什么可送的？若论银钱、吃的、穿的东西，究竟还不是我的。_{脂批："谁说的出，经过者方说得出。叹叹。"}惟有我写一张字，画一张画，才算是我的。"_{此话重要，足见宝玉已不把祖宗所遗作为真正的"我的"也。}薛蟠笑道："你提画儿，我才想起来。昨儿我看人家一张春宫，画的着实好。_{的是呆兄所见之画。}上面还有许多的字，也没细看，只看落的款，是'庚黄'画的。真真的好的了不得！"宝玉听说，心下猜疑道："古今字画也都见过些，那里有个'庚黄'？"想了半天，不觉笑将起来，命人取过笔来，在手心里写了两个字，又问薛蟠道："你看真了是'庚黄'？"薛蟠道："怎么看不真！"宝玉将手一撒，与他看道："别是这两字罢？其实与'庚黄'相去不远。"众人都看时，原来是"唐寅"两个字，都笑道："想必是这两字，大爷一时眼花了也未可知。"_{一段笑话，活画阿呆。}薛蟠只觉没意思，笑道："谁知他'糖银''果银'的。"正说着，小厮来回："冯大爷来了。"宝玉便知是神武将军冯唐之子冯紫英来了。薛蟠等一齐都叫："快请。"说犹未了，只见冯紫英一路说笑，_{脂批："如见如闻。"}已进来了。

沾光、趁人兴、胡厮赖、善骗人也。

宝玉此话，已意识到，唯有自己创造的价值，才能算是自己的，祖宗所遗，概不能算自己的。这是一种自我意识的觉醒，故此语实实重要。

畸批："闲事顺笔，将骂死不学之纨袴。壬午雨窗，畸笏。"

脂批:"紫英豪侠小(文)三段,是为金闺间色之文。壬午雨窗。"

畸批:"写倪二、(紫)英、湘莲、玉菡侠文,皆各得传真写照之笔。丁亥夏,畸笏叟。"

畸批:"惜卫若兰射圃文字,迷失无稿,叹叹。丁亥夏畸笏叟。"

众人忙起席让坐。冯紫英笑道:"好呀!也不出门了,在家里高乐罢。"宝玉、薛蟠都笑道:"一向少会,老世伯身上康健?"紫英答道:"家父倒也托庇康健。近来家母偶着了些风寒,不好了两天。"

薛蟠见他面上有些青伤,便笑道:"这脸上又和谁挥拳的?挂了幌子了。"冯紫英笑道:"从那一遭把仇都尉的儿子[二]打伤了,我就记了再不怄气,如何又挥拳?这个脸上,是前日打围,在铁网山教兔鹘捎一翅膀。"宝玉道:"几时的话?"紫英道:"三月二十八日去的,前儿也就回来了。"宝玉道:"怪道前儿初三四儿,我在沈世兄家赴席不见你呢。我要问,不知怎么就忘了。单你去了,还是老世伯也去了?"紫英道:"可不是家父去,我没法儿,去罢了。难道我闲疯了,咱们几个人吃酒听唱的不乐,寻那个苦恼去?这一次,大不幸之中又大幸。"

薛蟠众人见他吃完了茶,都说道:"且入席,有话慢慢的说。"冯紫英听说,便立起身来,说道:"论理,我该陪饮几杯才是,只是今儿有一件大大要紧的事,回去还要见家父面回,实不敢领。"薛蟠、宝玉众人那里肯依,死拉着不放。冯紫英笑道:"这又奇了。你我这些年,那回儿有这个道理的?果然不能遵命。若必定叫我领,拿大杯来,我领两杯就是了。"

一片豪情侠气。众人听说,只得罢了。薛蟠执壶,宝玉把盏,

第二十六回　蜂腰桥设言传心事　潇湘馆春困发幽情

斟了两大海。那冯紫英站着，一气而尽。快人快饮，如见英风。

宝玉道："你到底把这个'不幸之幸'说完了再走。"冯紫英笑道："今儿说的也不尽兴。我为这个，还要特治一东，请你们去细谈一谈。二则还有所恳之处。"说着，执手就走。薛蟠道："越发说的人热剌剌的丢不下。多早晚才请我们？告诉了，也免的人犹疑。"冯紫英道："多则十日，少则八天。"一面说，一面出门上马去了。众人回来，依席又饮了一回方散。写冯紫英一段文字，具见英风豪气，为《红楼梦》文字间色不少，亦可与前醉金刚文字呼应。

宝玉回至园中。袭人正记挂着他去见贾政，不知是祸是福；只见宝玉醉醺醺的回来，问其原故，宝玉一一向他说了。袭人道："人家牵肠挂肚的等着，你且高乐去，也到底打发人来给个信儿。"宝玉道："我何尝不要送信儿，只因冯世兄来了，就混忘了。"正说着，只见宝钗走进来，笑道："偏了我们新鲜东西了。"宝钗已知道了。宝玉笑道："姐姐家的东西，自然先偏了我们了。"宝钗摇头笑道："昨儿哥哥倒特特的请我吃，我不吃，叫他留着请人送人罢。我知道我的命小福薄，不配吃那个。"说着，丫鬟倒了茶来，吃茶说闲话儿，不在话下。

却说那林黛玉听见贾政叫了宝玉去了，一日不回来，心中也替他忧虑。至晚饭后，闻听宝玉来了，心里要找他问问是怎么样了。一步步行来，见宝钗进宝宝玉临走前，因用《西厢》词句对黛玉戏说，令黛玉着恼。又突因贾政之唤，故立时解开。然因此一唤，反勾却前事，令黛玉悬悬也。

玉的院内去了，自己也便随后走了来。刚到了沁芳桥，只见各色水禽都在池中浴水，也认不出名色来，但见一个个文彩炫耀，好看异常，因而站住看了一会。再往怡红院来，只见院门关着，黛玉便以手扣门。

> 畸批："晴雯遣（迁）怒是常事耳，写钗颦二卿身上与踢袭人之文，令人于何处设想着笔。丁亥夏。畸笏叟。"

谁知晴雯和碧痕正拌了嘴，没好气，忽见宝钗来了，那晴雯正把气移在宝钗身上，正在院内抱怨说："有事没事，跑了来坐着，叫我们三更半夜的不得睡觉！"〖足见宝钗常来去。〗忽听又有人叫门，晴雯越发动了气，也并不问是谁，便说道："都睡下了，明儿再来罢！"〖是晴雯脾气。〗林黛玉素知丫头们的情性，他们彼此顽耍惯了，恐怕院内的丫头没听真是他的声音，只当是别的丫头们来了，所以不开门，因而又高声说道："是我，还不开么？"晴雯偏生还没听出来，〖晴雯浮躁而又在生气，故未听出。〗便使性子说道："凭你是谁，二爷吩咐的，一概不许放人进来呢！"〖此一使性，令黛玉当真。坏了大事，晴雯该责。〗

> 只有黛玉，才如此千回百转柔肠，如是湘云，则会嗓门更大喊叫开门。

林黛玉听了，不觉气怔在门外，待要高声问他，逗起气来，自己又回思一番："虽说是舅母家如同自己家一样，到底是客边。如今父母双亡，无依无靠，现在他家依栖。如今认真淘气，也觉没趣。"一面想，一面又滚下泪珠来。〖把晴雯之话当了真，自然是愈想愈伤心了。〗正是：回去不是，站着不是。

正没主意，只听里面一阵笑语之声，细听一听，竟是宝玉、宝钗二人。〖更加令人误解，更加令人伤心。〗林黛玉心中益发动

第二十六回　蜂腰桥设言传心事　潇湘馆春困发幽情

了气，左思右想，忽然想起了早起的事来：应前文未了之事。"必竟是宝玉恼我要告他的原故。但只我何尝告你了，你也打听打听，就恼我到这步田地。你今儿不叫我进来，难道明儿就不见面了？"越想越伤感起来，也不顾苍苔露冷，花径风寒，独立墙角边花阴之下，悲悲戚戚呜咽起来。

原来这林黛玉秉绝代姿容，具希世俊美，不期这一哭，那附近柳枝花朵上的宿鸟栖鸦一闻此声，俱忒楞楞飞起远避，不忍再听。真是：

此段文字，实在是神来之笔，闭月羞花之类陈词，何能与此相比。亏雪芹写得出。

　　花魂默默无情绪，鸟梦痴痴何处惊。

因有一首诗道：

　　颦儿才貌世应希。独抱幽芳出绣闺。

　　呜咽一声犹未了，落花满地鸟惊飞。

那林黛玉正自啼哭，忽听"吱喽"一声，院门开处，不知是那一个出来。要知端的，且听下回分解。

【回后评】

　　红玉、贾芸故事，从二十四回起，断续写来，写得有情有思而又平民化。值得特别注意的是，《红楼梦》中青年男女的婚姻，除红玉、贾芸以外，基本都是悲剧。按脂批的提示，红玉还有后来狱神庙慰宝玉等事，可见她不是悲剧结局。但红玉与贾芸的婚姻，是红玉主动争取的，也是贾芸主动争取的，他们的婚姻倒没有多少封建色彩，这是《红楼梦》唯独一对自由恋爱成功的美满婚姻，这显然是曹雪芹特意描写的。

　　春困发幽情一段，写黛玉独处时的情态，"每日家情思睡昏昏"，不仅写黛玉幽闭于内心的相思情怀，而且更写出《西厢记》之类的书入人心之深。李卓吾曾说："《西厢》，化工之笔也。"雪芹受李卓吾思想影响甚深，前面读《西厢》时盛赞《西厢》，此处又让黛玉于春困时独吟其词，则亦示意宝黛之思想，《西厢记》未庶不是给予重要影响者。

　　由薛蟠过生日引出冯紫英一段侠文，为文章生色，亦与倪二一段呼应。冯紫英出场文字不多，而其声音笑貌却活于纸上。

　　因晴雯抱怨宝钗频来，使性拒开园门，致使黛玉误被拒于门外，而又听到院内钗、玉笑语声喧，遂引动黛玉悲伤，引出一段绝世妙文，以赞黛玉绝代姿容、希世俊美，藉为后文《葬花吟》先作一引。

【校记】

　　〔一〕回目：庚本、蒙府本、戚序本、甲辰本、程甲本同。甲戌本

第二十六回　　蜂腰桥设言传心事　　潇湘馆春困发幽情

上句作"传蜜意",下句同庚辰本。杨本、列本上句作"蘅芜院设言传密语",下句同庚辰本。舒序本上句作"蜂腰桥目送传密语",下句同庚辰本。

〔二〕"的儿子"三字,庚本无,据各本补。

第二十七回　　滴翠亭杨妃戏彩蝶
　　　　　　　　埋香冢飞燕泣残红〔一〕

话说林黛玉正自悲泣,忽听院门响处,只见宝钗出来了,宝玉、袭人等一群人送了出来。愈看愈觉伤心。待要上去问着宝玉,又恐当着众人问羞了宝玉不便,因而闪过一旁,让宝钗去了,宝玉等进去关了门,方转过来,犹望着门洒了几点泪。自觉无味,方转身回来,无精打彩的卸了残妆。

紫鹃、雪雁素日知道林黛玉的情性:无事闷坐,不是愁眉,便是长叹,且好端端的不知为了什么,常常的便自泪道不干的。补叙黛玉平时情景。先时还有人解劝,怕他思父母,想家乡,受了委曲,只得用话宽慰解劝。谁知后来一年一月的竟常常的如此,把这个样儿看惯了,也都不理论了。所以也没人理,由他去闷坐,只管睡觉去了。那林黛玉倚着床栏杆,两手抱着膝,眼睛含着泪,好似木雕泥塑的一般,直坐到二更多天,方才睡了。一宿无话。

第二十七回　滴翠亭杨妃戏彩蝶　埋香冢飞燕泣残红

至次日，乃是四月二十六日。原来这日未时交芒种节。尚古风俗：凡交芒种节的这日，都要设摆各色礼物，祭饯花神。言芒种一过，便是夏日了，众花皆卸，花神退位，须要饯行。然闺中更兴这件风俗，所以大观园中之人都早起来了。那些女孩子们，或用花瓣柳枝编成轿马的，或用绫锦纱罗叠成干旄旌幢的，都用彩线系了。每一颗树上，每一枝花上，都系了这些事物。满园里绣带飘飖，花枝招展，更兼这些人打扮得桃羞杏让，燕妒莺惭，一时也道不尽。

> 已入夏初季节，则烂漫春光已凋谢矣。

> 一片旖旎风光。

且说宝钗、迎春、探春、惜春、李纨、凤姐等并巧姐、大姐[二]、香菱与众丫鬟们都在园内顽耍，独不见林黛玉。迎春因说道："林妹妹怎么不见？好个懒丫头，这会子还睡觉不成？"宝钗道："你们等着，我去闹了他来。"说着便丢下了众人，一直往潇湘馆来。正走着，只见文官等十二个女孩子也来了，上来问了好，说了一回闲话。宝钗回身指道："他们都在那里呢，你们找他们去罢。我叫林姑娘去就来。"说着，便逶迤往潇湘馆来。

> 畸批："写凤姐随大众一笔，不见红玉一段则认为泛文矣，何一丝不漏若此。畸笏。"

忽然抬头，见宝玉进去了，宝钗便站住，低头想了想：宝玉和林黛玉是从小儿一处长大，他兄妹间多有不避嫌疑之处，嘲笑喜怒无常。况且林黛玉素习猜忌，好弄小性儿的。此刻自己也跟了进去，一则宝玉不便，二则黛玉嫌疑，

> 上回是黛玉见宝钗进怡红院，此处是宝钗见宝玉进潇湘馆。

> 可见宝钗心机极深，上回黛玉见宝钗进怡红院，"自己也便随后走了来"，胸怀何等坦荡！

罢

了，倒是回来的妙。想毕，抽身回来。

刚要寻别的姊妹去，忽见前面一双玉色蝴蝶，大如团扇，一上一下迎风翩跹，十分有趣。宝钗意欲扑了来顽耍，遂向袖中取出扇子来，向草地下来扑。只见那一双蝴蝶忽起忽落，写蝴蝶飘忽起落，如见其真。来来往往，穿花度柳，将欲过河去了。倒引的宝钗蹑手蹑脚的，一直跟到池中滴翠亭上，香汗淋漓，娇喘细细。宝钗也无心扑了，刚欲回来，只听滴翠亭里边嘁嘁喳喳有人说话。转出意外奇文。原来这亭子四面俱是游廊曲桥，盖造在池中水上，四面雕镂槅子糊着纸。

宝钗在亭外听见说话，便煞住脚往里细听，只听说道："你瞧瞧这手帕子，还是为了手帕之事，直接上回文字。果然是你丢的那块，你就拿着；要不是，就还芸二爷去。"又有一人说话："可不是我那块！拿来给我罢。"又听道："你拿什么谢我呢？难道白寻了来不成。"又答道："我既许了谢你，自然不哄你。"又听说道："我寻了来给你，自然谢我；但只是拣的人，你就不拿什么谢他？"小孩儿家说话，常情常理，有何不可。又回道："你别胡说。他是个爷们家，拣了我的东西，自然该还的。我拿什么谢他呢？"又听说道："你不谢他，我怎么回他呢？况且他再三再四的和我说了，若没谢的，不许我给你呢。"坠儿倒会讨谢。半晌，又听答道："也罢，拿我这个给他，算谢他的罢。——你要告诉别人呢？须说个誓来。"又听说道："我要告

脂批："这桩风流案，又一体写法，甚当。己卯冬夜。"

第二十七回　滴翠亭杨妃戏彩蝶　埋香冢飞燕泣残红

诉一个人，就长一个疔，日后不得好死！"又听说道："嗳呀！咱们只顾说话，看有人来，悄悄在外头听见。不如把这槅子都推开了，便是有人见咱们在这里，他们只当我们说顽话呢。若走到跟前，咱们也看的见，就别说了。"_{想得周到至极。}

脂批："这是自难自法，好极，好极。惯用险笔如此。壬午夏，雨窗。"

宝钗在外面听见这话，心中吃惊，想道："怪道从古至今那些奸淫狗盗的人，心机都不错。这一开了，见我在这里，他们岂不臊了。_{不说自己偷听不好，反说他们臊了，奇怪。}况才说话的语音，大似宝玉房里的红儿的言语。他素昔眼空心大，是个头等刁钻古怪东西。_{宝钗眼中的红玉。}今儿我听了他的短儿，一时人急造反，狗急跳墙，不但生事，而且我还没趣。如今便赶着躲了，料也躲不及，少不得要使个'金蝉脱壳'的法子。"_{随机应变心机极深。}犹未想完，只听"咯吱"一声，宝钗便故意放重了脚步，笑着叫道："颦儿，我看你往那里藏！"一面说，一面故意往前赶。_{故意放重了脚步，故意叫颦儿，故意说"看你往那里藏"，"故意往前赶"，如此多故意，已分明不是无意。}

那亭内的红玉、坠儿刚一推窗，只听宝钗如此说着往前赶，两个人都唬怔了。宝钗反向他二人笑道："你们把林姑娘藏在那里了？"_{再加一个故意追问。}坠儿道："何曾见林姑娘了。"宝钗道："我才在河那边看着林姑娘在这里蹲着弄水儿的。_{如此当面撒谎，岂是无心。}我要悄悄的唬他一跳，还没有走到跟前，他倒看见我了，朝东一绕就不见了。别是藏在这里头了。"_{更令人着急，直是愈编愈有意编谎了。}一面说，一面故意

脂批："此节实借红玉反写宝钗也，勿得认错作者章法。"

进去寻了一寻，_{还要故意寻一寻。宝钗之假之鬼，于此极矣！}抽身就走。口内说道："一定是又钻在山子洞里去了。遇见蛇，咬一口也罢了。"_{如此许多做作，亏宝钗做得出来。如仅仅一两句话随口而出，犹可说也，如此多做作、编谎，而曰无心，则吾未闻之也。}一面说，一面走，心中又好笑：这件事算遮过去了，不知他二人是怎样。

_{岂能不信以为真？宝钗如此正经堂皇，却是编谎骗人，作者正借此一示宝钗之另一面也，乃世人竟以为宝钗纯属无心，实令人不解。}谁知红玉听了宝钗的话，便信以为真，让宝钗去远，便拉坠儿道："了不得了！林姑娘蹲在这里，一定听了话去了！"坠儿听说，也半日不言语。红玉又道："这可怎么样呢？"坠儿道："便是听了，管谁筋疼，各人干各人的就完了。"红玉道："若是宝姑娘听见，还倒罢了。林姑娘嘴里又爱刻薄人，心里又细，他一听见了，倘或走露了风声，怎么样呢？"_{黛玉于不知不觉间已蒙其冤矣。}二人正说着，只见文官、香菱、司棋、待书等上亭子来了。二人只得掩住这话，且和他们顽笑。

_{用凤姐招手转换情节。}只见凤姐儿站在山坡上招手叫，红玉连忙弃了众人，跑至凤姐跟前，堆着笑问："奶奶使唤作什么事？"凤姐打谅了一打谅，见他生的干净俏丽，_{用凤姐之眼再写红玉"干净俏丽"。}说话知趣，因笑道："我的丫头今儿没跟进我来。我这会子想起一件事来，要使唤个人出去，不知你能干不能干，说的齐全不齐全？"_{点明要能干而说得齐全。}红玉笑道："奶奶有什么话，只管吩咐我说去。若说的不齐全，误了奶奶的事，凭奶奶责罚就是了。"_{红玉亦十分自负，不怕你有事，只怕你不用。}凤姐笑道："你是那位小姐房里的？我

第二十七回　滴翠亭杨妃戏彩蝶　埋香冢飞燕泣残红

使你出去，他回来找你，我好替你说的。"红玉道："我是宝二爷房里的。"凤姐听了，笑道："嗳哟！你原来是宝玉房里的，怪道呢。也罢了，等他问，我替你说。你到我们家，告诉你平姐姐：_{以下是所嘱咐的话。}外头屋里桌子上，汝窑盘子架儿底下，放着一卷银子。那是一百六十两，给绣匠的工价。等张材家的来，要当面称给他瞧了，再给他拿去。_{此是第一件，已有几层意思。}再里头床头间，有一个小荷包拿了来。"_{第二件。}

红玉听说，撤身去了，回来只见凤姐不在这山坡子上了。因见司棋从山洞里出来，站着系裙子，便赶上来问道："姐姐，不知道二奶奶往那里去了？"司棋道："没理论。"红玉听了，抽身又往四下里一看，只见那边探春、宝钗在池边看鱼。红玉上来陪笑问道："姑娘们可知道二奶奶那去了？"探春道："往你大奶奶院里找去。"_{又经几个转折。}红玉听了，才往稻香村来，顶头只见晴雯、绮霰、碧痕、紫鹃、麝月、待书、入画、莺儿等一群人来了。晴雯一见了红玉，便说道："你只是疯罢！院子里花儿也不浇，雀儿也不喂，_{晴雯是上等丫头，嘴尖，见了就管。}茶炉子也不烧，就只在外头逛。"红玉道："昨儿二爷说了，今儿不用浇花，过一日浇一回罢。我喂雀儿的时候，姐姐还睡觉呢。"_{对答如流，毫不示弱。}碧痕道："茶炉子呢？"红玉道："今儿不该我烧的班儿，有茶没茶别问我。"_{答得爽利。}绮霰道："你听听他的嘴！你们别说了，

_{丫头间一段对答，唇枪舌剑，对答如流，又是一番情景。}

让他逛去罢。"红玉道:"你们再问问我逛了没有。二奶奶使唤我说话取东西的。"^{有上命在身，有何惧哉!}说着，将荷包举给他们看，^{脂批:"得意称心如意，在此一举荷包。"}方没言语了。大家分路走开。

晴雯冷笑道:"怪道呢! 原来爬上高枝儿去了，把我们不放在眼里。不知说了一句话半句话，名儿姓儿知道了不曾呢，就把他兴的这样! 这一遭半遭儿的算不得什么，过了后儿还得听呵! 有本事从今儿出了这园子，长长远远的在高枝儿上才算得。"一面说着去了。

> 丫头间互相争胜、互相不服，此是又一世界、又一心态，雪芹巨眼，一一看出。

这里红玉听说，不便分证，^{到底红玉不便分证，因低人一头也。}只得忍着气来找凤姐儿。到了李氏房中，果见凤姐儿在这里和李氏说话儿呢。红玉上来回道:^{以下是回话。}"平姐姐说，奶奶刚出来了，他就把银子收了起来，才张材家的来讨，当面称了给他拿去了。"说着将荷包递了上去，^{已交代完两件}又道:"平姐姐教我回奶奶:^{以下又是平儿的回话。}才旺儿进来讨奶奶的示下，好往那家子去。平姐姐就把那话按着奶奶的主意打发他去了。"凤姐笑道:"他怎么按着我的主意打发他去了?"红玉道:"平姐姐说:我们奶奶问这里奶奶好。原是我们二爷不在家，虽然迟了两天，只管请奶奶放心。等五奶奶好些，我们奶奶还会了五奶奶来瞧奶奶呢。五奶奶前儿打发了人来说，舅奶奶带了信来了，问奶奶好，还要和这里的姑奶奶寻两丸延年神验万全丹。若有了，奶奶打发人来，只管

> 一串话，连用十六个"奶奶"，千回百转，而次第分明。语言清楚。是思维清楚，红玉确是人才。

第二十七回　滴翠亭杨妃戏彩蝶　埋香冢飞燕泣残红

送在我们奶奶这里。明儿有人去，就顺路给那边舅奶奶带去的。"

话未说完，李氏道："嗳哟哟！这些话我就不懂了。什么'奶奶''爷爷'的一大堆。"凤姐笑道："怨不得你不懂，这是四五门子的话呢。"〖连李纨都听不懂，原来是四五门子的事合在一起说。〗说着，又向红玉笑道："好孩子，难为你说的齐全。别像他们扭扭捏捏的蚊子似的。〖好比喻，凤姐亦是能干痛快人，故喜红玉也。〗嫂子你不知道，如今除了我随手使的几个丫头老婆之外，我就怕和他们说话。他们必定把一句话拉长了作两三截儿，咬文咬字，〖骂尽天下假斯文、假秀才。〗拿着腔儿，哼哼唧唧的，急的我冒火，〖确是实情。〗他们那里知道！先时我们平儿也是这么着，我就问着他：难道必定装蚊子哼哼就是美人了？〖原来哼哼唧唧是为了装美人。〗说了几遭，才好些儿了。"李宫裁笑道："都像你泼皮破落户才好。"凤姐又道："这一个丫头就好。方才两遭，说话虽不多，听那口声就简断。"说着又向红玉笑道："你明儿服侍我去罢。我认你作女儿，〖真是看中了。〗我一调理，你就出息了。"

红玉听了，扑哧一笑，凤姐道："你怎么笑？你说我年轻，比你能大几岁，就作你的妈了？你还作春梦呢！你打听打听，这些人里头比你大的大的，赶着我叫妈，我还不理。今儿抬举了你呢！"红玉笑道："我不是笑这个，我笑奶奶认错了辈数了。我妈是奶奶的女儿，这会子又认我作女儿。"〖原来如此，不由红玉不笑。〗

481

凤姐道："谁是你妈？"李宫裁笑道："你原来不认得他？他是林之孝之女。"凤姐听了十分诧异，说道："哦！原来是他的丫头。"又笑道："林之孝两口子都是锥子扎不出一声儿来的。_{语言生动之极。}我成日家说，他们倒是配就了的一对夫妻，一个天聋，一个地哑。_{好形容。}那里承望养出这么个伶俐丫头来！你十几岁了？"红玉道："十七岁了。"又问名字，红玉道："原叫红玉的，因为重了宝二爷，如今只叫红儿了。"

凤姐听说，将眉一皱，把头一回，_{活画凤姐神态。}说道："讨人嫌的很！得了玉的益似的，你也玉，我也玉。"因说道："既这么着，上月我还和他妈说，'赖大家的如今事多，也不知这府里谁是谁，你替我好好的挑两个丫头我使'，他一般答应着。他饶不挑，倒把这女孩子送了别处去。难道跟我必定不好？"_{真是看中了。}李氏笑道："你可是又多心了。他进来在先，你说话在后，怎么怨的他妈！"_{李纨明察。}凤姐道："既这么着，明儿我和宝玉说，叫他再要人，叫这丫头跟我去。可不知本人愿意不愿意？"红玉笑道："愿意不愿意，我们也不敢说。只是跟着奶奶，我们也学些眉眼高低，出入上下，_{脂批："千愿意万愿意之言。"}大小的事也得见识见识。"_{甲戌批："且系本心本意，狱神庙回内（方见）。"}刚说着，只见王夫人的丫头来请，凤姐便辞了李宫裁去了。红玉回怡红院去，不在话下。

_{脂批："奸邪婢岂是怡红应答者，故即逐之，前良儿后篆（坠）儿，便是却（确）证，作者又不得可也。己卯冬夜。"}

_{畸批："此系未见狱神庙诸事，故有是批。丁亥夏，畸笏。"}

第二十七回　滴翠亭杨妃戏彩蝶　埋香冢飞燕泣残红

如今且说林黛玉因夜间失寐，次日起来迟了，闻得众姊妹都在园中作饯花会，恐人笑他痴懒，连忙梳洗了出来。刚到了院中，只见宝玉进门来了，笑道："好妹妹，你昨儿可告我了不曾？教我悬了一夜心。"_{接前事。}林黛玉便回头叫紫鹃道："把屋子收拾了，撂下一扇纱屉。看那大燕子回来，把帘子放下来，拿狮子倚住。烧了香，就把炉罩上。"_{一连串交代，对宝玉不闻不见。}一面说，一面又往外走。宝玉见他这样，还认作是昨日中晌的事，_{宝玉自是不明情由。}那知晚间的这段公案，还打恭作揖的。林黛玉正眼也不看，各自出了院门，一直找别的姊妹去了。宝玉心中纳闷，自己猜疑：看起这个光景来，不像是为昨日的事。_{猜得准。}但只昨日我回来的晚了，又没有见他，再没有冲撞了他的去处了。_{百思不得其解。}一面想，一面由不得随后追了来。

只见宝钗、探春正在那边看鹤舞，见黛玉去了，三个一同站着说话儿。又见宝玉来了，探春便笑道："宝哥哥，身上好？我整整的三天没见你了。"宝玉笑道："妹妹身上好？我前儿还在大嫂子跟前问你呢。"探春道："宝哥哥，你往这里来，我和你说话。"宝玉听说，便跟了他，离了钗、玉两个，到了一棵石榴树下。探春因说道："这几天老爷可曾叫你？"宝玉笑道："没有叫。"探春说："昨儿我恍惚听见说老爷叫你出去的。"_{脂批："老爷叫宝玉再无喜事，故园中合宅皆知。"}宝玉笑道："那想是别人听错

脂批："《石头记》用截（截）法、岔法、突然法、伏线法、由近渐远法、将繁改简法、重作轻抹法、虚敲实应法。种种诸法，总在人意料之外，且不见一丝牵强，所谓'信手拈来无不是'是也。己卯冬夜。"

畸批："若无此一岔，二玉和合则成嚼蜡文字，《石头记》得力处正在此。丁亥夏，畸笏叟。"

了，并没叫的。"探春又笑道："这几个月，我又攒下有十来吊钱了。你还拿了去，明儿出门逛去的时候，或是好字画，好轻巧顽意儿，[探春是探春的癖好。]替我带些来。"宝玉道："我这么城里城外、大廊小庙的逛，也没见个新奇精致东西，左不过是那些金、玉、铜、磁，没处摆的古董，再就是绸缎吃食衣服了。"探春道："谁要这些。怎么像你上回买的那柳枝儿编的小篮子，整竹子根抠的香盒儿，[此是民间工艺品，原来探小姐爱此。]胶泥垛的风炉儿，这就好了。我喜欢的什么似的，谁知他们都爱上了，都当宝贝似的抢了去了。"宝玉笑道："原来要这个。这不值什么，拿五百钱出去给小子们，管拉一车来。"探春道："小厮们知道什么。你拣那朴而不俗，直而不作者，[虽是两句话，探春却有眼力。]这些东西，你多多的替我带了来。我还像上回的鞋作一双你穿，比那一双还加工夫，如何呢？"[真是小儿女间之情、小儿女间之事。]

["直而不作"，朴实而无雕琢气者。"作"，做作，匠气。别本改"作"字为"拙"，误矣。]

宝玉笑道："你提起鞋来，我想起个故事：那一回我穿着，可巧遇见了老爷，老爷就不受用，问是谁作的。我那里敢提'三妹妹'三个字，我就回说是前儿我生日，是舅母给的。老爷听了是舅母给的，才不好说什么，半日还说：'何苦来！虚耗人力，作践绫罗，作这样的东西。'我回来告诉了袭人，袭人说这还罢了，赵姨娘气的抱怨的了不得：'正紧兄弟，鞋搭拉、袜搭拉的没人看的见，且作这些东西！'"探春听说，

[由做鞋小事，写出贾政古板，写出赵姨娘嫉妒，写出探春严分嫡庶。]

第二十七回　　滴翠亭杨妃戏彩蝶　埋香冢飞燕泣残红

登时沉下脸来，道："这话糊涂到什么田地！怎么我是该作鞋的人么？环儿难道没有分例的？一般的衣裳是衣裳，鞋袜是鞋袜，丫头老婆一屋子，怎么抱怨这些话！给谁听呢！我不过是闲着没事儿，作一双半双，爱给那个哥哥兄弟，随我的心。谁敢管我不成！这也是白气。"宝玉听了，点头笑道："你不知道，他心里自然又有个想头了。"探春听说，益发动了气，将头一扭，说道："连你也糊涂了！他那想头自然是有的，不过是那阴微鄙贱的见识。<small>指赵姨娘，探春不认生母，仍把赵姨娘作为主子以外之人看。</small>他只管这么想，我只管认得老爷、太太两个人，别人我一概不管。<small>读者可于此看当时之封建正统思想。</small>就是姊妹弟兄跟前，谁和我好，我就和谁好，什么偏的庶的，我也不知道。论理我不该说他，但忒昏愦的不像了！还有笑话呢，就是上回我给你那钱，替我带那顽的东西。过了两天，他见了我，也是说没钱使，怎么难，我也不理论。谁知后来丫头们出去了，他就抱怨起来，说我攒的钱为什么给你使，倒不给环儿使呢。我听见这话，又好笑又好气，我就出来往太太跟前去了。"正说着，只见宝钗那边笑道："说完了，来罢。显见的是哥哥妹妹了，丢下别人，且说梯己去。我们听一句儿就使不得了！"<small>其实探春是说了他们嫡庶之间的事，你听一句又有何意思。</small>说着，探春、宝玉二人方笑着来了。

宝玉因不见了林黛玉，便知他躲了别处去了，<small>宝玉心中总记着黛玉。</small>想了一想，索性迟两日，等他的气消一消再

<small>此段特写探春，为后文理家作引。</small>

畸批:"不因见落花,宝玉如何突至埋香冢,不至埋香冢,如何写《葬花吟》?《石头记》无闲文闲字正此。丁亥夏,畸笏叟。"

畸批:"开生面,立新场,是书不止《红楼梦》一回,惟是回更生更新。且读去非阿颦无是且(佳)吟,非石兄断无是章法行文,愧杀古今小说家也。畸笏。"

脂批:"余读《葬花吟》凡三阅,其凄楚感慨,令人身世两忘,举笔再四,不能加批。先生想身(非)宝玉,何得而下笔,即字字双圈,料难遂颦儿之意。俟看过玉兄后文再批。噫嘻,客亦《石头记》化来之人,故掷笔以待。"

去也罢了。因低头看见许多凤仙石榴等各色落花,_{是暮春天气。}锦重重的落了一地,因叹道:"这是他心里生了气,也不收拾这花儿来了。待我送了去,明儿再问着他。"说着,只见宝钗约着他们往外头去。_{宝钗已去。}宝玉道:"我就来。"说毕,等他二人去远了,便把那花兜了起来,登山渡水,过树穿花,一直奔了那日同林黛玉葬桃花的去处来。_{情文自然逼真。}将已到了花冢,犹未转过山坡,只听山坡那边有呜咽之声,一行数落着,哭的好不伤感。宝玉心下想道:"这不知是那房里的丫头,_{意外之事,尚在远处,故未听真。}受了委曲,跑到这个地方来哭。"一面想,一面煞住脚步,听他哭道:

> 花谢花飞花满天,红消香断有谁怜。
>
> 游丝软系飘春榭,落絮轻沾扑绣帘。
>
> 闺中女儿惜春暮,愁绪满怀无释处,
>
> 手把花锄出绣闺,忍踏落花来复去。
>
> 柳丝榆荚自芳菲,不管桃飘与李飞。
>
> 桃李明年能再发,明年闺中知有谁?
>
> 三月香巢已垒成,梁间燕子太无情!
>
> 明年花发虽可啄,却不道人去梁空巢也倾。
>
> 一年三百六十日,风刀霜剑严相逼,
>
> 明媚鲜妍能几时,一朝飘泊难寻觅。
>
> 花开易见落难寻,阶前闷杀葬花人,
>
> 独倚花锄泪暗洒,洒上空枝见血痕。

第二十七回　滴翠亭杨妃戏彩蝶　埋香冢飞燕泣残红

杜鹃无语正黄昏。荷锄归去掩重门。
青灯照壁人初睡，冷雨敲窗被未温。
怪奴底事倍伤神，半为怜春半恼春：
怜春忽至恼忽去，至又无言去不闻。
昨宵庭外悲歌发，知是花魂与鸟魂？
花魂鸟魂总难留，鸟自无言花自羞。
愿奴胁下生双翼，随花飞到天尽头。
天尽头，何处有香丘？
未若锦囊收艳骨，一抔净土掩风流。
质本洁来还洁去，强于污淖陷渠沟。
尔今死去侬收葬，未卜侬身何日丧？
侬今葬花人笑痴，他年葬侬知是谁？
试看春残花渐落，便是红颜老死时。
一朝春尽红颜老，花落人亡两不知！

宝玉听了，不觉痴倒。要知端详，且听下回分解。

> "天尽头，何处有香丘"是一篇之骨，理想之所托也。

> 无晴雯闭门之拒，何来今日葬花之吟，无葬花吟，不知颦儿之才之情之悲之痛，葬花吟是颦儿满怀心声之倾也。

【回后评】

甲戌本回后评：

"饯花辰不论典与不典，只取其韵致生趣耳。"

"池边戏蝶，偶而适兴，亭外急智脱壳，明写宝钗非拘拘然一迂女夫子。"

"凤姐用小红可知晴雯等理（埋）没其人久矣，无怪有私心私情，且红玉后有宝玉大得力处，此于千里外伏线也。"

"石头记用截法、岔法、突然法、伏线法、由近渐远法、将繁改简法、重作轻抹法、虚敲（敲）实应法。种种诸法，总在人意料之外，且不见一丝牵强，所谓'信手拈来无不是'是也。"

"不因见落花，宝玉如何突至埋香冢，不至埋香冢，又如何写葬花吟。"

"埋香冢葬花乃诸艳归源，葬花吟又系诸艳一偈也。"

按本回甲戌本回后评，可与庚辰本对看，可知甲戌文字改易割裂之状，亦可知庚辰本脂批为原文也。

本回庚辰本回前评云："葬花吟是大观园诸艳之归源小引，故用在饯花日诸艳毕集之期，饯花日不论其典与不典，只取其韵耳。"

本回开头，已是农历四月二十六日芒种节，则繁华似锦的春天已过，渐入炎炎夏日。从贾府来说，也已过了鲜花着锦、烈火烹油的鼎盛时期，此后炎暑秋凉亦将次第至矣。

宝钗扑蝶为历来争论之聚点，关键在于一方认为宝钗特意喊黛玉之名是无心，另一方认为是有意嫁祸黛玉。各持一端，莫能相下。从本节具体情节来看：一、宝钗于无意间听到红玉与坠儿私语手帕之事，便煞住脚往里细听，听了谈话的全部内容，直到两人要开窗，才"使个'金蝉脱壳'的法子"，故意加重脚步，笑喊："颦儿，我看你往那里藏。"二、见了红玉、坠儿二人，还故意问你们把林姑娘藏在那里了。三、还谎说她在河那边看见林姑娘在这里蹲着弄水儿的。四、又说别是藏在这里头了，还"故意进去寻了一寻"，又说"一定是又钻在山子洞里去了"，如此等等。窃以为宝钗因扑蝶而听到红、坠两人私语，其初完全是出于无心，但煞住脚往里细听时，虽或好奇，实已有意，故特听完其全部说话。特别是她已听出是宝玉房里的红儿，"是个头等刁钻古怪东西"，"今儿我听了他的短儿，一时人急造反，狗急跳墙，不但生事，而且我还没趣"。由于以上种种细心的考虑，遂使出金蝉脱壳之计，直喊颦儿，并一再证说颦儿就在亭下弄水。从以上全部情节来看，如说宝钗完全出于无心，则何以非要坐实黛玉蹲在亭下弄水，并故意再三寻找？种种着意做作，已非避嫌释疑之所必须，且自己怕狗急跳墙生事，却又无中生有拉出

第二十七回　滴翠亭杨妃戏彩蝶　埋香冢飞燕泣残红

黛玉来替代，其用心亦已深矣。再看宝钗如此做的后果："谁知红玉听了宝钗的话，便信以为真"，"道：'了不得了，林姑娘蹲在这里，一定听了话去了。'""红玉道：'若是宝姑娘听见，还倒罢了。林姑娘嘴里又爱刻薄人，心里又细，他一听见了，倘或走露了风声，怎么样呢？'"可见事实是宝钗已将黛玉装入她的金蝉壳中，让她蒙无名之冤，遭人怀疑，而她自己则已脱壳而出。然则有心乎？无意乎？读者可以仔细参详。

凤姐派红玉差事一节，为红玉之特写，亦特显红玉之才之能，以为后文狱神庙预写一笔，惜不得见遗失之稿耳！

探春一段，特写探春之雅，又特写探春严嫡庶而轻骨肉，明事理而恶徇情，为后来理事张本，亦写出大观园诸钗个性各别也。

《葬花吟》一节，为《红楼梦》绝世妙文，数百年来脍炙人口。诗中"天尽头，何处有香丘"，写其理想之追求也；"未若锦囊"以下四句，厌恶现实社会之"污淖陷渠沟"，而欲葆己之一尘不染，"洁来还洁去"也。黛玉对理想之追求和对现实社会之憎恶，皆与宝玉同心，故宝玉"不觉痴倒"也。

【校记】

〔一〕回目：各本同，"飞燕"，蒙府本作"飞尘"。

〔二〕按：凤姐只有一个女儿，小名大姐，后刘姥姥又为取名"巧姐"，故大姐、巧姐应是一人。此处庚辰本大姐、巧姐并提，不明何意。按甲戌、杨本、列藏、舒本、甲辰诸本均同庚辰本。蒙本无"巧姐"二字，戚序、戚宁两本将"巧姐"二字改为"同了"，程甲本改为"凤姐等并大姐儿"，无"巧姐"。此处仍依庚辰诸本，供读者思考研究。

第二十八回　蒋玉菡情赠茜香罗
　　　　　　　　薛宝钗羞笼红麝串

话说林黛玉只因昨夜晴雯不开门一事。错疑在宝玉身上。至次日，又可巧遇见饯花之期，正是一腔无名正未发泄，又勾起伤春愁思，因把些残花落瓣去掩埋，由不得感花伤己，哭了几声，便随口念了几句。_{感事伤春，遂引起身世之悲。}不想宝玉在山坡上听见，先不过点头感叹；次后听到"侬今葬花人笑痴，他年葬侬知是谁"，"一朝春尽红颜老，花落人亡两不知"等句，不觉恸倒山坡之上，_{人与花同此命运，而花有人葬，人却不可知，能不悲乎？}怀里兜的落花撒了一地。

试想林黛玉的花颜月貌，将来亦到无可寻觅之时，宁不心碎肠断！既黛玉终归无可寻觅之时，推之于他人，如宝钗、香菱、袭人等，亦可到无可寻觅之时矣。宝钗等终归无可寻觅之时，则自己又安在哉？且自身尚不知何在何往，则斯处、斯园、斯花、斯柳，又不知当属谁姓矣！因此一而二，二而三，反复推求了去，

补叙前事。

脂批："不言炼句炼字，词藻工拙，只想景想情想事想理，反复推求悲感，乃玉兄一生之天性，真颦儿之知己，玉兄外实无一人。想昨阻余批《葬花吟》之客，嫡是玉兄之化身无疑。余几作点金为铁之人，笨甚笨甚。"

此处问得伤心。斯处、斯园、斯花、斯柳又不知当属谁姓矣，雪芹又将家史隐入，其实早知属谁姓矣，只不好写出耳。

第二十八回　蒋玉菡情赠茜香罗　薛宝钗羞笼红麝串

真不知此时此际欲为何等蠢物，杳无所知，逃大造，出尘网，始可解释这段悲伤。正是：花影不离身左右，鸟声只在耳东西。

那林黛玉正自伤感，忽听山坡上也有悲声，心下想道："人人都笑我有些痴病，难道还有一个痴子不成？"想着，抬头一看，见是宝玉。林黛玉看见，便道："啐！我道是谁，原来是这个狠心短命的——"刚说到"短命"二字，又把口掩住，情所不忍，真情不能已也。长叹了一声，自己抽身便走了。

与陈子昂俯仰天地，同其感慨。

这里宝玉悲恸了一回，忽然抬头不见了黛玉，便知黛玉看见他躲开了，自己也觉无味，抖抖土起来，下山寻归旧路，往怡红院来。可巧看见林黛玉在前头走，连忙赶上去，既见其人，岂能无话。说道："你且站住。我知你不理我，我只说一句话，从今后撂开手。"如此决绝，不可不理矣！黛玉亦不欲真"撂开手"也。林黛玉回头看见是宝玉，待要不理他，听他说"只说一句话，从此撂开手"，这话里有文章，少不得站住说道："有一句话，请说来。"宝玉笑道："两句话，说了你听不听？"黛玉听说，回头就走。

宝玉在身后面叹道："既有今日，何必当初！"林黛玉听见这话，由不得站住，此等不可捉摸的话，不能不站住矣。回头道："当初怎么样？今日怎么样？"宝玉叹道："当初姑娘来了，那不是我陪着顽笑？凭我心爱的，姑娘要，就拿去；我爱吃的，听见姑娘也爱吃，连忙干干净净收着等姑

绮批："撂开手句起，至后才得托生句止，此一段作者能替宝玉细诉受委曲后之衷肠，使黛玉竟不能回答一语，其心思为何若？真令人叹服。予曾亲历其境，竟至有'相逢半句无'之事，予固深悔之，阅此恍惚将予所历之委曲细陈，心身一畅。作者如此用心，得能不叫绝乎？绮园。"

娘吃。一桌子吃饭，一床上睡觉。丫头们想不到的，我怕姑娘生气，我替丫头们想到了。我心里想着：姊妹们从小儿长大，亲也罢，热也罢，和气到了儿，才见得比人好。_{一路叙来，历历往事。能不动情乎？}如今谁承望姑娘人大心大，不把我放在眼睛里，倒把外四路的什么宝姐姐、凤姐姐的放在心坎儿上，_{反说她疏远自己。}倒把我三日不理、四日不见的。我又没个亲兄弟、亲姊妹。——虽然有两个，你难道不知道是和我隔母的？我也和你似的独出，只怕同我的心一样。谁知我是白操了这个心，弄的有冤无处诉！"说着，不觉滴下眼泪来。

脂批："一节颇似说辞，在（玉）兄口中却是衷肠之语。己卯冬夜。"

宝玉确是一片衷肠之话，黛玉何以不理他，至今不明也。

黛玉耳内听了这些话，眼内见了这样形景，心内不觉灰了大半，也不觉滴下眼泪来，低头不语。_{心有所动矣。}宝玉见他这般形景，遂又说道："我也知道，我如今不好了，但只凭着怎么不好，万不敢在妹妹跟前有错处。便有一二分错处，你倒是或教导我，戒我下次，或骂我两句，打我两下，我都不灰心。谁知你总不理我，叫我摸不着头恼，少魂失魄，不知怎么样才好。_{实实如此，叫人摸不着头恼。}就便死了，也是个屈死鬼，任凭高僧高道忏悔，也不能超生，还得你申明了缘故，我才得托生呢！"

_{其心也苦，其情也哀。}

黛玉听了这个话，不觉将昨晚的事都忘在九霄云外了，便说道："你既这么说，昨儿为什么我去了，你不叫丫头开门？"_{终于说出原由来了。}宝玉诧异道："这话从那

第二十八回　蒋玉菡情赠茜香罗　薛宝钗羞笼红麝串

里说起？我要是这么样，立刻就死了！"（宝玉确不可能有此事，故急得发誓也。）林黛玉啐道："大清早起死呀活的，也不忌讳。（黛玉已回心转意。）你说有呢就有，没有就没有，起什么誓呢。"（已经消解误会。）宝玉道："实在没有见你去。就是宝姐姐坐了一坐，就出来了。"林黛玉想了一想，笑道："是了。想必是你的丫头们懒待动，丧声歪气的也是有的。"（至此方才彻底明白。）宝玉道："想必是这个原故。等我回去问了是谁，教训教训他们就好了。"黛玉道："你的那些姑娘们，也该教训教训，只是我论理不该说。今儿得罪了我的事小，倘或明儿宝姑娘来，什么贝姑娘来，也得罪了，事情岂不大了。"说着，抿着嘴笑。（黛玉至此始完全消解。）宝玉听了，又是咬牙，又是笑。（一天乌云总算吹散，又见朗朗晴空矣。）

二人正说话，只见丫头来请吃饭，遂都往前头来了。王夫人见了林黛玉，因问道："大姑娘，你吃那鲍太医的药可好些？"林黛玉道："也不过这么着。老太太还叫我吃王大夫的药呢。"宝玉道："太太不知道，林妹妹是内症，先天生的弱，所以禁不住一点风寒，不过吃两剂煎药就好了，散了风寒，还是吃丸药的好。"王夫人道："前儿大夫说了个丸药的名字，我也忘了。"宝玉道："我知道那些丸药，不过叫他吃什么人参养荣丸。"王夫人道："不是。"宝玉又道："八珍益母丸？左归？右归？再不，就是麦味地黄丸。"王夫人道："都不是，我只记得有个'金刚'两个字的。"

495

> 脂批："此写玉兄，亦是释却心中一夜半日要事，故大大一泄。己卯冬夜。"

> 畸批："写药案是暗度颦卿病势渐加之笔，非泛泛闲文也。丁亥夏，畸笏叟。"

> 脂批："写得不犯冷香丸方子。"

> 三百六十两不足龟。"不足龟"即"无足龟"，不、无义通。李白《春夜宴桃李园序》："不有佳作，何申雅怀。"又"不翼而飞""不胫而走"，"不"，皆训"无"。宋范成大《桂海虞衡志》："瑇瑁形如龟鼍辈，背甲十三片……无足，而有四鬣……以四鬣棹水而行。"以其无足而状如龟，故称不足龟。李时珍《本草纲目》云："解毒清热之功同于犀角。"此条为胡文彬兄见告，予适藏有大玳瑁一件，验之皆合。予疑"不足龟"下句为"龟大何首乌"，因上下两句两"龟"字重迭，抄手少抄一"龟"字。当否，待证。

宝玉扎手笑道："从来没听见有个什么'金刚丸'。若有了'金刚丸'，自然有'菩萨散'了！"说的满屋里人都笑了。宝钗抿嘴笑道："想是天王补心丹。"王夫人笑道："是这个名儿。如今我也糊涂了。"宝玉道："太太倒不糊涂，都是叫'金刚''菩萨'支使糊涂了。"_{宝玉心里一轻松，便不觉话多也。}王夫人道："扯你娘的臊！又欠你老子捶你了。"宝玉笑道："我老子再不为这个捶我的。"王夫人又道："既有这个名儿，明儿就叫人买些来吃。"宝玉笑道："这些都不中用的，太太给我三百六十两银子，我替妹妹配一料丸药，包管一料不完就好了。"王夫人道："放屁！什么药就这么贵？"宝玉笑道："当真的呢，我这个方子比别的不同，那个药名儿也古怪，一时也说不清。只讲那头胎紫河车、人形带叶参、三百六十两不足龟、大何首乌、千年松根茯苓胆，诸如此类的药都不算为奇，只在群药里算，那为君的药，说起来吓人一跳。前儿薛大哥哥求了我一二年，我才给了他这方子。他拿了方子去又寻了二三年，花了有上千的银子，才配成了。太太不信，只问宝姐姐。"宝钗听说，笑着摇手儿说："我不知道，也没听见。你别叫姨娘问我。"王夫人笑道："到底是宝丫头，好孩子，不撒谎。"宝玉站在当地，听见如此说，一回身把手一拍，说道："我说的倒是真话呢，倒说我撒谎。"口里说着，忽一回身，只见林黛玉坐在宝钗身

第二十八回　蒋玉菡情赠茜香罗　薛宝钗羞笼红麝串

后抿着嘴笑，用手指头在脸上画着羞他。

凤姐因在里间屋里看着人放桌子，听如此说，便走来笑道："宝兄弟不是撒谎，这倒是有的。上日薛大哥亲自和我来寻珍珠，我问他作什么，他说配药。他还抱怨说，不配也罢了，如今那里知道这么费事。我问他什么药，他说是宝兄弟的方子，说了多少药，我也没工夫听。他说，不然我就买几颗珍珠了，只是定要头上带过的，所以来和我寻。他说：'妹妹就没散的，花儿上也使得，掐下来，过后儿我拣好的再给妹妹穿了来。'我没法儿，把两枝珠花儿现拆了给他。还要了一块三尺上用大红纱去，乳钵乳了隔面子呢。"凤姐说一句，那宝玉念一句佛，说："太阳在屋子里呢！"凤姐说完了，宝玉又道："太太想，这不过是将就呢。正经按那方子，这珍珠宝石定要在古坟里的，有那古时富贵人家装裹的头面，拿了来才好。如今那里为这个去刨坟掘墓。所以只是活人带过的，也可以使得。"王夫人道："阿弥陀佛，不当家花花的！就是坟里有这个，人家死了几百年，这会子翻尸盗骨的，作了药也不灵！"

宝玉向林黛玉说道："你听见了没有，难道二姐姐也跟着我撒谎不成？"脸望着林黛玉说话，却拿眼睛瞟着宝钗。黛玉便拉王夫人道："舅母听听，宝姐姐不替他圆谎，他支吾着我。"王夫人也道："宝玉很

> 脂批："前'玉生香'回中，颦云他有金你有玉，他有冷香你岂不该有暖香，是宝玉无药可配矣。今颦儿之剂若许材料皆系滋补热性之药，兼有许多奇物，而尚未拟名，何不竟以暖香名之，以代补宝玉之不足，岂不三人一体矣。己卯冬夜。"

凤姐证实宝玉并非撒谎。

会欺负你妹妹。"宝玉笑道:"太太不知道这原故。宝姐姐先在家里住着,那薛大哥哥的事,他也不知道,何况如今在里头住着呢,自然是越发不知道了。林妹妹才在背后羞我,打谅我撒谎呢。"

<small>为宝钗圆解,亦是实情。</small>

正说着,只见贾母房里的丫头找宝玉、林黛玉去吃饭。林黛玉也不叫宝玉,便起身拉了那丫头就走。那丫头说等着宝玉一块儿走。林黛玉道:"他不吃饭了,咱们走罢。那丫头道:"吃不吃,等他一块儿去。老太太问,让他说去。"黛玉道:"你就等着。〔一〕我先走了。"说着,便出去了。宝玉道:"我今儿还跟着太太吃罢。"王夫人道:"罢,罢,我今儿吃斋,你正经吃你的去罢。"宝玉道:"我也跟着吃斋。"说着便叫那丫头"去罢",自己先跑到桌子上坐了。王夫人向宝钗等笑道:"你们只管吃你们的,由他去罢。"宝钗因笑道:"你正经去罢。吃不吃,陪着林姑娘走一趟,他心里打紧的不自在呢。"宝玉道:"理他呢,过一会子就好了。"

<small>宝玉当着宝钗故意说此话。</small>

一时吃过饭,宝玉一则怕贾母记挂,二则也记挂着林黛玉,<small>嘴说"理他呢"心里却念念不忘。</small>忙忙的要茶漱口。探春、惜春都笑道:"二哥哥,你成日家忙些什么?吃饭吃茶也是这么忙碌碌的。"宝钗笑道:"你叫他快吃了瞧林妹妹去罢,<small>宝钗时刻关心着宝玉的动向,只有她最清楚宝玉将要做什么。</small>叫他在这里胡羼些什么。"

宝玉吃了茶,便出来,一直往西院来。可巧走到

第二十八回　蒋玉菡情赠茜香罗　薛宝钗羞笼红麝串

凤姐儿院门前，只见凤姐儿蹬着门坎子拿耳挖子剔牙，看着十来个小厮们挪花盆呢。见宝玉来了，笑道：（凤姐神态活现。）"你来的好。进来，进来，替我写几个字儿。"宝玉只得跟了进来。到了屋里，凤姐命人取过笔砚纸来，向宝玉道："大红妆缎四十匹，蟒缎四十匹，上用纱各色一百匹，金项圈四个。"宝玉道："这算什么，又不是账，又不是礼物，怎么个写法？"凤姐儿道："你只管写上，横竖我自己明白就罢了。"宝玉听说，只得写了。凤姐一面收起，一面笑道："还有句话告诉你，不知你依不依？你屋里有个丫头叫红玉，我要叫了来使唤，明儿我再替你挑几个，可使得？"宝玉道："我屋里的人也多的很，姐姐喜欢谁，只管叫了来，何必问我。"（只要不是身边的几个，宝玉岂有不答应的。）凤姐笑道："既这么着，我就叫人带他去了。"宝玉道："只管带去。"说着，便要走。（凤姐真的向宝玉要小红，这是真看上了小红的才干。）

凤姐儿道："你回来，我还有一句话呢。"宝玉道："老太太叫我呢，有话等我回来说罢。"说着，便来至贾母这边，只见都已吃完饭了。贾母因问他："跟着你娘吃了什么好的？"宝玉笑道："也没什么好的，我倒多吃了一碗饭。"因问："林妹妹在那里？"贾母道："里头屋里呢。"宝玉进来，只见地下一个丫头吹熨斗，炕上两个丫头打粉线，黛玉弯着腰拿着剪子裁什么呢。宝玉走进来笑道："哦，这是作什么呢？才吃了饭，这么空着头，一会子又头疼了。"黛玉并

499

不理，只管裁他的。有一个丫头说道："那块绸子角儿还不好呢，再熨他一熨。"黛玉便把剪子一撂，说道："理他呢，过一会子就好了。"宝玉听了，只是纳闷。

立刻回报宝玉才刚的话，贴切自然。但宝玉不过一时敷衍宝钗，非真心不理黛玉，故说过即忘，一时记不起也。

只见宝钗、探春等也来了，和贾母说了一回话。宝钗也进来问："林妹妹作什么呢？"因见林黛玉裁剪，因笑道："妹妹越发能干了，连裁剪都会了。"黛玉笑道："这也不过是撒谎哄人罢了。"宝钗笑道："我告诉你个笑话儿，才刚为那个药，我说了个不知道，宝兄弟心里不受用了。"林黛玉道："理他呢，过会子就好了。"因为宝玉还未明白，故再说一遍。宝玉向宝钗道："老太太要抹骨牌，正没人呢，你抹骨牌去罢。"宝钗听说，便笑道："我是为抹骨牌才来了？"说着，便走了。林黛玉道："你倒是去罢，这里有老虎，看吃了你！"说着又裁。宝玉见他不理，只得还陪笑说道："你也出去逛逛再裁不迟。"林黛玉总不理。宝玉便问丫头们："这是谁叫裁的？"林黛玉见问丫头们，便说道："凭他谁叫我裁，也不管二爷的事！"宝玉方欲说话，只见有人进来回说："外头有人请。"宝玉听了，忙撤身出来。黛玉向外头说道："阿弥陀佛！赶你回来，我死了也罢了。"

黛玉动辄要小性，前番刚过，此番又来。何必如此言重，犟之过也。

宝玉出来，到外面，只见焙茗说道："冯大爷家

第二十八回　蒋玉菡情赠茜香罗　薛宝钗羞笼红麝串

请。"宝玉听了，知道是昨日的话，便说："要衣裳去。"自己便往书房里来。焙茗一直到了二门前等人，只见一个老婆子出来了，焙茗上去说道："宝二爷在书房里等出门的衣裳，你老人家进去带个信儿。"那婆子说："放你娘的屁！倒好，宝二爷如今在园里住着，跟他的人都在园里，你又跑了这里来带信儿来了！"焙茗听了，笑道："骂的是，我也糊涂了。"说着，一径往东边二门前来。可巧门上小厮在甬路底下踢球，焙茗将原故说了。小厮跑了进去，半日抱了一个包袱出来，递与焙茗。回到书房里，宝玉换了，命人备马，只带着焙茗、锄药、双瑞、双寿四个小厮去了。一径到了冯紫英家门口，有人报与了紫英，出来迎接进去。只见薛蟠早已在那里久候，还有许多唱曲儿的小厮并唱小旦的蒋玉菡、锦香院的妓女云儿。大家都见过了，然后吃茶。宝玉擎茶笑道："前儿所言幸与不幸之事，我昼悬夜想，今日一闻呼唤即至。"冯紫英笑道："你们令姨表兄弟倒都心实。前日不过是我的设辞。诚心请你们一饮，恐又推托，故说下这句话。今日一邀即至，谁知都信真了。"说毕，大家一笑。然后摆上酒来，依次坐定。冯紫英先命唱曲儿的小厮过来让酒，然后命云儿也来敬酒。

那薛蟠三杯下肚，不觉忘了情，拉着云儿的手笑道："你把那梯己新样儿的曲子唱个我听。

<small>脂批："若真真有一事，则不成《石头记》文字也，作者得三昧在兹，批书人得书中三昧亦在兹。壬午孟夏。"</small>

<small>薛蟠生日以后，又是冯家一次宴会。</small>

<small>写薛蟠总带呆气，总不安分。</small>

我吃一坛如何？"云儿听说，只得拿起琵琶来，唱道：

> 两个冤家，都难丢下，想着你来又记挂着他。两个人形容俊俏，都难描画。想昨宵幽期私订在荼蘼架。一个偷情，一个寻拿。拿住了三曹对案，我也无回话。

<small>明清间，盛行民歌小曲，雪芹亦深谙此道。</small>

唱毕笑道："你喝一坛子罢了。"薛蟠听说，笑道："不值一坛，再唱好的来。"

宝玉笑道："听我说来，如此滥饮，易醉而无味。我先喝一大海，发一新令。有不遵者，连罚十大海，逐出席外，与人斟酒。"冯紫英、蒋玉菡等都道："有理，有理。"宝玉拿起海来，一气饮干，说道："如今要说悲、愁、喜、乐四字，都要说出女儿来，还要注明这四字原故。说完了，饮门杯。酒面要唱一个新鲜时样曲子；酒底要席上生风一样东西，或古诗、旧对，《四书》《五经》成语。"薛蟠未等说完，先站起来拦道："我不来，别算我。这竟是捉弄我呢！"云儿也站起来，推他坐下，笑道："怕什么？这还亏你天天吃酒呢，难道你连我也不如！我回来还说呢。说是了，罢；不是了，不过罚上几杯，那里就醉死了。你如今一乱令，倒喝十大海，下去斟酒不成？"众人都拍手道妙。薛蟠听说无法，只得坐了。

<small>脂批："大海饮酒，西堂产九台灵芝日也，批书至此，宁不悲乎！壬午重阳日。"</small>

<small>如此酒令，自然难坏了薛蟠。</small>

<small>还是云儿说得对。</small>

听宝玉说道：

> 女儿悲，青春已大守空闺。

女儿愁,悔教夫婿觅封侯。

女儿喜,对镜晨妆颜色美。

女儿乐,秋千架上春衫薄。〔宝玉之令,总离不开"女儿"两字。〕

众人听了,都说道:"说得有理。"薛蟠扬着脸摇头说:"不好,该罚!"众人问:"如何该罚?"薛蟠道:"他说的我通不懂,怎么不该罚?"〔大老粗自然不懂。〕云儿便拧他一把,笑道:"你悄悄的想你的罢。回来说不出,又该罚了。"于是拿琵琶听宝玉唱道:

滴不尽相思血泪抛红豆,开不完春柳春花满画楼,睡不稳纱窗风雨黄昏后,忘不了新愁与旧愁,咽不下玉粒金莼噎满喉,照不见菱花镜里形容瘦。展不开的眉头,挨不明的更漏。呀!恰便似遮不住的青山隐隐,流不断的绿水悠悠。〔宝玉酒令曲子,总是文绉绉,不失其身份。〕

唱完,大家齐声喝彩,独薛蟠说无板。宝玉饮了门杯,便拈起一片梨来,说道:

雨打梨花深闭门。

完了令,下该冯紫英,说道:

女儿悲,儿夫染病在垂危。

女儿愁,大风吹倒梳妆楼。

女儿喜,头胎养了双生子。

女儿乐,私向花园掏蟋蟀。

说毕,端起酒来,唱道:

> 紫英令辞,是民歌俗曲,是明末挂枝儿一类。

你是个可人,你是个多情,你是个刁钻古怪鬼灵精,你是个神仙也不灵。我说的话儿你全不信,只叫你去背地里细打听,才知道我疼你不疼!

唱完,饮了门杯,说道:

鸡声茅店月。

令完,下该云儿。云儿便说道:

女儿悲,将来终身指靠谁?

薛蟠叹道:"我的儿,有你薛大爷在,你怕什么!"

众人都道:"别混他,别混他!"云儿又道:

女儿愁,妈妈打骂何时休!

薛蟠道:"前儿我见了你妈,还盼咐他,不叫他打你呢。"众人都道:"再多言者,罚酒十杯。"薛蟠连忙自己打了一个嘴巴子,说道:"没耳性,再不许说了。"

云儿又道:

女儿喜,情郎不舍还家里。

女儿乐,住了箫管弄弦索。

说完,便唱道:

> 云儿令曲,总不离自家身份。

豆蔻开花三月三,一个虫儿往里钻。钻了半日不得进,去爬到花儿上打秋千。肉儿小心肝,我不开了你怎么钻?

唱毕,饮了门杯,说道:"桃之夭夭。"令完了,下该薛蟠。

第二十八回　蒋玉菡情赠茜香罗　薛宝钗羞笼红麝串

薛蟠道："我可要说了：女儿悲——"

说了半日，不见说底下的。冯紫英笑道："悲什么？快说来。"薛蟠登时急的眼睛铃铛一般，瞪了半日，才说道："女儿悲——"又咳嗽了两声，说道：

女儿悲，嫁了个男人是乌龟。　实在无词，亏他硬凑出来。

众人听了，都大笑起来，薛蟠道："笑什么，难道我说的不是？一个女儿嫁了，汉子要当忘八，他怎么不伤心呢？"众人笑的弯腰，忙说道："你说的很是，快说底下的。"〔二〕

薛蟠瞪了一瞪眼，又说道："女儿愁——"

说了这句，又不言语了。众人道："怎么愁？"薛蟠道：

女儿愁，绣房蹿出个大马猴。　如此不通，才是薛蟠。

众人呵呵笑道："该罚，该罚！这句更不通，先还可恕。"说着便要筛酒。宝玉笑道："押韵就好。"薛蟠道："令官都准了，你们闹什么？"众人听说，方才罢了。

云儿笑道："下两句越发难说了，我替你说罢。"薛蟠道："胡说，当真我就没好的了！听我说罢：

女儿喜，洞房花烛朝慵起。

众人听了，都诧异道："这句何其太韵？"薛蟠又道：

女儿乐，一根毡把往里戳。

众人听了，都扭着脸说道："该死，该死！快唱了罢。"薛蟠便唱道：

> 一个蚊子哼哼哼。

众人都怔了，说："这是个什么曲儿？"薛蟠还唱道：

> 两个苍蝇嗡嗡嗡。

粗俗到底，才是薛蟠。

众人都道："罢，罢，罢！"薛蟠道："爱听不听！这是新鲜曲儿，叫作哼哼韵。你们要懒待听，连酒底都免了，我就不唱。"众人都道："免了罢，免了罢，倒别耽误了别人家。"于是，蒋玉菡说道：

> 女儿悲，丈夫一去不回归。
>
> 女儿愁，无钱去打桂花油。
>
> 女儿喜，灯花并头结双蕊。
>
> 女儿乐，夫唱妇随真和合。

说毕，唱道：

> 可喜你天生百媚娇，恰便似活神仙离碧霄。度青春，年正小。配鸾凤，真也着。呀！看天河正高，听谯楼鼓敲，剔银灯同入鸳帏悄。

唱毕，饮了门杯，笑道："这诗词上我倒有限，幸而昨日见了一副对子，可巧只记得这句，幸而席上还有这件东西。"说毕，便干了酒，拿起一朵木樨来，念道："花气袭人知昼暖。"<aside>一语直贯后文。</aside>众人倒都依了，完令。薛蟠又跳了起来，喧嚷道："了不得，了不得！该罚，

第二十八回　蒋玉菡情赠茜香罗　薛宝钗羞笼红麝串

该罚！这席上又没有宝贝，你怎么念起宝贝来？"蒋玉菡怔了，说道："何曾有宝贝？"薛蟠道："你还赖呢！你再念来。"蒋玉菡只得又念了一遍。薛蟠道："袭人可不是宝贝是什么！你们不信，只问他。"说毕，指着宝玉。宝玉没好意思起来，说："薛大哥，你该罚多少？"薛蟠道："该罚，该罚！"说着拿起酒来，一饮而尽。冯紫英与蒋玉菡等不知原故，云儿便告诉了出来。蒋玉菡忙起身陪罪。众人都道："不知者不作罪。"

用云儿将事由说明，更加是醒笔，亦见宝玉与云儿非初会也。

脂批："云儿知怡红细事，可想玉兄之风情意也。壬午重阳。"

少刻，宝玉出席解手，蒋玉菡便随了出来，二人站在廊檐下，蒋玉菡又陪不是。宝玉见他妩媚温柔，心中十分留恋，便紧紧的搭着他的手，叫他："闲了往我们那里去。还有一句话借问：也是你们贵班中，有一个叫琪官的，他在那里？如今名驰天下，我独无缘一见。"蒋玉菡笑道："就是我的小名儿。"宝玉听说，不觉欣然跌足，笑道："有幸，有幸！果然名不虚传。今儿初会，便怎么样呢？"想了一想，向袖中取出扇子，将一个玉玦扇坠解下来，递与琪官，道："微物不堪，略表今日之谊。"琪官接了，笑道："无功受禄，何以克当。也罢，我这里得了一件奇物，今日早起方系上，还是簇新的，聊可表我一点亲热之意。"说毕撩衣，将系小衣儿一条大红汗巾子解了下来，宝玉先送玉玦，遂有琪官送大红汗巾。递与宝玉，道："这汗巾子是茜香国女国王所贡之物，夏天系着，肌肤生香，不生汗渍。昨日北静王给我的，今日才上身。若是别人，我断不肯相赠。二爷请把自己系的解下来，给我系着。"初见即愿交换汗巾，足见亲密。宝玉听说，喜不自禁，连忙接了，将自己一条松花汗巾解了下来，递与琪官。

活画薛蟠。　二人方束好，只听一声大叫："我可拿住了！"只见薛蟠跳了出来，拉着二人道："放着酒不吃，两个人逃席出来干什么？快拿出来我瞧瞧。"二人都道："没有什么。"薛蟠那里肯依，还是冯紫英出来才解开了。于是复又归坐饮酒，至晚方散。

宝玉回至园中，宽衣吃茶。袭人见扇子上的坠儿没了，便问他："往那里去了？"宝玉道："马上丢了。"玉玦可以说丢了，汗巾何来，无法说矣。睡觉时只见腰里一条血点似的大红汗巾子，袭人便猜了八九分，袭人乖觉。因说道："你有了好的系裤子，把我那条还我罢。"巧妙。宝玉听说，方想起那条汗巾子原是袭人的，不该给人才是，心里后悔，口里说不出来，只得笑道："我赔你一条罢。"袭人听了，点头叹道："我就知道又干这些事！可见已非一次。也不该拿着我的东西给那起混账人去。也难为你，心里没个算计儿。"再要说几句，又恐怄上他的酒来，少不得也睡了，一宿无话。

至次日天明，方才醒了，只见宝玉笑道："夜里失了盗也不晓得，你瞧瞧裤子上。"袭人低头一看，

第二十八回　蒋玉菡情赠茜香罗　薛宝钗羞笼红麝串

只见昨日宝玉系的那条汗巾子系在自己腰里呢，便知是宝玉夜间换了，忙一顿把解下来，说道：_{无意中为后文作引。}"我不希罕这行子，趁早儿拿了去！"宝玉见他如此，只得委婉解劝了一回。袭人无法，只得系在腰里。过后宝玉出去，终久解下来掷在个空箱子里，自己又换了一条系着。

宝玉并未理论，因问起昨日可有什么事情。袭人便回说："二奶奶打发人叫了红玉去了。他原要等你来的，我想什么要紧，我就作了主，打发他去了。"_{点明红玉归凤姐。}宝玉道："很是。我已知道了，不必等我罢了。"袭人又道："昨儿贵妃打发夏太监出来，送了一百二十两银子，叫在清虚观初一到初三打三天平安醮，唱戏献供，叫珍大爷领着众位爷们跪香拜佛呢。还有端午儿的节礼也赏了。"说着，命小丫头子来，将昨日所赐之物取了出来，只见上等宫扇两柄，红麝香珠二串，凤尾罗二端，芙蓉簟一领。宝玉见了，喜不自胜，问"别人的也都是这个？"袭人道："老太太的多着一个香如意，一个玛瑙枕，太太、老爷、姨太太的只多着一个如意。你的同宝姑娘的一样。_{宝玉节礼同宝钗一样，令人揣摩。}林姑娘同二姑娘、三姑娘、四姑娘只单有扇子同数珠儿，别人都没了。大奶奶、二奶奶他两个是每人两匹纱，两匹罗，两个香袋，两个锭子药。"

宝玉听了笑道："这是怎么个原故？怎么林姑娘

的倒不同我的一样，宝玉自然要问。倒是宝姐姐的同我一样！别是传错了罢？"袭人道："昨儿拿出来，都是一份一份的写着签子，怎么就错了！你的是在老太太屋里的，我去拿了来了。老太太说了，明儿叫你一个五更天进去谢恩呢。"宝玉道："自然要走一趟。"说着便叫紫绡来："拿了这个到林姑娘那里去，就说是昨儿我得的，爱什么留下什么。"紫绡答应了，拿了去，不一时回来说："林姑娘说了，昨儿也得了，二爷留着罢。"

宝玉听说，便命人收了。刚洗了脸出来，要往贾母那里请安去，只见林黛玉顶头来了。宝玉赶上去笑道："我的东西叫你拣，你怎么不拣？"林黛玉昨日所恼宝玉的心事早又丢开，只顾今日的事了，因说道："我没这么大福禁受，比不得宝姑娘，什么金、什么玉的，已知宝钗所得。我们不过是草木之人！"宝玉听他提出"金玉"二字来，不觉心动疑猜，便说道："除了别人说什么金、什么玉，我心里要有这个想头，天诛地灭，万世不得人身！"宝玉此刻特别敏感，如此设誓，亦可见其诚。林黛玉听他这话，便知他心里动了疑，忙又笑道："好没意思，白白的说什么誓？管你什么金、什么玉的呢！"宝玉道："我心里的事也难对你说，日后自然明白。除了老太太、老爷、太太这三个人，第四个就是妹妹了。要有第五个人，我也说个誓。"林黛玉道："你也不用说誓，我

宝黛之情，自葬花释嫌以来，至此更明心迹，亦更进一步矣。

第二十八回　蒋玉菡情赠茜香罗　薛宝钗羞笼红麝串

很知道你心里有'妹妹'，但只是见了'姐姐'，就把'妹妹'忘了。"_{此语亦是黛玉知宝玉之深，然此实宝玉初时表像也。}宝玉道："那是你多心，我再不的。"_{宝玉此话，其实是真。}林黛玉道："昨儿宝丫头不替你圆谎，为什么问着我呢？那要是我，你又不知怎么样了。"

正说着，只见宝钗从那边来了，二人便走开了。宝钗分明看见，只装看不见，_{宝钗处处用心机。}低着头过去了。到了王夫人那里，坐了一回，然后到了贾母这边，只见宝玉在这里呢。薛宝钗因往日母亲对王夫人等曾提过"金锁是个和尚给的，等日后有玉的方可结为婚姻"等语，所以总远着宝玉。昨儿见元春所赐的东西，独他与宝玉一样，心里越发没意思起来。幸亏宝玉被一个林黛玉缠绵住了，心心念念只记挂着林黛玉，并不理论这事。此刻忽见，宝玉便笑道："宝姐姐，我瞧瞧你的红麝串子。"可巧宝钗左腕上笼着一串，见宝玉问他，少不得褪了下来，宝钗生的肌肤丰泽，容易褪不下来。宝玉在旁看着雪白一段酥臂，不觉动了羡慕之心，暗暗想道："这个膀子要长在林妹妹身上，或者还得摸一摸，偏生长在他身上。"正是自恨没福得摸，_{真被黛玉说着，然宝玉此时已情有独钟矣！}忽然想起"金玉"一事来，再看看宝钗形容，只见脸若银盆，眼似水杏，唇不点而红，眉不画而翠，比林黛玉另具一种妩媚风流，不觉就呆了，宝钗褪了串子来递与他，也忘了接。_{忘情至此。可见宝钗妩媚。}

宝钗见他怔了，自己倒不好意思的，丢下串子，

> 远着宝玉，是形也，非心也。见昨日"元春所赐的东西，独他与宝玉一样，心里越发没意思"，则正是心里有意思，才有如此想也。

> 再写宝钗丰泽，亦写宝玉情思，总是痴公子也。

回身才要走,只见林黛玉蹬着门坎子,嘴里咬着手帕子笑呢。_{尽在黛玉眼里。}宝钗道:"你又禁不得风吹,怎么又站在那风口里?"林黛玉笑道:"何曾不是在屋里的,只因听见天上一声叫唤,出来瞧了瞧,原来是个呆雁。"_{机灵新鲜,只有黛玉有此捷才。}薛宝钗道:"呆雁在那里呢?我也瞧一瞧。"_{宝钗亦被瞒过。}林黛玉道:"我才出来,他就'嗐儿'一声飞了。"口里说着,将手里的帕子一甩,向宝玉脸上甩来。宝玉不防,正打在眼上,"嗳哟"了一声。_{真是打着呆雁。}要知端的,且听下回分解。

第二十八回　蒋玉菡情赠茜香罗　薛宝钗羞笼红麝串

【回后评】

　　黛玉因晴雯拒开院门而误会宝玉，引出千古绝唱《葬花吟》来，宝玉闻之而恸哭，非哭其词也，是哭其情，哭其思也。复经反复分解，恳诉衷肠，遂使误会顿释，而两人之相知又深一步，是宝黛爱情又一进也。宝玉推想林黛玉的花颜月貌以及其他诸人并"斯处、斯园、斯花、斯柳，又不知当属谁姓矣"，宝玉此叹，包涵多少人世沧桑，包涵多少俯仰宇宙今古之感。特别是"不知当属谁姓"之问，实暗寓曹府被抄没、曹园归隋姓之往事也。

　　黛玉配丸药一段，实为暗示黛玉病情，是内症，先天生的弱，禁不住一点风寒，则黛玉病弱之情状已甚明矣。

　　冯紫英宴集唱曲一段，是《红楼梦》另一笔调，与前倪二侠文，凤姐宝玉遭魔魇诸节相应，为文笔变化生新。蒋玉菡席间念"花气袭人知昼暖"诗句，后来又与宝玉互赠汗巾一段，预为后文袭人归宿作一伏笔。然宝玉、蒋玉菡互赠汗巾相契之类事，为明清之际社会风俗，稍稍涉猎有关记载，当知雪芹之笔，深入社会也。

　　元春赐节礼，独宝钗与宝玉一样，因引出宝玉说"除了别人说什么金什么玉，我心里要有这个想头，天诛地灭，万世不得人身"，然后又说"除了老太太、老爷、太太这三个人，第四个就是妹妹了"，是宝黛爱情相互间更明确更前进一步，其后见到宝钗"雪白一段酥臂，不觉动了羡慕之心，暗暗想道：'这膀子要长在林妹妹身上，或者还得摸一摸，偏生长在他身上。'正是自恨没福得摸"一段，则说明宝玉虽觉宝钗妩媚，而其专恋于黛玉，已完全确定矣，不可动摇矣！

甲戌本回后评：

　　"'茜香罗''红麝串'写于一回，琪官虽系优人，后回与袭人供奉玉兄宝卿得同终始者，非泛泛之文也。

　　"自'闻曲'回以后回回写药方，是白描颦儿添病也。

　　"前玉生香回中颦云，他有金，你有玉，他有冷香，你岂不（是）该有暖香，是宝玉无药可配矣。今颦儿之剂若许材料皆系滋补热性之药，兼有许多奇物，而尚未拟名，何不竟以暖香名之，以代补宝玉之不足，岂不三人一体矣。

　　"宝玉忘情露于宝钗是后回累累忘情之引。

　　"茜香罗暗系于袭人腰中，系伏线之文。"

【校记】

〔一〕以上二十九字,据列藏、杨本补。

〔二〕"唱毕,饮了门杯……快说底下的"一段文字,庚辰本缺,各本均有,今据甲戌本补。

第二十九回　　享福人福深还祷福
　　　　　　　痴情女情重愈斟情[一]

　　话说宝玉正自发怔，不想黛玉将手帕子甩了来，正碰在眼睛上，倒唬了一跳，问是谁。林黛玉摇着头儿笑道："不敢，是我失了手。因为宝姐姐要看呆雁，我比给他看，不想失了手。"宝玉揉着眼睛，待要说什么，又不好说的。两人都在，如何开口。

　　一时，凤姐儿来了，因说起初一日在清虚观打醮的事来，遂约着宝钗、宝玉、黛玉等看戏去。宝钗笑道："罢，罢，怪热的。什么没看过的戏，我就不去了。"凤姐儿道："他们那里凉快，两边又有楼。咱们要去，我头几天打发人去，把那些道士都赶出去，把楼打扫干净，挂起帘子来，一个闲人不许放进庙去，才是好呢。我已经回了太太了。你们不去我去，这些日子也闷的很了。家里唱动戏，我又不得舒舒服服的看。"文章另起一头。

　　贾母听说，笑道："既这么着，我同你去。"凤姐听说，笑道："老祖宗也去，敢情好了！就只是我又

> 富贵人，唯知享福而已。

不得受用了。"贾母道："到明儿，我在正面楼上，你在旁边楼上，你也不用到我这边来立规矩，可好不好？"凤姐儿笑道："这就是老祖宗疼我了。"贾母因又向宝钗道："你也去，连你母亲也去。长天老日的，在家里也是睡觉。"宝钗只得答应着。

贾母又打发人去请了薛姨妈，顺路告诉王夫人，要带了他们姊妹去。王夫人因一则身上不好，二则预备着元春有人出来，早已回了不去的；听贾母如今这样说，笑道："还是这么高兴。"因打发人去到园里告诉："有要逛的，只管初一跟了老太太逛去。"这个话一传开了，别人都还可已，只是那些丫头们天天不得出门坎子，听了这话，谁不要去。便是各人的主子懒怠去，他也百般撺掇了去，因此，李宫裁等都说去。贾母越发心中喜欢，早已吩咐人去打扫安置，都不必细说。

> 另是一番热闹，与前出殡省亲俱各不同。

单表到了初一这一日，荣国府门前，车辆纷纷，人马簇簇。那底下凡执事人等，闻得是贵妃作好事，贾母亲去拈香，正是初一日乃月之首日，况是端阳节间，因此凡动用的什物，一色都是齐全的，不同往日。

少时，贾母等出来。贾母坐一乘八人大轿。李氏、凤姐儿、薛姨妈每人一乘四人轿。宝钗、黛玉二人共坐一辆翠盖珠缨八宝车，迎春、探春、惜春三人共坐一辆朱轮翠盖车。然后，贾母的丫头鸳鸯、鹦鹉、琥

第二十九回　享福人福深还祷福　痴情女情重愈斟情

珀、珍珠；林黛玉的丫头紫鹃、雪雁、春纤；宝钗的丫头莺儿、文杏；迎春的丫头司棋、绣橘；探春的丫头待书、翠墨；惜春的丫头入画、彩屏；薛姨妈的丫头同喜、同贵，外带着香菱、香菱的丫头臻儿；李氏的丫头素云、碧月；凤姐儿的丫头平儿、丰儿、小红，并王夫人两个丫头也要跟了凤姐儿去的是金钏、彩云；奶子抱着大姐儿，带着巧姐儿，另在一车，还有两个丫头；一共又连上各房的老嬷嬷、奶娘、并跟出门的家人媳妇子，乌压压的占了一街的车。

> 又是另一派势，一家人出来，就是"乌压压的占了一街的车"，可见其豪华之势。

贾母等已经坐轿去了多远，这门前尚未坐完。这个说"我不同你在一处"，那个说"你压了我们奶奶的包袱"，那边车上又说"蹭了我的花儿"，这边又说"碰折了我的扇子"，咭咭呱呱，说笑不绝。周瑞家的走来过去的说道："姑娘们，这是街上，看人笑话。"说了两遍，方觉好了。前头的全副执事摆开，早已到了清虚观了。宝玉骑着马，在贾母轿前。街上人都站在两边。

> 真是一幅绝妙写生画。

> 写得热闹周到。

将至观前，只听钟鸣鼓响，早有张法官执香披衣，带领众道士在路旁迎接。贾母的轿刚至山门以内，贾母在轿内因看见有守门大帅并千里眼、顺风耳、当方土地、本境城隍各位泥胎圣像，便命住轿。贾珍带领各子弟上来迎接。

> 先写贾府这一边，再写清虚观道士这一边。

凤姐儿知道鸳鸯等在后面，赶不上来搀贾母，自己下了轿，忙要上来搀。^{凤姐细心。}可巧有个十二三岁的小道士儿，拿着剪筒，照管剪各处蜡花，正欲得便且藏出去，不想一头撞在凤姐儿怀里。^{于极整肃处突写一小道士乱窜，一头撞在凤姐怀里，更见气氛肃穆威严。小道士直如入笼之雀，吓得到处乱撞乱飞耳。}凤姐便一扬手，照脸一下，把那小孩子打了一个筋斗，^{凤姐泼辣，于此可见。}骂道："野牛肏的，胡朝那里跑！"那小道士也不顾拾烛剪，爬起来往外还要跑。正值宝钗等下车，众婆娘媳妇正围随的风雨不透，但见一个小道士滚了出来，都喝声叫："拿，拿，拿！打，打，打！"^{可怜小道士，何曾见此场面。}

> 于一派整肃威势中，着一小道士乱窜，则更觉"鸟鸣山更幽"矣。

> 贵族大家合家出行，何等气象。

贾母听了忙问："是怎么了？"贾珍忙出来问。凤姐上去搀住贾母，就回说："一个小道士儿，剪灯花的，没躲出去，这会子混钻呢。"贾母听说，忙道："快带了那孩子来，别唬着他。小门小户的孩子，都是娇生惯养的，那里见的这个势派。倘或唬着他，倒怪可怜见的，他老子娘岂不疼的慌？"说着，便叫贾珍去好生带了来。贾珍只得去拉了那孩子来。

> 贾母慈悲。

那孩子还一手拿着蜡剪，跪在地下乱战。贾母命贾珍拉起来，叫他别怕，问他几岁了。那孩子通说不出话来。贾母还说"可怜见的"，又向贾珍道："珍哥儿，带他去罢。给他些钱买果子吃，别叫人难为了他。"贾珍答应，领他去了。这里贾母带着众人，一层一层的瞻拜观玩。外面小厮们见贾母等进入二层山门，忽见贾珍领了一个小道士出来，叫人来带去，给他几百

> 越写小道士之怕，越显贾府之威，于小道士可见贾府与庶民之间之鸿沟。

第二十九回　享福人福深还祷福　痴情女情重愈斟情

钱，不要难为了他。家人听说，忙上来领了下去。

贾珍站在阶矶上，因问："管家在那里？"底下站的小厮们见问，都一齐喝声说："叫管家！"登时林之孝一手扣着帽子跑了来，到贾珍跟前。封建贵族家庭家长制的威势。贾珍道："虽说这里地方大，今儿不承望来这些人。你使的人，你就带了往你的那院里去；使不着的，打发到那院里去。把小幺儿们多挑几个在这二层门上同两边的角门上，伺候着要东西传话。你可知道不知道，今儿小姐奶奶们都出来，一个闲人也到不了这里。"何等森严。林之孝忙答应"晓得"，又说了几个"是"。贾珍道："去罢。"又问："怎么不见蓉儿？"一声未了，只见贾蓉从钟楼里跑了出来。贾珍道："你瞧瞧他，我这里也还没敢说热，他倒乘凉去了！"喝命家人啐他。封建家长之威势。那小厮们都知道贾珍素日的性子，违拗不得，有个小厮便上来向贾蓉脸上啐了一口。贾珍又道："问着他！"那小厮便问贾蓉道："爷还不怕热，哥儿怎么先乘凉去了？"贾蓉垂着手，一声不敢说。封建家庭的礼法规矩。那贾芸、贾萍、贾芹等听见了，不但他们慌了，亦且连贾璜、贾琎、贾琼等也都忙了，一个一个从墙根下慢慢的溜上来。写过贾蓉，再写其余诸人。贾珍又向贾蓉道："你站着作什么？还不骑了马跑到家里，告诉你娘母子去！老太太同姑娘们都来了，叫他们快来伺候。"

贾蓉听说，忙跑了出来，一叠声要马，贾蓉一出来，又是另一副架势。

一面抱怨道:"早都不知作什么的,这会子寻趁我。"一面又骂小子:"捆着手呢?马也拉不来。"待要打发小子去,又恐后来对出来,说不得亲自走一趟,骑马去了,不在话下。

<small>写张道士。</small>

且说贾珍方要抽身进去,只见张道士站在旁边陪笑说道:"论理我不比别人,应该里头伺候。只因天气炎热,众位千金都出来了,法官不敢擅入,请爷的示下。恐老太太问,或要随喜那里,我只在这里伺候罢了。"贾珍知道,这张道士虽然是当日荣国府国公的替身,曾经先皇御口亲呼为"大幻仙人",如今现掌"道录司"印,又是当今封为"终了真人",现今王公藩镇都称他为"神仙",所以不敢轻慢。二则他又常往两个府里去,凡夫人小姐都是见的。今见他如此说,便笑道:"咱们自己,你又说起这话来。再多说,我把你这胡子还揪了呢!还不跟我进来。"那张道士呵呵大笑,跟了贾珍进来。

<small>活画张道士,实是老江湖,又是"大幻",又是"终了",又是"神仙",则其人虚妄可知矣。</small>

贾珍到贾母跟前,控身陪笑说:"这张爷爷进来请安。"贾母听了,忙道:"搀他来。"贾珍忙去搀了过来。那张道士先哈哈笑道:"无量寿佛!老祖宗一向福寿安康?众位奶奶小姐纳福?一向没到府里请安,老太太气色越发好了。"贾母笑道:"老神仙,你好?"张道士笑道:"托老太太万福万寿,小道也还康健。别的倒罢了,只记挂着哥儿,一向身上好? <small>因宝玉是</small>

第二十九回　享福人福深还祷福　痴情女情重愈斟情

^{贾府的命根子、贾母的宝贝，故说话总以宝玉为中心，以讨好贾母。}前日四月二十六日，我这里做遮天大王的圣诞，人也来的少，东西也很干净，我说请哥儿来逛逛，怎么说不在家？"贾母说道："果真不在家。"一面回头叫宝玉。谁知宝玉解手去了才来，忙上前问："张爷爷好？"张道士忙抱住问了好，又向贾母笑道："哥儿越发发福了。"贾母道："他外头好，里头弱。又搭着他老子逼着他念书，生生的把个孩子逼出病来了。"张道士道："前日我在好几处看见哥儿写的字、作的诗，都好的了不得，^{又借题发挥，讨好贾母。}怎么老爷还抱怨说哥儿不大喜欢念书呢？依小道看来，也就罢了。"又叹道："我看见哥儿的这个形容身段，言谈举动，怎么就同当日国公爷一个稿子！"说着，两眼流下泪来。^{巴结贾母，一路如演戏，越演越真，至此声泪俱下。}贾母听说，也由不得满脸泪痕，说道："正是呢，我养这些儿子孙子，也没一个像他爷爷的，就只这玉儿像他爷爷。"^{活脱贾母的心思口气。心中还隐隐有一点神秘之感。}

那张道士又向贾珍道："当日国公爷的模样儿，爷们一辈的不用说，自然没赶上，大约连大老爷、二老爷也记不清楚了。"^{再提国公爷，因张道士是国公爷替身，无异是摆自己的身份。记不清楚，只要记得就是了。}说毕呵呵又一大笑，道："前日在一个人家看见一位小姐，今年十五岁了，生的倒也好个模样儿。我想着哥儿也该寻亲事了。若论这个小姐模样儿、聪明智慧、根基家当，倒也配的过，但不知老太太怎么样，小道也不敢造次。等请了老太太的示下，才敢向人去说。"

^{活脱脱一个江湖老道。}

^{其实张道士只是做戏，但戏到真处，看戏人也难免落泪，何况演到贾母心上。}

^{道士却会做媒，奇事怪事，所谓江湖道士也。}

贾母道:"上回有和尚说了,这孩子命里不该早娶,等再大一大儿再定罢。你可如今打听着,不管他根基富贵,只要模样配的上就好,_{贾母亦只是敷衍,并非真要请他做媒也。}来告诉我。便是那家子穷,不过给他几两银子罢了。只是模样、性格儿难得好的。"

说毕,只见凤姐儿笑道:"张爷爷,我们丫头的寄名符儿你也不换去。前儿亏你还有那么大脸,打发人和我要鹅黄缎子去!要不给你,又恐怕你那老脸上过不去。"_{凤姐之嘴如刀,直揭其往事。}张道士呵呵大笑道:"你瞧,我眼花了,也没看见奶奶在这里,也没道多谢。符早已有了,前日原要送去的,不指望娘娘来做好事,就混忘了,还在佛前镇着。待我取来。"说着跑到大殿上去,一时拿了一个茶盘,搭着大红蟒缎经袱子,托出符来。_{活画老江湖,老滑头,老骗子。}大姐儿的奶子接了符。

张道士方欲抱过大姐儿来,只见凤姐笑道:"你就手里拿出来罢了,又用个盘子托着。"张道士道:"手里不干不净的,怎么拿,用盘子洁净些。"凤姐儿笑道:"你只顾拿出盘子来,倒唬我一跳。我不说你是为送符,倒像是和我们化布施来了。"_{凤姐随口诙谐,笑语成春,然其中亦有刺有骨。}众人听说,哄然一笑,连贾珍也撑不住笑了。贾母回头道:"猴儿,猴儿,你不怕割舌头下地狱!"_{贾母是针对刚才的话。}凤姐儿笑道:"我们爷儿们不相干。他怎么常常的说我该积阴骘,迟了就短命呢!"_{让凤姐自己说出,直注后文。}

第二十九回　享福人福深还祷福　痴情女情重愈斟情

张道士也笑道："我拿出盘子来，一举两用，却不为化布施，倒要将哥儿的这玉请了下来，托出去给那些远来的道友并徒子徒孙们见识见识。"〔张道士借玉，是为借此显弄自己。〕贾母道："既这们着，你老人家老天拔地的跑什么，就带他去，瞧了，叫他进来，岂不省事？"张道士道："老太太不知道，看着小道是八十多岁的人，托老太太的福，倒也健壮；二则外面的人多，气味难闻，况是个暑热的天，哥儿受不惯，倘或哥儿受了腌臜气味，倒值多了。"〔会说话，想得到。〕贾母听说，便命宝玉摘下通灵玉来，放在盘内。那张道士兢兢业业的用蟒袱子垫着，捧了出去。

这里贾母与众人各处游玩了一回，方去上楼。只见贾珍回说："张爷爷送了玉来了。"刚说着，只见张道士捧了盘子，走到跟前笑道："众人托小道的福，见了哥儿的玉，实在可罕。都没什么敬贺之物，这是他们各人传道的法器，都愿意为敬贺之礼。哥儿便不希罕，只留着在房里顽耍赏人罢。"〔张道士变着花样奉承。〕贾母听说，向盘内看时，只见也有金璜，也有玉玦，或有事事如意，或有岁岁平安，皆是珠穿宝贯，玉琢金镂，共有三五十件。〔其值不低。〕因说道："你也胡闹。他们出家人是那里来的，何必这样，这不能收。"张道士笑道："这是他们一点敬心，小道也不能阻挡。老太太若不留下，岂不叫他们看着小道微薄，不像是门下出身了。"〔江湖道士尽会说嘴。〕〔问得好，应该问明。贾母不收是正理。〕

> 贾母听如此说,方命人接了。_{贾母不得不收。}宝玉笑道:"老太太,张爷爷既这么说,又推辞不得,我要这个也无用,不如叫小子们捧了这个,跟着我出去散给穷人罢。"贾母笑道:"这倒说的是。"_{贾母赞成得好。}张道士又忙拦道:"哥儿虽要行好,但这些东西虽说不甚希奇,到底也是几件器皿。若给了乞丐,一则与他们无益,二则反倒遭塌了这些东西。要舍给穷人,何不就散钱与他们。"_{究竟是老道,老奸巨猾。}宝玉听说,便命收下,等晚间拿钱施舍罢了。说毕,张道士方退出去。
>
> 这里贾母与众人上了楼,在正面楼上归坐。凤姐等占了东楼。众丫头等在西楼,轮流伺候。贾珍一时来回:"神前拈了戏,头一本《白蛇记》。"贾母问"《白蛇记》是什么故事?"贾珍道:"是汉高祖斩蛇方起首的故事。第二本是《满床笏》。"贾母笑道:"这倒是第二本上?也罢了。神佛要这样,也只得罢了。"又问第三本,贾珍道:"第三本是《南柯梦》。"贾母听了,便不言语。贾珍退了下来,至外边预备着申表、焚钱粮、开戏,不在话下。
>
> 且说宝玉在楼上,坐在贾母旁边,因叫个小丫头子捧着方才那一盘子贺物,将自己的玉戴上,用手翻弄寻拨,一件一件的挑与贾母看。贾母因看见有个赤金点翠的麒麟,_{也是金麒麟。}便伸手翻弄拿了起来,笑道:"这件东西好像我看见谁家的孩子也带着这么一个的。"

宝玉几句话,令张道士不堪,却是实话、好话,确是宝玉的口气。

《满床笏》是写郭子仪七子八婿,富贵寿考,当然欢喜。

听到《南柯梦》即不语,心有所感也。

第二十九回　享福人福深还祷福　痴情女情重愈斟情

宝钗笑道："史大妹妹有一个，比这个小些。"_{特写湘云有金麒麟，为后文作引。}贾母道："原来是云儿有这个。"宝玉道："他这么往我们家去住着，我也没看见。"探春笑道："宝姐姐有心，不管什么他都记得。"_{此话一点不错。}林黛玉冷笑道："他在别的上还有限，惟有这些人带的东西上越发留心。"_{黛玉嘴尖，不加保留。}宝钗听说，便回头装没听见。_{宝钗有城府，有容量，不露声色。}

宝玉听见史湘云有这件东西，自己便将那麒麟忙拿起来揣在怀里。一面心里又想到，怕人看见他听见史湘云有了，他就留这件，因此手里揣着，却拿眼睛瞟人。_{爱博而心劳也。}只见众人都倒不大理论，惟有林黛玉瞅着他点头儿，_{还是黛玉随处留心。}似有赞叹之意。宝玉不觉心里没好意思起来，又掏了出来，_{写宝玉的尴尬相。}向黛玉笑道："这个东西倒好顽，我替你留着，到了家穿上你带。"_{言不由衷。}林黛玉将头一扭，说道："我不希罕。"宝玉笑道："你果然不希罕，我少不得就拿着。"说着又揣了起来。_{真是尴尬之至，只有雪芹能形容得出。}

刚要说话，只见贾珍、贾蓉的妻子婆媳两个来了，彼此见过，贾母方说："你们又来做什么，我不过没事来逛逛。"一句话没说了，只见人报："冯将军家有人来了。"原来，冯紫英家听见贾府在庙里打醮，连忙预备了猪羊、香烛、茶银之类的东西送礼。凤姐儿听了，忙赶过正楼来，拍手笑道："嗳呀！我就

> 写贾府盛时光景。

不防这个。〔凤姐确是未曾想到。〕只说咱们娘儿们来闲逛逛，人家只当咱们大摆斋坛的来送礼。都是老太太闹的。这又不得不预备赏封儿。"刚说了，只见冯家的两个管家娘子上楼来了。冯家两个未去，接着赵侍郎也有礼来了。

> 描写世情逼真，当你盛时，千辞万谢也要来，当你败时，千求万恳也不来。

于是，接二连三，都听见贾府打醮，女眷都在庙里，凡一应远亲近友、世家相与都来送礼。贾母才后悔起来，说："又不是什么正经斋事，我们不过闲逛逛，就想不到这礼上，没的惊动了人。"因此虽看了一天戏，至下午便回来了，〔弄得看戏也不得安心。〕次日便懒怠去。凤姐又说："打墙也是动土，〔好比喻。〕已经惊动了人，今儿乐得还去逛逛。"那贾母因昨日张道士提起宝玉说亲的事来，谁知宝玉一日心中不自在，〔郁结于心矣，引起后文之积怒。〕回家来生气，嗔着张道士与他说了亲，口口声声说，从今以后再不见张道士了，别人也并不知为什么原故；〔宝玉心中已定，故憎恶张道士，然即非如此，宝玉于道士之流，也素无交往。〕二则林黛玉昨日回家又中了暑：因此二事，贾母便执意不去了。〔宝黛二人，都在贾母心上。〕凤姐见不去，自己带了人去，也不在话下。

> 贾母因张道士提亲，宝玉心中不自在和黛玉中暑，故不再去看戏，可见此时贾母仍是宝、黛并重。

且说宝玉因见林黛玉又病了，心里放不下，〔心系黛玉，其情可知。〕饭也懒去吃，不时来问。林黛玉又怕他有个好歹，因说道："你只管看你的戏去，在家里作什么？"宝玉因昨日张道士提亲，心中大不受用，今听见林黛玉如此说，心里因想道："别人不知道我的心还可恕，连

> 张道士提亲又引起重重波澜，黛玉叫他看戏去，并无他意，不想反引起宝玉误会，宝玉之误会，是因张道士提亲生气，亦因取麒麟事尴尬，偏偏黛玉又用话刺他，于是火上加油矣。

526

第二十九回　享福人福深还祷福　痴情女情重愈斟情

他也奚落起我来。"_{宝玉原不多心，此时却也多心起来，盖为张道士提亲积怒也。}因此心中更比往日的烦恼加了百倍。若是别人跟前，_{如此一误会，则愈动火矣。}断不能动这肝火，只是林黛玉说了这话，倒比往日别人说这话不同，由不得立刻沉下脸来，说道："我白认得了你。罢了，罢了！"_{真是肝火以后的话，太重了！}林黛玉听说，便冷笑了两声道："我也知道〔二〕白认得了我！那里像人家有什么配的上呢。"_{又刺金麒麟。}宝玉听了，便向前来直问到脸上："你这么说，是安心咒我天诛地灭？"林黛玉一时解不过这个话来。宝玉又道："昨儿还为这个赌了几回咒，今儿你到底又准我一句。我便天诛地灭，你又有什么益处？"林黛玉一闻此言，方想起上日的话来。今日原是自己说错了，_{黛玉自知错了。}又是着急，又是羞愧，便颤颤兢兢的说道："我要安心咒你，我也天诛地灭。_{其实此话已明心矣，何必再说以下的话。}何苦来！我知道，昨日张道士说亲，你怕阻了你的好姻缘，你心里生气，来拿我煞性子。"

原来那宝玉自幼生成有一种下流痴病，况从幼时和黛玉耳鬓厮磨，心情相对；及如今稍明时事，又看了那些邪书僻传，凡远亲近友之家所见的那些闺英闱秀，皆未有稍及林黛玉者。所以早存了一段心事，只不好说出来，故每每或喜或怒，变尽法子暗中试探。那林黛玉偏生也是个有些痴病的，也每用假情试探。因你既将真心真意瞒了起来，只用假意；我也将真心真意瞒了起来，只用假意。如此两假相逢，终有一真。

_{指上回元春送节礼，宝玉与宝钗一样，黛玉说，比不得宝姑娘，什么金什么玉的。宝玉因发誓说自己要有这个念头，就天诛地灭一事。}

_{黛玉明知宝玉生张道士提亲的气，却偏要如此说，亦黛玉小性怄气之病也。}

_{所谓"佛说原来怨是亲"也。}

其间琐琐碎碎，难保不有口角之争。

即如此刻，宝玉的心内想的是："别人不知我的心，还有可恕，难道你就不想我的心里眼里只有你！你不能为我烦恼，反来以这话奚落堵我。可见我心里一时一刻自有你，你竟心里没我。"心里这意思，只是口里说不出来。_{宝玉所处之时代，特别是对黛玉其人，如何可直说，时代使然也。如能直说，则无以下文字矣。}那林黛玉心里想着："你心里自然有我，虽有'金玉_{"金玉"二字是眼，是后文砸玉之由。}相对'之说，你岂是重这邪说不重我的。我便时常提这'金玉'，你只管了然自若无闻的，方见得是待我重，而毫无此心了。如何我只一提'金玉'的事，你就着急，可知你心里时时有'金玉'，见我一提，你又怕我多心，故意着急，安心哄我。"_{古代小说写人物心理活动之细之真者，以此书为最。黛玉此时真心亦无法对宝玉直说。}

看来两个人原本是一个心，但都多生了枝叶，反弄成两个心了。那宝玉心中又想着："我不管怎么样都好，只要你随意，我便立刻因你死了也情愿。你知也罢，不知也罢，只由我的心，可见你方和我近，不和我远。"_{其情痴，其心真，其意诚，更复何疑乎？}那林黛玉心里又想着："你只管你，你好我自好，_{可见两心如一，俱各以对方为重。}你何必为我而自失？殊不知你失我自失。可见是你不叫我近你，有意叫我远你了。"如此看来，却都是求近之心，反弄成疏远之意。_{时代使然，奈何奈何。}如此之话，皆他二人素习所存私心，也难备述。

如今只述他们外面的形容。_{记住，此等事，只是"外面的形容"。}那宝玉又

第二十九回　享福人福深还祷福　痴情女情重愈斟情

听见他说"好姻缘"三个字，越发逆了己意，心里干噎，口里说不出话来，便赌气向颈上抓下通灵宝玉，咬牙狠命往地下一摔，道："什么捞什骨子，我砸了你完事！"恨极"金玉良缘"之说，故狠命摔玉，砸此种种猜忌疑虑之祸根也。偏生那玉坚硬非常，摔了一下，竟文风没动。宝玉见没摔碎，亦二人之情，不因误解而受害也。便回身找东西来砸。林黛玉见他如此，早已哭起来，说道："何苦来，你摔砸那哑吧物件。有砸他的，不如来砸我。"宝玉砸玉，直砸其心矣！二人闹着，紫鹃、雪雁等忙来解劝。后来见宝玉下死砸玉，忙上来夺，又夺不下来，见比往日闹的大了，少不得去叫袭人。袭人忙赶了来，才夺了下来。宝玉冷笑道："我砸我的东西，与你们什么相干！"袭人见他脸都气黄了，眼眉都变了，从来没气的这样，便拉着他的手，笑道："你同妹妹拌嘴，不犯着砸他；倘或砸坏了，叫他心里脸上怎么过的去？"林黛玉一行哭着，一行听了这话，说到自己心坎儿上来，真是说到心坎上了。可见宝玉连袭人不如，越发伤心大哭起来。心里一烦恼，方才吃的香薷饮解暑汤便承受不住，"哇"的一声都吐了出来。紫鹃忙上来用手帕子接住，登时一口一口的把一块手帕子吐湿。雪雁忙上来捶。紫鹃道："虽然生气，姑娘到底也该保重着些。才吃了药好些，这会子因和宝二爷拌嘴，又吐出来。倘或犯了病，宝二爷怎么过的去呢？"宝玉听了这话，说到自己心坎儿上来，可见黛玉不如一紫鹃。

因"金玉"之说引出层层误会猜忌，故宝玉狠命砸玉也。宝玉之砸玉，是砸"金玉良缘"之说也，是明自己之心也。

一点误会，反成轩然大波，且心与形异，形远而心近，真是奇奇怪怪之文。

可见黛玉亦已气极不能支矣。

又见林黛玉脸红头胀，一行啼哭，一行气凑，一行是泪，一行是汗，不胜怯弱。宝玉见了这般，又自己后悔方才不该同他较证。_{既爱且怜，更觉悔迟。}这会子他这样光景，我又替不了他。心里想着，也由不的滴下泪来。_{形虽远而心实近也。}袭人见他两个哭，由不得守着宝玉也心酸起来，又摸着宝玉的手冰凉，待要劝宝玉不哭罢，一则又恐宝玉有什么委曲闷在心里，二则又恐薄了林黛玉。不如大家一哭，就丢开手了，因此也流下泪来。紫鹃一面收拾了吐的药，一面拿扇子替林黛玉轻轻的扇着，见三个人都鸦雀无声，各人哭各人的，也由不得伤心起来，也拿手帕子擦泪。四个人都无言对泣。

> 写尽人间至情，雪芹之笔，无不能达。
>
> 四人同哭，各因其情。恰是一幅"幽闺伤心图"。

一时，袭人勉强笑向宝玉道："你不看别的，你看看这玉上穿的穗子，也不该同林姑娘拌嘴。"林黛玉听了，也不顾病，赶来夺过去，_{气尚未消，一语又起风波。}顺手抓起一把剪子来要剪。袭人、紫鹃刚要夺，已经剪了几段。林黛玉哭道："我也是白效力。他也不希罕，自有别人替他再穿好的去。"_{俱是赌气，皆非本意，何苦如此。}袭人忙接了玉说道："何苦来，这是我才多嘴的不是了。"宝玉向林黛玉道："你只管剪，我横竖不带他，也没什么。"

只顾里头闹，谁知那些老婆子们见林黛玉大哭大吐，宝玉又砸玉，不知道要闹到什么田地，倘或连累了他们，便一齐往前头回贾母、王夫人知道，好不干

第二十九回　享福人福深还祷福　痴情女情重愈斟情

连了他们。那贾母、王夫人见他们忙忙的作一件正经事来告诉，也都不知有了什么大祸，便一齐进园来瞧他兄妹。急的袭人抱怨紫鹃为什么惊动了老太太、太太。紫鹃又只当是袭人去告诉的，也抱怨袭人。

那贾母、王夫人进来，见宝玉也无言，林黛玉也无话，问起来又没为什么事，便将这祸移到袭人、紫鹃两个人身上，说："为什么你们不小心服侍，这会子闹起来都不管了！"_{反让袭人、紫鹃受过，没情没理，却是合情合理。试想贾母能责谁乎？}因此将他二人连骂带说教训了一顿。二人都没话，只得听着。还是贾母带出宝玉去了，方才平服。

过了一日，至初三日，乃是薛蟠生日，家里摆酒唱戏，来请贾府诸人。宝玉因得罪了林黛玉，二人总未见面，心中正自后悔，无精打彩的，那里还有心肠去看戏，因而推病不去。_{写宝玉。}林黛玉不过前日中了些暑溽之气，本无甚大病，听见他不去，心里想："他是好吃酒看戏的，今日反不去，自然是因为昨儿气着了。再不然，他见我不去，他也没心肠去。只是昨儿千不该、万不该，剪了那玉上的穗子。管定他再不带了，还得我穿了他才带。"_{写黛玉。}因而心中十分后悔。

那贾母见他两个都生了气，只说趁今儿那边看戏，他两个见了也就完了，不想又都不去。老人家急的抱怨说："我这老冤家是那世里的孽障，偏生遇见了这么两个不省事的小冤家，没有一天不叫我操心。真是

> 叫贾母亦是急煞,"不是冤家不聚头",亦怨即是亲之意也。

俗语说的,'不是冤家不聚头'。几时我闭了这眼,断了这口气,凭着这两个冤家闹上天去,我眼不见,心不烦,也就罢了。偏又不咽这口气。"自己抱怨着也哭了。

这话传入宝、林二人耳内。原来他二人竟是从未听见过"不是冤家不聚头"的这句俗语,如今忽然得了这句话,好似参禅的一般,都低头细嚼这话的滋味,都不觉潸然泣下。_{参透此语,便可了悟,少却疑虑矣。}虽不曾会面,然一个在潇湘馆临风洒泪,一个在怡红院对月长吁,却不是人居两地,情发一心。

> 一段写宝黛爱情风波,却越写越远,又越远越亲,真正生花之笔。

袭人因劝宝玉道:"千万不是,都是你的不是。往日家里小厮们和他们的姊妹拌嘴,或是两口子分争,你听见了,你还骂小厮们蠢,不能体贴女孩儿们的心。今儿你也这么着了。明儿初五,大节下,你们两个再这么仇人似的,老太太越发要生气,一定弄的大家不安生。依我劝,你正经下个气,陪个不是。大家还是照常一样,这么也好,那么也好。"_{袭人所劝,原是正理。}

那宝玉听见了,不知依与不依。要知端详,且听下回分解。

第二十九回　享福人福深还祷福　痴情女情重愈斟情

【回后评】

　　清虚观打醮，贾府诸女眷出门，车轿满街，人声嘈杂，又是一番景象，与前出殡、省亲俱各不同，又是另一副笔墨。

　　清虚观打醮，特写一张道士，十足一江湖骗子，而奉承拍马，件件精工。提亲一事，引起宝玉极度不快，终致与黛玉因误解而使性怄气，竟至砸玉。宝玉之砸玉，是砸"金玉良缘"之说也，非与黛玉争吵也，在宝玉是表明"玉"既已"砸"，则"金玉良缘"之说自不能成立矣。亦借此以向黛玉表明自己决不信此"金玉良缘"之说也，然宝黛间之争吵遂至最高潮。雪芹写此，实为深入写此两人之心因不得明照，各怀忧虑，而又各极其情，遂至因互相试探而误解而争吵。从外表看，是越吵越凶，从内心看，是越凶越相互痛惜，相互越近，相互愈不可分离。雪芹之笔，固出神入化也。

　　有人以为中国古典小说很少人物心理描写，此论以之论《水浒》《三国》或可成立，以之论《红楼》则不妥矣。《红楼》于宝黛爱情，心理描写不仅多，而且深刻而曲折，此回尤甚，读者当能然吾说。

【校记】

　　〔一〕回目：各本同，文字小有出入。列本、戚本、蒙本"斟"作"痴"。舒本、程甲本作"多"，甲辰本作"惜"。杨本下句原作"痴"，后改为"多"，"斟情"作"钟情"。

　　〔二〕"我也知道"四字庚辰本无，从列藏、杨本、蒙府、戚序各本补。

第三十回　　宝钗借扇机带双敲
　　　　　　龄官划蔷痴及局外〔一〕

<small>后悔是情所必至也，不见宝玉则如有所失也。真一日不见如隔三秋矣，而且愈是不见，思之愈深，愈不可止也。"又无去就他之理"，是一时还拐不过弯来，非不欲就也。</small>

话说林黛玉与宝玉角口后，也自后悔，但又无去就他之理，因此日夜闷闷，如有所失。紫鹃度其意，乃劝道："若论前日之事，竟是姑娘太浮躁了些，<small>紫鹃是实话。</small>别人不知宝玉那脾气，难道咱们也不知道的？<small>原是如此。</small>为那玉，也不是闹了一遭两遭了。"黛玉啐道："你倒来替人派我的不是。我怎么浮躁了？"紫鹃笑道："好好的，为什么又剪了那穗子？岂不是宝玉只有三分不是，姑娘倒有七分不是？我看他素日在姑娘身上就好。皆因姑娘小性儿，常要歪派他，才这么样。"

<small>只有紫鹃能对黛玉说实话，紫鹃说得是，说她"小性儿"，"歪派他"，一语中的。</small>

<small>真是如此，一点不差，特别是"小性儿"和"歪派他"，说得正着。</small>林黛玉正欲答话，只听院外叫门。紫鹃听了一听，笑道："这是宝玉的声音，<small>一听就是宝玉。想宝玉必来，不来便不是宝玉了。</small>想必是来赔不是来了。"林黛玉听了，道："不许开门！"<small>还要如此，岂不太过！然这亦是黛玉，差一点不得。</small>紫鹃道："姑娘又不是了。<small>紫鹃批评得好。</small>这么热天毒日头地下，晒坏了他如何使得呢！"口里说着，便出去开门，果然是宝玉。一

第三十回　宝钗借扇机带双敲　龄官划蔷痴及局外

面让他进来，一面笑道："我只当是宝二爷再不上我们这门了，谁知这会子又来了。"〔紫鹃这话说得真好，恰为宝玉制造话茬，以便顺流衔接也。〕宝玉笑道："你们把极小的事倒说大了。好好的，为什么不来？我便死了，魂也要一日来一百遭。〔其情可哀可感，令人泪下。〕妹妹可大好了？"紫鹃道："身上病好了，只是心里气还不大好。"宝玉笑道："我晓得有什么气。"〔自然只有宝玉晓得。〕一面说着，一面进来，只见林黛玉又在床上哭。〔宝玉接得好，真大事化小、小事化无也。〕

那林黛玉本不曾哭，听见宝玉来，由不得伤了心，止不住滚下泪来。〔是心中感动伤心也。〕宝玉笑着走近床来，道："妹妹身上可大好了？"林黛玉只顾拭泪，并不答应。宝玉因便挨在床沿上坐了，一面笑道："我知道妹妹不恼我。〔说到了点上。〕但只是我不来，叫旁人看着，倒像是咱们又拌了嘴的似的。若等他们来劝咱们，那时节岂不咱们倒觉生分了？〔说得何等体贴。〕不如这会子，你要打要骂，凭着你怎么样，千万别不理我。"〔拭泪好，是收场转换的开始。〕〔说得在理而透彻，足见宝玉深知黛玉。〕说着，又把"好妹妹"叫了几万声。

林黛玉心里原是再不理宝玉的，这会子听见宝玉说别叫人知道他们拌了嘴就生分了似的这一句话，又可见得比别人原亲近，因又撑不住哭道：〔开始哭诉，便能转化。〕"你也不用哄我。从今以后，我也不敢亲近二爷，二爷也全当我去了。"宝玉听了，笑道："你往那去呢？"林黛玉道："我回家去。"宝玉笑道："我跟了你去。"林黛玉道："我死了呢。"宝玉道："你死了，我做和尚！"

535

> 黛玉之意，只把自己当宝玉的姐妹，故云"你家倒有几个亲姐姐、亲妹妹呢"。宝玉做和尚之意，当然是说不再娶，则已把黛玉作为自己待娶之人，故说话造次，后悔不及也。只寥寥数句，多少内心活动，作者皆用人物操作表明，胜于语言多多。

　　林黛玉一闻此言，登时将脸放下来，问道："想是你要死了，胡说的是什么！[何等至诚，并非虚言。]你家倒有几个亲姐姐、亲妹妹呢，明儿都死了，你有几个身子去作和尚？明儿我倒把这话告诉别人去评评。"[不忍听此胡说。]宝玉自知这话说的造次了，后悔不来，登时脸上红胀起来，低着头不敢则一声。幸而屋里没人。林黛玉直瞪瞪的瞅了他半天，气的一声儿也说不出来。见宝玉憋的脸上紫胀，便咬着牙用指头狠命的在他额颅上戳了一下，[又疼又爱又怜又惜，在此一戳，可见黛玉嘴里说他胡说，心里并不恼怒也。不惟不怒，且舒心耳。]哼了一声，咬牙说道："你这——"刚说了两个字，便又叹了一口气，仍拿起手帕子来擦眼泪。

　　宝玉心里原有无限的心事，又兼说错了话，正自后悔；又见黛玉戳他一下，要说又说不出来，自叹自泣，因此自己也有所感，不觉滚下泪来。[无言对泣，两心已通。]要用帕子揩拭，不想又忘了带来，便用衫袖去擦。林黛玉虽然哭着，却一眼看见了，见他穿着簇新藕合纱衫，竟去拭泪，便一面自己拭着泪，一面回身将枕边搭的一方绡帕子拿起来，向宝玉怀里一摔，一语不发，仍掩面自泣。

> 千言万语，无数衷情，皆在此一摔之中，不知作者如何想来。予数十年来，喜看传统戏曲，每见名演员一理须，一整冠，一弹指，每一小动作，皆能传情达意。黛玉此一摔，亦传情达意之最好方式，只此一摔，两心相通矣。

　　宝玉见他摔了帕子来，忙接住，拭了泪，又挨近前些，伸手挽了林黛玉一只手，笑道："我的五脏都碎了，你还只是哭。[一句话抵一篇《伤心赋》。]走罢，我同你往老太太跟前去。"林黛玉将手一摔道："谁同你拉拉扯扯的！

第三十回　宝钗借扇机带双敲　龄官划蔷痴及局外

一天大似一天的，还这么涎皮赖脸的，连个道理也不知道。"〔气已消，情已通矣。〕

一句没说完，只听喊道："好了！"〔天外飞来一声，宝、林二人未想到，读者也未想到。〕宝、林二人不防，都唬了一跳。回头看时，只见凤姐儿跳〔"跳"字生动。〕了进来，笑道："老太太在那里抱怨天抱怨地，只叫我来瞧瞧你们好了没有。我说不用瞧，过不了三天，他们自己就好了。老太太骂我，说我懒。〔绝妙余波，亏作者想得出，然实实皆从生活中来。〕我来了，果然应了我的话了。也没见你们两个人有些什么可拌的，三日好了，两日恼了，越大越成了孩子了！有这会子拉着手哭的，〔拉着手哭的，绝妙图画。〕昨儿为什么又成了乌眼鸡呢！还不跟我走，到老太太跟前，叫老人家也放些心。"说着，拉了林黛玉就走。〔最好收束。〕林黛玉回头叫丫头们，一个也没有。凤姐道："又叫他们作什么，有我服侍你呢。"一面说，一面拉了就走。宝玉在后面跟着出了园门。

到了贾母跟前，凤姐笑道："我说他们不用人费心，自己就会好的。老祖宗不信，一定叫我去说合。我及至到那里要说合，谁知两个人倒在一处对赔不是了。〔妙绝。〕对哭对诉，倒像'黄鹰抓住了鹞子的脚'，两个都扣了环了，那里还要人去说合。"〔得凤姐形容，生动十倍。〕说的满屋里都笑起来。

此时宝钗正在这里，那林黛玉只一言不发，挨着贾母坐下。宝玉没甚说的，便向宝钗笑道："大哥哥

〔数句虽不写贾母，而贾母出矣。〕

〔活脱脱一个凤姐，既说贾母骂她懒，又说她早就猜到两人自己就好了，现在果见两人拉着手哭。几句话写了三面四个人，文字何等跳脱。〕

〔凤姐"一面说，一面拉了就走"，真又是一阵风也。一天乌云，若无此风，何能立即转晴。〕

好日子，偏生我又不好了，没别的礼送，连个头也不得磕去。大哥哥不知我病，倒像我懒，推故不去的。倘或明儿恼了，姐姐替我分辩分辩。"宝钗笑道："这也多事。你便要去也不敢惊动，何况身上不好。弟兄们日日一处，要存这个心倒生分了。"宝玉又笑道："姐姐知道体谅我就好了。"又道："姐姐怎么不看戏去？"宝钗道："我怕热，看了两出，热的很。要走，客又不散。我少不得推身上不好，就来了。"宝玉听说，自己由不得脸上没意思，只得又搭讪笑道："怪不得他们拿姐姐比杨妃，_{一句话，又闯祸了。}原来也体丰怯热。"

宝钗听说，不由的大怒，_{宝钗素以有容著称，不想一句话竟动怒了。可见宝玉此话甚不得体。}待要怎样，又不好怎样。回思了一回，脸红起来，便冷笑了两声，说道："我倒像杨妃，只是没一个好哥哥、好兄弟可以作得杨国忠的！"二人正说着，可巧小丫头靛儿因不见了扇子，和宝钗笑道："必是宝姑娘藏了我的。好姑娘，赏我罢。"_{撞到火头上了。}宝钗指他道："你要仔细！我和你顽过，你再疑我？和你素日嘻皮笑脸的那些姑娘们跟前，_{嘻皮笑脸的那些姑娘，究竟指谁？}你该问他们去！"说的个靛儿跑了。宝玉自知又把话说造次了，当着许多人，更比才在林黛玉跟前更不好意思，便急回身又同别人搭讪去了。

宝钗一句话，既骂了元妃，又骂了宝玉。然元妃才过节礼且把宝钗与宝玉并列，可知见重至甚，反遭宝钗之讥，足见宝钗亦因盛怒而未细审也，至于反讥宝玉为杨国忠，更是拟不于伦，盖国忠是杨妃之兄而非弟，岂非怒极而失检乎？然此类事在宝钗实为偶然。

林黛玉听见宝玉奚落宝钗，心中着实得意，才要搭言也趁势儿取个笑，不想靛儿因找扇子，宝钗又发

第三十回　宝钗借扇机带双敲　龄官划蔷痴及局外

了两句话，他便改口笑道："宝姐姐，你听了两出什么戏？"宝钗因见林黛玉面上有得意之态，一定是听了宝玉方才奚落之言，遂了他的心愿，忽又见问他这话，便笑道："我看的是李逵骂了宋江，后来又赔不是。"宝玉便笑道："姐姐通今博古，色色都知道，怎么连这一出戏的名字也不知道，就说了这么一串子。这叫《负荆请罪》。"_{宝玉迟钝，还未明白宝钗之意。}宝钗笑道："原来这叫作《负荆请罪》，你们通今博古，才知道'负荆请罪'，我不知道什么是'负荆请罪'！"_{更加痛说一顿。}一句话还未说完，宝玉、林黛玉二人心里有病，听了这话，早把脸羞红了。

凤姐于这些上虽不通达，但只看他三人形景，便知其意，_{凤姐已会其意。}便也笑着问人道："你们大暑天，谁还吃生姜呢？"_{问得巧。}众人不解其意，便说道："没有吃生姜。"凤姐故意用手摸着腮，诧异道："既没人吃生姜，怎么这么辣辣的？"宝玉、黛玉二人听见这话，越发不好过了。宝钗再要说话，见宝玉十分惭愧，形景改变，也就不好再说，只得一笑收住。别人总未解得他四个人的言语，因此付之流水。

一时宝钗、凤姐去了，林黛玉笑向宝玉道："你也试着比我利害的人了。_{黛玉总是嘴尖，不加含蓄。}谁都像我心拙口笨的，由着人说呢。"宝玉正因宝钗多了心，自己没趣，又见林黛玉来问着他，越发没好气起来。待要说两句，

宝玉动辄得咎，真是尴尬。

宝钗立刻回报，毫不迟疑，且信手拈来，毫不费力。

二人各斗机锋，灵心慧舌，百节玲珑，宝玉只是后知，唯凤姐一语，堪与钗、黛相敌。

又恐林黛玉多心，说不得忍着气，无精打彩一直出来。_{宝玉一路不顺，事事碰壁。}

谁知目今盛暑之时，又当早饭已过，各处主仆人等多半都因日长神倦之时，宝玉背着手，到一处，一处鸦雀无闻。_{写盛暑白昼。}从贾母这里出来，往西走过了穿堂，便是凤姐的院落。到他们院门前，只见院门掩着，知道凤姐素日的规矩，每到天热，午间要歇一个时辰的，进去不便，遂进角门，来到王夫人上房内。只见几个丫头子手里拿着针线，却打盹儿呢。

_{一幅长夏昼困图。}

王夫人在里间凉榻上睡着，金钏儿坐在旁边捶腿，也乜斜着眼乱恍。宝玉轻轻的走到跟前，把他耳上带的坠子一扚，_{"扚"，庚辰本作"滴"，均读"的"。吴语以两手指甲掐物称"扚"，亦作"捌"。此语今尚通行。庚辰本"滴"是"扚"或"捌"的同音借字。宝玉此处是轻掐。}金钏儿睁开眼，见是宝玉。宝玉悄悄的笑道："就困的这么着？"金钏抿嘴一笑，摆手令他出去，仍合上眼。_{神情毕肖。}宝玉见了他，就有些恋恋不舍的，_{贵介公子之病。}悄悄的探头瞧瞧王夫人合着眼，便自己向身边荷包里带的香雪润津丹掏了一丸出来，便向金钏儿口里一送。_{宝玉向金钏儿口里送香雪润津丹，金钏儿并不睁眼，只管噙了，此处无须语言，而已达其情矣。}金钏儿并不睁眼，只管噙了。_{如画。}宝玉上来便拉着手，悄悄的笑道："我明日和太太讨你，咱们在一处罢。"金钏儿不答。宝玉又道："不然，等太太醒了，我就讨。"_{宝玉又生事端。}金钏儿睁开眼，将宝玉一推，笑道："你忙什么！'金簪子掉在井里头，有你的只是有你的'，连这句话语难道也不明白？_{金钏儿"金簪子掉在井里头"一句话，直表金钏之心，而其用语何等精妙。}"_{可见并非今日始也。}我倒

第三十回　　宝钗借扇机带双敲　龄官划蔷痴及局外

告诉你个巧宗儿，你往东小院子里拿环哥儿、彩云去。"宝玉笑道："凭他怎么去罢，我只守着你。"

只见王夫人翻身起来，照金钏儿脸上就打了个嘴巴子，指着骂道："下作小娼妇，好好的爷们，都叫你教坏了。"宝玉见王夫人起来，早一溜烟去了。又惹祸事。

岂知王夫人并未睡着，则两人所说尽入其耳，无怪招来大祸矣。

这里，金钏儿半边脸火热，一声不敢言语。登时众丫头听见王夫人醒了，都忙进来。王夫人便叫玉钏儿："把你妈叫来，带出你姐姐去。"金钏儿听说，忙跪下哭道："我再不敢了。太太要打要骂，只管发落，别叫我出去，就是天恩了。我跟了太太十来年，这会子撵出去，我还见人不见人呢！"

明明宝玉来惹事，却全由金钏承受，其实可怜。宝玉竟一溜烟跑了，游手好闲，惹是生非，总不脱贵介公子之习耳。

王夫人固然是个宽仁慈厚的人，从来不曾打过丫头们一下，今忽见金钏儿行此无耻之事，此乃平生最恨者，故气忿不过，打了一下，骂了几句。虽金钏儿苦求，亦不肯收留，到底唤了金钏儿之母白老媳妇来领了下去。那金钏儿含羞忍辱的出去，不在话下。

金钏儿从此死矣！

且说那宝玉见王夫人醒来，自己没趣，忙进大观园来。只见赤日当空，树阴合地，满耳蝉声，静无人语。四句一片夏日长昼景色。刚到了蔷薇花架，只听有人哽噎之声。又遇一事。宝玉心中疑惑，便站住细听，果然架下那边有人。如今五月之际，那蔷薇正是花叶茂盛之时。宝玉便悄悄的隔着篱笆洞儿一看，只见一个女孩子蹲在花下，手里拿着根绾头的簪子，在地下抠土，一面悄悄的

宝玉处处惹事，无处着落，又游走到大观园。

未见真面，先为画一背影。

541

流泪。

宝玉心中想道:"难道这也是个痴子,又像颦儿来葬花不成?"因又自叹道:"若真也葬花,可谓'东施效颦',不但不为新特,且更可厌了。"想毕,便要叫那女子,说:"你不用跟着那林姑娘学了。"话未出口,幸而再看时,这女孩子面生,不是个侍儿,倒像是那十二个学戏的女孩子之内的,却辨不出他是生旦净丑那一个角色来。宝玉忙把舌头一伸,将口掩住,自己想道:"幸而不曾造次。上两次皆因造次了,颦儿也生气,宝儿也多心,如今再得罪了他们,越发没意思了。"一面想,一面又恨认不得这个是谁。再留神细看,只见这女孩子眉蹙春山,眼颦秋水,面薄腰纤,袅袅婷婷,大有林黛玉之态。宝玉早又不忍弃他而去,只管痴看。只见他虽然用金簪划地,并不是掘土埋花,竟是向土上画字。宝玉用眼随着簪子的起落,一直一画一点一勾的看了去,数一数,十八笔。自己又在手心里用指头按着他方才下笔的规矩写了,猜是个什么字。写成一想,原来就是个蔷薇花的"蔷"字。宝玉想道:"必定是他也要作诗填词。随见随想,所以作如此猜测。这会子见了这花,因有所感,或者偶成了两句,一时兴至恐忘,在地下画着推敲,也未可知。且看他底下再写什么。"一面想,一面又看,只见那女孩子还在那里画呢,画来画去,还是个"蔷"字。再看,还是个"蔷"

先画其状,后叙其事,俱从宝玉眼中画出,因宝玉不识其人,故只先画其表也。

第三十回　宝钗借扇机带双敲　龄官划蔷痴及局外

字。_{再加细看，方知是"蔷"字。}里面的原是早已痴了，画完一个又画一个，已经画了有几千个"蔷"。外面的不觉也看痴了，两个眼睛珠儿只管随着簪子动，心里却想："这女孩子一定有什么话说不出来的大心事，才这样个形景。外面既是这个形景，心里不知怎么熬煎。看他的模样儿这般单薄，心里那里还搁的住熬煎。可恨我不能替他分些过来。"_{两个俱是情痴。}

伏中阴晴不定，片云可以致雨，忽一阵凉风过了，唰唰的落下一阵雨来。_{是夏日景象。}宝玉看着那女子头上滴下水来，纱衣裳登时湿了。宝玉想道："这时下雨，他这个身子如何禁得骤雨一激！"因此禁不住便说道："不用写了。你看下大雨，身上都湿了。"那女孩子听说，倒唬了一跳，抬头一看，只见花外一个人叫他不要写了，下大雨了。一则宝玉脸面俊秀；二则花叶繁茂，上下俱被枝叶隐住，刚露着半边脸，那女孩子只当是个丫头，再不想是宝玉，因笑道："多谢姐姐提醒了我。难道姐姐在外头有什么遮雨的？"_{可见一时痴绝。}一句话提醒了宝玉，"嗳哟"了一声，才觉得浑身冰凉。低头一看，自己身上也都湿了。说声"不好"，只得一气跑回怡红院去了，心里却还记挂着那女孩子没处避雨。

> 此时方补叙因由。

> 雨后怡红院内另一情趣。

　　原来明日是端阳节,那文官等十二个女子都放了学,进园来各处顽耍。可巧小生宝官、正旦玉官两个女孩子,正在怡红院和袭人顽笑,被大雨阻住。大家把沟堵了,水积在院内,把些绿头鸭、花䴔鹚、彩鸳鸯,捉的捉,赶的赶,缝了翅膀,放在院内顽耍,将院门关了。袭人等都在游廊上嘻笑。_{又是一番雨后景象。}宝玉见关着门,便以手扣门,里面诸人只顾笑,那里听见。叫了半日,拍的门山响,里面方听见了,估谅着宝玉这会子再不回来的。_{出于意想之外。}袭人笑道:"谁这会子叫门?没人开去。"宝玉道:"是我。"麝月道:"是宝姑娘的声音。"晴雯道:"胡说!宝姑娘这会子做什么来?"袭人道:"让我隔着门缝儿瞧瞧,可开就开,要不可开,叫他淋着去。"说着,便顺着游廊到门前,往外一瞧,只见宝玉淋的雨打鸡一般。_{是宝玉另一副景象,好看煞人。}袭人见了,又是着忙,又是可笑,忙开了门,笑的弯着腰拍手道:"这么大雨地里跑什么?那里知道爷回来了。"_{确是如此。}

> 袭人正在与众人玩笑之际,见宝玉此状,不禁好笑,岂知宝玉一路诸事不顺,至此又久等不开门,遂至积怒,又未细看,于是举腿便踢,此一踢,乃宝玉诸事不顺心境统归此举也,非仅门外久等也。

　　宝玉一肚子没好气,满心里要把开门的踢几脚,及开了门,并不看真是谁,还只当是那些小丫头子们,便抬腿踢在肋上。_{贵介公子脾气。}袭人"嗳哟"了一声。宝玉还骂道:"下流东西们!我素日担待你们得了意,一点儿也不怕,越发拿我取笑儿了。"口里说着,一低头见是袭人哭了,方知踢错了,忙笑道:"嗳哟,是你来了!踢在那里了?"袭人从来不曾受过一句大话

第三十回　宝钗借扇机带双敲　龄官划蔷痴及局外

的,_{袭人只听惯称赞奉承,哪经过踢骂?}今儿忽见宝玉生气踢他一下,又当着许多人,又是羞,又是气,又是疼,真一时置身无地。待要怎么样,料着宝玉未必是安心踢他,少不得忍着说道:"没有踢着。还不换衣裳去。"宝玉一面进房来解衣,一面笑道:"我长了这么大,今儿是头一遭儿生气打人,_{宝玉打人,确是第一次。}不想就偏遇见了你!"袭人一面忍痛换衣裳,一面笑道:"我是个起头儿的人,不论事大事小,事好事歹,自然也该从我起。但只是别说打了我,明儿顺了手也打起别人来。"宝玉道:"我才也不是安心。"袭人道:"谁说你是安心了!素日开门关门,都是那起小丫头子们的事。他们是顽皮惯了的,早已恨的人牙痒痒,他们也没个怕惧儿。你当是他们,踢一下子,唬唬他们也好些。才刚是我淘气,不叫开门的。"说着,那雨已住了,宝官、玉官也早去了。袭人只觉肋下疼的心里发闹,晚饭也不曾好生吃。_{可见踢得重了。}至晚间洗澡时脱了衣服,只见肋上青了碗大一块,自己倒唬了一跳,又不好声张。_{因当时袭人弯了腰,故踢在肋上。}

一时睡下,梦中作痛,由不得"嗳哟"之声从睡中哼出。宝玉虽说不是安心,因见袭人懒懒的,也睡不安稳。忽夜间听得"嗳哟",便知踢重了,自己下床悄悄的秉灯来照。刚到床前,只见袭人嗽了两声,吐出一口痰来,"嗳哟"一声,睁开眼见了宝玉,倒唬了一跳,道:"作什么?"宝玉道:"你梦里'嗳哟',

必定踢重了。我瞧瞧。"袭人道:"我头上发晕,嗓子里又腥又甜,你倒照一照地下罢。"宝玉听说,果然持灯向地下一照,只见一口鲜血在地。_{竟吐出血来,确是踢重了。}宝玉慌了,只说:"了不得了!"袭人见了,也就心冷了半截。要知端的,且听下回分解。

第三十回　宝钗借扇机带双敲　龄官划蔷痴及局外

【回后评】

上回写宝玉、黛玉争吵，至宝玉砸玉，似甚决裂，此回却写两人各自后悔，各自不能分离。宝玉说"我便死了，魂也要一日来一百遭"，"你死了，我做和尚"，"我的五脏都碎了，你还只是哭"，黛玉则心里后悔，又不好"去就他"，可见两人虽经争吵，而其爱愈深，且两人愈知互不可离也。雪芹正藉此更深一层写宝、黛爱情，宝玉所说三句话，其意已至深至诚至真矣，黛玉用指头戳宝玉额颅，又将自己的手帕摔给宝玉拭泪。此一戳一摔，真情在不言中矣！雪芹真写情圣手。

宝玉原想搭讪宝钗，不料措词不当，将宝钗比作杨妃，遂引起宝钗强烈不满，致反唇相讥。宝钗平时一直以温良恭俭让待人，从未盛怒，此处却因一句话而大怒，立即反唇，且借靛儿警告"我和你顽过"，其峻不可犯之态，以前迄未见过。盖雪芹亦欲藉此以示宝钗深藏不露之性格另一面耳。

宝钗借题讥宝玉"负荆请罪"，巧妙灵便，机锋百出，而偏由宝玉引起，旁人不觉，只有凤姐看出，却只说"大暑天，谁还吃生姜呢"，人更不明其意，实亦机锋也。然宝钗知书，故取书中之材，凤姐不知书，只取生活中之材，同是机锋而所来不同、所取各异，然其慧心灵性、舌灿莲花则一也。

宝玉与金钏一段，写出宝玉贵介公子之陋习，终为金钏酿成终身之祸，雪芹亦以直笔书之，亦见其人之另一面耳。

画蔷一段，实写龄官痴情，亦写宝玉痴情，则情之所痴，不仅宝、黛诸钗，即如大观园诸婢亦各有其痴也。雪芹之笔，可谓密矣。

【校记】

〔一〕回目：庚辰、列藏、杨本、舒序、甲辰、程甲各本同。蒙府、戚序本下句"椿灵"作"龄官"。此从蒙、戚本。又杨本另有回目作"讯宝玉借扇生风，逐金钏因丹受气"。此回目又用墨笔涂去。

第三十一回　　撕扇子作千金一笑
　　　　　　　　因麒麟伏白首双星[一]

话说袭人见了自己吐的鲜血在地，也就冷了半截，想着往日常听人说："少年吐血，年月不保，纵然命长，终是废人了。"想起此言，不觉将素日想着后来争荣夸耀之心尽皆灰了，眼中不觉滴下泪来。宝玉见他哭了，也不觉心酸起来，因问道："你心里觉的怎么样？"袭人勉强笑道："好好的，觉怎么样呢。"

宝玉的意思，即刻便要叫人烫黄酒，要山羊血黎洞丸来。袭人拉了他的手，笑道："你这一闹不打紧，闹起多少人来，倒抱怨我轻狂。分明人不知道，倒闹的人知道了，你也不好，我也不好。正经明儿你打发小子问问王太医去，弄点子药吃吃就好了。人不知鬼不觉的，袭人惟喜'人不知鬼不觉'，然以往之事，真人不知鬼不觉乎？可不好？"宝玉听了有理，也只得罢了，向案上斟了茶来，给袭人漱了口。袭人知宝玉心内是不安稳的，待要不叫他服侍，他又必不依；二则定要惊动别人，不如由他去罢。因此只在榻

袭人争荣夸耀之心，平时丝毫不露，只觉其人老诚本分，雪芹借此予以一露。

只不愿惊动别人，因声张起来，人人知袭人被宝玉踢了，于袭人实不光彩也。

上，由宝玉去服侍。

一交五更，宝玉也顾不的梳洗，忙穿衣出来，将王济仁叫来，亲自确问。王济仁问其原故，不过是伤损，便说了个丸药的名字，怎么服，怎么敷。宝玉记了，回园依方调治。不在话下。

这日正是端阳佳节，蒲艾簪门，虎符系臂。午间，王夫人治了酒席，请薛家母女等赏午。宝玉见宝钗淡淡的，也不和他说话，自知是昨儿的原故。王夫人见宝玉没精打彩，也只当是为金钏儿昨日之事，他没好意思的，越发不理他。林黛玉见宝玉懒懒的，只当是他因为得罪了宝钗的原故，心中不自在，形容也就懒懒的。凤姐昨日晚间王夫人就告诉了他宝玉、金钏的事，知道王夫人不自在，自己如何敢说笑，也就随着王夫人的气色行事，更觉淡淡的。贾迎春姊妹见众人无意思，也都无意思了。因此，大家坐了一坐就散了。

林黛玉天性喜散不喜聚。他想的也有个道理。他说："人有聚，就有散。聚时欢喜，到散时岂不清冷？既清冷，则生伤感，所以不如倒是不聚的好。比如那花开时令人爱慕，谢时则增惆怅，所以倒是不开的好。"故此人以为喜之时，他反以为悲。那宝玉的情性只愿常聚，生怕一时散了添悲。那花只愿常开，生怕一时谢了没趣。及到筵散花谢，虽有万

> 一次赏午宴，因各人心事不同，竟于冷淡中散场。

> 一支笔，历写王夫人、宝钗、宝玉、黛玉、凤姐、迎春姐妹等各人心理，虽都是"淡淡的"，但却心事各异，各有各的原因。

> 黛玉之"喜散不喜聚"者，非真不喜聚也，是怕聚而复散也。与其聚而复散，不如不聚。若能聚而不散，则亦所愿也，然天下岂有聚而不散者，是以黛玉因怕散而不愿聚也。故其真怕者是散也。

> 黛玉总是比人多想一步。

第三十一回　撕扇子作千金一笑　因麒麟伏白首双星

种悲伤，也就无可如何了。因此，今日之筵，大家无兴散了，林黛玉倒不觉得，倒是宝玉心中闷闷不乐，回至自己房中，长吁短叹。偏生晴雯上来换衣服，不防又把扇子失了手跌在地下，将股子跌折。宝玉因叹道："蠢才，蠢才！将来怎么样？明儿你自己当家立事，难道也是这么顾前不顾后的？"晴雯冷笑道："二爷近来气大的很，行动就给脸子瞧。_{指前面数事。}前儿连袭人都打了，_{踢袭人已成口实。}今儿又来寻我们的不是。要踢要打，凭爷去。就是跌了扇子也是平常的事。先时连那么样的玻璃缸、玛瑙碗，不知弄坏了多少，也没见个大气儿，这会子一把扇子就这么着了。何苦来！要嫌我们，就打发我们，再挑好的使。好离好散的，倒不好？"宝玉听了这些话，气的浑身乱战，因说道："你不用忙，将来有散的日子！"_{难免宝玉要气，刚说宝玉怕散，竟提出好离好散来了。}

袭人在那边早已听见，忙赶过来向宝玉道："好好的，又怎么了？可是我说的'一时我不到，就有事故儿'。"_{袭人算老几，竟如此说，难免晴雯不服。}晴雯听了，冷笑道："姐姐既会说，就该早来，也省了爷生气。自古以来就是你一个人服侍爷的，我们原没服侍过。因为你服侍的好，昨日才挨窝心脚；_{袭人一句话，反惹来冷言冷语讽刺，只有晴雯才能如此。}我们不会服侍的，到明儿还不知是个什么罪呢！"袭人听了这话，又是恼，又是愧，待要说几句话，又见宝玉已经气的黄了脸，少不得自己忍了性子，推晴雯道："好妹妹，你

> 宝玉喜聚而怕散，则其怕散与黛玉一也。然天下岂有聚而不散者，故终必散也。故其终亦与黛玉一也。

> 只有晴雯敢如此说，宝玉只一句话，倒引出她一大串。

出去逛逛，原是我们的不是。"

晴雯听他说"我们"两个字，自然是他和宝玉了，不觉又添了醋意，冷笑几声道："我倒不知道你们是谁，别教我替你们害臊了！<small>好晴雯，不留一丝情面，冲口便说。</small>便是你们鬼鬼祟祟干的那事儿，也瞒不过我去，<small>原来并未瞒过。</small>那里就称起'我们'来了。明公正道，连个'姑娘'还没挣上去呢，也不过和我似的，那里就称上'我们'了！"袭人羞的脸紫胀起来，<small>由不得袭人不脸红。</small>想一想，原来是自己把话说错了。宝玉一面说："你们气不忿，我明儿偏抬举他。"袭人忙拉了宝玉的手，道："他一个糊涂人，你和他分证什么？况且你素日又是有担待的，比这大的过去了多少，今儿是怎么了？"晴雯冷笑道："我原是糊涂人，<small>又招晴雯之刺。</small>那里配和我说话呢！"袭人听说，道："姑娘倒是和我拌嘴呢，是和二爷拌嘴呢？要是心里恼我，你只和我说，不犯着当着二爷吵。要是恼二爷，不该这么吵的万人知道。我才也不过是为了事，进来劝开了，大家保重。姑娘倒寻上我的晦气。又不像是恼我，又不像是恼二爷，夹枪带棒，终久是个什么主意？我就不多说，让你说去。"说着，便往外走。

宝玉向晴雯道："你也不用生气，我也猜着你的心事了。我回太太去，你也大了，打发你出去好不好？"<small>这是宝玉以主子身份压晴雯也，难怪晴雯伤心。</small>晴雯听见了这话，不觉又伤起心来，含泪说道："为什么我出去？要嫌我，变着法儿打发

<small>"我们"两字，在袭人早已心中念中天天如此，此不过不慎漏出耳。</small>

<small>袭人其实不好耽，确是避开为上策。</small>

第三十一回　撕扇子作千金一笑　因麒麟伏白首双星

我出去，也不能够。"宝玉道："我何曾经过这个吵闹？一定是你要出去了。不如回太太，打发你去罢。"说着，站起来就要走。

袭人忙回身拦住，_{原来袭人还未走出。}笑道："往那里去？"宝玉道："回太太去。"袭人笑道："好没意思！真个的去回，你也不怕臊了？便是他认真的要去，也等把这气下去了，等无事中说话儿回了太太，也不迟。_{正是袭人惯技，不觉自己说出，从此晴雯死矣。}这会子急急的当作一件正经事去回，岂不叫太太犯疑？"宝玉道："太太必不犯疑，我只明说是他闹着要去的。"晴雯哭道："我多早晚闹着要去了？_{此是实话，晴雯何曾要去。}饶生了气，还拿话压派我。只管去回，我一头碰死了，也不出这门儿。"_{晴雯烈性，不幸竟成预言。}宝玉道："这也奇了。你又不去，你又闹些什么？我经不起这吵，不如去了倒干净。"说着，一定要去回。

袭人见拦不住，只得跪下了。_{袭人竟为晴雯跪下，意想不到之事，然惟其如此，方是袭人也。}碧痕、秋纹、麝月等众丫鬟见如此吵闹，都鸦雀无闻的在外头听消息，这会子听见袭人跪下央求，便一齐进来，都跪下了。宝玉忙把袭人扶起来，_{单扶袭人，见出袭人与众人异。}叹了一声，在床上坐下，叫众人起去，向袭人道："叫我怎么样才好！把这个心使碎了，也没人知道。"说着，不觉滴下泪来。袭人见宝玉流下泪来，自己也就哭了。_{宝玉又是一顿争吵，又是一个三人同哭场面。}

晴雯在旁哭着，方欲说话，只见林黛玉进来，便出去了。林黛玉笑道："大节下怎么好好的哭起来？

难道是为争粽子吃，争恼了不成？"宝玉和袭人嗤的一笑。黛玉道："二哥哥不告诉我，我问你就知道了。"一面说，一面拍着袭人的肩，笑道："好嫂子，_{晴雯嘴尖，岂知黛玉更尖，竟直呼'嫂子'，晴雯听到当作何想。}你告诉我。必定是你两个拌了嘴了。告诉妹妹，替你们和劝和劝。"袭人推他道："林姑娘你闹什么。我们一个丫头，姑娘只是混说。"黛玉笑道："你说你是丫头，我只拿你当嫂子待。"_{还要加以坐实。}宝玉道："你何苦来替他招骂名儿。饶这么着，还有人说闲话，还搁的住你来说他。"袭人笑道："林姑娘，你不知道我的心事，_{不知究竟是何心事？}除非一口气不来死了，倒也罢了。"_{袭人于怡红院中并不得众，诸婢亦常讽之，故其心境亦非安怡也。}林黛玉笑道："你死了，别人不知怎么样，我就先哭死了。"宝玉笑道："你死了，我作和尚去。"_{宝玉此话是对黛玉而说，故黛玉伸两个指头以与前事相接。}袭人笑道："你老实些罢，何苦还说这些话。"_{袭人竟以为"做和尚"是针对她而说，故对宝玉笑道："你老实些罢，何苦还说这些话。"这一误会，恰透出袭人隐私，惟黛玉当时未觉耳。}

林黛玉将两个指头一伸，抿嘴笑道："作了两个和尚了。_{与上回宝玉所说相应。}我从今以后都记着你作和尚的遭数儿。"宝玉听得，知道是他点前儿的话，自己一笑，也就罢了。

一时黛玉去后，就有人说"薛大爷请"，宝玉只得去了。原来是吃酒，不能推辞，只得尽席而散。

晚间回来，已带了几分酒，踉跄来至自己院内，只见院中早把乘凉枕榻设下，榻上有个人睡着。宝玉只当是袭人，一面在榻沿上坐下，一面推他，问道："疼

何出此言？然袭人虽见信于上，却不全容于宝玉身边之人，今日晴雯之刺即是一例，故有是言。

黛玉说"我从今以后都记着你作和尚的遭数儿"，这是黛玉的一句舒心话，因做和尚宝玉只对黛玉说过。此处自然也是对黛玉说，故黛玉云云。但袭人却误以为宝玉是对她说，故又笑道："你老实些罢，何苦还说这些话。"宝玉一句话，袭人有袭人的理解，黛玉有黛玉的理解，文章何等透剔玲珑，而后世读《红楼梦》者，亦竟有误以为是为袭人者，甚者更以为黛玉亦以为是指袭人而言者，则误之甚矣。雪芹生花之笔，迷人若此，可不细心读乎！

第三十一回　撕扇子作千金一笑　因麒麟伏白首双星

的好些了？"只见那人翻身起来，说："何苦来，又招我！"〖晴雯气还未消，但已缓解。〗宝玉一看，原来不是袭人，却是晴雯。宝玉将他一拉，拉在身旁坐下，笑道："你的性子越发惯娇了。〖宝玉亦已消解，只此一句话，无限怜惜之情。〗早起就是跌了扇子，我不过说了那两句，你就说上那些话。说我也罢了，袭人好意来劝，你又括上他，你自己想想，该不该？"晴雯道："怪热的，拉拉扯扯作什么！〖可见宝玉与之极亲。〗叫人来看见作什么！我这身子也不配坐在这里。"宝玉笑道："你既知道不配，为什么睡着呢？"晴雯没的话，嗤的又笑了，说："你不来便使得，你来了就不配了。〖答得巧。〗起来，让我洗澡去。袭人、麝月都洗了澡，我叫了他们来。"宝玉笑道："我才又吃了好些酒，还得洗一洗。你既没有洗，拿了水来咱们两个洗。"

晴雯摇手笑道："罢，罢，我不敢惹爷。还记得碧痕打发你洗澡，足有两三个时辰，也不知道作什么呢。我们也不好进去的。后来洗完了，进去瞧瞧，地下的水淹着床腿，连席子上都汪着水，也不知是怎么洗了，叫人笑了几天。我也没那工夫收拾，也不用同我洗去。今儿也凉快，那会子洗了，可以不用再洗。我倒舀一盆水来，你洗洗脸，通通头。才刚鸳鸯送了好些果子来，都湃在那水晶缸里呢，叫他们打发你吃。"〖如此洗澡，不知究竟如何洗法。〗宝玉笑道："既这么着，你也不许洗去，只洗洗手来拿果子来吃罢。"

晴雯笑道："我慌张的很，连扇子还跌折了，那里还配打发吃果子，倘或再打破了盘子，还更了不得呢。"_{晴雯真是娇惯。}宝玉笑道："你爱打就打，这些东西原不过是借人所用，你爱这样，我爱那样，各自性情不同。_{要紧句}比如那扇子，原是扇的，你要撕着顽也可以使得，只是不可生气时拿他出气。就如杯盘，原是盛东西的，你喜听那一声响，就故意的碎了也可以使得，只是别在生气时拿他出气。这就是爱物了。"晴雯听了，笑道："既这么说，你就拿了扇子来我撕。我最喜欢撕的。"宝玉听了，便笑着递与他。晴雯果然接过来，嗤的一声，撕了两半，接着嗤嗤又听几声。宝玉在旁笑着说："响的好，再撕响些！"

"各自性情不同"，此语醒人。

宝玉之论甚奇，晴雯之行更奇，一个任情而说，一个任性而行。

正说着，只见麝月走过来，笑道："少作些孽罢。"宝玉赶上来，一把将他手里的扇子也夺了递与晴雯。晴雯接了，也撕了几半子，二人都大笑。麝月道："这是怎么说，拿我的东西开心儿？"宝玉笑道："打开扇子匣子你拣去，什么好东西！"麝月道："既这么说，就把匣子搬了出来，让他尽力的撕，岂不好？"宝玉笑道："你就搬去。"麝月道："我可不造这孽。他也没折了手，叫他自己搬去。"晴雯笑着，倚在床上说道："我也乏了，明儿再撕罢。"宝玉笑道："古人云：'千金难买一笑。'几把扇子，能值几何！"一面说着，一面叫袭人。袭人才换了衣服走出来。小丫头佳蕙过

一段任性任意文章，他书所不能有。

第三十一回　撕扇子作千金一笑　因麒麟伏白首双星

来,拾去破扇。大家乘凉,不消细说。

至次日午间,王夫人、薛宝钗、林黛玉众姊妹正在贾母房内坐着。就有人回:"史大姑娘来了。"一时果见史湘云带领众多丫鬟、媳妇走进院来。宝钗黛玉等忙迎至阶下相见。青年姊妹间经月不见,一旦相逢,其亲密自不必细说。

一时进入房中,请安问好,都见过了。贾母因说:"天热,把外头的衣服脱脱罢。"史湘云忙起身宽衣。王夫人因笑道:"也没见穿上这些作什么?"史湘云笑道:"都是二婶子叫穿的,谁愿意穿这些。"宝钗一旁笑道:"姨娘不知道,他穿衣裳还更爱穿别人的衣裳。可记得旧年三四月里,他在这里住着,把宝兄弟的袍子穿上,靴子也穿上,额子也勒上,猛一瞧倒像是宝兄弟,就是多两个坠子。他站在那椅子后边,哄的老太太只是叫'宝玉,你过来,仔细那上头挂的灯穗子招下灰来迷了眼'。他只是笑,也不过去。后来大家撑不住笑了,老太太才笑了,说'倒扮上男人好看了'。" 补叙湘云一段往事。

林黛玉道:"这算什么。惟有前年正月里接了他来,住了没两日,就下起雪来,老太太和舅母那日想是才拜了影回来,老太太的一个新新的大红猩猩毡斗篷放在那里,谁知眼错不见他就披了,又大又长,他就拿了个汗巾子拦腰系上,和丫头们在后院子扑雪人儿去,一跤栽到沟跟前,弄了一身泥水。"说着,大家想着前情,都笑了。

> 写湘云淘气。

宝钗笑向那周奶妈道:"周妈,你们姑娘还是那么淘气不淘气了?"周奶妈也笑了。迎春笑道:"淘气也罢了,我就嫌他爱说话。_{爱说话,是湘云的个性。}也没见睡在那里还是咭咭呱呱,笑一阵,说一阵,也不知那里来的那些话。"王夫人道:"只怕如今好了。前日有人家来相看,眼见有婆婆家了,_{暗写一笔似水流年。}还是那们着。"贾母因问:"今儿还是住着,还是家去呢?"周奶妈笑道:"老太太没有看见衣服都带了来,可不住两天。"史湘云问道:"宝玉哥哥不在家么?"宝钗笑道:"他再不想着别人,只想宝兄弟,两个人好憨的。这可见还没改了淘气。"贾母道:"如今你们大了,别提小名儿了。"

刚说着,只见宝玉来了,笑道:"云妹妹来了。前儿打发人接你去,怎么不来?"王夫人道:"这里老太太才说这一个,他又来提名道姓的了。"林黛玉道:"你哥哥得了好东西,等着你呢。"_{黛玉最关心此事,故先说穿。}史湘云道:"什么好东西?"宝玉笑道:"你信他呢!几日不见,越发高了。"湘云笑道:"袭人姐姐好?"宝玉道:"多谢你记挂。"湘云道:"我给他带了好东西来了。"说着,拿出手帕子来,挽着一个疙瘩。宝玉道:"什么好的?你倒不如把前儿送来的那种绛纹石的戒指儿,带两个

第三十一回　撕扇子作千金一笑　因麒麟伏白首双星

给他。"湘云笑道："这是什么？"说着便打开。众人看时，果然就是上次送来的那绛纹戒指，一包四个。

林黛玉笑道："你们瞧瞧他这主意。前儿一般的打发人给我们送了来，你就把他带来，岂不省事？今儿巴巴的自己带了来，我当又是什么新奇东西，原来还是他。真真你是糊涂人。"史湘云笑道："你才糊涂呢！我把这理说出来，大家评一评谁糊涂。给你们送东西，就是使来的人不用说话。拿进来一看，自然就知是送姑娘们的了；若带他们的东西，这得我先告诉来人，这是那一个丫头的，那是那一个丫头的，那使来的人明白还好，再糊涂些，丫头的名字他也不记得，混闹胡说的，反连你们的东西都搅糊涂了。若是打发个女人素日知道的还罢了，偏生前儿又打发小子来，可怎么说丫头们的名字呢？横竖我来给他们带来，岂不清白。"说着，把四个戒指放下，说道："袭人姐姐一个，鸳鸯姐姐一个，金钏儿姐姐一个，平儿姐姐一个：这倒是四个人的。难道小子们也记得这么清楚？"〔琐琐说来，都是家常实情。〕

众人听了，都笑道："果然明白。"宝玉笑道："还是这么会说话，不让人。"林黛玉听了，冷笑道："他不会说话，他的金麒麟会说话。"〔还是不忘金麒麟。〕一面说着，便起身走了。幸而诸人都不曾听见，只有薛宝钗抿嘴一笑。〔关心者黛玉而外亦唯此人而已。〕宝玉听见了，倒自己后悔又说错了话，忽见宝钗一笑，由不得也笑了。宝钗见宝玉笑了，〔黛玉冷笑，是笑宝玉为湘云留金麒麟也。宝钗抿嘴一笑，是笑黛玉笑宝玉也。宝玉由不得也笑了，是见二人之笑，自己尴尬，也不得不笑也。同一笑也，而三人各有其内心世界。〕

忙起身走开,找了林黛玉去说话。贾母向湘云道:"吃了茶歇一歇,瞧瞧你的嫂子们去,园里也凉快,同你姐姐们去逛逛。"

湘云答应了,将三个戒指儿包上,歇了一歇,便起身要瞧凤姐等人去。众奶娘、丫头跟着,到了凤姐那里,说笑了一回,出来便往大观园来,见过了李宫裁,少坐片时,便往怡红院来找袭人。因回头说道:"你们不必跟着,只管瞧你们的朋友、亲戚去,留下翠缕服侍就是了。"

众人听了,自去寻姑觅嫂,单剩下湘云、翠缕两个人。翠缕道:"这荷花怎么还不开?"史湘云道:"时候没到。"翠缕道:"这也和咱们家池子里的一样,也是楼子花?"湘云道:"他们这个还不如咱们的。"翠缕道:"他们那边有颗石榴,接连四五枝,真是楼子上起楼子,这也难为他长。"史湘云道:"花草也是同人一样,气脉充足,长的就好。"翠缕把脸一扭,说道:比喻得好。"我不信这话。若说同人一样,我怎么不见头上又长出一个头来的人?"奇谈怪论,不可思议,可见翠缕不通之至。湘云听了,由不得一笑,说道:"我说你不用说话,你偏好说。这叫人怎么好答言?真是不好答。天地间都赋阴阳二气所生,或正或邪,或奇或怪,千变万化,都是阴阳顺逆多少。一生出来,人罕见的就奇,究竟理还是一样。"与前贾雨村之论有相合处。翠缕道:"这么说起来,从古至今,开天辟地,都是阴阳了?"湘

第三十一回　撕扇子作千金一笑　因麒麟伏白首双星

云笑道："糊涂东西，越说越放屁。什么'都是些阴阳'，难道还有两个阴阳不成！'阴''阳'两个字还只是一字，阳尽了就成阴，阴尽了就成阳，不是阴尽了又有个阳生出来，阳尽了又有个阴生出来。"〖此理翠缕更不能明矣。〗翠缕道："这糊涂死了我！什么是个阴阳，没影没形的。我只问姑娘，这阴阳是怎么个样儿？"湘云道："阴阳可有什么样儿，不过是个气，器物赋了成形。比如天是阳，地就是阴；水是阴，火就是阳；日是阳，月就是阴。"〖真是对牛弹琴。〗

翠缕听了，笑道："是了，是了，我今儿可明白了。怪道人都管着日头叫'太阳'呢，算命的管着月亮叫什么'太阴星'，就是这个理了。"湘云笑道："阿弥陀佛！刚刚的明白了。"翠缕道："这些大东西有阴阳也罢了，难道那些蚊子、虼蚤、蠓虫儿、花儿、草儿、瓦片儿、砖头儿也有阴阳不成？"湘云道："怎么有没阴阳的呢？比如那一个树叶儿还分阴阳呢，那边向上朝阳的便是阳，这边背阴覆下的便是阴。"翠缕听了，点头笑道："原来这样，我可明白了。只是咱们这手里的扇子，怎么是阳，怎么是阴呢？"湘云道："这边正面就是阳，那边反面就为阴。"翠缕又点头笑了，还要找几件东西问，因想不起个什么来，猛低头就看见湘云宫绦上系的金麒麟，〖一路论阴阳，正为此也。〗便提起来笑道："姑娘，这个难道也有阴阳？"湘云道："走兽飞禽，雄为阳，雌为阴，牝为阴，牡为阳。怎么没有呢！"翠缕道："这是公的，到底是母的呢？"湘云道："这连我也不知道。"翠缕道："这也罢了，怎么东西都有阴阳，咱们人倒没有阴阳呢？"从金麒麟说到了人。湘云照脸啐了一口道："下流东西，好生走罢。越问越问出好的来了！"翠缕笑道："这有什么不告诉我的呢？我也知道了，不用难我。"湘云笑道："你知道什么？"翠缕道："姑娘是阳，我就是阴。"说着，湘云拿手帕子握着嘴，呵呵的笑起来。翠缕道："说是了，就笑的这样了。"湘云道："很是，很是。"翠缕道："人规矩主子为阳，奴才为阴。我连这个大道理也不懂得？"湘云笑道："你很懂得。"

逼真一个粗蠢丫头。

一面说，一面走，刚到蔷薇架下，湘云道："你瞧那是谁掉的首饰，金晃晃在那里。"翠缕听了，忙赶上拾在手里擎着，笑道："可分出阴阳来了。"说着，先拿史湘云的麒麟瞧。湘云要他拣的瞧，翠缕只管不放手，笑道："是件宝贝，姑娘瞧不得。这是从那里来的？好奇怪！我从来在这里没见有人有这个。"湘云道："拿来我看。"翠缕将手一撒，笑道："请看。"湘云举目一验，却是文彩辉煌的一个金麒麟，比自己佩的又大又有文彩。湘云伸手擎在掌上，只是默默不语。

是上回宝玉所遗。

此段湘云与翠缕论阴阳，并非正经谈《易》理，只是随口而论，将话题引到金麒麟而已。

正自出神，忽见宝玉从那边来了，笑问道："你

第三十一回　撕扇子作千金一笑　因麒麟伏白首双星

两个在这日头底下作什么呢？怎么不找袭人去？"湘云连忙将那麒麟藏起道："正要去呢。咱们一处走。"说着，大家进入怡红院来。

袭人正在阶下倚槛迎风，忽见湘云来了，连忙迎下来，携手笑说一向久别情况。一时进来归坐，宝玉因笑道："你该早来，我得了一件好东西，专等你呢。"说着，一面在身上摸掏，掏了半天，呵呀了一声，便问袭人："那个东西你收起来了么？"袭人道："什么东西？"宝玉道："前儿得的麒麟。"袭人道："你天天带在身上的，怎么问我？"宝玉听了，将手一拍说道："这可丢了，往那里找去！"就要起身自己寻去。湘云听了，方知是他遗落的，便笑问道："你几时又有了麒麟了？"宝玉道："前儿好容易得的呢，不知多早晚丢了，我也糊涂了。"湘云笑道："幸而是顽的东西，还是这么慌张。"说着，将手一撒笑道："你瞧瞧，是这个不是？"宝玉一见由不得欢喜非常，因说道……不知是如何，且听下回分解。

> 脂批："后数十回若兰在射圃所佩之麒麟，正此麒麟也。提纲伏于此回中，所谓草蛇灰线在千里之外。"

【回后评】

晴雯跌扇，受宝玉责怪，反遭晴雯之驳，致引来袭人，导致晴雯与袭人顶撞。晴雯嘴利，直揭袭人阴私，遂为后日晴雯受谗被逐种因。袭人说："便是他认真的要去，也等把这气下去了，等无事中说话儿回了太太，也不迟。"此袭人无意中说出，世上之谗人者，大都用此法。故袭人者，对上是"花气袭人知昼暖"也，对同辈，对与其不相能者，则是施以阴袭之谓也。

黛玉称袭人"嫂子"，并说"你说你是丫头，我只拿你当嫂子待"，两句话，比晴雯更尖更利，其含义读者尽知矣，故袭人之谗并及黛玉也。

宝玉怂恿晴雯撕扇，宝玉说"你爱这样，我爱那样，各自性情不同"，晴雯遂将宝玉、麝月之扇一并撕掉。宝玉此论，实是不受拘束，主张纵情任性之"个性论"也，雪芹之世，尚在启蒙之初，且是藉小说以达意，不能具论也。

湘云、宝玉金麒麟一事，伏湘云后回情节，惜后文已佚，不能确知其意，红学界众说纷纭，疑莫能定。故友朱彤云：双星指牛女，"白首双星"者，湘云与其夫卫若兰，虽白首而犹如牛女之不得相聚也。是耶非耶，吾固记之。或曰湘云寡后再醮宝玉，此论无据，吾不能凭。

【校记】

〔一〕回目：各本同。唯杨本独作"撕扇子公子追欢笑，拾麒麟侍儿论阴阳"。

第三十二回　　诉肺腑心迷活宝玉
　　　　　　　含耻辱情烈死金钏

话说宝玉见了那麒麟，心中甚是欢喜，便伸手来拿，笑道："亏你拣着了。你是那里拣的？"史湘云笑道："幸而是这个，明儿倘或把印也丢了，难道也就罢了不成？"宝玉笑道："倒是丢了印平常。若丢了这个，我就该死了。"

_{湘云终不忘仕途经济。}

_{不屑于仕途经济。}

袭人斟了茶来，与史湘云吃，一面笑道："大姑娘，听见前儿你大喜了。"史湘云红了脸，吃茶不答。袭人道："这会子又害臊了。你还记得十年前，咱们在西边暖阁住着，晚上你同我说的话儿？那会子不害臊，这会子怎么又害臊了？"史湘云笑道："你还说呢。那会子咱们那么好，后来我们太太没了，我家去住了一程子，怎么就把你派了跟二哥哥，我来了，你就不像先待我了。"袭人笑道："你还说呢。先姐姐长、姐姐短哄着我替你梳头洗脸，作这个、弄那个。如今大了，就拿出小姐的款来。你既拿小姐的款，我怎敢亲

_{已觉察出跟了二哥哥的袭人，其身份与前已不同，此袭人于不知不觉间自然流露，却被湘云看出。}

近呢？"^{以攻为守，袭人亦是狡猾。}史湘云道："阿弥陀佛，冤枉冤哉！我要这样，就立刻死了。^{湘云是直心人，反作自我解释。袭人于是化解了湘云之话。}你瞧瞧，这么大热天，我来了，必定赶来先瞧瞧你。不信，你问问缕儿，我在家时时刻刻那一回不念你几声？"话未了，忙的袭人和宝玉都劝道："顽话你又认真了。还是这么性急。"史湘云道："你不说你的话噎人，倒说人性急。"一面说，一面打开手帕子，将戒指递与袭人。^{还要拿出证据来。}

袭人感谢不尽，因笑道："你前儿送你姐姐们的，我已得了。今儿你亲自又送来，可见是没忘了我。^{一句话，又露出了自己跟了二哥哥的内心身份感。}只这个就试出你来了。戒指儿能值多少，可见你的心真。"史湘云道："是谁给你的？"袭人道："是宝姑娘给我的。"^{可见宝钗早已做好工作。}湘云笑道："我只当是林姐姐给你的，原来是宝姐姐给了你。我天天在家里想着，这些姐姐们，再没一个比宝姐姐好的。可惜我们不是一个娘养的。我但凡有这么个亲姐姐，就是没了父母，也是没妨碍的。"说着，眼睛圈儿就红了。

^{为什么"只当是林姐姐给你的"，因湘云心目中，宝、黛亲密胜于宝钗，故当是黛玉所送也，不想黛玉却无此等笼络意识。}

^{引来对宝钗的一片赞美词，可见笼络人心之作用，此钗、黛之分界也。}

宝玉道："罢，罢，罢！不用提这个话。"^{宝玉听了就不舒服，不仅因为是赞宝钗，更因为宝玉亦不喜欢此种笼络，故宝黛能同心也。}史湘云道："提了便怎么？我知道你的心病，恐怕你的林妹妹听见，又怪嗔我赞了宝姐姐。可是为这个不是？"^{史湘云总是心直而口快。}袭人在旁嗤的一笑，说道："云姑娘，你如今大了，越发心直口快了。"^{此是赞许话，因湘云之话甚称袭人之心也。}宝玉笑道："我说你们这几个人难说话，

第三十二回　诉肺腑心迷活宝玉　含耻辱情烈死金钏

果然不错。"史湘云道："好哥哥，你不必说话叫我恶心。只会在我们跟前说话，见了你林妹妹，又不知怎么了。"_{真是其快如刀。}

袭人道："且别说顽话，正有一件事还要求你呢。"史湘云便问："什么事？"袭人道："有一双鞋，抠了垫心子。我这两日身上不好，不得做，你可有工夫替我做做？"史湘云笑道："这又奇了，你家放着这些巧人不算，还有什么针线上的、裁剪上的，怎么教我做起来？_{你自己想想为什么？}你的活计叫谁做，谁好意思不做呢。"袭人笑道："你又糊涂了。_{真是糊涂了。}你难道不知道，我们这屋里的_{"我们这屋里的"，好称呼，何等亲热！读此，可以感知其心理也。}针线，是不要那些针线上的人做的。"史湘云听了，便知是宝玉的鞋了，因笑道："既这么说，我就替你做了罢。只是一件，你的我才作，别人的我可不能。"_{说明只与袭人做鞋，不与别人做。}袭人笑道："又来了。我是个什么，就烦你做鞋了。实告诉你，可不是我的。你别管是谁的，横竖我领情就是了。"_{"别管是谁的"，既含糊又明白。}史湘云道："论理，你的东西也不知烦我做了多少了，今儿我倒不做了的原故，你必定也知道。"袭人道："倒也不知道。"

史湘云冷笑道："前儿我听见，把我做的扇套子拿着和人家比，赌气又铰了。我早就听见了，你还瞒我。这会子又叫我做，我成了你们的奴才了。"宝玉忙笑道："前儿的那事，本不知是你做的。"袭人也笑

湘云总是爱说话而不动脑筋，只见表面，故易受人笼络，也易伤人，所以袭人赶快转移话题，说："正有一件事，还要求你呢。"因湘云已说到"恶心"，说到"见了你林妹妹又不知怎么了"等等，话愈说愈尖，伤及宝玉、黛玉，怕不好转弯。

道:"他本不知是你做的。是我哄他的话,说是新近外头有个会做活的女孩子,说扎的出奇的花,我叫他拿了一个扇套子试试,看好不好。他就信了,拿出去给这个瞧,给那个看的,不知怎么又惹恼了林姑娘,[袭人又把话茬引向林姑娘。]铰了两段。回来他还叫赶着做去,我才说了是你作的,他后悔的什么似的。"史湘云道:"越发奇了。林姑娘他也犯不上生气,他既会剪,就叫他做。"袭人道:"他可不作呢。[是何语气,愈见湘云对黛玉有气,越将火头引向黛玉。]饶这么着,老太太还怕他劳碌着了。大夫又说好生静养才好,谁还烦他做?旧年好一年的工夫,做了个香袋儿。今年半年,还没见拿针线呢。"[一番议论,把怨气直引向黛玉。]

正说着,有人来回说:"兴隆街的大爷来了,老爷叫二爷出去会。"宝玉听了,便知是贾雨村来了,心中好不自在。袭人忙去拿衣服,宝玉一面蹬着靴子,一面抱怨道:"有老爷和他坐着就罢了,回回定要见我。"[宝玉听袭人与湘云议论黛玉,本已不快,恰逢贾雨村来,更不自在矣。]史湘云一边摇着扇子,笑道:"自然你能会宾接客,老爷才叫你出去呢。"宝玉道:"那里是老爷,都是他自己要请我去见的。"[宝玉深知雨村巴结贾政,要见宝玉也。]湘云笑道:"主雅客来勤,自然你有些警他的好处,他才只要会你。"[湘云总是把宝玉拉向世俗之途。]宝玉道:"罢,罢,我也不敢称雅,俗中又俗的一个俗人,并不愿同这些人往来。"[宝玉答得好,既然他们"雅",我就宁可是"俗"。]

湘云笑道:"还是这个情性不改。如今大了,你就不愿读书去考举人进士的,也该常常的会会这些为

第三十二回　诉肺腑心迷活宝玉　含耻辱情烈死金钏

官做宰的人们，谈谈讲讲些仕途经济的学问，也好将来应酬世务，日后也有个朋友。没见你成年家只在我们队里搅些什么！"宝玉听了道："姑娘请别的姊妹屋里坐坐，我这里仔细污了你知经济学问的。"〖宝玉轻易不向姊妹们发怒，更不曾撵人，此时竟撵湘云，可见其怒之盛矣。〗袭人道："云姑娘快别说这话。上回也是宝姑娘也说过一回，他也不管人脸上过的去过不去，他就咳了一声，拿起脚来走了。〖何等决绝，可见宝玉恶"仕途经济"之深也。〗这里宝姑娘的话也没说完，见他走了，登时羞的脸通红，说又不是，不说又不是。〖真正是一副尴尬模样。〗幸而是宝姑娘，那要是林姑娘，不知又闹到怎么样，哭的怎么样呢。提起这个话来，真真的宝姑娘叫人敬重，自己讪了一会子去了。〖其状可知，但不知何以自解。〗我倒过不去，只当他恼了。谁知过后还是照旧一样，真真有涵养，心地宽大。〖真正是好功夫、好涵养，全从儒家教养而来。〗谁知这一个反倒同他生分了。〖在袭人看来，真是怪事。〗那林姑娘见你赌气不理他，你得赔多少不是呢。"宝玉道："林姑娘从来说过这些混账话不曾？若他也说过这些混账话，〔一〕我早和他生分了。"〖宝玉一语道破秘密，真石破天惊之语，因黛玉亦恶"仕途经济"，故是知己也，由此可知，宝黛爱情的重要标志之一，是反不反"仕途经济"。〗袭人和湘云都点头笑道："这原是混账话。"〖湘云、钗、袭以为是正经话，宝、黛却以为是"混账话"。标准如此不同。〗

原来林黛玉知道史湘云在这里，宝玉又赶来，一定说麒麟的原故。因此心下忖度着，近日宝玉弄来的外传野史，多半才子佳人都因小巧顽物上撮合，或有鸳鸯，或有凤凰，或玉环金佩，或鲛帕鸾绦，皆由小

一句话，碰到钉子上了。宝玉因他们议论黛玉，已郁着一肚子气，无可发泄，忽然听到湘云这一番话，再无可忍，故一齐发作。宝玉深恶仕途经济，而湘云却极劝之，宝玉深爱黛玉，而湘云却极非之。无怪宝玉要请她到"别的姊妹屋里坐坐，我这里仔细污了你知经济学问的"了。宝玉之决绝，一是因为湘云劝他走仕途经济之路，二是因为湘云非议黛玉。有的红学研究者认为史湘云后来改嫁宝玉，于此段关键情节观之，当知其论之误。误在何处？误在此论根本不知宝玉也。

> 因湘云之事，又补叙宝钗，则今天湘云的思想实从宝钗处来也。湘云以往来荣府均与黛玉同住，此回则盛赞宝钗而非议黛玉，可见其已逐渐移情，亲钗而疏黛矣。故湘云之"仕途经济"之论必从宝钗处来也，虽宝钗未必欲使湘云劝宝玉，然湘云本是一无头脑之人，总是近朱者赤耳。

> 此一喜非同小可，黛玉多少疑虑，尽可消除矣，难怪黛玉如此感叹不尽也。

物而遂终身。今忽见宝玉亦有麒麟，便恐借此生隙，同史湘云也做出那些风流佳事来。因而悄悄走来，见机行事，以察二人之意。不想刚走来，正听见史湘云说经济一事，宝玉又说，林妹妹不说这样混账话，若说这话，我也和他生分了。

> 作者让黛玉走来，在门外听到此知心话，恰极妥极，盖此等话无法当面说，亦不能随意说，必须有此说话机缘，又必须黛玉不在。故作者如此处理是至恰至当之法。

林黛玉听了这话，不觉又喜又惊，又悲又叹。所喜者，果然自己眼力不错，素日认他是个知己，果然是个知己。所惊者，他在人前一片私心称扬于我，其亲热厚密，竟不避嫌疑。所叹者，你既为我之知己，自然我亦可为你之知己矣。既你我为知己，则又何必有金玉之论哉！既有金玉之论，亦该你我有之，则又何必来一宝钗哉！所悲者，父母早逝，虽有铭心刻骨之言，无人为我主张。况近日每觉神思恍惚，病已渐成，_{又写黛玉之病。}医者更云气弱血亏，恐致劳怯之症。你我虽为知己，但恐自不能久待；你纵为我知己，奈我薄命何！_{放下了那一头的心，却又提起了此一头的心，黛玉真是千忧万虑。}想到此间，不禁滚下泪来。

> 黛玉自悲命薄亦是为后日结局预写一笔。

待要进去相见，自觉无味，便一面拭泪，一面抽身回去了。_{既听此言，则无须再进矣。}

这里宝玉忙忙的穿了衣裳出来，忽见林黛玉在前面慢慢的走着，似有拭泪之状，_{巧极，偏让宝玉看见。}便忙赶上来，笑道："妹妹往那里去？怎么又哭了？又是谁得罪了你？"林黛玉回头见是宝玉，便勉强笑道："好好的，

第三十二回　诉肺腑心迷活宝玉　含耻辱情烈死金钏

我何曾哭了。"_{勉强对答之言。}宝玉笑道："你瞧瞧，眼睛上的泪珠儿未干，还撒谎呢。"一面说，一面禁不住抬起手来替他拭泪。林黛玉忙向后退了几步，说道："你又要死了！作什么这么动手动脚的！"宝玉笑道："说话忘了情，不觉的动了手，也就顾不的死活。"_{宝玉虽随机应对，却也是真情。}林黛玉道："你死了倒不值什么，只是丢下了什么金，又是什么麒麟，可怎么样呢？"_{黛玉总是爱说这些，其实此时黛玉早已放了心，只是随口说惯而已。}一句话，又把宝玉说急了，赶上来问道："你还说这话，到底是咒我还是气我呢？"林黛玉见问，方想起前日的事来，遂自悔自己又说造次了，忙笑道："你别着急，我原说错了。_{难得黛玉肯当面认错。}这有什么的，筋都暴起来，急的一脸汗。"_{可见宝玉至情至意。认真至极也！}一面说，一面禁不住近前伸手替他拭面上的汗。_{黛玉无限怜惜之情，在此一举。}

宝玉瞅了半天，方说了"你放心"三个字。林黛玉听了，怔了半天，方说道："我有什么不放心的？我不明白这话。你倒说说怎么放心不放心？"_{其实明白至极，但黛玉岂能亲口说出。}宝玉叹了一口气，问道："你果不明白这话？难道我素日在你身上的心都用错了？连你的意思若体贴不着，就难怪你天天为我生气了。"_{其实，这都是隔了一层的话，宝玉亦自然明白黛玉之意，才有"你放心"之言。然时代使然，已无法再说白矣。}林黛玉道："果然我不明白放心不放心的话。"宝玉点头叹道："好妹妹，你别哄我。果然不明白这话，不但我素日之意白用了，且连你素日待我之意也都辜负了。你皆因总是不放心的原故，

_{此段文字，是雪芹写宝、黛爱情互诉最深处，然限于时代，两人之话仍不能直白，只能以不解为辞，宝玉说"好妹妹，你别哄我……"一段，则分明写宝玉已明知黛玉明白，只不好明说耳。宝玉以下之话已是披肝沥胆、豁露心胸，至诚至真，体贴至深至微至切矣。终至黛玉说："有什么可说的，你的话我早知道了！"写情至此，今古无第二人也。予读至此，总要再三再四不忍释手，真天下第一才人之笔也，愿普天下才人、情人齐来一哭！}

才弄了一身病。但凡宽慰些,这病也不得一日重似一日。"_{说到如此真情,说到如此深度,已无可再说矣。}

林黛玉听了这话,如轰雷掣电,细细思之,竟比自己肺腑中掏出来的还觉恳切,竟有万句言语,满心要说,只是半个字也不能吐,却怔怔的望着他。_{"望着他"三字,包涵万言千语。}此时宝玉心中也有万句言语,不知从那一句上说起,却也怔怔的望着黛玉。两个人怔了半天,林黛玉只咳了一声,两眼不觉滚下泪来,_{好描写,作者之笔,神化之至。}回身便要走。宝玉忙上前拉住,说道:"好妹妹,且略站住,我说一句话再走。"林黛玉一面拭泪,一面将手推开,说道:"有什么可说的,你的话我早知道了!"_{此时终于说明"早知道了",也即是早明白了也。}口里说着,却头也不回竟去了。

_{此时此际,已非言语所能达,所谓"长恨言语浅,不如人意深"也。}

宝玉站着,只管发起呆来。_{宝玉此时已出神,不知身在何处矣。}原来方才出来慌忙,不曾带得扇子。袭人怕他热,忙拿了扇子赶来送与他。忽抬头见了林黛玉和他站着,一时黛玉走了,他还站着不动,因而赶上来,说道:"你也不带了扇子去,亏我看见,赶了送来。"宝玉出了神,见袭人和他说话,并未看出是何人来,_{真是出神入化之笔。}便一把拉住,说道:"好妹妹,我的这心事,从来也不敢说,今儿我大胆说出来,死也甘心!我为你也弄了一身的病在这里,又不敢告诉人,只好掩着。只等你的病好了,只怕我的病才得好呢。睡里梦里也忘不了你!"

_{宝玉一段倾心吐胆的话却由袭人听去,从此种下祸根。}

第三十二回　诉肺腑心迷活宝玉　含耻辱情烈死金钏

袭人听了这话，唬得魄消魂散，只叫："神天菩萨，坑死我了！"〔与你何干。〕便推他道："这是那里的话！敢是中了邪？还不快去！"〔袭人明知其故，却说中邪，是假作未见也。〕宝玉一时醒过来，方知是袭人送扇子来，羞的满面紫涨，〔只是羞惭，不知已种祸也。〕夺了扇子，便忙忙的抽身跑了。

这里袭人见他去了，自思方才之言，一定是因黛玉而起，如此看来，将来难免不才之事，令人可惊可畏。〔以己度人，自然如此。〕想到此间，也不觉怔怔的滴下泪来，心下暗度如何处治方免此丑祸。〔主意已定，只要等"无事中说话儿回了太太"就是了。〕正裁疑间，忽有宝钗从那边走来，笑道："大毒日头地下，出什么神呢？"袭人见问，忙笑道："那边两个雀儿打架，倒也好顽，我就看住了。"宝钗道："宝兄弟这会子穿了衣服，忙忙的那去了？我才看见走过去，倒要叫住问他呢。〔可见宝玉一动一静，皆在关心之内。〕他如今说话越发没了经纬，〔总指宝玉前对钗、湘之语。〕我故此没叫他，由他过去了。"袭人道："老爷叫他出去。"〔只怕再碰钉子。〕宝钗听了，忙道："嗳哟！这么黄天暑热的，叫他做什么！别是想起什么来，生了气，叫出去教训一场。"〔关心之至。〕袭人笑道："不是这个，想是有客要会。"宝钗笑道："这个客也没意思，这么热天，不在家里凉快，还跑些什么！"〔都是从宝玉一面说。〕袭人笑道："倒是你说的是。"宝钗因而问道："云丫头在你们家做什么呢？"袭人笑道："才说了一会子闲话。你瞧，我前儿黏的那双鞋，明儿叫他做去。"宝钗听见这话，

〔"心下暗度如何处治方免此丑祸"，从此黛玉危矣！〕

便两边回头,看无人来往,便笑道:"你这么个明白人,怎么一时半刻的就不会体谅人情。可见宝钗察人之细。我近来看着云丫头的神情,再风里言、风里语的听起来,那云丫头在家里竟一点儿作不得主。他们家嫌费用大,竟不用那些针线上的人,差不多的东西都是他们娘儿们动手。为什么这几次他来了,他和我说话儿,见没人在跟前,他就说家里累的很。我再问他两句家常过日子的话,他就连眼圈儿都红了,口里含含糊糊待说不说的。想其形景来,自然从小儿没爹娘的苦。黛玉亦是从小没了爹娘,亦曾为之伤心否?我看着他,也不觉的伤起心来。"宝钗真会关心人,难怪湘云如此感激她。

袭人见说这话,将手一拍,说:"是了,是了。怪道上月我烦他打十根蝴蝶结子,过了那些日子才打发人送来,还说:'打的粗,且在别处能着使罢。要匀净的,等着明儿来住着,再好生打罢。'如今听宝姑娘这话,想来我们烦他,他不好推辞,不知他在家里怎么三更半夜的做呢。可是我也糊涂了,早知是这样,我也不烦他了。"可见湘云家已衰落。宝钗道:"上次他就告诉我,在家里做活做到三更天,若是替别人做一点半点,他家的那些奶奶太太们还不受用呢。"湘云苦况,宝钗知之如此之深,则可见宝钗结之之深也。

袭人道:"偏生我们那个牛心左性的小爷,凭着小的大的活计,一概不要家里这些活计上的人作。我又弄不开这些。"宝钗笑道:"你理他呢!只管叫人做去,只说是你做的就是了。"宝钗如何这样口气,令人如听宝二奶奶说话。原来宝钗亦惯于弄虚作假。袭人

第三十二回　诉肺腑心迷活宝玉　含耻辱情烈死金钏

道："那里哄的信他，他才是认得出来呢。说不得我只好慢慢的累去罢了。"宝钗笑道："你不必忙，我替你作些如何？"〖自告奋勇，巴结袭人，宝钗真做得出。〗袭人笑道："当真的这样，就是我的福了。晚上我亲自送过来。"

一句话未了，忽见一个老婆子忙忙走来，说道："这是那里说起！金钏儿姑娘好好的投井死了！"〖晴天霹雳，突然而至。〗袭人听说，唬了一跳，忙问："那个金钏儿？"〖是急切中语。〗那老婆子道："那里还有两个金钏儿呢，就是太太屋里的。前儿不知为什么撵他出去，在家里哭天哭地的，也都不理会他，谁知找他不见了。刚才打水的人在那东南角上井里打水，见一个尸首，赶着叫人打捞起来，才知是他。他们家里还只管乱着要救活，那里中用了！"宝钗道："这也奇了。"袭人听说，点头赞叹，〖叹则可矣，何赞之有。〗想素日同气之情，不觉流下泪来。宝钗听见这话，忙向王夫人处来道安慰。〖足见宝钗知机，急来安慰王夫人，自然能得其心。〗这里袭人回去。不提。

却说宝钗来至王夫人处，只见鸦雀无闻，独有王夫人在里间房内坐着垂泪。〖王夫人已知其事。〗宝钗便不好提这事，只得一旁坐了。王夫人便问："你从那里来？"宝钗道："从园里来。"王夫人道："你从园里来，可见你宝兄弟？"〖因金钏之死，王夫人特问起宝玉，盖事从宝玉引起也。〗宝钗道："才倒看见了。他穿了衣服出去了，不知那里去。"

王夫人点头哭道："你可知道一桩奇事？金钏儿忽然投井死了！"宝钗见说，道："怎么好好的投井？这也奇了。"王夫人道："原是前儿他把我一件东西弄坏了，我一时生气，打了他几下，撵了他下去。我只说气他两天，还叫他上来。_{这是现在如此说，当时何等声色。}谁知他这么气性大，就投井死了。岂不是我的罪过！"_{还知道认罪。}宝钗叹道："姨娘是慈善人，固然这么想。据我看来，他并不是赌气投井。多半他下去住着，或是在井跟前憨顽，失了脚掉下去的。他在上头拘束惯了，这一出去，自然要到各处去顽顽逛逛。岂有这样大气的理！纵然有这样大气，也不过是个糊涂人，也不为可惜。"_{亏宝姑娘想得出来，问卿心肝何在？}王夫人点头叹道："这话虽然如此说，到底我心里不安。"_{还不如王夫人，心里还能不安。}宝钗叹道："姨娘也不必念念于兹，十分过不去。不过多赏他几两银子发送他，也就尽主仆之情了。"_{与薛蟠一样，打死人命，不过多花几两银子而已。可见兄妹同调。}王夫人道："刚才我赏了他娘五十两银子，原要还把你姐妹们的新衣服拿两套给他妆裹。谁知凤丫头说，可巧都没什么新做的衣服，只有你林妹妹作生日的两套。_{为黛玉生日做的衣服，去给死后的金钏穿，谁说其可。为什么倒不花几两银子赶做两套？}我想，你林妹妹那个孩子素日是个有心的，况且他也三灾八难的，既说了给他过生日，这会子又给人妆裹去，他岂不忌讳。因为这样，我现叫裁缝赶两套给他。要是别的丫头，赏他几两银子也就完了。只是金钏儿虽然是个丫头，素日在我跟前，

_{宝钗竟能如此想如此说，可见其"冷"到何等程度。然此话对王夫人说，又可见宝钗热到何等程度。}

_{吕启祥云："此处作者对宝钗之贬斥，真到了入骨剔髓的程度，这样的一个'冷美人'，怎能得宝玉那颗炽热的赤子之心呢？"}

第三十二回　诉肺腑心迷活宝玉　含耻辱情烈死金钏

比我的女儿也差不多。"〔说得如此好听，忘记了当日情景。〕口里说着，不觉泪下。宝钗忙道："姨娘这会子又何用叫裁缝赶去，我前儿倒做了两套，拿来给他，岂不省事。〔宝钗真会讨好，抓住机会不放，在所不顾矣。〕况且他活着的时候也穿过我的旧衣服，身量又相对。"王夫人道："虽然这样，难道你不忌讳？"〔为了大事，不顾忌讳矣！〕宝钗笑道："姨娘放心，我从来不计较这些。"〔我是计较大的，不计较小的。〕一面说，一面起身就走。〔利索之极，当机立断。〕王夫人忙叫了两个人来跟宝姑娘去。

〔宝钗真会捕捉时机，此时来看王夫人，自然最能有效，既为王夫人譬解，又向王夫人献衣。所有好机会，全部用上矣。〕

一时宝钗取了衣服回来，只见宝玉在王夫人旁边坐着垂泪。王夫人正才说他，因宝钗来了，却掩了口不说了。宝钗见此光景，察言观色，早知觉了八分，〔何等聪明。〕于是将衣服交割明白。王夫人将他母亲叫来拿了去。再看下回便知。

【回后评】

从袭人与湘云的谈论中，反映出：一、袭人现在说话的口气、态度，与以前已不一样，这是她给湘云的感受，由湘云直说出来。什么不一样？就是让人不知不觉地感到袭人已是宝玉屋里人的口气，而不是丫头的口气了。这是由于袭人与宝玉"初试"以后在袭人身上不自觉的自然流露，亦是袭人心理状态的真实反映。二、湘云已经亲钗而疏黛了。本来湘云每来贾府总是住黛玉房中，现在却在谈话中极力赞扬宝钗而非议黛玉，可见湘云已从亲黛转而为疏黛了。湘云的转变，一方面是因黛玉好挑剔、讥讽湘云咬舌等；另一方面，更主要的是宝钗极力笼络湘云，如本回所说的宝钗深体湘云家境清寒等，所以湘云感到黛玉孤傲而宝钗能体谅人。此外，它还反映着宝钗从王夫人到湘云到袭人，都不断地及时地在做讨好和笼络工作。

湘云劝宝玉走仕途经济之路。受到了宝玉的严厉顶撞，并反映出类似的情况宝钗早已经过。大家知道湘云是一个心直口快、心胸坦荡而没有头脑的人，现在说出这一番仕途经济的话，显然是受了宝钗的影响。而作者让宝玉立即发怒，不仅仅是怒湘云，亦是怒宝钗，更表明了宝玉对仕途的决绝态度。

黛玉因听到宝玉说林姑娘从来不说这些"混账话"的议论，引发出心中无限感慨伤心，恰被宝玉撞见。宝玉为安慰她而说了一番披肝沥胆的知心话，谁知此时黛玉已走，而恰被袭人听见，遂种下日后祸根。从人物塑造来说，作者用这种背写法，即人物心理独白的方式来深刻揭示人物的内心世界，这在中国以往的古典小说中亦是十分特出的例子。

第三十二回　诉肺腑心迷活宝玉　含耻辱情烈死金钏

本回写金钏之死，揭开了大观园春去秋来序幕，而宝钗于此事中却编谎以慰王夫人，献衣以媚王夫人，其对上热极而对下冷极的处世态度，于此而更明矣。

【校记】

〔一〕"不曾？若他也说过这些混账话"十二字，底本无，据己卯、蒙府、戚序、杨藏、列藏、舒序诸本补。

第三十三回　手足眈眈小动唇舌
　　　　　　　不肖种种大承笞挞

却说王夫人唤他母亲上来，拿几件簪环当面赏与他，又吩咐请几众僧人念经超度。他母亲磕头谢了出去。

原来宝玉会过雨村回来听见了，便知金钏儿含羞赌气自尽，心中早又五内摧伤，进来被王夫人数落教训，也无可回说。见宝钗进来，方得便出来，茫然不知何往，遭此突然事变，自然伤心欲绝、茫无所措矣。背着手，低头一面感叹，一面慢慢的走着，信步来至厅上。

宝玉骤闻金钏消息，如被雷震，故一时迷茫，竟撞着贾政。刚转过屏门，不想对面来了一人，正往里走，可巧儿撞了个满怀。只听那人喝了一声"站住！"来势已极猛。宝玉唬了一跳，抬头一看，不是别人，却是他父亲，早不觉的倒抽了一口气，只得垂手一旁站了。贾政道："好端端的，你垂头丧气嗐些什么？方才雨村来了要见你，叫你那半天你才出来。既出来了，全无一点慷慨挥洒谈吐，仍是葳葳蕤蕤。既因贾雨村其人，亦因史湘云其话。我看你脸上

此时贾政还不知金钏之事。

见了贾雨村，就心生厌恶，那里还有"慷慨挥洒谈吐"忍住不吐，已不易矣。

第三十三回　手足眈眈小动唇舌　不肖种种大承笞挞

一团思欲愁闷气色，这会子又咳声叹气。_{乃是因金钏之死。}你那些还不足，还不自在？无故这样，却是为何？"宝玉素日虽是口角伶俐，只是此时一心总为金钏儿感伤，恨不得此时也身亡命殒，跟了金钏儿去。_{"魂一夕而九逝"矣，岂能对答。}如今见了他父亲说这些话，究竟不曾听见，只是怔呵呵的站着。_{竟未听见，直失魂落魄，精诚已随金钏儿去也。}

贾政见他惶悚应对，不似往日，原本无气的，这一来倒生了三分气。方欲说话，忽有回事人来回："忠顺亲王府里有人来，要见老爷。"贾政听了，心下疑惑，暗暗思忖道："素日并不和忠顺府来往，为什么今日打发人来？"_{意外之事，意外之人。}一面想，一面令"快请"。急走出来看时，却是忠顺府长史官，忙接进厅上坐了献茶。_{意外之事，一齐来到。}

未及叙谈，那长史官先就说道："下官此来，并非擅造潭府，皆因奉王命而来，_{来头甚大。}有一件事相求。看王爷面上，敢烦老大人作主，不但王爷知情，且连下官辈亦感谢不尽。"贾政听了这话，抓不住头脑，忙陪笑起身问道："大人既奉王命而来，不知有何见谕，望大人宣明，学生好遵谕承办。"那长史官便冷笑道："也不必承办，只用大人一句话就完了。_{语带讥讽，叫贾政更不好受。}我们府里有一个做小旦的琪官，一向好好在府里，如今竟三五日不见回去，各处去找，又摸不着他的道路，因此各处访察。这一城内，十停人倒有八停人都说，他近日和衔玉的那位令郎相与甚厚。下官_{愈是辞谦，愈是压重。}_{万万想不到竟是为宝玉的事，于是宝玉危矣。}_{蒋士铨《忠雅堂诗集》卷八、《戏旦》末句云："不道衣冠乐贵游，官妓居然是男子。"又道："风气妖邪此为极。"忠顺王府之索琪官，阅此诗可知矣。}

585

辈等听了，尊府不比别家，可以擅入索取，因此启明王爷。王爷亦云：'若是别的戏子呢，一百个也罢了；只是这琪官随机应答，谨慎老诚，甚合我老人家的心，竟断断少不得此人。'〔一〕_{此话是何意思，结合清代社会风习，便能明白为何少不得此人也。然此类话，也竟能出口。}故此求老大人转谕令郎，请将琪官放回，一则可慰王爷谆谆奉恳，二则下官辈也可免操劳求觅之苦。"说毕，忙打一躬。

此一席话，于贾政无异当头霹雳。

此王爷亦可想而知矣，雪芹又记此王爷一笔。

贾政听了这话，又惊又气，_{其惊其气，可想而知。}即命唤宝玉来。宝玉也不知是何原故，忙赶来时，贾政便问："该死的奴才！你在家不读书也罢了，怎么又做出这些无法无天的事来！那琪官现是忠顺王爷驾前承奉的人，你是何等草芥，无故引逗他出来，如今祸及于我。"

此时宝玉更是蒙在鼓里。

在贾政看来，已经是"祸及于我"。

宝玉听了，唬了一跳，_{这一惊非同小可。}忙回道："实在不知此事。究竟连'琪官'两个字不知为何物，岂更又加'引逗'二字！"说着，便哭了。_{第一步想赖掉。}贾政未及开言，只见那长史官冷笑道："公子也不必掩饰。

谁知人家早已调查清楚。

或隐藏在家，或知其下落，早说了出来，我们也少受些辛苦，岂不念公子之德？"_{说得好听，比骂还凶十倍。}宝玉连说不知，"恐是讹传，也未见得"。_{还想赖。}那长史官冷笑道："现有据证，何必还赖？必定当着老大人说了出来，公子岂不吃亏？既云不知此人，那红汗巾子怎么到了公子腰里？"_{稍稍透露一点，亦如今日审案。}宝玉听了这话，不觉轰去魂魄，目瞪口呆，_{一击甚重，几乎击倒。}心下自思："这话他如何

第三十三回　手足眈眈小动唇舌　不肖种种大承笞挞

得知？他既连这样机密事都知道了，大约别的瞒他不过，_{可知还有"别的"事怕他说出，于此亦补写宝玉一笔。}不如打发他去了，免的再说出别的事来。"_{宝玉脑子还转得快。}因说道："大人既知他的底细，如何连他置买房舍这样大事倒不晓得了？_{反而倒问一句。}听得说，他如今在东郊离城二十里，有个什么紫檀堡，他在那里置了几亩田地，几间房舍。想是在那里，也未可知。"_{用疑似口气，以明白己也不清楚。}那长史官听了，笑道："这样说，一定是在那里。_{确定宝玉必知实情也。}我且去找一回，若有了便罢，若没有，还要来请教。"_{如没有，决不罢休。}说着，便忙忙的走了。

贾政此时气的目瞪口歪，一面送那长史官，一面回头命宝玉："不许动！_{来势已甚凶险。}回来有话问你！"一直送那官员去了。才回身，忽见贾环带着几个小厮一阵乱跑。_{又来一遭事，宝玉难逃此劫矣。}贾政喝令小厮："快打，快打！"_{不问情由喊打，贾政气至极矣。}贾环见了他父亲，唬的骨软筋酥，忙低头站住。贾政便问："你跑什么？带着你的那些人都不管你，不知往那里逛去，由你野马一般！"喝令叫跟上学的人来。贾环见他父亲盛怒，便乘机_{可知贾环一直在寻机会陷害宝玉也。}说道："方才原不曾跑，只因从那井边一过，那井里淹死了一个丫头，我看见人头这样大，身子这样粗，泡的实在可怕，所以才赶着跑了过来。"贾政听了惊疑，_{骤闻此事，自然惊疑。}问道："好端端的，谁去跳井？我家从无这样事情，自祖宗以来，皆是宽柔以待下人。大约我近年于家务疏懒，自然执事人操克夺之权，致使生出这暴

贾政此一气非同小可。

前事未了，后事又起，宝玉休矣。

珍轻生的祸患。若外人知道，祖宗颜面何在！"喝令快叫贾琏、赖大、来兴。_{原未想到与宝玉有关。}

小厮们答应了一声，方欲叫去，贾环忙上前拉住贾政的袍襟，贴膝跪下道："父亲不用生气。此事除太太房里的人，别人一点也不知道。_{乘机落井下石。}我听见我母亲说——"_{此类事，断少不了赵姨娘。}说到这里，便回头四顾一看。贾政知意，将眼一看众小厮，小厮们明白，都往两边后面退去。贾环便悄悄说道："我母亲告诉我说，_{原来还是赵姨娘所说。}宝玉哥哥前日在太太屋里，拉着太太的丫头金钏儿强奸不遂，打了一顿。那金钏儿便赌气投井死了。"_{恶意陷害，其心狠毒，贾环总是下流货也。}

_{贾政听了贾环所传赵姨娘的话，竟然完全相信，固因前有忠顺王府之事，然贾政亦溺于妾之言矣。贾政，正乎？}

话未说完，把个贾政气的面如金纸，_{恰见贾政颠预之状。}大喝："快拿宝玉来！"一面说，一面便往里边书房里去，喝令"今日再有人劝我，我把这冠带家私一应交与他与宝玉过去！_{"山雨欲来风满楼"，已拼却一切矣。}我免不得做个罪人，把这几根烦恼鬓毛剃去，寻个干净去处自了，也免得上辱先人、下生逆子之罪。"_{已下定狠心，决不回头。}众门客、仆从见贾政这个形景，便知又是为宝玉了，一个个都是咬指咬舌，连忙退出。_{旁写一笔，渲染气氛。}

_{此气更甚于前，竟不问究竟矣！}

那贾政喘吁吁、直挺挺坐在椅子上，满面泪痕，_{好形容，已经气得半死矣。}一叠声："拿宝玉！拿大棍！拿索子捆上！把各门都关上！有人传信往里头去，立刻打死！"_{堵住一切门路，已下狠心。}众小厮们只得齐声答应，有几个来找宝玉。

_{一连三个"拿"字，风暴至矣！}

第三十三回　手足眈眈小动唇舌　不肖种种大承笞挞

那宝玉听见贾政吩咐他"不许动",早知凶多吉少,那里承望贾环又添了许多的话。_{真是祸上加祸,万想不到。}正在厅上干转,_{"干转"两字活画宝玉。}怎得个人来往里头去捎信!偏生没个人,连焙茗也不知在那里,_{真是连焙茗也不在,令人急煞。}正盼望时,只见一个老姆姆出来。宝玉如得了珍宝,_{真是如获至宝。}便赶上来拉他,说道:"快进去告诉:老爷要打我呢!快去,快去!要紧,要紧!"

宝玉一则急了,说话不明白;二则老婆子偏生又聋,竟不曾听见是什么话,把"要紧"二字只听作"跳井"二字,便笑道:"跳井让他跳去,二爷怕什么。"_{愈是紧急,愈碰上聋子,真是急上加急矣。"要紧"变成"跳井",令人哭笑不得。然文思之巧,却令人拍案叫绝。}宝玉见是个聋子,便着急道:"你出去叫我的小厮来罢。"那婆子道:"有什么不了的事,老早的完了。太太又赏了衣服,又赏了银子,怎么有不了事的?"_{"小厮"又听作"了事",愈说愈缠夹,愈写愈巧妙。}

宝玉急的跺脚,正没抓寻处,只见贾政的小厮走来,逼着他出去了。_{已经山穷水尽,无法躲避矣。}贾政一见,眼都红紫了,也不暇问他"在外流荡优伶,表赠私物,在家荒疏学业,淫辱母婢"等语,只喝令:"堵起嘴来,_{还要堵起嘴来,可见已下死心矣!}着实打死!"_{狠之至,恨之至也。}小厮们不敢违拗,只得将宝玉按在凳上,举起大板,打了十来下。贾政犹嫌打轻了,一脚踢开掌板的,_{其怒愈甚,竟一脚踢开掌板的,亲自下手,可见掌板的不肯重打也。}自己夺过来,咬着牙狠命盖_{"盖"字下得狠。}了三四十下。众门客见打的不祥了,忙上前夺劝。贾政那里肯听,说道:"你

_{文章一路写来,皆为贾政暴怒蓄势。}

们问问他干的勾当，可饶不可饶！素日皆是你们这些人把他酿坏了，^{迁怒于人，恨之极矣，亦昏之极矣。}到这步田地还来解劝。明日酿到他弑君杀父，你们才不劝不成！"

众人听这话不好听，^{确是凶兆。}知道气急了，忙又退出，只得觅人进去给信。王夫人不敢先回贾母，^{幸亏有人送信。}只得忙穿衣出来，也不顾有人没人，忙忙赶往书房中来。慌的众门客、小厮等避之不及。王夫人一进房来，贾政更如火上浇油一般，那板子越发下去的又狠又快。按宝玉的两个小厮忙松了手走开，^{小厮们"松了手走开"，是见了王夫人来也。}宝玉早已动弹不得了。^{哪经得起这一顿狠打。}

贾政还欲打时，早被王夫人抱住板子。^{写得逼真。}贾政道："罢了，罢了！今日必定要气死我才罢！"王夫人哭道："宝玉虽然该打，老爷也要自重。况且炎天暑日的，老太太身上也不大好，打死宝玉事小，倘或老太太一时不自在了，岂不事大！"^{竟提出贾政自重和老太太来，说得极有分量、极有分寸。}贾政冷笑道："倒休提这话。我养了这不肖的孽障，已经不孝；教训他一番，又有众人护持。不如趁今日一发勒死了，以绝将来之患！"^{已认定宝玉将来是叛逆，故欲勒死也！}说着，便要绳索来勒死。

王夫人连忙抱住哭道："老爷虽然应当管教儿子，也要看夫妻分上。我如今已将五十岁的人，只有这个孽障，^{再说到夫妻分上，又动之以情。}必定苦苦的以他为法，我也不敢深劝。今日越发要他死，岂不是有意绝我。既要勒死他，

"弑君杀父"四字，是贾政心中对宝玉的预计，也是此节文字的眼目。贾政既认定宝玉将来要"弑君杀父"，则是君父之叛逆，是自己的死敌，故下此狠心也。读者当明此四字乃全书之关键，说明宝玉之思想与贾政之思想为对立性质，不可调和也。

见王夫人而"火上浇油"，是恨王夫人平时宠之过甚也。

第三十三回　手足眈眈小动唇舌　不肖种种大承笞挞

快拿绳子来，先勒死我，再勒死他。我们娘儿们不敢含怨，到底在阴司里也得个依靠。"_{最后只得以死相护矣，母子天性，自然真切。脂批云："未丧母者来细玩，既丧母者来痛哭。"}说毕，爬在宝玉身上大哭起来。贾政听了此话，不觉长叹一声，向椅上坐了，泪如雨下。_{写贾政逼真传神！}

_{尽管气极恨极，然毕竟父子天性，听王夫人之言，能无动于衷乎？}

王夫人抱着宝玉，只见他面白气弱，底下穿着一条绿纱小衣，皆是血渍，禁不住解下汗巾看，由臀至胫，或青或紫，或整或破，竟无一点好处，_{确是往死里打，伤得极重。}不觉失声大哭起来，"苦命的儿吓！"因哭出"苦命儿"来，忽又想起贾珠来，便叫着贾珠哭道："若有你活着，便死一百个我也不管了。"_{确是王夫人之言。}此时里面的人闻得王夫人出来，那李宫裁、王熙凤与迎春姊妹早已出来了。_{补写诸人一笔。}王夫人哭着贾珠的名字，别人还可，惟有宫裁禁不住也放声哭了。_{触动了李纨，文章处处灵动。}贾政听了，那泪珠更似滚瓜一般滚了下来。

正没开交处，忽听丫鬟来说："老太太来了。"_{只一句话，惊如响雷。}一句话未了，只听窗外颤巍巍的声气说道："先打死我，再打死他，岂不干净了！"_{好气势，一开口就是泰山压顶之势。}贾政见他母亲来了，又急又痛，连忙迎接出来，只见贾母扶着丫头，喘吁吁的走来。_{形容逼真}贾政上前躬身陪笑道："大暑热天，母亲有何生气亲自走来？_{打到这样，还说"有何生气"，亏你说得出。}有话只该叫了儿子进去吩咐。"贾母听说，便止住步，喘息一回，_{逼真。}厉声_{"厉声"两字有声有色。}说道："你原来是和我

_{直到此时，方写老太太来，其气势便压倒一切。}

593

说话！我倒有话吩咐，只是可怜我一生没养个好儿子，却教我和谁说去！"_{老太太说话，亦是憋足了气了。}贾政听这话不像，忙跪下含泪说道："为儿的教训儿子，也为的是光宗耀祖。母亲这话，我做儿的如何禁得起？"_{贾政承受不起矣！因封建社会，孝道至上，贾母如此说，分明是说贾政不孝，"不孝"即有罪，贾政如何敢担当。}贾母听说，便啐了一口，说道："我说了一句话，你就禁不起；你那样下死手的板子，难道宝玉就禁得起了？_{驳得极是，驳得自然妥贴。}你说教训儿子是光宗耀祖，当初你父亲怎么教训你来！"_{句句驳倒，老太太好厉害！}说着，不觉就滚下泪来。

贾政又陪笑道："母亲也不必伤感，皆是作儿的一时性起，从此以后再不打他了。"_{此话仍有骨刺。}贾母便冷笑道："你也不必和我使性子赌气的。_{贾母一下就听出来了。}你的儿子，我也不该管你打不打。我猜着你也厌烦我们娘儿们。_{连自己搭上，则贾政真是'不肖'矣！}不如我们赶早儿离了你，大家干净！"说着，便令人去看轿马，"我和你太太、宝玉立刻回南京去！"_{何等气势，如泰山压顶，不可挡也。}家下人只得干答应着。

贾母又叫王夫人道："你也不必哭了。如今宝玉年纪小，你疼他；他将来长大成人，为官作宰的，也未必想着你是他母亲了。_{句句刺到贾政，贾母言词锋利，咄咄逼人。}你如今倒不要疼他，只怕将来还少生一口气呢。"_{再补一句写足。}贾政听说，忙叩头哭道："母亲如此说，贾政无立足之地。"_{确实使贾政无立足之地矣！}贾母冷笑道："你分明使我无立足之地，你反说起你来！_{贾母言辞锐利，如追穷寇，寸步不让。}只是我们回去了，你心里

_{贾母如奇军突起，一上阵，即改全局观，且言辞句句锋利，无坚不透。}

第三十三回　手足眈眈小动唇舌　不肖种种大承笞挞

干净，看有谁来不许你打。"一面说，一面只令快打点行李、车轿回去。_{逼真}贾政苦苦叩求认罪。_{只能以贾政认罪了事。}

贾母一面说话，一面又记挂宝玉，_{口责贾政而心念宝玉。}忙进来看时，只见今日这顿打不比往日，_{可见往日也曾打过。}又是心疼，又是生气，也抱着哭个不了。_{既疼且气，实不忍睹。}王夫人与凤姐等解劝了一会，方渐渐的止住。早有丫鬟、媳妇等上来，要搀宝玉，凤姐便骂道："糊涂东西，也不睁开眼瞧瞧！打的这么个样儿，还要搀着走！_{骂得是，但丫鬟、媳妇未能细看也。}还不快进去把那藤屉子春凳抬出来呢。"众人听说，连忙进去，果然抬出春凳来，将宝玉抬放凳上，随着贾母、王夫人等进去，送至贾母房中。

彼时贾政见贾母气未全消，不敢自便，也跟了进去。看看宝玉，果然打重了。再看看王夫人，"儿"一声，"肉"一声，"你替珠儿早死了，留着珠儿，免你父亲生气，我也不白操这半世的心了。这会子你倘或有个好歹，丢下我，叫我靠那一个！"数落一场，又哭"不争气的儿"。贾政听了，也就灰心，自悔不该下毒手打到如此地步。_{补写贾政一笔，更见真实。}先劝贾母，贾母含泪说道："你不出去，还在这里做什么！难道于心不足，还要眼看着他死了才去不成！"_{一句话，给贾政下场，而又不失怒气。}贾政听说，方退了出来。

此时薛姨妈同宝钗、香菱、袭人、史湘云也都在这里。袭人满心委屈，只不好十分使出来，_{一句表明袭人特殊。}见

_{贾政跟来，写得好，想贾政岂能不跟来。}

_{薛姨妈、宝钗都在这里是特笔。}

众人围着，灌水的灌水，打扇的打扇，自己插不下手去，便越性走出来到二门前，令小厮们找了焙茗来细问：“方才好端端的，为什么打起来？你也不早来透个信儿！"焙茗急的说：“偏生我没在跟前，打到半中间我才听见了。忙打听原故，却是为琪官、金钏姐姐的事。"袭人道：“老爷怎么得知道的？"焙茗道：“那琪官的事，多半是薛大爷素日吃醋，没法儿出气，不知在外头唆挑了谁来，在老爷跟前下的火。那金钏儿的事，是三爷说的，我也是听见老爷的人说的。"袭人听了这两件事都对景，心中也就信了八九分。然后回来，只见众人都替宝玉疗治。调停完备，贾母令"好生抬到他房内去"。众人答应，七手八脚，忙把宝玉送入怡红院内自己床上卧好。又乱了半日，众人渐渐散去，袭人方进前来经心服侍，要知端的，且听下回分解。

〔夹批〕
- 如此写袭人更生动逼真。
- 补写焙茗。
- 至此才明白。
- 这是第一要问的。
- 这是猜测，因确曾吃醋也。
- 此是实事，一点不差。
- 岂知尚有不尽实者。

第三十三回　手足眈眈小动唇舌　不肖种种大承笞挞

【回后评】

　　此回只写打宝玉一事，而绘声绘色，层次分明：初写宝玉会雨村回来，因金钏之死而五内摧伤、神思恍惚，恰好撞在贾政身上，受贾政严责；次写忠顺王府长史来府索琪官，称琪官与宝玉交，要求将琪官放回，至使贾政盛怒，喝命宝玉"不许动"；复次写在井中忽发现金钏尸体，贾环于贾政面前诬告宝玉"拉着太太的丫头金钏儿强奸不遂，打了一顿。那金钏儿便赌气投井死了"，遂使贾政怒不可遏，下狠心要打死宝玉。"一脚踢开掌板的，自己夺过来，咬着牙狠命盖了三四十下"，并说"到这步田地还来解劝。明日酿到他弑君杀父，你们才不劝不成"，文章遂入高潮。紧接着是王夫人闻讯急忙来劝，贾政不听，最后是贾母出场，以压倒之势怒斥贾政，言辞犀利，势不可挡，终于贾政不敢违拗，叩头认罪。一场声势凌厉的轩然大波，才算慢慢平息。《红楼梦》写豪华，以省亲为高潮；写思想冲突，以打宝玉为高潮。皆雪芹惊天地、泣鬼神之笔，可以与屈原、司马迁并驾者也。

　　贾政说要酿到宝玉"弑君杀父"的地步，则作者特意表明贾政之思想与宝玉之思想为敌对性质，不可调和者，此为研究《红楼梦》思想之必须注意者，非通常闲笔可比也。

　　贾环在贾政面前竟诬告其兄宝玉，致宝玉几遭死劫，贾环何以仇恨其兄至此，雪芹又何以写贾环诬陷之事，岂雪芹败家之家世中，亦有此类事乎？雪芹大家族中固有不和之事，见于康熙上谕，故此段情节之生活素材亦足耐人寻味。

　　忠顺王府长史到贾府索琪官，说："只是这琪官随机应答，谨慎老诚,甚合我老人家的心,竟断断少不得此人。"所谓"断断少不得此人"者，并不是什么"谨慎老诚"之类的事，而是涉及清代康、乾时期的社会风气，与曹雪芹同时代人赵翼（一七二七，雍正五年——一八一四，嘉庆十九年）在《檐曝杂记》卷二《梨园色艺》说："京师梨园中有色艺者，士大夫往往与相狎。庚午、辛未间（按乾隆十五年至十六年），庆成班有方俊官，颇韶靓，为吾乡庄本淳舍人所昵。本淳旋得大魁。后宝和班有李桂官者，亦波峭可喜。毕秋帆舍人狎之，亦得修撰。故方、李皆有状元夫人之目，余皆识之。二人故不俗，亦不徒以色艺称也。本淳殁后，方为之服期年之丧。而秋帆未第时颇窘，李且时周其乏。以是二人皆有声缙绅间。后李来谒余广州，已半老矣。余尝作《李郎曲》赠之。近年闻有蜀人魏三儿者，尤擅名，所至无不为之风靡，王公、大人俱物色恐后。"又《金台残泪记》卷三《杂记》说："《燕兰小谱》记京班旧多高腔，自魏长生来，始变梆子腔，尽为淫靡……乾隆末，魏长生车骑若列卿，出入和珅府第……魏长生与和珅有断袖之宠。《燕兰小谱》所咏'阿翁瞥见也魂消'是也。"乾隆时宰相和珅尚且狎昵戏子，则当时的王公贵戚如"忠顺王爷"之狎昵琪官自是常事。最有一点，当时的这些艺人大都称某某官，如方俊官、李桂官等。《红楼梦》里的蒋玉菡称"琪官"，大观园里唱戏的女孩子称芳官、龄官、藕官、豆官、艾官、茄官、药官、蕊官、葵官、文官、玉官、宝官等，也都是当时社会风气的反映。

第三十三回　手足眈眈小动唇舌　不肖种种大承笞挞

【校记】

〔一〕按此句俄藏本作："只是这琪官乃奉旨所赐，不便转赠令郎，若令郎十分爱慕，老大人竟密奏一本请旨，岂不两便。若大人不题奏时，还得转达令郎，请将琪官放出，一则可免王爷负恩之罪……"其余各本，如己卯、杨藏、蒙府、戚序、舒序、程甲本均同庚辰本。

第三十四回　情中情因情感妹妹
　　　　　　　错里错以错劝哥哥

话说袭人见贾母、王夫人等去后,便走来宝玉身边坐下,含泪问他:"怎么就打到这步田地?"此事当问贾政,为何要打到这步田地?宝玉叹气说道:"不过为那些事,问他做什么!"不过为那些事",可见"那些事"是袭人所知道的,则自然是指蒋玉菡等事。只是下半截疼的很,你瞧瞧打坏了那里。"袭人听说,便轻轻的伸手进去,将中衣褪下。宝玉略动一动,便咬着牙叫"嗳哟",袭人连忙停住手,如此三四次才褪了下来。可见打得不轻。

袭人看时,只见腿上半段青紫,都有四指宽的僵痕高了起来。袭人咬着牙说道:"我的娘,怎么下这般的狠手!你但凡听我一句话,也不得到这步田地。然则,宝玉之挨打,是因不听袭人之劝告也。袭人所劝,则是湘、钗一流之言也,无非仕途经济,不可非圣无法之类,良宵解语之言也。幸而没动筋骨,倘或打出个残疾来,可叫人怎么样呢!"

正说着,只听丫鬟们说:"宝姑娘来了。"袭人听见,知道穿不及中衣,便拿了一床袷纱被替宝玉盖了。

只见宝钗手里托着一丸药走进来,向袭人说道:

第三十四回　情中情因情感妹妹　错里错以错劝哥哥

"晚上把这药用酒研开，替他敷上，把那淤血的热毒散开，可以就好了。"说毕，递与袭人，又问道："这会子可好些？"宝玉一面道谢说："好些了。"又让坐。宝钗见他睁开眼说话，不像先时，心中也宽慰了好些，便点头叹道："早听人一句话，也不至今日。<small>与袭人声口竟如一人。</small>别说老太太、太太心疼，就是我们看着，心里也疼。"刚说了半句又忙咽住，自悔说的话急了，不觉的就红了脸，低下头来。<small>自己心里存了心，自然就红脸了。</small>

<small>此是宝钗关切之方式，送药丸，指导用法等，一如医院护士，冷静至极。</small>

宝玉听得这话如此亲切稠密，竟大有深意，忽见他又咽住不往下说，红了脸，低下头只管弄衣带，那一种娇羞怯怯，非可形容得出者，<small>情动于中而形于外也。</small>不觉心中大畅，将疼痛早丢在九霄云外，<small>宝玉唯情是快，爱博而心劳。</small>心中自思："我不过挨了几下打，他们一个个就有这些怜惜悲感之态露出，令人可玩可观，可怜可敬。假若我一时竟遭殃横死，他们还不知是何等悲感呢！既是他们这样，我便一时死了，得他们如此，一生事业纵然尽付东流，亦无足叹惜，冥冥之中若不怡然自得，亦可谓糊涂鬼祟矣。"<small>宝玉是情痴情种也。</small>想着，只听宝钗问袭人道："怎么好好的动了气，就打起来了？"袭人便把焙茗的话说了出来。

宝玉原来还不知道贾环的话，见袭人说出方才知道。因又拉上薛蟠，惟恐宝钗沉心，忙又止住袭人道："薛大哥哥从来不这样的，你们不可混裁度。"<small>宝玉总是体贴别人。</small>宝钗听说，便知道是怕他多心，用话相拦袭人，

<small>宝玉原先只知道蒋玉菡之事，此时方知还有贾环的话。</small>

因心中暗暗想道:"打的这个形像,疼还顾不过来,还是这样细心,怕得罪了人,可见在我们身上也算是用心了。_{宝钗一听即知其意。}你既这样用心,何不在外头大事上做工夫,_{交蒋玉菡等也是在外头下的功夫,并非在家里,但宝钗的'外头'是指走世俗的官道。}老爷也欢喜了,也不能吃这样亏。但你固然怕我沉心,所以拦袭人的话,难道我就不知我的哥哥素日恣心纵欲,毫无防犯的那种心性?当日为一个秦钟,还闹的天翻地覆,_{宝钗也相信是薛蟠说的。}_{因有前事可援。}自然如今比先又更利害了。"想毕,因笑道:"你们也不必怨这个,怨那个。据我想,到底宝兄弟素日不正,肯和那些人来往,老爷才生气。就是我哥哥说话不防头,一时说出宝兄弟来,也不是有心调唆:一则也是本来的实话,二则他原不理论这些防嫌小事。_{为薛蟠辩解,其实薛蟠并无此事。}袭姑娘从小儿只见宝兄弟这么样细心的人,你何尝见过天不怕地不怕、心里有什么口里就说什么的人。"袭人因说出薛蟠来,见宝玉拦他的话,早已明白自己说造次了,恐宝钗没意思,听[一]宝钗如此说,更觉羞愧无言。宝玉又听宝钗这番话,一半是堂皇正大,一半是去己疑心,更觉比先畅快了。_{一半是说给宝玉听。}方欲说话时,只见宝钗起身说道:"明儿再来看你,你好生养着罢。方才我拿了药来交给袭人,晚上敷上管保就好了。"说着,便走出门去。袭人赶着送出院外,说:"姑娘倒费心了。改日宝二爷好了,亲自来谢。"宝钗回头笑道:"有什么谢处。你只劝他

旁注:
- 外头大事者,"仕途经济"也,宝钗亦念念不忘于此,与袭人所说,如出一辙。
- 口气与贾政一样,总是过在宝玉。

第三十四回　情中情因情感妹妹　错里错以错劝哥哥

好生静养，别胡思乱想的就好了。_{就知宝玉好胡思乱想。}要想什么吃的、顽的，你悄悄的往我那里取去，〔二〕不必惊动老太太、太太众人，_{此点犹可理解。}倘或吹到老爷耳朵里，虽然彼时不怎么样，将来对景，终是要吃亏的。"说着，一回身去了。

袭人抽身回来，心内着实感激宝钗。_{袭人之所以感激宝钗，是因其已将自己与宝玉视为一体也。}进来见宝玉沉思默默，似睡非睡的模样，因而退出房外，自去栉沐。宝玉默默的躺在床上，无奈臀上作痛，如针挑刀挖一般，_{确是往死里打了。}更又热如火炙，略展转时，禁不住"嗳哟"之声。那时天色将晚，因见袭人去了，却有三两个丫鬟伺候，此时并无呼唤之事，因说道："你们且去梳洗，等我叫时再来。"众人听了，也都退出。_{众人俱已退出。}

这里宝玉昏昏默默，只见蒋玉菡走了进来，诉说忠顺府拿他之事；又见金钏儿进来，哭说为他投井之情。宝玉半梦半醒，都不在意。_{一时应对袭人、宝钗后，精神倦怠，似梦非梦间，往事涌上心头也。}忽又觉有人推他，恍恍惚惚听得有人悲泣之声。宝玉从梦中惊醒，_{先是感觉，继是闻声，写黛玉之来，笔法何等高妙。}睁眼一看，不是别人，却是林黛玉。

宝玉犹恐是梦，忙又将身子欠起来，向脸上细细一认，只见两个眼睛肿的桃儿一般，满面泪光，不是黛玉，却是那个？_{一段惊彩绝艳之笔，只觉神光离合间似闻黛玉嗳泣之声。}宝玉还欲看时，怎奈下半截疼痛难忍，支持不住，便"嗳哟"一声，

为什么怕"吹到老爷耳朵里"，为什么怕"将来对景"，你不是一是来送药，二是嘱他静养，别胡思乱想。就这两点也怕老爷知道？奇怪至极！然怕老爷知道对景者，因她送药等，皆另含私情也，有此私情之心，即不能光明磊落、毫无芥蒂矣，就免不了神神秘秘、躲躲藏藏矣。此是宝钗嘱咐袭人一段话的心理因素。

603

仍就倒下，叹了一声，说道："你又做什么跑来！虽说太阳落下去，那地上的余热未散，走两趟又要受了暑。_{宝玉总是为黛玉想。}我虽然挨了打，并不觉疼痛。_{刚才"嗳哟"一声，还说不觉疼，有谁能信。}我这个样儿，只装出来哄他们，好在外头布散与老爷听，其实是假的，_{这些话才真正是假的。}你不可认真。"

此时林黛玉虽不是嚎啕大哭，然越是这等无声之泣，气噎喉堵，更觉利害。听了宝玉这番话，心中虽然有万句言词，只是不能说得，半日，方抽抽噎噎的说道："你从此可都改了罢！"宝玉听说，便长叹一声，道："你放心，别说这样话。就便为这些人死了，也是情愿的！"_{宝玉所说，真是答黛玉也，唯黛玉可露真心，故径说"便为这些人死了，也是情愿的"，因当时其他人都不在，唯宝黛两人，故可倾心耳！}

一句话未了，只见院外人说："二奶奶来了。"林黛玉便知是凤姐来了，连忙立起身说道："我从后院子去罢，回来再来。"_{写黛玉何等机敏。}宝玉一把拉住道："这可奇了，好好的怎么怕起他来？"_{宝玉哪里想得到。}林黛玉急的跺脚，悄悄的说道："你瞧瞧我的眼睛，又该他取笑开心呢。"_{黛玉自知伤心已极也。}宝玉听说，赶忙的放手。黛玉三步两步转过床后，出后院而去。

凤姐从前头已进来了，_{接得紧。}问宝玉："可好些了？想什么吃，叫人往我那里取去。"_{此是凤姐的话。}接着，薛姨妈又来了。_{宝钗方过，薛姨妈又来。}一时贾母又打发了人来。_{贾母自当打发人来。}

至掌灯时分，宝玉只喝了两口汤，便昏昏沉沉的睡去。_{是重打以后情状。}接着，周瑞媳妇、吴新登[三]媳妇、郑

黛玉之哭，是伤心至极，疼彻心肝之哭，虽无声而疼极也。

黛玉"你从此可都改了罢"一句话，貌似与袭钗同，其实大异，盖黛玉怨贾政之毒，疼宝玉之伤也。贾政是黛玉舅舅，是长辈，不能用怨词，故只此一句话，其怨疼之情尽在其中矣，读者千万细会其意。

第三十四回　情中情因情感妹妹　错里错以错劝哥哥

好时媳妇，这几个有年纪、常往来的，听见宝玉挨了打，也都进来。_{此是礼之必然。}袭人忙迎出来，悄悄的笑道："婶婶们来迟了一步，二爷才睡着了。"说着，一面带他们到那边房里坐了，倒茶与他们吃。那几个媳妇子都悄悄的坐了一回，向袭人说："等二爷醒了，你替我们说罢。"袭人答应了，送他们出去。_{一笔表过，有层次。}

刚要回来，只见王夫人使个婆子来，口称："太太叫一个跟二爷的人呢。"_{因贾政责宝玉之事而引起王夫人之疑虑。}袭人见说，想了一想，_{"想了一想"，深知此去之重要，机会之来也。}便回身悄悄告诉晴雯、麝月、檀云、秋纹等说："太太叫人，你们好生在房里，我去了就来。"说毕，同那婆子一径出了园子，来至上房。

王夫人正坐在凉榻上摇着芭蕉扇子，见他来了，说："不管叫个谁来也罢了。你又丢下他来了，谁服侍他呢？"_{王夫人初未要袭人来，是袭人自己来的。}袭人见说，连忙陪笑回道："二爷才睡安稳了，那四五个丫头如今也好了，会服侍二爷了，太太请放心。恐怕太太有什么话吩咐，打发他们来，一时听不明白，倒耽误了。"_{实则是与其让他们来，还不如我来也。}王夫人道："也没甚话，白问问他这会子疼的怎么样？"袭人道："宝姑娘送去的药，我给二爷敷上了，比先好些了。_{先记宝钗一功。}先疼的躺不稳，这会子都睡沉了，可见好些了。"

王夫人又问："吃了什么没有？"袭人道："老太太给的一碗汤，喝了两口，只嚷干渴，要吃酸梅汤。

我想着酸梅是个收敛的东西,才刚挨了打,又不许叫喊,自然急的那热毒热血未免存在心里,_{袭人居然也懂医理。}倘或吃下这个去,激在心里,再弄出大病来,可怎么样呢。因此我劝了半天,才没吃,只拿那糖腌的玫瑰卤子和了吃,吃了半碗,又嫌吃絮了,不香甜。"王夫人道:"嗳哟,你不该早来和我说。前儿有人送了两瓶子香露来,原要给他点子的,我怕他胡糟蹋了,就没给。既是他嫌那些玫瑰膏子絮烦,把这个拿两瓶子去。一碗水里只用挑一茶匙儿,就香的了不得呢。"说着,就唤彩云来:"把前儿的那几瓶香露拿了来。"袭人道:"只拿两瓶来罢,多了也白糟蹋。等不够再要,再来取也是一样。"

彩云,即金钏告诉宝玉"往东小院子里拿环哥儿同彩云去"的那个彩云,王夫人固已听到她与贾环之事,为何竟安然无事,而金钏只是与宝玉的那一段话和说环哥之事,竟至被撵惨死,甚矣,王夫人处事之偏也。

彩云听说,去了半日,果然拿了两瓶来,付与袭人。袭人看时,只见两个玻璃小瓶,却有三寸大小,上面螺丝银盖,鹅黄笺上写着"木樨清露",那一个写着"玫瑰清露"。袭人笑道:"好金贵东西!这么个小瓶儿,能有多少。"王夫人道:"那是进上的,你没看见鹅黄笺子?你好生替他收着,别糟蹋了。"

宝玉挨打如此重,自己拼死相救,事后王夫人竟未问为什么,此时问袭人亦是"恍惚听见"后才问,如不听见,岂非不问了?王夫人亦太颟顸了。

袭人答应着,方要走时,王夫人又叫:"站着,我想起一句话来问你。"_{就巴望你想起来问也。}袭人忙又回来。王夫人见房内无人,便问道:"我恍惚听见宝玉今儿挨打,是环儿在老爷跟前说了什么话。你可听见这个了?你要听见,告诉我听听,我也不吵出来教人知道是你说

第三十四回　情中情因情感妹妹　错里错以错劝哥哥

的。"袭人道："我倒没听见这话，只听说为二爷霸占着戏子，人家来和老爷要。为这个打的。"王夫人摇头说道："也为这个，还有别的原故。"袭人道："别的原故实在不知道了。_{明明知道贾环诬陷，却竟闭口不说，此人心机可怕。}我今儿在太太跟前大胆说句不知好歹的话。论理——"说了半截，忙又咽住。_{一波三折，欲说又止，好做作。}王夫人道："你只管说。"袭人笑道："太太别生气，我就说了。"_{还要再加一句，方始说出，可见其所说事大。}王夫人道："我有什么生气的，你只管说来。"袭人道："论理，我们二爷也须得老爷教训两顿。_{原来袭人竟是贾政一路的见识，宝玉身边安上此人，则岂能得安。}若老爷再不管，将来不知做出什么事来呢。"_{"做出什么事来呢"，你已做出来过了，只有自己最清楚，但却装作自己最干净，把脏水预先就泼到别人身上，于是晴、黛皆受其诬矣！此类人阴极险极，读者宜防，千万勿信此类人之甘言也。味袭人之言，此处重点是指外边，即指结交外边的人。}王夫人一闻此言，便合掌念声"阿弥陀佛"，_{一直想听此话，如今方说出。}由不得赶着袭人叫了一声："我的儿，_{"我的儿"三个字，活活画出王夫人之颠顶昏聩。千言万语，不及王夫人自己说出的这三个字内涵丰富，亏作者想得出。}亏了你也明白，这话和我的心一样。我何曾不知道管儿子，先时你珠大爷在，我是怎么样管他，难道我如今倒不知管儿子了？只是有个原故：如今我想，我已经快五十岁的人，通共剩了他一个，他又长的单弱，况且老太太宝贝似的，若管紧了他，倘或再有个好歹，_{不是不想像贾政一样管教他，终因只"剩了他一个"也。}或是老太太气坏了，那时上下不安，岂不倒不好了，所以就纵坏了他。我常常掰着口儿劝一阵，说一阵，气的骂一阵，哭一阵，彼时他好，过后儿还是不相干，端的吃了亏才罢了。若打坏了，将来我靠

_{袭人竟不提环哥的事，却说宝玉"霸占"了琪官，这"霸占"的罪名，忠顺王府长史未说，贾政未说，贾环未说，竟由袭人无中生有说出，为宝玉加重过错，其心叵测甚矣。}

_{原来王夫人的心与袭人也一样，然则与宝钗也一样矣。从此黛玉之前途可知矣。}

谁呢！"说着，由不得滚下泪来。

袭人见王夫人这般悲感，自己也不觉伤了心，陪着落泪。_{这两滴泪是必定要陪的，没有也要挤出来。}又道："二爷是太太养的，岂不心疼。便是我们做下人的服侍一场，大家落个平安，也算是造化了。要这样起来，连平安都不能了。_{袭人自然希望平安，不到外边惹事。}那一日、那一时我不劝二爷，只是再劝不醒。偏生那些人又肯亲近他，也怨不得他这样，总是我们劝的倒不好了。今儿太太提起这话来，我还记挂着一件事，每要来回太太，讨太太个主意。只是我怕太太疑心，不但我的话白说了，且连葬身之地都没了。"_{说在前头，又说得如此郑重，由不得王夫人不信。而竟说到"连葬身之地都没了"，可见此事比前一事重大百倍，甚矣，狐媚工谗，袭人当之无愧。}

"那些人"指谁？故意含混其辞，然袭人是"那一日那一时不劝"，而"那些人"则"又肯亲近他"，则话中已隐含黛玉矣。谗言如在空气中散毒，令人于不知不觉间受之，甚矣谗言之可畏，小人之可恨也。

王夫人听了这话内有因，忙问道："我的儿，_{再说一声"我的儿"，愈喊愈亲，但愈喊愈错，袭人早已"将自己与了宝玉"了，而且还自己觉得"不为越礼"，如今竟被王夫人喊起"我的儿"来，岂非懵懂？不知袭人作何感想？}你有话只管说。近来我因听见众人背前背后都夸你，_{不知听哪些人夸，当是宝钗、薛姨妈、凤姐等人也。}我只说你不过是在宝玉身上留心，或是诸人跟前和气，这些小意思上好，所以将你和老姨娘一体行事。_{早已与姨娘一体行事矣，只是你不知而已。}谁知你方才和我说的话全是大道理，正和我的想头一样。_{原来竟全是"大道理"，可见非同一般，但此时袭人还未说出来，可知王夫人已预感到她将说出"大道理"来了，而且必会与王夫人想的一样。然则亦"同声相应，同气相求"也。}你有什么只管说什么，只别教别人知道就是了。"袭人道："我也没什么别的说。我只想着讨太太一个示下，怎么变个法儿，以后竟还教二爷搬出园外来住就好了。"_{轻轻一句话，直是大观园地震。"二爷搬出园外来住"，则明指离开黛玉也，因宝钗可出园回家，黛玉则必仍住大观园。于是宝、黛隔离矣，袭人则自随宝玉，何虑之有？}

"也没什么别的说"，前面已说"连葬身之地都没了"，其话如此严重，此时却轻描淡写说"我也没什么别的说"，则可见即此"别的说"便是"连葬身之地都没了"的"大事"。读者皆知袭人谗言，却不知其工谗至此。描画如此小人，竟笔笔传神，雪芹想曾见过此类人乎？

第三十四回　情中情因情感妹妹　错里错以错劝哥哥

王夫人听了，吃一大惊，_{如同惊雷。}忙拉了袭人的手问道：_{拉着手问，急切之至。}"宝玉难道和谁作怪了不成？"_{"作怪"两字新奇。王夫人竟能以此问袭人，而袭人亦竟一问就答，说"并没有这话"。可见袭人很明白"作怪"是何事，明明袭人早已"作怪"过了，而竟能坦然说"并没有这话"，而王夫人亦竟丝毫不疑，真是千奇百怪。}袭人连忙回道："太太别多心，并没有这话。_{说谎，早已有这话了。}这不过是我的小见识。如今二爷也大了，里头姑娘们也大了；况且林姑娘、宝姑娘又是两姨姑表姊妹，虽说是姊妹们，到底是男女之分，_{特意提出男女之分，其意甚明。}日夜一处_{是谁日夜一处了，谗口杀人无迹。}起坐不方便，由不得叫人悬心，_{自己装得如此正经，反说"悬心"，"悬心"者，是"悬心"别人也，移花接木，轻轻移到别人身上。}便是外人看着也不像。一家子的事，俗语说的'没事常思有事'，世上多少无头脑的事，多半因为无心中做出，_{你当初是无心还是有心？}有心人看见，当作有心事，反说坏了。只是预先不防着，断然不好。_{"断然不好"，可见事情之迫切。}二爷素日性格，太太是知道的。他又偏好在我们队里闹。倘或不防，前后错了一点半点，不论真假，人多口杂，那起小人的嘴有什么避讳？心顺了，说的比菩萨还好；心不顺，就贬的连畜牲不如。_{倘或有人说到她，那就是属于"心不顺"者。}二爷将来倘或有人说好，不过大家直过没事；若要叫人说出一个不好字来，我们不用说，粉身碎骨，罪有万重，都是平常小事。但后来二爷一生的声名品行岂不完了？_{说得如此好听，好像自己未有前事，此类人阴贼可怕之极！}二则太太也难见老爷。俗语又说'君子防不然'，不如这会子防避的为是。太太事情多，一时固然想不到。我们想不到则可，既想到了，若不回明太太，_{果真回明太太了吗？}罪

"小见识"，却是一篇大道理，明里虽黛、钗并提，而实是指黛玉。王夫人于此类事上并不颟顸。

此贼喊捉贼法。自己早就"不防"过了，反说"倘或不防"。因袭人之事，诸婢都略有所知，晴雯早已点出，袭人怕人说出，故先提出"不论真假人多口杂"之类含混之词，引向别人。

越重了。_{明明是谗言，却说得如此好听。}近来我为这事日夜悬心，又不好说与人，惟有灯知道罢了。"_{可见确是处心积虑之言，凡谗人者，必处心积虑也，世上绝无无心进谗之人，明明是自己处心进谗，却把自己说成菩萨。}

王夫人听了这话，如雷轰电掣的一般，_{可见此"小见识"之爆炸性！}正触了金钏儿之事，_{进谗者总是等待时机，金钏之事正是时机也。袭人惯会捕捉时机。}心内越发感爱袭人不尽，忙笑道："我的儿，_{又是一声"我的儿"。}你竟有这个心胸，想的这样周全！我何曾又不想到这里，只是这几次有事就忘了。你今儿这一番话提醒了我。难为你成全我娘儿两个声名体面，真真我竟不知道你这样好。_{颠顶愚蠢，一至于此，令人可叹！}罢了，你且去罢，我自有道理。只是还有一句话：你今既说了这样的话，我就把他交给你了，好歹留心，保全了他，就是保全了我。我自然不辜负你。"_{话已说明，无须多说矣。}

_{于袭人既感且爱，可见谗言之作用。自己干了见不得人之事，却先用谗言嫁祸于人，既保护了自己，又转移了目标。王夫人受袭之谗反感激不尽。是真颠顶昏聩也。}

_{"把他交给你了"，贾母早就"将自己与了宝玉"，现在王夫人又将宝玉交给了她，可见已有双重"许可证"了。}

袭人连连答应着去了。回来正值宝玉睡醒，袭人回明香露之事。宝玉喜不自禁，即令调来尝试，果然香妙非常。因心下记挂着黛玉，满心里要打发人去，只是怕袭人，便设一法，先使袭人往宝钗那里去借书。_{先把袭人支走，可见宝玉亦心知袭人。}

袭人去了，宝玉便命晴雯来_{脂批："前文晴雯放肆，原有把柄所恃也。"}吩咐道："你到林姑娘那里看看他做什么呢。他要问我，只说我好了。"晴雯道："白眉赤眼，做什么去呢？到底说句话儿，也像一件事。"_{晴雯灵慧，让宝玉说句话，好"也像一件事"而去。}宝玉道："没有什么可说的。"晴雯道："若不然，或是送件东西，

第三十四回　情中情因情感妹妹　错里错以错劝哥哥

或是取件东西，_{晴雯真是可儿，一语提醒宝玉。}不然我去了怎么搭讪呢？"宝玉想了一想，便伸手拿了两条手帕子撂与晴雯，笑道："也罢，就说我叫你送这个给他去了。"晴雯道："这又奇了。他要这半新不旧的两条手帕子？他又要恼了，说你打趣他。"宝玉笑道："你放心，他自然知道。"_{彼此相知，因物寄意，故不用再说也，此中消息，晴雯尚不能悟。此正晴雯之纯真，与袭人之所不同也。}

晴雯听了，只得拿了帕子往潇湘馆来。只见春纤正在栏杆上晾手帕子，见他进来，忙摆手儿，说："睡下了。"晴雯走进来，满屋魆黑，并未点灯。_{可见情怀之恶。}黛玉已睡在床上，问："是谁。"晴雯忙答道："晴雯。"黛玉道："做什么？"晴雯道："二爷送手帕子来给姑娘。"黛玉听了，心中发闷，_{不知情由，自然要奇怪。}暗想："做什么送手帕子来给我？"因问："这帕子是谁送他的？必是上好的，叫他留着送别人罢，我这会子不用这个。"晴雯笑道："不是新的，就是家常旧的。"_{奇怪。}林黛玉听见，越发闷住，着实细心搜求，思忖一时，方大悟过来，_{终于彻悟，心路通矣。}连忙说："放下，去罢。"晴雯听了，只得放下，抽身回去，一路盘算，不解何意。_{晴雯终不能解，此晴之纯，晴之可贵也。若袭人，一听说"作怪"，随即顺应而答，正因其"作怪"过也。}

_{又引出黛玉无限思绪。}

这里林黛玉体贴出手帕子的意思来，不觉神魂驰荡："宝玉这番苦心，能领会我这番苦意，又令我可喜；我这番苦意，不知将来如何，又令我可悲；忽然好好的送两块旧帕子来，若不是领我深意，单看了这帕子，

又令我可笑；再想令人私相传递与我，又可惧；我自己每每好哭，想来也无味，又令我可愧。"如此左思右想，一时五内沸然炙起。黛玉由不得余意绵缠，令掌灯，也想不起嫌疑避讳等事，_{情之所至，何计其他。}便向案上研墨蘸笔，便向那两块旧帕上题笔写道：

　　眼空蓄泪泪空垂。暗洒闲抛却为谁。
　　尺幅鲛鲃劳解赠，叫人焉得不伤悲。
　　其二
　　抛珠滚玉只偷潸。镇日无心镇日闲。
　　枕上袖边难拂拭，任他点点与斑斑。
　　其三
　　彩线难收面上珠。湘江旧迹已模糊。
　　窗前亦有千竿竹，不识香痕渍也无。

_{三首诗伤心欲绝，黛玉之心声也。}林黛玉还要往下写时，觉得浑身火热，面上作烧，走至镜台揭起锦袱一照，只见腮上通红，自羡压倒桃花，_{病已深矣，奈何奈何。}却不知病由此萌。一时方上床睡去，犹拿着那帕子思索，不在话下。

　　却说袭人来见宝钗，谁知宝钗不在园内，往他母亲那里去了，袭人便空手回来。
　　等至二更，宝钗方回来。原来宝钗素知薛蟠情性，心中已有一半疑是薛蟠调唆了人来告宝玉的，_{不等人说，已疑薛蟠。}谁知又听袭人说出来，越发信了。究竟袭人是听焙茗

第三十四回　情中情因情感妹妹　错里错以错劝哥哥

说的，那焙茗也是私心窥度，并未据实，竟认准是他说的。那薛蟠都因素日有这个名声，其实这一次却不是他干的，被人生生的一口咬死是他，〔所谓曾参杀人，三人成虎也。〕有口难分。

这日正从外头吃了酒回来，见过母亲，只见宝钗在这里，说了几句闲话，因问："听见宝兄弟吃了亏，是为什么？"〔倒是薛蟠关心而问。〕薛姨妈正为这个不自在，见他问时，便咬着牙道："不知好歹的东西，都是你闹的，你还有脸来问！"〔一口咬定。〕薛蟠见说，便怔了，忙问道："我何尝闹什么？"薛姨妈道："你还装憨呢！人人都知道是你说的，还赖呢。"薛蟠道："人人说我杀了人，也就信了罢？"薛姨妈道："连你妹妹都知道是你说的，难道他也赖你不成？"宝钗忙劝道："妈和哥哥且别叫喊，消消停停的，就有个青红皂白了。"因向薛蟠道："是你说的也罢，不是你说的也罢，事情也过去了，不必较证，倒把小事儿弄大了。我只劝你从此以后在外头少去胡闹，少管别人的事。天天大家一处胡逛，你是个不防头的人，过后儿没事就罢了，倘或有事，不是你干的，人人都也疑惑是你干的。不用说别人，我就先疑惑。"〔说到底，还是怀疑是他干的。〕

薛蟠本是个心直口快的人，一生见不得这样藏头露尾的事，〔薛蟠是明火执杖之人，不是使阴贼手段的人。〕又见宝钗劝他不要逛去，他母亲又说他犯舌，宝玉之打是他治的，早已急的乱跳，

冯其庸评点《红楼梦》

> 一场冤屈，激起薛蟠满腔怒火。

赌身发誓的分辩。又骂众人："谁这样赃派我？我把那囚攮的牙敲了才罢！分明是为打了宝玉，没的献勤儿，拿我来作幌子。难道宝玉是天王？他父亲打他一顿，一家子定要闹几天。那一回为他不好，姨爹打了他两下子，过后老太太不知怎么知道了，说是珍大哥哥治的，好好的叫了去骂了一顿。_{又补叙往事，可见宝玉被打已非一次。}今儿越发拉上我了！既拉上我，也不怕，越性进去把宝玉打死了，我替他偿了命，_{活画呆子口气。}大家干净。"一面嚷，一面抓起一根门闩来就跑。

慌的薛姨妈一把抓住，骂道："作死的孽障，你打谁去？你先打我来！"薛蟠急的眼似铜铃一般，嚷道："何苦来！又不叫我去，又好好的赖我。将来宝玉活一日，我担一日的口舌，不如大家死了清静。"

宝钗忙也上前劝道："你忍耐些儿罢。妈急的这个样儿，你不说来劝妈，你还反闹的这样。别说是妈，便是旁人来劝你，也为你好。倒把你的性子劝上来了。"薛蟠道："这会子又说这话，都是你说的！"宝钗道："你只怨我说，再不怨你顾前不顾后的形景。"薛蟠道："你只会怨我顾前不顾后，你怎么不怨宝玉外头招风惹草的那个样子！_{怎么不怨宝玉，薛蟠直问到底。}别说多的，只拿前儿琪官的事比给你们听：那琪官，我们见过十来次的，我并未和他说一句亲热话；怎么前儿他见了，连姓名还不知道，就把汗巾子给他了？难道这也是我说的不

> 惹得薛大呆子揭出宝玉秘史。

第三十四回　情中情因情感妹妹　错里错以错劝哥哥

成？"薛姨妈和宝钗急的说道："还提这个！_{明明忌讳这个，偏又说这个。}可不是为这个打他呢。可见是你说的了。"_{假的反成真的了。}薛蟠道："真真的气死人了！赖我说的我不恼，我只为一个宝玉闹的这样天翻地覆的。"宝钗道："谁闹了？你先持刀动杖的闹起来，倒说别人闹。"

薛蟠见宝钗说的话句句有理，难以驳正，比母亲的话反难回答，因此便要设法拿话堵回他去，就无人敢拦自己的话了；也因正在气头上，未曾想话之轻重，便说道："好妹妹，你不用和我闹，我早知道你的心了。从先妈和我说，你这金要拣有玉的才可正配，你留了心，见宝玉有那劳什骨子，你自然如今行动护着他。"本是"中心藏之"的事，却被薛大呆子突然说出。话未说了，把个宝钗气怔了，拉着薛姨妈哭道："妈妈你听，哥哥说的是什么话！"薛蟠见妹妹哭了，便知自己冒撞了，便赌气走到自己房里安歇，不提。

这里薛姨妈气的乱战，一面又劝宝钗道："你素日知道那孽障说话没道理，明儿我叫他给你陪不是。"宝钗满心的委屈气忿，待要怎样，又怕他母亲不安，少不得含泪别了母亲，各自回来，到房里整哭了一夜。

次日一早起来，也无心梳洗，胡乱整理整理，便出来瞧母亲。可巧遇见林黛玉独立在花阴之下，问他那里去。薛宝钗因说："家去。"口里说着，便只管走。黛玉见他无精打彩的去了，又见他眼上有哭泣之状，宝钗之泪，是被薛蟠气出，不是为棒疮。黛玉以为宝钗之泪是为宝玉，故讥之，误矣！

大非往日可比，便在后面笑道："姐姐也自保重些儿，就是哭出两缸眼泪来，也医不好棒疮！"

不知宝钗如何答对？且听下回分解。

第三十四回　　情中情因情感妹妹　错里错以错劝哥哥

【回后评】

　　宝玉挨打后，诸人都有反映。第一个反映的是袭人，她说："我的娘，怎么下这般的狠手！你但凡听我一句话，也不得到这步田地。"袭人之后，是宝钗第一个来看宝玉，并给送丸药，便"点头叹道：'早听人一句话，也不至今日。'"第三个反映，是黛玉接着宝钗来看宝玉，黛玉"无声之泣，气噎喉堵……半日方抽抽噎噎的说道：'你从此可都改了罢。'"黛玉之后是凤姐等人，都是一般的探望，可以不论。很明显，前面三个人，袭人与宝钗的反映是一样的，连说的话都差不多，也即是都是既疼宝玉，又责怪宝玉，怪他不早听劝告。而黛玉的这句话，从话面上来看，是叫宝玉"从此可都改了罢"，似乎与袭、钗的意思差不多，但实际上这句话的内涵却与袭、钗大不一样，这句话，是黛玉疼极（对宝玉）怨极（对贾政）之话。因为贾政是黛玉的舅舅，黛玉不可能用言词来表达对贾政的不满，而只能用语气神情来表达，故黛玉的这句话的内涵是对贾政的怨、对宝玉的疼。这都是从说话的语气和神态中表露的，因而这句话的话面的意思反而不是黛玉真正要说的意思，实际上这句话是一句"反话"，要从相反的角度去理解，才能把握这句话的真实意思。这句话的意思，从紧接着的宝玉的答话也可明白，宝玉"长叹一声，道：'你放心，别说这样话，就便为这些人死了，也是情愿的！'"如果宝玉真是"都改了"的话，这段答话就完全对不上了。正因为这是句反话，宝玉明白她的意思，才有上面这段回答。

　　王夫人要"叫一个跟二爷的人"说话，袭人就自去。王夫人问她，听说宝玉挨打是贾环在老爷跟前说了话，袭人却说没有听见，反说是为"霸占"戏子打的。这"霸占"二字，大大加重了事情的性质，并且趁机进谗：一是说："论理，我们二爷也须得老爷教训两顿。若老爷再不管，将来不知做出什么事来呢。"二是说："那一日、那一时我不劝二爷，只是再劝不醒。偏生那些人又肯亲近他，也怨不得他这样，总是我们劝的倒不好了。"三是说："怎么变个法儿，以后竟还教二爷搬出园外来住就好了。""如今二爷也大了，里头姑娘们也大了；况且林姑娘、宝姑娘又是两姨姑表姊妹，虽说是姊妹们，到底是男女之分。""'君子防不然'，不如这会子防避的为是。"袭人以忠诚忧患说的这三点，第一点完全是贾政的想法，二、三两点完全是针对黛玉，而且把自己装扮得忠心不贰、一尘不染。作者通过这些描写，活生生画出袭人是个谗言小人。

宝玉让晴雯去看黛玉，并送去两条半新不旧的手帕，黛玉初不解其意，后即恍然大悟，引发出她无穷的伤心和知己之感，因而随即题诗三首。这是宝、黛爱情的托物寄意、心灵互通，是宝黛爱情的又一次深化，也是黛玉病情的深化。

宝钗回家责怪薛蟠，使人在贾政面前说宝玉坏话，害得宝玉受笞。薛蟠其实并无此事，因而引起薛蟠大闹，并说出宝钗"要拣有玉的才可正配，你留了心，见宝玉有那劳什骨子，你自然如今行动护着他"。作者有意藉薛蟠之口，揭示宝钗隐蔽的内心世界，使读者明白，"金玉良缘"之说，并非空穴来风，而确是宝钗、薛姨妈的追求目标。

【校记】

〔一〕"宝玉拦他"到"听"，共二十三字，庚辰本无，各本均有，文字小异，此从己卯、甲辰本补。

第三十四回　　情中情因情感妹妹　错里错以错劝哥哥

〔二〕"要想什么吃的"两句，庚辰本无，据列藏本增。

〔三〕庚辰本作"吴龙登"，己卯、列藏、戚序、蒙府各本同庚辰本，舒序本作"吴登龙"，杨本、甲辰本、程甲本作"吴新登"，从杨本、甲辰诸本改。

第三十五回　　白玉钏亲尝莲叶羹
　　　　　　　　黄金莺巧结梅花络〔一〕

话说宝钗分明听见林黛玉刻薄他，因记挂着母亲、哥哥，并不回头，一径去了。_{宝钗有涵容，此钗、黛区别之一端也。}

_{诸人探问情景，却从黛玉眼中远远望见，又是一样写法。}这里林黛玉还自立于花阴之下，远远的却向怡红院内望着，只见李宫裁、迎春、探春、惜春并各项人等都向怡红院内去过之后，一起一起的散尽了，只不见凤姐儿来，心里自己盘算道："如何他不来瞧宝玉？便是有事缠住了，他必定也是要来打个花胡哨，_{从黛玉心中写出凤姐。}讨老太太和太太的好儿才是。今儿这早晚不来，必有原故。"一面猜疑，一面抬头再看时，只见花花簇簇一群人又向怡红院内来了。_{写凤姐竟同贾母同来，声势又自不同，又一种写法。}定睛看时，只见贾母搭着凤姐儿的手，_{贾母搭着凤姐，是并行，然后邢、王二夫人，周姨娘并丫鬟随后，好一簇人马。其中只少赵姨娘。}后头邢夫人、王夫人跟着周姨娘并丫鬟媳妇等人都进院去了。黛玉看了不觉点头，想起有父母的人的好处来，早又泪珠满面。_{眼见人情温暖，孤零之人能不伤感。}少顷，只见宝钗、薛姨妈等也进去了。_{宝钗、薛姨妈也会凑热闹，不会落后。}忽见紫

第三十五回　白玉钏亲尝莲叶羹　黄金莺巧结梅花络

鹃从背后走来，说道："姑娘吃药去罢，开水又冷了。"黛玉道："你到底要怎么样？只是催我，吃不吃，管你什么相干！"〖正在伤心时也。〗紫鹃笑道："咳嗽的才好了些，又不吃药了。如今虽然是五月里，天气热，到底也该还小心些。大清早起，在这个潮地方站了半日，也该回去歇息歇息了。"〖慧紫鹃能体人意。〗一句话提醒了黛玉，方觉得有点腿酸，呆了半日，方慢慢的扶着紫鹃，回潇湘馆来。

一进院门，只见满地下竹影参差，苔痕浓淡，〖好境界，幽极静极。〗不觉又想起《西厢记》中所云"幽僻处可有人行,点苍苔白露泠泠"〖此二句亦是《西厢》妙词。〗二句来，因暗暗的叹道："双文，双文，诚为命薄人矣。然你虽命薄，尚有孀母弱弟。今日林黛玉之命薄，一并连孀母弱弟俱无。古人云'佳人命薄'，然我又非佳人，何命薄胜于双文哉！"〖黛玉之形象，固是传统之发展创新。〗一面想，一面只管走，不防廊上的鹦哥见林黛玉来了，"嘎"的一声，扑了下来，倒吓了一跳，因说道："作死的，又扇了我一头灰。"那鹦哥仍飞上架去，便叫："雪雁，快掀帘子，姑娘来了。"黛玉便止住步，以手扣架道："添了食水不曾？"那鹦哥便长叹一声，竟大似林黛玉素日吁嗟音韵，〖鹦哥亦已惯听黛玉之叹矣！〗接着念道："侬今葬花人笑痴，他年葬侬知是谁？试看春尽花渐落，便是红颜老死时。一朝春尽红颜老，花落人亡两不知！"〖鹦哥能念黛玉诗，是黛玉常念而听熟也。〗黛玉、紫

〖潇湘馆中另一番境界，于竹影苍苔外，又增一鹦哥说话，静极而动，动而更静，所谓"鸟鸣山更幽"也。〗

鹃听了,都笑起来。紫鹃笑道:"这都是素日姑娘念的,难为他怎么记了。"_{确证是素日常念之故。}_{奇情奇景,感物感人,作者之笔,入杳茫矣!}黛玉便令将架摘下来,另挂在月洞窗外的钩上。于是进了屋子,在月洞窗内坐了。_{一幅凭窗美人图。合前段描写潇湘馆境界,实写黛玉其人也。在此境界中,其人可知矣。"采菊东篱下,悠然见南山。"写渊明其人高致也,非写采菊也。此意相同。}吃毕药,只见窗外竹影映入纱来,满屋内阴阴翠润,几簟生凉。_{好境界,诗情画意,尽赴笔底。}黛玉无可释闷,便隔着纱窗调逗鹦哥作戏,又将素日所喜的诗词也教与他念。_{此时黛玉心情当平静。}这且不在话下。

且说薛宝钗来至家中,只见母亲正自梳头呢。一见他来了,便说道:"你大清早起跑来作什么?"宝钗道:"我瞧瞧妈身上好不好。昨儿我去了,不知他可又过来闹了没有?"一面说,一面在他母亲身旁坐了,由不得哭将起来。薛姨妈见他一哭,自己撑不住,也就哭了一场,一面又劝他:"我的儿,你别委曲了,你等我处分他。你要有个好歹,我指望那一个来!"_{前事余波。}

薛蟠在外边听见,连忙跑了过来,对着宝钗,左一个揖,右一个揖,只说:"好妹妹,恕我这一次罢!原是我昨儿吃了酒,回来的晚了,路上撞客着了,_{"客"南方指"鬼",至今吾乡乡下尚有此语。}来家未醒,不知胡说了什么,连自己也不知道,怨不得你生气。"宝钗原是掩面哭的,听如此说,由不得又好笑了,遂抬头向地下啐了一口,说道:"你不用做这些像生儿。_{装模作样也,假相也。}我知道你的心

第三十五回　白玉钏亲尝莲叶羹　黄金莺巧结梅花络

里多嫌我们娘儿两个，是要变着法儿叫我们离了你，你就心净了。"薛蟠听说，连忙笑道："妹妹这话从那里说起来的。这样，我连立足之地都没了。妹妹从来不是这样多心说歪话的人。"薛姨妈忙又接着道："你只会听见你妹妹的歪话，难道昨儿晚上你说的那话就应该的不成？当真是你发昏了！"_{偏是昨晚说对了。}

薛蟠道："妈也不必生气，妹妹也不用烦恼，从今以后，我再不同他们一处吃酒闲逛如何？"宝钗笑道："这不明白过来了！"薛姨妈道："你要有这个横劲，那龙也下蛋了。"_{知子莫若母也。}薛蟠道："我若再和他们一处逛，妹妹听见了，只管啐我，再叫我畜生，不是人，如何？_{只有薛蟠是这种语言。}何苦来，为我一个人，娘儿两个天天操心！妈为我生气，还有可恕；若只管叫妹妹为我操心，我更不是人了。如今父亲没了，我不能多孝顺妈，多疼妹妹，反教娘生气，妹妹烦恼，真连个畜生也不如了。"口里说，眼睛里禁不起也滚下泪来。_{呆霸王下泪，难得难得，但薛蟠确是这种性格，亏作者写得出。}

_{诸本皆作"横劲"。按："横"此处读"狠"，去声。"狠劲"，下狠心痛改前非也。"狠劲"，吾乡方言至今尚存。}

薛姨妈本不哭了，听他一说，又勾起伤心来。宝钗勉强笑道："你闹够了，这会子又招着妈哭起来了。"薛蟠听说，忙收了泪，笑道："我何曾招妈哭来！罢，罢，罢，丢下这个别提了。叫香菱来倒茶妹妹吃。"宝钗道："我也不吃茶，等妈洗了手，我们就过去了。"薛蟠道："妹妹的项圈我瞧瞧，只怕该炸一炸去了。"

宝钗道："黄澄澄的，又炸他作什么？"薛蟠又道："妹妹如今也该添补些衣裳了。要什么颜色花样，告诉我。"宝钗道："连那些衣服，我还没穿遍了，又做什么？"一时薛姨妈换了衣裳，拉着宝钗进去，薛蟠方出去了。

薛姨妈、宝钗进园，是补叙上文黛玉所见。

这里薛姨妈和宝钗进园来瞧宝玉，到了怡红院中，只见抱厦里外回廊上许多丫鬟老婆站着，便知贾母等都在这里。母女两个进来，大家见过了，只见宝玉躺在榻上。薛姨妈问他可好些了。宝玉忙欲欠身，口里答应着"好些"，又说："只管惊动姨娘、姐姐，我禁不起。"薛姨妈忙扶他睡下，又问他："想什么吃，只管告诉我。"宝玉笑道："我想起来，自然和姨娘要去的。"王夫人又问："你想什么吃？回来好给你送来的。"宝玉笑道："也倒不想什么吃，倒是那一回不知是哪一回，未见说过。做的那小荷叶儿、小莲蓬儿的汤还好些。"凤姐一旁笑道："听听，口味不算高贵，只是太磨牙了。巴巴的想这个吃了。"贾母便一叠声的叫人做去。贾母溺爱，无求不应，于此可见。凤姐儿笑道："老祖宗别急，等我想一想这模子谁收着呢。"因回头吩咐个婆子去问管厨房的要去。那婆子去了半天，来回说："管厨房的说，四副汤模子都交上来了。"凤姐儿听说，想了一想，道："我记得交给谁了，多半在茶房里。"一面又遣人去问管茶房的，也不曾收。次后还是管金银器皿的送了来。

薛姨妈先接过来瞧时，原来是个小匣子，里面装

第三十五回　白玉钏亲尝莲叶羹　黄金莺巧结梅花络

着四副银模子，都有一尺多长，一寸见方，上面凿着有豆子大小，也有菊花的，也有梅花的，也有莲蓬的，也有菱角的，共有三四十样，打的十分精巧。因笑向贾母、王夫人道："你们府上也都想绝了，吃碗汤还有这些样子。若不说出来，我见了这个也不认得这是作什么用的。"凤姐儿也不等人说话，便笑道："姑妈那里晓得，这是旧年备膳，他们想的法儿。不知弄些什么面印出来，借点新荷叶的清香，全仗着好汤，究竟没意思，谁家常吃他了。那一回呈样的作了一回，他今日怎么想起来了。"说着接了过来，递与个妇人，吩咐厨房里立刻拿几只鸡，做几碗汤要用几只鸡，其挥霍可知。另外添了东西，做出十来碗来。王夫人道："要这些做什么？"凤姐儿笑道："有个原故：这一宗东西家常不大作，今儿宝兄弟提起来了，单做给他吃，老太太、姑妈、太太都不吃，似乎不大好。不如借势儿弄些大家吃，托赖连我也上个俊儿。"贾母听了，笑道："猴儿，把你乖的！拿着官中的钱你做人！"说的大家笑了。凤姐也忙笑道："这不相干。这个小东道我还孝敬的起。"便回头吩咐妇人，"说给厨房里，只管好生添补着做了，在我的账上来领银子。"妇人答应着去了。宝钗一旁笑道："我来了这么几年，留神看起来，凤丫头凭他怎么巧，再巧不过老太太去。"趁机趋奉贾母，宝钗最善于此。贾母听说，便答道："我如今老了，那里还巧什么。当日我像

说了半天，仍不明白。汤何以用模子？模子究竟什么样子，什么用处，无法想象。

原来模子是压制细巧面点用的，面点精巧细致，压成各种细巧样式，放在汤内煮熟后既喝汤又吃面点。犹如今天吃元宵。所以汤是汤，面点是面点。

凤哥儿这么大年纪，比他还来得呢。他如今虽说不如我们，^{贾母犹忆当年之勇。}也就算好了，比你姨娘强远了。你姨娘可怜见的，不大说话，和木头似的，^{直写王夫人，然岂仅不大说话，像木头，其狠心昏瞆颟顸处，不胜言也。}在公婆跟前就不大献好。凤儿嘴乖，怎么怨得人疼他。"^{赞凤姐。}宝玉笑道："若这么说，不大说话的就不疼了？"贾母道："不大说话的又有不大说话的可疼之处，^{疼谁？}嘴乖的也有一宗可嫌的，^{嫌谁？心有所指矣。}倒不如不说话的好。"宝玉笑道："这就是了。我说大嫂子倒不大说话呢，^{又提李纨。}老太太也是和凤姐姐的一样看待。若是单是会说话的可疼，这些姊妹里头也只是凤姐姐和林妹妹可疼了。"贾母道："提起姊妹，不是我当着姨太太的面奉承，千真万真，从我们家四个女孩儿算起，全不如宝丫头。"^{全出宝玉意外。}薛姨妈听说，忙笑道："这话是老太太说偏了。"王夫人忙又笑道："老太太时常背地里和我说宝丫头好，这倒不是假话。"^{再用王夫人证实。}宝玉勾着贾母原为赞林黛玉的，不想反赞起宝钗来，倒也意出望外，便看着宝钗一笑。宝钗早扭过头去和袭人说话去了。

忽有人来请吃饭，贾母方立起身来，命宝玉好生养着，又把丫头们嘱咐了一回，方扶着凤姐儿，让着薛姨妈，大家出房去了。^{用请吃饭另起头绪。}因问汤做好了不曾，又问薛姨妈等："想什么吃，只管告诉我，我有本事叫凤丫头弄了来咱们吃。"薛姨妈笑道："老太太也会

宝玉费尽心思，拐弯抹角，特意引到黛玉身上，还有凤姐作陪。不想竟反引起贾母盛赞宝钗，于是贾母之心意明矣，则上句说可嫌者，自是指黛玉也。

宝玉看着宝钗一笑者，因宝玉极赞黛玉，未及宝钗，而贾母反盛赞宝钗，宝玉面对宝钗自觉不好意思也。而宝钗早扭过头去找袭人说话者，是不屑理宝玉，以示对宝玉独赞黛玉之不满也，种种心意，仅于"一笑""一扭"中见也，可见人物形象动作之重要也。

第三十五回　白玉钏亲尝莲叶羹　黄金莺巧结梅花络

怄他的。时常他弄了东西孝敬，究竟又吃不了多少。"凤姐儿笑道："姑妈倒别这样说。我们老祖宗只是嫌人肉酸。若不嫌人肉酸，早已把我还吃了呢。"_{写凤姐嘴利，语言之逗人，至矣尽矣，无以加矣。}一句话没说了，引的贾母众人都哈哈的笑起来。

宝玉在房里也撑不住笑了。袭人笑道："真真的二奶奶的这张嘴怕死人！"宝玉伸手拉着袭人笑道："你站了这半日，可乏了？"一面说，一面拉他身旁坐了。袭人笑道："可是又忘了。趁宝姑娘在院子里，你和他说，烦他莺儿来打上几根络子。"_{意外之笔，意内之事。}宝玉笑道："亏你提起来。"说着，便仰头向窗外道："宝姐姐，吃过饭叫莺儿来，烦他打几根络子，可得闲儿？"宝钗听见，回头道："怎么不得闲儿，一会叫他来就是了。"贾母等尚未听真，都止步问宝钗。宝钗说明了，大家方明白。贾母又说道："好孩子，叫他来替你兄弟作几根。你要无人使唤，我那里闲着的丫头多呢，你喜欢谁，只管叫了来使唤。"_{贾母前既问薛姨妈喜吃何物，此又欲为宝钗支丫鬟，可见贾母之感情动向。}薛姨妈、宝钗等都笑道："只管叫他来作就是了，有什么使唤的去处。他天天也是闲着淘气。"

大家说着，往前迈步正走，忽见史湘云、平儿、香菱等在山石边掐凤仙花呢，_{闲写一笔儿女之事，更见生活之真。}见了他们走来，都迎上来了。少顷至园外，王夫人恐贾母乏了，便欲让至上房内坐，贾母也觉腿酸，便点头依允。

王夫人便令丫头忙先去铺设坐位。那时赵姨娘推病，（一刻不忘贾母年老。）只有周姨娘与众婆娘、丫头们忙着打帘子，立靠背，铺褥子。贾母扶着凤姐儿进来，与薛姨妈分宾主坐了。薛宝钗、史湘云坐在下面。王夫人亲捧了茶奉与贾母，李宫裁奉与薛姨妈。（因贾环在贾政面前说宝玉坏话，致宝玉挨打，赵姨娘不好再出来也。）贾母向王夫人道："让他们小妯娌服侍，你在那里坐了，好说话儿。"王夫人方向一张小杌子上坐下，便吩咐凤姐儿道："老太太的饭在这里放，添了东西来。"凤姐儿答应出去，便令人去贾母那边告诉，那边的婆娘忙往外传了。丫头们忙都赶过来，（从打帘子到捧茶，井然有序，主次分明。）王夫人便令"请姑娘们去"。请了半天，只有探春、惜春两个来了；迎春身上不耐烦，不吃饭；林黛玉自不消说，平素十顿饭只好吃五顿，众人也不着意了。（一顿饭，写得何等排场。）

少顷饭至，众人调放了桌子。凤姐儿用手巾裹着一把牙箸站在地下，笑道："老祖宗和姑妈不用让，还听我说就是了。"贾母笑向薛姨妈道："我们就是这样。"薛姨妈笑着应了。于是凤姐放了四双：上面两双是贾母、薛姨妈，两边是薛宝钗、史湘云的。王夫人、李宫裁等都站在地下看着放菜。凤姐先忙着要干净家伙来，替宝玉拣菜。

少顷，荷叶汤来，贾母看过了。王夫人回头见玉钏儿在那边，便令玉钏与宝玉送去。凤姐道："他一

第三十五回　　白玉钏亲尝莲叶羹　黄金莺巧结梅花络

个人拿不去。"可巧莺儿和喜儿都来了。宝钗知道他们已吃了饭，便向莺儿道："宝兄弟正叫你去打绦子，你们两个一同去罢。"莺儿答应，同着玉钏儿出来。莺儿道："这么远，怪热的，怎么端了去？"玉钏笑道："你放心，我自有道理。"说着，便令一个婆子来，将汤饭等物放在一个捧盒里，令他端了跟着，他两个却空着手走。〔层层支派，可见贾府奴婢之间的等级。〕一直到了怡红院门内，玉钏儿方接了过来，同莺儿进入宝玉房中。

袭人、麝月、秋纹三个人正和宝玉顽笑呢，见他两个来了，都忙起来，笑道："你两个怎么来的这么碰巧，一齐来了。"一面说，一面接了下来。玉钏儿便向一张杌子上坐了，莺儿不敢坐下。袭人便忙端了个脚踏来，莺儿还不敢坐。〔写莺儿，亦写宝钗也，写宝钗之规矩也。〕宝玉见莺儿来了，却倒十分欢喜；忽见了玉钏儿，便想到他姐姐金钏儿身上，又是伤心，又是惭愧，〔见玉钏，宝玉自当惭愧。〕便把莺儿丢下，且和玉钏儿说话。〔以下特写玉钏。〕袭人见把莺儿不理，恐莺儿没好意思的，又见莺儿不肯坐，便拉了莺儿出来，到那边房里去吃茶说话儿去了。

这里麝月等预备了碗箸来伺候吃饭。宝玉只是不吃，问玉钏儿道："你母亲身子好？"玉钏儿满脸怒色，正眼也不看宝玉，〔写玉钏愠怒，自然之情也。〕半日，方说了一个"好"字。〔有神态。〕宝玉便觉没趣，半日，只得又陪笑问道："谁叫你给我送来的？"玉钏儿道："不过是奶奶太太们！"

^{冷极淡极。}宝玉见他还是这样哭丧，便知他是为金钏儿的原故；待要虚心下气磨转他，又见人多，不好下气的，因而变尽方法，将人都支出去，然后又陪笑问长问短。

那玉钏儿先虽不悦，只管见宝玉一些性子没有，凭他怎么丧谤，他还是温存和气，自己倒不好意思的了，脸上方有三分喜色。^{有些转机。}宝玉便笑求他："好姐姐，^{转换叫法，进了一层。}你把那汤拿了来我尝尝。"玉钏儿道："我从不会喂人东西，等他们来了再吃。"^{冷气尚未褪尽。}宝玉笑道："我不是要你喂我。我因为走不动，你递给我吃了，你好赶早儿回去交代了，你好吃饭的。我只管耽误时候，你岂不饿坏了。你要懒待动，我少不了忍了疼下去取来。"说着，便要下床来，扎挣起来，禁不住"嗳哟"之声。^{故意做出，以动玉钏。}玉钏儿见他这般，忍不住起身说道："躺下罢！那世里造了来的业，这会子现世现报。教我那一个眼睛看的上！"^{虽是一句冷话，而冷中已含热矣！}一面说，一面咻的一声又笑了，^{已转过来了。}端过汤来。

宝玉笑道："好姐姐，你要生气只管在这里生罢，见了老太太、太太可放和气些，若还这样，你就又挨骂了。"玉钏儿道："吃罢，吃罢！不用和我甜嘴蜜舌的，^{开始对话了。}我可不信这样话！"说着，催宝玉喝了两口汤。宝玉故意说："不好吃，不吃了。"玉钏儿道："阿弥陀佛，这还不好吃，什么好吃。"宝玉道："一点味儿也没有，你不信，尝一尝就知道了。"玉钏儿真就

第三十五回　白玉钏亲尝莲叶羹　黄金莺巧结梅花络

赌气尝了一尝。_{再进一步，虽仍赌气，而已亲尝矣。}宝玉笑道："这可好吃了。"玉钏儿听说，方解过意来，原是宝玉哄他吃一口，便说道："你既说不好吃，这会子说好吃也不给你吃了。"_{好玉钏，自有对付之法。宝玉只是想等她吃后再吃耳，谁知偏不依你。}宝玉只管央求陪笑要吃，玉钏儿又不给他，_{终于未能吃着。人情有顿挫，文章有含蓄。}一面又叫人打发吃饭。

_{回目中"亲尝莲叶羹"之"亲"字即在此处。}

丫头方进来时，忽有人来回话："傅二爷家的两个嬷嬷来请安，来见二爷。"宝玉听说，便知是通判傅试家的嬷嬷来了。那傅试原是贾政的门生，历年来都赖贾家的名势得意，贾政也着实看待，故与别个门生不同，他那里常遣人来走动。

宝玉素习最厌愚男蠢女的，今日却如何又令两个婆子进来？其中原来有个原故：只因那宝玉闻得傅试有个妹子，名唤傅秋芳，也是个琼闺秀玉，常闻人传说才貌俱全，虽自未亲睹，然遐思遥爱之心十分诚敬，不命他们进来，恐薄了傅秋芳，因此连忙命让进来。

那傅试原是暴发的，因傅秋芳有几分姿色，聪明过人，那傅试安心仗着妹妹，要与豪门贵族结姻，不肯轻易许人，所以耽误到如今。目今傅秋芳年已二十三岁，尚未许人。争奈那些豪门贵族又嫌他穷酸，根基浅薄，不肯求配。那傅试与贾家亲密，也自有一段心事。今日遣来的两个婆子偏生是极无知识的，闻得宝玉要见，进来只刚问了好，说了没两句话。

_{"傅试"者，附势也。}

那玉钏儿见生人来，也不和宝玉厮闹了，手里端着汤只顾听话。宝玉又只顾和婆子说话，一面吃饭，一面伸手去要汤。两个人的眼睛都看着人，不想伸猛了手，便将碗碰翻，将汤泼了宝玉手上。玉钏儿倒不曾烫着，唬了一跳，忙笑道，"这是怎么说！"慌的丫头们忙上来接碗。宝玉自己烫了手倒不觉的，却只管问玉钏儿："烫了那里了？疼不疼？"_{痴绝}玉钏儿和众人都笑了。玉钏儿道："你自己烫了，只管问我。"宝玉听说，方觉自己烫了。_{与三十回龄官画蔷同一意趣。}众人上来连忙收拾。宝玉也不吃饭了，洗手吃茶，又和那两个婆子说了两句话。然后两个婆子告辞出去，晴雯等送至桥边方回。

> 一段参差文章，恰是情真意真，写宝玉痴情如画。

那两个婆子见没人了，一行走，一行谈论。这一个笑道："怪道有人说他家宝玉是外像好里头糊涂，中看不中吃的，果然有些呆气。他自己烫了手，倒问人疼不疼，这可不是个呆子？"那一个又笑道："我前一回来，听见他家里许多人抱怨，千真万真的有些呆气。大雨淋的水鸡似的，他反告诉别人：'下雨了，快避雨去罢。'你说可笑不可笑？时常没人在跟前，就自哭自笑的；看见燕子，就和燕子说话；河里看见了鱼，就和鱼说话；见了星星月亮，不是长吁短叹，就是咕咕哝哝的。且是连一点刚性也没有，连那些毛丫头的气都受的。爱惜东西，连个线头儿都是好的；

> 借老嬷嬷议论，明世人不可理解宝玉也。

第三十五回　白玉钏亲尝莲叶羹　黄金莺巧结梅花络

糟蹋起来，那怕值千值万的都不管了。"两个人一面说，一面走出园来，辞别诸人回去，不在话下。

脂批："宝玉之为人，非此一论，亦描写不尽；宝玉之不肖，非此一鄙，亦形容不到。试问作者是且宝玉乎，是赞宝玉乎？试问观者是喜宝玉乎，是恶宝玉乎？"

如今且说袭人见人去了，便携了莺儿过来，问宝玉打什么络子。宝玉笑向莺儿道："才只顾说话，就忘了你。烦你来不为别的，却为替我打几根络子。"莺儿道："装什么的络子？"宝玉见问，便笑道："不管装什么的，你都每样打几个罢。"莺儿拍手笑道："这还了得！要这样，十年也打不完了。"宝玉笑道："好姐姐，你闲着也没事，都替我打了罢。"

袭人笑道："那里一时都打得完，如今先拣要紧的打两个罢。"莺儿道："什么要紧，不过是扇子、香坠儿、汗巾子。"宝玉道："汗巾子就好。"莺儿道："汗巾子是什么颜色的？"宝玉道："大红的。"莺儿道："大红的须是黑络子才好看的。或是石青的才压的住颜色。"宝玉道："松花色配什么？"莺儿道："松花配桃红。"宝玉笑道："这才娇艳。再要雅淡之中带些娇艳。"莺儿道："葱绿、柳黄是我最爱的。"宝玉道："也罢了，也打一条桃红，再打一条葱绿。"莺儿道："什么花样呢？"宝玉道："共有几样花样？"莺儿道："一炷香、朝天凳、象眼块、方胜、连环、梅花、柳叶。"宝玉道："前儿你替三姑娘打的那花样是什么？"莺儿道："那是攒心梅花。"宝玉道："就是那样儿好。"

借此讲调色法。

借此讲工艺图案美。

一面说，一面叫袭人刚拿了线来，窗外婆子说："姑娘们的饭都有了。"宝玉道："你们吃饭去，快吃了来罢。"袭人笑道："有客在这里，我们怎好去的！"莺儿一面理线，一面笑道："这话又打那里说起，正经快吃了来罢。"袭人等听说方去了，只留下两个小丫头听呼唤。

宝玉一面看莺儿打络子，一面说闲话，因问他："十几岁了？"莺儿手里打着，一面答话说："十六岁了。"宝玉道："你本姓什么？"莺儿道："姓黄。"宝玉笑道："这个名姓倒对了，果然是个黄莺儿。"莺儿笑道："我的名字本来是两个字，叫作金莺。姑娘嫌拗口，就单叫莺儿，如今就叫开了。"宝玉道："宝姐姐也算疼你了。明儿宝姐姐出阁，少不得是你跟去了。"莺儿抿嘴一笑。宝玉笑道："我常常和袭人说，明儿不知那一个有福的消受你们主子奴才两个呢。"听此语，可知宝玉心意不在宝钗也。莺儿笑道："你还不知道，我们姑娘有几样世人都没有的好处呢，模样儿还在其次。"宝玉见莺儿娇憨婉转，语笑如痴，八字写莺儿如生。早不胜其情了，那更提起宝钗来！便问他道："好处在那里？好姐姐，细细告诉我听。"又提起宝钗，莺儿更增娇痴也。宝玉要莺儿细细告诉者，宝玉欲听莺儿娇憨之语也，故其意皆在莺儿而非宝钗也。读者切宜明辨。莺儿笑道："我告诉你，你可不许又告诉他去。"宝玉笑道："这个自然的。"

正说着，只听外头说道："怎么这样静悄悄的！"

第三十五回　白玉钏亲尝莲叶羹　黄金莺巧结梅花络

二人回头看时，不是别人，正是宝钗来了。宝玉忙让坐。宝钗坐了，因问莺儿："打什么呢？"一面问，一面向他手里去瞧，才打了半截。宝钗笑道："这有什么趣儿，倒不如打个络子把玉络上呢。"_{此话有深意。}一句话提醒了宝玉，便拍手笑道："倒是姐姐说的是，我就忘了。只是配个什么颜色才好？"宝钗道："若用杂色断然使不得。大红又犯了色，黄的又不起眼，黑的又过暗。等我想个法儿：把那金线拿来，_{又是金配玉。}配着黑珠儿线，一根一根的拈上，打成络子，这才好看。"_{用金线络宝玉，此话竟由宝钗亲口说出。}宝玉听说，喜之不尽，一叠声便叫袭人来取金线。正值袭人端了两碗菜走进来，告诉宝玉道："今儿奇怪，才刚太太打发人给我送了两碗菜来。"宝玉笑道："必定是今儿菜多，送来给你们大家吃的。"_{宝玉绝未想到是单给袭人的。}袭人道："不是，是指名给我送来的，还不叫我过去磕头。这可是奇了。"_{一点不奇，是上回你献"小见识"的酬劳。}宝钗笑道："给你的，你就吃了。这有什么可猜疑的。"袭人笑道："从来没有的事，倒叫我不好意思的。"宝钗抿嘴一笑，说道："这就不好意思了？明儿比这个更叫你不好意思的还有呢。"_{此话竟由宝钗说出，明宝钗已知王夫人之意。可见王夫人待宝钗之亲厚也。}

袭人听了话内有因，素知宝钗不是轻嘴薄舌奚落人的，自己方想起上日王夫人的意思来，便不再提，将菜与宝玉看了，说："洗了手来拿线。"说毕，便一直的出去了。吃过饭，洗了手，进来拿金线与莺儿打络子。此时宝钗早被薛蟠遣人来请出去了。

这里宝玉正看着打络子,忽见邢夫人那边遣了两个丫鬟,送了两样果子来与他吃,问他:"可走得了?若走得动,叫哥儿明儿过来散散心,太太着实记挂着呢。"宝玉忙道:"若走得了,必请太太的安去。疼的比先好些,请太太放心罢。"一面叫他两个坐下,一面又叫秋纹来,把才拿来的那果子拿一半送与林姑娘去。秋纹答应了,刚欲去时,只听黛玉在院内说话,宝玉忙叫:"快请。"

要知端的,且听下回分解。

> 前段刚说到宝钗,宝钗即到,故宝钗好处未说出。此处是要给黛玉送果子,而黛玉就到。前后同样凑巧。

第三十五回　白玉钏亲尝莲叶羹　黄金莺巧结梅花络

【回后评】

黛玉独立于花阴之下，看着诸人去怡红院探视宝玉：第一批是李纨，迎、探、惜并各项人等，看着她们进去又出来；第二批是花簇簇一群人，贾母搭着凤姐并邢、王二夫人，周姨娘丫鬟等；第三批是宝钗、薛姨妈。从黛玉眼中远远写出诸人探视情景，众人之簇簇热闹，与黛玉孤零一人形成鲜明对照，可见此时之黛玉已处于孤立无爱之地步矣。无怪黛玉想起有父母的人的好处来而又珠泪满面，实际上这时她已感到她已失去了贾母之爱。昔时评者有谓探视诸人除贾母、王夫人等至亲外，大都是为了讨好贾母，包括宝钗、薛姨妈等，独黛玉不趋奉，不凑热闹，足见黛玉之孤芳高格与趋时者迥然有别。我以为此论自有真见，当然宝钗除趋奉贾母、王夫人外，另有私心，此不言而喻也。

黛玉回到潇湘馆，"只见满地下竹影参差，苔痕浓淡，不觉又想起《西厢记》中所云：'幽僻处可有人行，点苍苔白露泠泠'二句来"，直到黛玉"在月洞窗内坐了。吃毕药，只见窗外竹影映入纱来，满屋内阴阴翠润，几簟生凉"一大段，是对潇湘馆的特笔描写，实亦对黛玉的特笔描写。作者用环境来衬托人，盖人与环境不可分也。东篱之菊，悠然南山，渊明之环境也；华子冈、辋川，王摩诘之环境也。黛玉居此潇湘馆之环境中，其胸次境界自与诸人别矣。

宝钗说："我来了这么几年，留神看起来，凤丫头凭他怎么巧，再巧不过老太太去。"这是宝钗当面奉承贾母，自然博得贾母欢心。宝玉说："若是单是会说话的可疼，这些姊妹里头也只是凤姐姐和林妹妹可疼了。"宝玉此话，原想引贾母赞黛玉，不想反引出贾母一段议论，一则说："嘴乖的也有一宗可嫌的。"这当然不是指凤姐,而是隐指黛玉;再则说:"不是我当着姨太太的面奉承,千真万真,从我们家四个女孩儿算起,全不如宝丫头。"贾母对宝钗的明赞,对黛玉的暗贬,它显示着在贾母、王夫人等最高层,钗、黛之选胜负已分。黛玉是贾母的亲外孙女,宝钗不过是王夫人的外甥女,其亲疏迥不可比。而贾母竟然爱宝钗而嫌黛玉,此固宝钗平时趋奉之功;而另一方面,亦因黛玉之思想襟怀亦不为世俗所能理解和接受也。

玉钏尝羹一段,又夹入傅家老婆子来为傅秋芳求亲事,宝玉百计温存,转回玉钏,至自己烫手而不觉,又破例与傅家老婆子交谈,意在傅秋芳。此皆宝玉贵介公子习性使然也,读者当不能忘其豪门贵公子身份。而傅家老婆子对宝玉的议论,则亦见宝玉之思想行为种种亦非世人之所能知也。此正与黛玉为同调。

莺儿打络子,娇憨婉转,笑语如痴,宝玉不胜其情,哪更提宝钗。读者皆误以为是宝玉对宝钗,其实非也,是宝玉对莺儿也,是莺儿提起宝钗时莺儿自身之娇媚令宝玉心醉也,不胜其情也。何以非指宝钗?因此前宝玉刚说过:"我常常和袭人说,明儿不知那一个有福的消受你们主子奴才两个呢。"此话在前,已明示宝玉之绝意于宝钗矣。然则,宝玉之不胜其情,亦仅心醉莺儿娇憨婉转之态而已,更无他念也,读者千万不能误解。

【校记】

〔一〕回目:各本同。唯列本、舒本下联"巧"作"俏"。

第三十六回　绣鸳鸯梦兆绛芸轩
　　　　　　　识分定情悟梨香院〔一〕

　　话说贾母自王夫人处回来,见宝玉一日好似一日,心中自是欢喜。因怕将来贾政又叫他,遂命人将贾政的亲随小厮头儿唤来,吩咐他:"以后倘有会人待客诸样的事,你老爷要叫宝玉,你不用上来传话,就回他说:我说了,一则打重了,得着实将养几个月才走得;二则他的星宿不利,祭了星不见外人,过了八月才许出二门。"那小厮头儿听了,领命而去。贾母又命李嬷嬷、袭人等来,将此话说与宝玉,使他放心。

　　那宝玉本就懒与士大夫诸男人接谈,又最厌峨冠礼服、贺吊往还等事,厌弃世俗尘事,实厌弃当时社会也。今日得了这句话,越发得了意,不但将亲戚朋友一概杜绝了,而且连家庭中晨昏定省益发都随他的便了。礼亦废了。日日只在园中游卧,不过每日一清早到贾母、王夫人处走走就回来了,却每每甘心为诸丫鬟充役,疏于上而密于下。竟也得十分闲消日月。或如宝钗辈有时见机导劝,可见宝钗劝导已非一次。反生起

脂批:"'绛芸轩梦兆'是金针暗度法。夹写月钱是为袭人渐入金屋地步。'梨香院'是明写大家蓄戏,不免奸淫之陋,可不慎哉。"
庚辰本回前评。

贾母如此嘱咐,实为宝玉此后日在园中,摒绝诸应酬,连二门都不出,则贾政亦不必见矣。

再提宝钗劝导,是明宝钗劝之频,宝玉屡屡拒之也。也可见宝钗之劝不止而宝玉坚拒不移也,此处特为重言之,以重其意。

气来，只说："好好的一个清净洁白女儿，也学的钓名沽誉，入了国贼禄鬼之流。^{此直指宝钗也。}这总是前人无故生事，立言竖辞，原为导后世的须眉浊物。不想我生不幸，亦且琼闺绣阁中亦染此风，真真有负天地钟灵毓秀之德！"^{几句话，直骂宝钗，特未明言耳。}因此祸延古人，除《四书》外，竟将别的书焚了。^{宝玉焚书是恨极之举，恨仕途经济，亦恨宝钗之劝也。}众人见他如此疯颠，^{将超尘拔俗之语视为疯颠，实举世皆醉也。}也都不向他说这些正经话了。独有林黛玉自幼不曾劝他去立身扬名等语，所以深敬黛玉。

^{黛玉是举世皆醉我独醒也。宝玉得此空谷足音，能不敬乎！}

> 上回写宝钗独得贾母之心，此回却写黛玉独得宝玉之心。宝玉恨极国贼禄鬼，至将《四书》外的书焚了。《四书》外之书，非指《四书》外所有之书也，是指程朱理学之类书也，因走仕途经济之路，必读程朱之书也，故宝玉恨而焚之也。宝玉焚程朱之书，亦是针对宝钗之劝也，故下文才及黛玉从不劝他等语。文意有隐有显，读者宜细心求之，当能自得。

闲言少述，如今且说凤姐自见金钏死后，忽见几家仆人常来孝敬他些东西，又不时的来请安，奉承自己，倒生了疑惑，不知何意。这日，又见人来孝敬他东西，因晚间无人时笑问平儿道："这几家人不大管我的事，为什么忽然这么和我贴近？"平儿冷笑道："奶奶连这个都想不起来了？我猜他们的女儿都必是太太房里的丫头。如今太太房里有四个大的，一个月一两银子的分例。下剩的都是一个月几百钱。如今金钏儿死了，必定他们要弄这一两银子的巧宗儿呢。"^{平儿明察秋毫。所谓"世事洞明皆学问"也。}凤姐听了，笑道："是了，是了，倒是你提醒了。我看这些人也太不知足，钱也赚够了，苦事情又侵不着，弄个丫头搪塞着身子也就罢了，又还想这个。也罢了，他们几家的钱，容易也不能花到我

> 平儿深通世事，原以为此类事只有今日盛行，岂知也是古已有之。凤姐要等钱送足了方办此事，凤姐非古之凤姐，乃今之凤姐也。雪芹一枝笔，于二百年前直写到今天，令人叹佩！

第三十六回　绣鸳鸯梦兆绛芸轩　识分定情悟梨香院

跟前。这是他们自寻的，送什么来，我就收什么。横竖我有主意。"凤姐儿安下这个心，所以自管迁延着，等那些人把东西送足了，然后乘空方回王夫人。

<small>凤姐主意何等眼熟。</small>

这日午间，薛姨妈母女两个与林黛玉等，正在王夫人房里大家吃西瓜呢。凤姐儿得便回王夫人道："自从玉钏儿的姐姐死了，太太跟前少着一个人，太太或看准了那个丫头好，就吩咐，下月好发放月钱的。"王夫人听了，想了一想，道："依我说，什么是例，必定四个五个的，够使就罢了，竟可以免了罢。"凤姐笑道："论理，太太说的也是。这原是旧例，别人屋里还有两个呢，太太倒不按例了。况且省下一两银子也有限。"王夫人听了，又想一想，道："也罢，这个分例只管关了来，不用补人，就把这一两银子给他妹妹玉钏儿罢。他姐姐服侍了我一场，没个好结果，剩下他妹妹跟着我，吃个双分子也不为过逾了。"凤姐答应着，回头找玉钏儿，笑道："大喜，大喜。"玉钏儿过来磕了头。

<small>凤姐已收足东西了。</small>

<small>王夫人倒能破例。</small>

<small>因为姐姐被冤死而自己多得了一两银子的月钱，便成为"大喜"，还要向主子磕头。这是真实地反映了奴隶制下主奴双方的心态。</small>

<small>"没个好结果"是太太所赐，如今给玉钏双分是王夫人为了减轻自己内心所受到的谴责，也是为了收买人心。</small>

王夫人问道："正要问你，如今赵姨娘、周姨娘的月例多少？"凤姐道："那是定例，每人二两。赵姨娘有环兄弟的二两，共是四两，另外四串钱。"王夫人道："可都按数给他们？"凤姐见问的奇怪，忙道：

"怎么不按数给？"王夫人道："前儿我恍惚听见有人抱怨，说短了一吊钱，是什么原故？" _{借此一笔，透露凤姐的克扣。} 凤姐忙笑道："姨娘们的丫头，月例原是人各一吊。从旧年他们外头商议的，姨娘们每位的丫头分例减半，人各五百钱。每位两个丫头，所以短了一吊钱。这也抱怨不着我，我倒乐得给他们呢，他们外头又扣着，难道我添上不成？这个事我不过是接手儿，怎么来，怎么去，由不得我作主。我倒说了两三回，仍旧添上这两分的。他们说只有这个项数，叫我也难再说了。如今在我手里，每月连日子都不错给他们呢。先时在外头关，那个月不打饥荒？何曾顺顺溜溜的得过一遭儿。"王夫人听说，也就罢了。半日又问："老太太屋里几个一两的？"凤姐道："八个。如今只有七个，那一个是袭人。"王夫人道："这就是了。你宝兄弟也并没有一两的丫头，袭人还算是老太太房里的人。"凤姐笑道："袭人原是老太太的人，不过给了宝兄弟使。他这一两银子还在老太太的丫头分例上领。如今说因为袭人是宝玉的人，裁了这一两银子，断然使不得。若说再添一个人给老太太，这个还可以裁他的。若不裁他的，须得环兄弟屋里也添上一个，才公道均匀了。就是晴雯、麝月等七个大丫头，每月人各月钱一吊，佳蕙等八个小丫头，每月人各月钱五百，还是老太太的话，别人如何恼得气得呢。"薛姨妈笑道："只

_{凤姐为此说了一大串，足见心虚，别看嘴上说得硬，事实并非如此。}

_{说得振振有词，最后还抬出老太太来，谁人敢驳。}

第三十六回　绣鸳鸯梦兆绛芸轩　识分定情悟梨香院

听凤丫头的嘴，倒像倒了核桃车子的，_{形容极新鲜。}只听他的账也清楚，理也公道。"_{薛姨妈亦是奉承话。}凤姐笑道："姑妈，难道我说错了不成？"薛姨妈笑道："说的何尝错，只是你慢些说岂不省力。"凤姐才要笑，忙又忍住了，听王夫人示下。

王夫人想了半日，向凤姐儿道："明儿挑一个好丫头送去老太太使，补袭人，把袭人的一分裁了。把我每月的月例二十两银子里，拿出二两银子一吊钱来给袭人。以后凡事有赵姨娘、周姨娘的，也有袭人的。只是袭人的这一分，都从我的分例上匀出来，不必动官中的就是了。"凤姐一一的答应了，笑推薛姨妈道："姑妈听见了，我素日说的话如何？今儿果然应了我的话。"_{在凤姐心目中，袭人早该如此。}

薛姨妈道："早就该如此。模样儿自然不用说的，他的那一种行事大方，说话见人和气里头带着刚硬要强，这个实在难得。"_{可见袭人为宝玉之妾的地位，早为诸人心目中之事。}王夫人含泪说道："你们那里知道袭人那孩子的好处，_{脂批："'孩子'二字愈见亲热，故后文连呼二声我的儿。"}比我的宝玉强十倍！_{脂批："忽加'我的宝玉'四字，愈令人堕泪。加'我的'二字者，是明显袭人是彼的，然彼的何如此好，我的何如此不好，又气又恨，宝玉罪有万重矣。作者有多少眼泪，写此一句。观者又不知有多少眼泪也。"}宝玉果然是有造化的，能够得他长长远远的服侍他一辈子，_{可惜就是不能长长远远也。}也就罢了。"_{脂批："真好文字，此批得出者。"}凤姐道："既这么样，就开了脸，_{早已开脸矣，你是明知故说耳。昔人评云："不开脸再嫁更便。"自是针对后文袭人改嫁蒋玉菡之讽刺话。}明放他在屋里岂不好？"

王夫人道："那就不好了。一则都年轻；二则老爷也

为什么要说得那么快，因王夫人问此，正触动痛处，且必有人在王夫人面前说话告状，故凤姐气急，沉不住也。

"以后凡事有赵姨娘、周姨娘的，也有袭人的"，是明确把袭人提到做宝玉之妾的地位也。袭人前进谗，今已奏效矣。

王夫人含泪所说，实实昏聩，用袭人与宝玉比，还比宝玉强十倍，可见其世俗而昏庸。宝玉有其母复有其父，此中日夕，亦复何堪！

不许；三则那宝玉见袭人是个丫头，纵有放纵的事，倒能听他的劝，如今作了跟前人，那袭人该劝的也不敢十分劝了。如今且浑着，（王夫人要"浑着"，袭人也喜欢"浑着"，其实早已"明"了，晴雯不是已把她"明"过一次吗？袭人喜欢"浑着"是因为"浑着"仍可说嘴也，仍可"浑作"女儿也。）等再过二三年再说。"

说毕半日，凤姐见无话，便转身出来。刚至廊檐上，只见有几个执事的媳妇子正等他回事呢，见他出来，都笑道："奶奶今儿回什么事，这半天？可是要热着了。"凤姐把袖子挽了几挽，趷着那角门的门坎子，笑道："这里过门风倒凉快，吹一吹再走。"（好透一口气再走，在里面刚才紧张也。）又告诉众人道："你们说我回了这半日的话，太太把二百年头里的事都想起来问我，难道我不说罢。"（心里实实记恨。）又冷笑道："我从今以后倒要干几样克毒事了。抱怨给太太听，我也不怕。糊涂油蒙了心，烂了舌头，不得好死的下作东西，别作娘的春梦！明儿一裹脑子扣的日子还有呢。如今裁了丫头的钱，就抱怨了咱们。也不想一想自己是奴几，也配使两三个丫头！"一面骂，一面方走了，（凤姐一路怨恨，说"也不想一想自己是奴几"，可见此一段恨话都是针对赵姨娘，也可见王夫人查问，是听赵姨娘所说。）自去挑人回贾母话去，不在话下。

（忍了半日，装笑脸半日，现在和盘托出，本相毕露，可见前面回答尽是虚应，也可见确是有人揭底，故凤姐恨极要报复耳。）

却说王夫人等这里吃毕西瓜，又说了一回闲话，各自方散去。宝钗与黛玉等回至园中，宝钗因约黛玉往藕香榭去，黛玉回说立刻要洗澡，便各自散了。

宝钗独自行来，顺路进了怡红院，意欲寻宝玉谈

第三十六回　绣鸳鸯梦兆绛芸轩　识分定情悟梨香院

讲以解午倦。不想一入院来，鸦雀无闻，一并连两只仙鹤在芭蕉下都睡着了。_{一幅炎夏长昼景象。}宝钗便顺着游廊来至房中，只见外间床上横三竖四，都是丫头们睡觉。_{写昼困如画。}转过十锦槅子，来至宝玉的房内。宝玉在床上睡着了，袭人坐在身旁，手里做针线，旁边放着一柄白犀麈。宝钗走近前来，悄悄的笑道："你也过于小心了，这个屋里那里还有苍蝇、蚊子，还拿蝇帚子赶什么？"袭人不防，猛抬头见是宝钗，忙放下针线，起身悄悄笑道：_{两个"悄悄"，显得昼长人困，静极。}"姑娘来了，我倒也不防，唬了一跳。姑娘不知道，虽然没有苍蝇、蚊子，谁知有一种小虫子，从这纱眼里钻进来，人也看不见，只睡着了，咬一口，就像蚂蚁夹的。"宝钗道："怨不得。这屋子后头又近水，又都是香花儿，这屋子里头又香。这种虫子都是花心里长的，闻香就扑。"

说着，一面又瞧他手里的针线，原来是个白绫红里的兜肚，上面扎着鸳鸯戏莲的花样，红莲绿叶，五色鸳鸯。_{初是袭人在绣鸳鸯。}宝钗道："嗳哟，好鲜亮活计！这是谁的，也值的费这么大工夫？"袭人向床上努嘴儿。_{神情毕肖。}宝钗笑道："这么大了，还带这个？"袭人笑道："他原是不带的，所以特特的做的好了，叫他看见由不得不带。_{此是袭人妙法，总以诱为上。}如今天气热，睡觉都不留神，哄他带上了，便是夜里纵盖不严些儿，也就不怕了。你说这一个就用了工夫，还没看见他身上现带的那一个呢。"

_{是初夏情景。}

_{此回回目云"绣鸳鸯梦兆绛芸轩"，实点袭人、宝钗共绣鸳鸯也，共作鸳鸯好梦也。岂知后文宝玉梦中之语，直破此梦耳。}

_{吴语"戴""带"同音，读"得阿"切。此处之"带"字，义同"戴"。今吴语仍读此音。故民间书面语言，常"戴""带"不分，此亦《红楼梦》早期抄本多吴语之一例。}

宝钗笑道："也亏你奈烦。"袭人道："今儿做的工夫大了，脖子低的怪酸的。"又笑道："好姑娘，你略坐一坐，我出去走走就来。"说着便走了。

宝钗只顾看着活计，便不留心，一蹲身，刚刚的也坐在袭人方才坐的所在，<small>坐袭人之所坐。</small>因又见那活计实在可爱，不由的拿起针来，替他代刺。<small>继是宝钗绣鸳鸯，然则袭人、宝钗共绣一幅鸳鸯矣。其意可思。</small>

不想林黛玉因遇见史湘云约他来与袭人道喜，二人来至院中，见静悄悄的，湘云便转身先到厢房里去找袭人。林黛玉却来至窗外，隔着纱窗往里一看，只见宝玉穿着银红纱衫子，随便睡着在床上，宝钗坐在身旁做针线，旁边放着蝇帚子。林黛玉见了这个景儿，连忙把身子一藏，用手握着嘴不敢笑出来，招手儿叫湘云。<small>三句话，如一幅活动图画，黛玉情态如生。</small>湘云一见他这般景况，只当有什么新闻，忙也来一看，也要笑时，忽然想起宝钗素日待他厚道，便忙掩住口。<small>其事本来可笑，但湘云因宝钗待之厚，故不忍笑，以此回顾黛玉，黛玉亦终未笑，足见黛玉本非刻薄之人也。</small>知道林黛玉不让人，怕他言语之中取笑，<small>谁知此后黛玉仅与宝玉说笑一提外，更未与任何人提及。</small>便忙拉过他来，道："走罢。我想起袭人来，他说午间要到池子里去洗衣裳，想必去了，咱们那里找他去。"林黛玉心下明白，冷笑了两声，<small>心知其意，并未说出。</small>只得随他走了。

这里宝钗只刚做了两三个花瓣，忽见宝玉在梦中喊骂说："和尚道士的话如何信得？什么是金玉姻缘，我偏说是木石姻缘！"薛宝钗听了这话，不觉怔了。

<small>一幅金闺图画，恰被黛玉、湘云看见，原谓日长昼静，无人能到，不想偏偏被人撞着。</small>

<small>湘云因宝钗待之厚，故不忍笑，只此一句，可见湘云言行受宝钗影响之深矣，则湘云劝宝玉仕途经济之话，自是受宝钗之熏染，明矣。</small>

<small>宝玉于梦中喊骂，足见金玉之说，困之久矣。"偏说是木石姻缘"，平时积于心者，竟从梦中喊出。</small>

第三十六回　绣鸳鸯梦兆绛芸轩　识分定情悟梨香院

忽见袭人走过来，笑道："还没有醒呢？"宝钗摇头。袭人又笑道："我才碰见林姑娘、史大姑娘，他们可有进来？"宝钗道："没见他们进来。"因向袭人笑道："他们没告诉你什么话？"袭人笑道："左不过是他们那些顽话，有什么正经说的。"宝钗笑道："他们说的可不是顽话，我正要告诉你呢，你又忙忙的出去了。"一句话未完，只见凤姐儿打发人来叫袭人。宝钗笑道："就是为那话了。"袭人只得唤起两个丫鬟来，一同宝钗出怡红院，自往凤姐这里来。果然是告诉他这话，又叫他与王夫人叩头，且不必去见贾母，倒把袭人不好意思的。见过王夫人，急忙回来，宝玉已醒了，问起原故，袭人且含糊答应。至夜间人静，袭人方告诉。

宝玉喜不自禁，又向他笑道："我可看你回家去不去了！那一回往家里走了一趟，回来就说你哥哥要赎你，又说在这里没着落，终久算什么，说了那些无情无义的生分话唬我。从今以后，我可看谁来敢叫你去。"袭人听了，便冷笑道："你倒别这么说。从此以后我是太太的人了，我要走，连你也不必告诉，只回了太太就走。"宝玉笑道："就便算我不好，你回了太太竟去了，叫别人听见说我不好，你去了你也没意思。"

（侧批）竟让宝钗听到。手里绣着鸳鸯，耳内听着刺耳之话，不知宝钗何以为情！"不觉怔了"，是出于一厢情愿之外也。

偏让袭人撞见湘云、黛玉，则宝钗当能心明矣，故问袭人也。

是关于袭人的话。

"这话"者，上文王夫人嘱咐"以后凡事有赵姨娘、周姨娘的，也有袭人的"也。

脂批："唬"字妙，尔果（是）条明决男子，何得畏女子唬哉！

听宝玉之话，则"开脸""浑着"等话，似均已告知，袭人之身份已定矣。

不知后来回了太太没有。

宝玉梦中之语，实是破后文金玉良缘之预示也，正宝钗做此好梦之际，忽闻此语，亦为宝钗后日之结局预示也。

袭人告诉何事？一是自己与赵姨娘、周姨娘的待遇相同；二是自己的分例，从贾母处转到怡红院，由王夫人出。至于凤姐说要开脸，王夫人说先浑着，袭人是否知道，又是否告诉了宝玉，皆未详明，不好猜测也。

袭人笑道:"有什么没意思,难道作了强盗贼,我也跟着罢。这是什么话?面对宝玉竟如此说,袭人之心险矣!不可测也。再不然,还有一个死呢。人活百岁,横竖要死,这一口气不在,听不见看不见就罢了。"说得如此慷慨,只是到时舍不得死耳!

宝玉听见这话,便忙握他的嘴,说道:"罢,罢,罢,不用说这些话了。"宝玉是厌闻其言乎?是不忍闻其言乎?袭人深知宝玉性情古怪,听见奉承吉利话又厌虚而不实,然则确是厌虚而不实也。听了这些尽情实话又生悲感,便悔自己说冒撞了,连忙笑着用话截开,只拣那宝玉素喜谈者问之。先问他春风秋月,再谈及粉淡脂莹,然后谈到女儿如何好,又谈到女儿死,袭人忙掩住口。

绮园批:"玉兄此论,大觉痛快人心。绮园。"

宝玉谈至浓快时,见他不说了,便笑道:"人谁不死,只要死的好。那些个须眉浊物,只知道文死谏,武死战,这二死是大丈夫死名死节。竟何如不死的好!必定有昏君他方谏,他只顾邀名,猛拼一死,将来弃君于何地!必定有刀兵他方战,猛拼一死,他只顾图汗马之名,将来弃国于何地!所以这皆非正死。"袭人道:"忠臣良将,出于不得已他才死。"宝玉道:"那武将不过仗血气之勇,疏谋少略,他自己无能,送了性命,这难道也是不得已?那文官更不可比武官了,他念两句书,污在心里,若朝廷少有疵瑕,他就胡弹乱谏,只顾他邀忠烈之名,浊气一涌,实时拼死,这难道也是不得已?还要知道,那朝廷是受命于天,他

宝玉之言,震聋发聩,闻者惊心,明末李卓吾有此鸿论。宝玉之言,与之同声,则雪芹深佩李侯也。

第三十六回　　绣鸳鸯梦兆绛芸轩　　识分定情悟梨香院

不圣不仁，那天也断不把这万几重任与他了。可知那些死的都是沽名，并不知大义。比如我此时若果有造化，该死于此时的，趁你们在，我就死了，再能够你们哭我的眼泪流成大河，把我的尸首漂起来，送到那鸦雀不到的幽僻之处，随风化了，自此再不要托生为人，_{再不要托生为人，是愤世绝俗之语，足见作者于世弊愤极也！}就是我死的得时了。"袭人忽见说出这些疯话来，忙说困了，不理他。那宝玉方合眼睡着，至次日也就丢开了。

_{绮园批："死时当念大义，千古不磨之论。绮园。"}

一日，宝玉因各处游的烦腻，便想起《牡丹亭》曲来。自己看了两遍，犹不惬怀，因闻得梨香院的十二个女孩子中，有小旦龄官最是唱的好，_{即是以前画"蔷"者。}因着意出角门来找时，只见宝官、玉官都在院内，见宝玉来了，都笑嘻嘻的让坐。宝玉因问："龄官独在那里？"众人都告诉他说："在他房里呢。"

宝玉忙至他房内，只见龄官独自倒在枕上，见他进来，文风不动。_{奇怪。}宝玉素习与别的女孩子顽惯了的，只当龄官也同别人一样，因进前来身旁坐下，又陪笑央他起来唱"袅晴丝"一套。不想龄官见他坐下，忙抬身起来躲避，正色说道："嗓子哑了。前儿娘娘传进我们去，我还没有唱呢。"_{更奇，宝玉从未遇此。}宝玉见他坐正了，再一细看，原来就是那日蔷薇花下划"蔷"字那一个。又见如此景况，从来未经过这番被人弃厌，自己便讪

653

讪的红了脸，只得出来了。^{宝玉第一次在女孩身上碰钉子。}

宝官等不解何故，因问其所以。宝玉便说了，遂出来。宝官便说道："只略等一等，蔷二爷来了叫他唱，是必唱的。"^{又进一层，奇景忽出。}宝玉听了，心下纳闷，因问："蔷哥儿那去了？"宝官道："才出去了，一定还是龄官要什么，他去变弄去了。"^{知之甚确。}宝玉听了，以为奇特。少站片时，果见贾蔷从外头来了，^{果如所言。}手里又提着个雀儿笼子，上面扎着个小戏台，并一个雀儿，兴兴头头的往里走着找龄官。见了宝玉，只得站住。宝玉问他："是个什么雀儿，会衔旗串戏台？"贾蔷笑道："是个玉顶金豆。"宝玉道："多少钱买的？"贾蔷道："一两八钱银子。"^{其价甚昂，抵袭人一个月的分例。}一面说，一面让宝玉坐，自己往龄官房里来。

宝玉此刻把听曲子的心都没了，且要看他和龄官是怎样。只见贾蔷进去笑道："你起来，瞧这个顽意儿。"龄官起身问是什么，^{果然，贾蔷叫她起来，她即起来。}贾蔷道："买了雀儿你顽，省得天天闷闷的无个开心。我先顽个你看。"说着，便拿些谷子哄的那个雀儿在戏台上乱串，衔鬼脸旗帜。众女孩子都笑道"有趣"，独龄官冷笑了两声，赌气仍睡去了。^{龄官别有怀抱，非同众人，故有画"蔷"之事。}

贾蔷还只管陪笑，问他好不好。龄官道："你们家把好好的人弄了来，关在这牢坑里学这个劳什子还不算，你这会子又弄个雀儿来，也偏生干这个。你分

^{龄官出言不俗，其所处之境，亦实同笼鸟，雪芹写此，亦为龄官诸人一叹！龄官之言，亦雪芹之言也。雪芹借此以寄意耳。}

第三十六回　绣鸳鸯梦兆绛芸轩　识分定悟梨香院

明是弄了他来打趣形容我们，还问我好不好。"贾蔷听了，不觉慌起来，连忙赌身立誓。又道："今儿我那里的香脂油蒙了心！费一二两银子买他来，原说解闷，就没有想到这上头。罢，罢，放了生，免免你的灾病。"_{难得贾蔷能受龄官讥责，更能放出笼鸟，此何等境界，雪芹写此有深意也！}说着，果然将雀儿放了，一顿把将笼子拆了。_{痛快淋漓，欲将天下笼子尽如贾蔷拆之。}龄官还说："那雀儿虽不如人，他也有个老雀儿在窝里，你拿了他来弄这个劳什子也忍得！今儿我咳嗽出两口血来，太太叫大夫来瞧，不说替我细问问，你且弄这个来取笑。偏生我这没人管。没人理的又偏病。"_{以雀比人，其意更明。}说着又哭起来。贾蔷忙道："昨儿晚上我问了大夫，他说不相干。他说吃两剂药，后儿再瞧。谁知今儿又吐了。这会子请他去。"说着，便要请去。龄官又叫："站住，这会子大毒日头地下，你赌气子去请了来，我也不瞧。"_{自己有病，亦惜贾蔷，不忍贾蔷冒暑请医，龄官亦可人也。}贾蔷听如此说，只得又站住。

宝玉见了这般景况，不觉痴了，_{如此至情至理，难怪宝玉要痴。}这才领会了划"蔷"深意。_{至此始悟"划蔷深意"，以前则未加细思，浅视之矣！}自己站不住，便抽身走了。贾蔷一心都在龄官身上，也不顾送，倒是别的女孩子送了出来。

那宝玉一心裁夺盘算，痴痴的回至怡红院中，正值林黛玉和袭人坐着说话儿呢。宝玉一进来，就和袭人长叹，说道："我昨晚上的话竟说错了，怪道老爷说我是'管窥蠡测'。昨夜说你们的眼泪单葬我，这

655

就错了。我竟不能全得了。从此后,只是各人各得眼泪罢了。"袭人昨夜不过是些顽话,已经忘了,_{袭人本不足以言此。}不想宝玉今又提起来,便笑道:"你可真真有些疯了。"_{以袭人之思想观之,只能说宝玉疯也。}宝玉默默不对,自此深悟人生情缘,各有分定,只是每每暗伤:"不知将来葬我洒泪者为谁?"_{宝玉情在黛玉,而黛玉多病体弱,故有此虑也。}此皆宝玉心中所怀,也不可十分妄拟。

> 从此宝玉悟得人生各有定分。此是另一新境界,"各人各得眼泪罢了",即各人只得自己所应得,不能妄想得非分之得也。

且说林黛玉当下见了宝玉如此形像,便知是又从那里着了魔来,也不便多问,因向他说道:"我才在舅母跟前听的,明儿是薛姨妈的生日,叫我顺便来问你出去不出去。你打发人前头说一声去。"宝玉道:"上回连大老爷的生日我也没去,这会子我又去,倘或碰见了人呢?我一概都不去。这么怪热的,又穿衣裳,我不去姨妈也未必恼。"袭人忙道:"这是什么话?他比不得大老爷。这里又住的近,又是亲戚,你不去岂不叫他思量。你怕热,只清早起到那里磕个头,吃钟茶再来,岂不好看。"宝玉未说话,黛玉便先笑道:"你看着人家赶蚊子分上,也该去走走。"宝玉不解,忙问:"怎么赶蚊子?"_{黛玉此处随机略点前日之事,非恶意讽刺,且此后黛玉未再提,足见黛玉亦谆厚。}袭人便将昨日睡觉无人作伴,宝姑娘坐了一坐的话说了出来。宝玉听了,忙说:"不该。我怎么睡着了,亵渎了他。"一面又说,"明日必去。"_{然则黛玉劝之之功也。}

> 薛姨妈生日,宝玉不去,则宝玉之心意可知,袭人非要宝玉去,则袭人之心意可知。黛玉说"看着人家赶蚊子分上,也该去走走",是雅趣,非讽刺,劝宝玉去走走,亦是顺情理也。

正说着,忽见史湘云穿的齐齐整整的走来,辞说

第三十六回　绣鸳鸯梦兆绛芸轩　识分定情悟梨香院

家里打发人来接他。宝玉、林黛玉听说，忙站起来让坐。史湘云也不坐，宝、林两个只得送他至前面。那史湘云只是眼泪汪汪的，_{可见湘云家中隐事。}见有他家人在跟前，又不敢十分委曲。少时薛宝钗赶来，愈觉缱绻难舍。还是宝钗心内明白，他家人若回去告诉了他婶娘，待他家去又恐受气，因此倒催他走了。众人送至二门前，宝玉还要往外送，_{脂批："每逢此时就忘却严父，可知前云为你们死也情愿不假。"}倒是湘云拦住了。一时，回身又叫宝玉到跟前，悄悄的嘱道："便是老太太想不起我来，你时常提着，打发人接我去。"宝玉连连答应了。眼看着他上车去了，大家方才进来。_{可见湘云之来不易，贾母不接则不能来也}

要知端的，且听下回分解。

【回后评】

　　宝玉因宝钗劝走仕途经济之路竟生起气来，说："'好好一个清净洁白女儿，也学的钓名沽誉，入了国贼禄鬼之流。这总是前人无故生事，立言竖辞，原为导后世须眉浊物。不想我生不幸，亦且琼闺绣阁中亦染此风，真真有负天地钟灵毓秀之德！'因此祸延古人，除《四书》外，竟将别的书焚了。众人见他如此疯颠，也都不向他说这些正经话了。独有林黛玉自幼不曾劝他去立身扬名等语，所以深敬黛玉。"这一大段话，所表明的特殊重要性有三点：一、宝玉明确地反对宝钗对他的劝告，所谓"清净洁白女儿也学的钓名沽誉，入了国贼禄鬼之流"，这当然是指宝钗，这是宝玉对宝钗的庄言评判，同时也明确地表示了他对宝钗的厌憎。二、"除《四书》外，竟将别的书焚了。"宝玉所焚之书，当然是指程朱理学之书，这进一步表明了他反科举考试，反程朱理学的反潮流、反传统思想，这是雪芹所处康、乾之世反理学、反科举思潮的曲折反映。三、唯有林黛玉是他这一思想的理解者、支持者，所以独敬黛玉。这也进一步表明了他与黛玉的爱情的进一步巩固和巩固的思想基础。

　　王夫人将袭人的分例从贾母处转到怡红院，分例银从王夫人份内拨出，并且嘱咐此后都与赵姨娘、周姨娘一样，凤姐说："既这么样，就开了脸，明放他在屋里岂不好。"王夫人则说："如今且浑着。"这表明袭人为宝玉之妾的地位已定，实际上不等凤姐说，也早已"开脸"，早就是"浑着"了。

　　宝玉在床上睡着，袭人坐在宝玉身旁绣鸳鸯戏莲的兜肚，宝钗走来。袭人即让出借事走开。宝钗便坐在袭人"方才坐的所在"，"拿起针来，替他代刺"。这分明是写袭人、宝钗同

第三十六回　绣鸳鸯梦兆绛芸轩　识分定情悟梨香院

绣鸳鸯，同坐一个位置，同做鸳鸯好梦。但正在宝钗绣鸳鸯之时，宝玉却"在梦中喊骂说：'和尚道士的话如何信得？什么是金玉姻缘，我偏说是木石姻缘！'宝钗听了这话，不觉怔了。"袭人随即走来，结果鸳鸯未能绣完。这又明明是写袭人、宝钗的鸳鸯好梦未能最后完成，而宝玉则是睡里梦里只要木石姻缘而反对金玉姻缘。这也表明虽然袭人、宝钗都坐在宝玉的床上绣着鸳鸯好梦，而宝玉却在梦中喊骂不要金玉姻缘，偏要木石姻缘。这真是钗、袭与宝玉同床而异梦！

袭人至夜间人静时告诉宝玉，王夫人对她已照赵姨娘、周姨娘的规格安置，并且她的分例已从贾母处转由王夫人拨给。宝玉因此说："从今以后，我可看谁来敢叫你去。"袭人却说"难道作了强盗贼，我也跟着罢"的话来，这"强盗贼"是直指宝玉，于此可见袭人之忍心，一方面是柔情蜜意地绣鸳鸯，一方面却竟说"难道作了强盗贼，我也跟着罢"。听此话，实实令人寒心。因此处所指"强盗贼"，只能是指宝玉也。然此话实际上与贾政所说酿到他"弑君杀父"是同一腔调，而事实上宝玉后来并未"作强盗贼"而袭人却去跟别人了。宝玉从一开始，就被贾政、王夫人、袭人，稍后又有宝钗等人紧紧包围着，虽有黛玉这一孤独的思想心灵的知音，终不得为偶，且亦终不久于人世。智慧之孤独，智慧之痛苦，智慧之不为人理解，智慧之遭人践踏，此雪芹之所悲愤痛哭也！

宝玉痛骂士大夫死名死节一段，文章痛快淋漓，是雪芹振笔痛骂，是对古往今来饵名钓禄、国贼禄鬼之徒的一次总揭露、总鞭挞，更是对其所处时代现实的总批判。然雪芹这一思想，是晚明李卓吾以来至清代黄宗羲、顾炎武、傅山、颜元、唐甄、戴震、袁枚诸人的继续，戴震与雪芹同代，则更可证雪芹之思想是时代现实之激发，是时代现实之同一思潮。李卓吾说："夫忠、孝、节、义，世之所以死也，以有其名也。""谓人有男女则可，谓见有男女岂可乎？谓见有长短则可，谓男子之见尽长，女人之见尽短，又岂可乎？"黄宗羲说："为天下之大害者，君而已矣！向使无君，人各得自私也，人各得自利也。"顾炎武说："八股之害等于焚书，而败坏人材，有甚于咸阳之郊所坑者，但四百六十余人也。"唐甄说："自秦以来，凡为帝王者皆贼也。"戴震说："人死于法，犹有怜之者；死于理，其谁怜之！"袁枚说："夫所谓正统者，不过曰有天下云耳。其有天下者，'天'与之，其正与否，则人加之也。"以上这些反潮流、反正统的思想，就是曹雪芹思想渊源的现实社会基础。

宝玉至梨香院见龄官，龄官不理不睬，直到贾蔷来，龄官才起来。贾蔷花一二两银子买来雀笼，原是为博龄官欢喜，不想龄官反而生气，说："你们家把好好的人弄了来，关在这牢坑里学这个劳什子还不算，你这会子又弄个雀儿来，也偏生干这个。你分明是弄了他来打趣形容我们，还问我好不好。"贾蔷随即将笼子拆了，把鸟放了。龄官咳嗽吐血，贾蔷即要去请医生，龄官说："这会子大毒日头地下，你赌气子去请了来，我也不瞧。"贾蔷只好站住不请。宝玉见此情景，"深悟人生情缘，各有分定"，只能"各人各得眼泪罢了"。宝玉原本是泛情主义，爱无定界，他希望"你们哭我的眼泪流成大河，把我的尸首漂起来，送到那鸦雀不到的幽僻之处，随风化了，自此再不要托生为人"，如今才感悟到要"你们"都来哭他也是不可能的。宝玉这一感悟是他从泛情主义开始转向纯情主义，这与他感到"独有林黛玉自幼不曾劝他去立身扬名等语，所以深敬黛玉"的思想是一致的，是先后同一感悟，进而升华到人生的至高境界上。

第三十六回　绣鸳鸯梦兆绛芸轩　识分定情悟梨香院

贾蔷把笼子拆了,把鸟放了一段,实亦雪芹借此以寄意耳,作者恨不能把天下笼子都拆之也。

【校记】

〔一〕回目：戚本、蒙本、列本、舒本、甲辰本、程甲本均作"绣鸳鸯梦兆绛芸轩,识分定情悟梨香院"。杨本"梦兆"作"惊梦",庚辰、己卯本"情悟"作"情语","梨香"作"梨花",列本原作"梨花",旁改为"梨香"。此从蒙本、戚本、列本诸本。

第三十七回　秋爽斋偶结海棠社
　　　　　　　蘅芜苑夜拟菊花题〔一〕

脂批："美人用别号亦新奇花样，且韵且雅，呼去觉满口生香。起社出自探春意，作者已伏下回兴利除弊之文也。

"此回才放笔写诗写词作札，看他诗复诗、词复词、札又札，总不相犯。

"湘云诗客也，前回写之。其今才起社后，用不寂（即）不离闲人数语数折，仍归社中，何巧活之笔如此。"

庚辰本回前评。

这年贾政又点了学差，^{让不学无术的人去当学差，令人啼笑皆非。}择于八月二十日起身。是日拜过宗祠及贾母起身，宝玉诸子弟等送至洒泪亭。^{贾政一去，大观园无外忧矣。}

却说贾政出门去后，外面诸事不能多记。单表宝玉每日在园中任意纵性的逛荡，真把光阴虚度，岁月空添。这日正无聊之际，只见翠墨进来，手里拿着一幅花笺送与他。宝玉因道："可是我忘了，才说要瞧瞧三妹妹去的，可好些了，你偏走来。"翠墨道："姑娘好了，今儿也不吃药了，不过是凉着一点儿。"宝玉听说，便展开花笺看时，上面写道：

　　娣探谨奉

　　二兄文几：前夕新霁，月色如洗。因惜清景难逢，讵忍就卧。时漏已三转，犹徘徊于桐槛之下。未防风露所欺，致获采薪之患。昨蒙亲劳抚嘱，复又数遣侍儿问切，兼以鲜

第三十七回　秋爽斋偶结海棠社　蘅芜苑夜拟菊花题

荔并真卿墨迹见赐，何疴瘝惠爱之深哉！今因伏几凭床处默之时，因思及历来古人中处名攻利敌之场，犹置一些山滴水之区，远招近揖，投辖攀辕，务结二三同志盘桓于其中，或竖词坛，或开吟社，虽一时之偶兴，遂成千古之佳谈。娣虽不才，窃同叨栖处于泉石之间，而兼慕薛林之技。风庭月榭，惜未燕集诗人；帘杏溪桃，或可醉飞吟盏。孰谓莲社之雄才，独许须眉；直以东山之雅会，让余脂粉。若蒙棹雪而来，娣则扫花以待。此谨奉。

> 贾政点学差是作者讽笔。贾政之才学，于十七、十八回大观园题额时已见过，除拈须断喝外，别无才识，贾政也自认于"文章上更生疏"，"不免迂腐古板"。叫这样的人去当学差，去衡文选才，这就像《儒林外史》里把不知苏轼是今人还是古人的范进钦点为山东学道一样滑稽可笑。此等处，读者易于略过，故为拈出。

> 一篇六朝小启，于此书中又添文彩。

宝玉看了，不觉喜的拍手笑道："倒是三妹妹的高雅，我如今就去商议。"一面说，一面就走，翠墨跟在后面。

刚到了沁芳亭，只见园中后门上值日的婆子手里拿着一个字帖走来，见了宝玉，便迎上去，口内说道："芸哥儿请安，在后门口等着，叫我送来的。"宝玉打开看时，写道是：

不肖男芸恭请

父亲大人万福金安。_{径称父亲大人，开头就令人喷饭。}男思自蒙天恩，认于膝下，日夜思一孝顺，竟无可孝顺之处。_{语句村俗得可喜。}前因买办花草，上托大人金福，竟认得许多花儿匠，_{脂批："直欲喷饭，真好新鲜文字。"}并认得

> 前面探春花笺，是六朝小启，雅极。此处贾芸书帖，是村仆家信，俗极。雅俗对照，相映成趣。

许多名园。因忽见有白海棠一种，不可多得。故变尽方法，只弄得两盆。只知文章写得雅难，岂知写得俗更难。大人若视男是亲男一般，如此村俗，如此不通而通，不知作者如何下笔。脂批："皆千古未有之奇文，初读令人不解，思之则喷饭。"便留下赏玩。因天气暑热，恐园中姑娘们不便，故不敢面见。奉书恭启，并叩台安。男芸跪书。

宝玉看了，笑道："独他来了，还有什么人？"婆子道："还有两盆花儿。"宝玉道："你出去说，我知道了，难为他想着。你便把花儿送到我屋里去就是了。"一面说，一面同翠墨往秋爽斋来，只见宝钗、黛玉、迎春、惜春已都在那里了。脂批："却因芸之一字工夫，已将诸艳请来，省却多少闲文。不然必云如何请，如何来，则必至有犯宝玉，终成重复之文矣。"

众人见他进来，都笑说："又来了一个。"探春笑道："我不算俗，偶然起个念头，写了几个帖儿试一试，谁知一招皆到。"愈是偶然，愈觉自然。宝玉笑道："可惜迟了，早该起个社的。"黛玉道："此时还不算迟，也没什么可惜，但是，〔二〕你们只管起社，可别算上我，我是不敢的。"愈是能诗愈是谦，因知其难也。迎春笑道："你不敢谁还敢呢。"脂批："必得如此，方是妙文。若也如宝玉说兴头话，则不是黛玉矣。"宝玉道："这是一件正经大事，大家鼓舞起来，不要你谦我让的。各有主意自管说出来，大家平章。脂批："这是正紧大事，已妙。且曰'平章'，更妙。的是宝玉的口角。"宝姐姐也出个主意，林妹妹也说个话儿。"宝钗道："你忙什么，人还不全呢。"脂批："妙。宝钗自有主见，真不评也。"

第三十七回　秋爽斋偶结海棠社　蘅芜苑夜拟菊花题

一语未了，李纨也来了，进门笑道："雅的紧！要起诗社，我自荐我掌坛。前儿春天，我原有这个意思的。我想了一想，我又不会作诗，瞎乱些什么，因而也忘了，就没有说得。既是三妹妹高兴，我就帮你作兴起来。"脂批："看他又是一篇文字，分叙单传之法也。" 难得李纨如此有兴。

黛玉道："既然定要起诗社，咱们都是诗翁了，先把这些姐妹叔嫂的字样改了，才不俗。"脂批："看他写黛玉，真可人也。" 黛玉也有兴致。

李纨道："极是，何不大家起个别号，彼此称呼则雅。脂批："未起诗社，先起别号。"我是定了'稻香老农'，再无人占的。"脂批："最妙。一个花样。"

探春笑道："我就是'秋爽居士'罢。"宝玉道："居士、主人到底不恰，且又累赘。这里梧桐芭蕉尽有，或指梧桐芭蕉起个倒好。"探春笑道："有了，我最喜芭蕉，就称'蕉下客'罢。"众人都道别致有趣。黛玉笑道："你们快牵了他去，炖了脯子吃酒。"众人不解。黛玉笑道："古人曾云'蕉叶覆鹿'。他自称'蕉下客'，可不是一只鹿了？快做了鹿脯来。"众人听了，都笑起来。

探春因笑道："你别忙中使巧话来骂人，我已替你想了个极当的美号了。"又向众人道："当日娥皇、女英洒泪在竹上成斑，故今斑竹又名湘妃竹。如今他住的是潇湘馆，他又爱哭，将来他想林姐夫，那些竹子也是要变成斑竹的。于诙谐中另出新意，亦暗扣还泪故事。以后都叫他作'潇湘妃子'就完了。"恰与下文绛洞花王相应。大家听说，都拍手叫妙。林黛玉低了头，方不言语。^{脂批："妙极趣极，所谓夫人必自侮然后人侮之，看因一谑便勾出一美号来，何等妙文哉。另一花样"。}李纨笑道："我替薛大妹妹也早已想了个好的，也只三个字。"惜春、迎春都问是什么。^{脂批："妙文。迎春、惜春故不能答言，然不便撕之不序，故插他二人问。试思近日诸豪宴集，雄语伟辩之时，座上或有一二愚夫不敢接谈，然偏好问，亦真可厌之事"。}李纨道："我是封他为'蘅芜君'了，不知你们以为如何。"探春笑道："这个封号极好。"宝玉道："我呢？你们也替我想一个。"^{脂批："必有是问"。}宝钗笑道："你的号早有了，'无事忙'三字恰当的很。"李纨道："你还是你的旧号'绛洞花王'〔三〕就好。"^{脂批："妙极，又点前文。通部中从头至末，前文已过者恐去之冷落，使人忘怀，得便一点；未来者恐来之突然，或先伏一线，皆行文之妙诀也"。}宝玉笑道："小时候干的营生，还提他作什么。"^{脂批："赧言如闻，不知大时又有何营生"。}探春道："你的号多的很，又起什么。我们爱叫你什么，你就答应着就是了。"^{脂批："更妙，若只管挨次一个一个乱起，则成何文字。另一花样"。}宝钗道："还得我送你个号罢。有最俗的一个号，却于你最当。天下难得的是富贵，又难得的是闲散，这两样再不能兼有，不想你兼有了，^{我之所有亦卿之所想也。}就叫你'富贵闲人'也罢了。"宝玉笑道："当不起，当不起，倒是随你们混叫去罢。"

李纨道："二姑娘四姑娘起个什么号？"迎春道："我们又不大会作诗，白起个号作什么？"^{脂批："假斯文守钱虏来看这句"。}探春道："虽如此，也起个才是。"宝钗道："他住的是紫菱洲，就叫他'菱洲'；四丫头在藕香榭，就叫他'藕榭'就完了。"^{随地起名，自古而然。}

李纨道："就是这样好。但序齿我大，你们都要

"潇湘妃子"与下文"绛洞花王"相对。按己卯、庚辰本作"王"，己卯本后又加红点成"主"，显系后人（可能是陶洙）妄改。查列藏本、舒序本皆作"王"，蒙府本独作"玉"，当是"王"字抄误。戚本、杨本、程甲本皆"主"。细思"潇湘妃子"之号，当是与"绛洞花王"相对，有"王"然后有"妃"也。现戚序等本皆作"绛洞花主"，则与"潇湘妃子"不能对矣。可见己、庚等早期抄本之可贵，戚、杨各本皆妄改。

宝钗最关心者，富与贵也。劝宝玉仕途经济，亦为富与贵也。"富贵闲人"四字，恰从宝钗心里溢出。

第三十七回　秋爽斋偶结海棠社　蘅芜苑夜拟菊花题

依我的主意，管情说了大家合意。我们七个人起社，我和二姑娘、四姑娘都不会作诗，须得让出我们三个人去。我们三个，各分一件事。"探春笑道："已有了号，还只管这样称呼，不如不有了。以后错了，也要立个罚约才好。"李纨道："立定了社，再定罚约。我那里地方大，竟在我那里作社。我虽不能作诗，这些诗人竟不厌俗客，我作了东道主人，我自然也清雅起来了。若是要推我作社长，我一个社长自然不够，必要再请两位副社长，就请菱洲、藕榭二位学究来，（外行领导内行，原来古已有之。）一位出题限韵，一位誊录监场。亦不可拘定了我们三个人不作，若遇见容易些的题目韵脚，我们也随便作一首。你们四个却是要限定的。若如此，便起；若不依我，我也不敢附骥了。"迎春、惜春本性懒于诗词，又有薛、林在前，听了这话，便深合己意，二人皆说"极是"。

探春等也知此意，见他二人悦服，也不好强，只得依了。因笑道："这话也罢了，只是自想好笑，好好的我起了个主意，反叫你们三个来管起我来了。"（内行到底有意见。）宝玉道："既这样，咱们就往稻香村去。"李纨道："都是你忙，今日不过商议了，等我再请。"宝钗道："也要议定几日一会才好。"探春道："若只管会的多，又没趣了。一月之中，只可两三次才好。"宝钗点头道："一月只要两次就够了。拟定日期，风雨无阻。除这两日外，倘有高兴的，他情愿加一社的，或情愿到他那里去，或附就了来，亦可使得，岂不活泼有趣。"^{原是趣事，岂可刻板。}众人都道："这个主意更好。"

探春道："只是原系我起的意，我须得先作个东道主人，方不负我这兴。"李纨道："既这样说，明日你就先开一社如何？"探春道："明日不如今日，此刻就很好。你就出题，菱洲限韵，藕榭监场。"迎春道："依我说，也不必随一人出题限韵，竟是拈阄公道。"李纨道："方才我来时，看见他们抬进两盆白海棠来，^{竟是抬进来诗题。}倒是好花。你们何不就咏起他来？"脂批："真正好题，妙在未起诗社，先得了题目。"迎春道："都还未赏，先倒作诗。"宝钗道："不过是白海棠，又何必定要见了才作。古人的诗赋，也不过都是寄兴写情耳。若都是等见了作，如今也没这些诗了。"^{脂批："真诗人语。"}^{岂可一概而论，屈原《离骚》、蔡琰《胡笳十八拍》、杜甫《三吏》《三别》、韦庄《秦妇吟》、李煜《虞美人》《浪淘沙》、苏东坡《念奴娇》，岂是空言寄慨，宝钗之言偏矣。}

迎春道："既如此，待我限韵。"说着，走到书架前抽出一本诗来，随手一揭，这首竟是一首七言律，递与众人看了，都该作七言律。迎春掩了诗，又向一个小丫头道："你随口说一个字来。"那丫头正倚门立着，便说了个"门"字。迎春笑道："就是门字韵，'十三元'了。头一个韵定要这'门'字。"说着，又要了韵牌匣子过来，抽出"十三元"一屉，又命那小丫头随手拿四块。那丫头便拿了"盆""魂""痕""昏"四块来。宝玉道："这'盆''门'两个字不大好作呢！"

第三十七回　秋爽斋偶结海棠社　蘅芜苑夜拟菊花题

待书一样预备下四份纸笔，便都悄然各自思索起来。独黛玉或抚梧桐，或看秋色，或又和丫鬟们嘲笑。迎春又令丫鬟炷了一支"梦甜香"。原来这"梦甜香"只有三寸来长，有灯草粗细，以其易烬，故以此烬为限。如香烬未成便要罚。一时，探春便先有了，自提笔写出，又改抹了一回，递与迎春。因问宝钗："蘅芜君，你可有了？"宝钗道："有却有了，只是不好。"宝玉背着手，在回廊上踱来踱去，因向黛玉说道："你听，他们都有了。"黛玉道："你别管我。"宝玉又见宝钗已誊写出来，因说道："了不得！香只剩了一寸了，我才有了四句。"又向黛玉道："香就完了，只管蹲在那潮地下作什么？"黛玉也不理。宝玉道："我可顾不得你了，好歹也写出来罢。"说着，也走在案前写了。

脂批："看他单写黛玉。"
甜梦不能长也。
脂批："好香，端能撰此新奇字样。"

李纨道："我们要看诗了，若看完了还不交卷，是必罚的。"宝玉道："稻香老农虽不善作却善看，又最公道。你就评阅优劣，我们都服的。"众人都道："自然。"于是先看探春的稿上，写道是：

　　　　咏白海棠　　限门盆魂痕昏

　　斜阳寒草带重门。苔翠盈铺雨后盆。
　　玉是精神难比洁，雪为肌骨易销魂。
　　芳心一点娇无力，倩影三更月有痕。
　　莫谓缟仙能羽化，多情伴我咏黄昏。

第三句指黛玉，第四句指宝钗。

大家看了，称赏一回。又看宝钗的是：

　　珍重芳姿昼掩门。

脂批："宝钗诗，全是自写身份，讽刺时事，只以品行为先，才技为末。纤巧流荡之词，绮靡秋艳之语，一洗皆尽，非不能也，屑而不为也。最恨近日小说中，一百美人诗词语气，只得一个艳稿。"

　　自携手瓮灌苔盆。

　　胭脂洗出秋阶影，

　　冰雪招来露砌魂。

脂批："看他清洁自励，终不肯作一轻浮语。"

　　淡极始知花更艳，

脂批："好极，高情巨眼能几人哉，正'一鸟不鸣山更幽'也。"

　　愁多焉得玉无痕。

脂批："看他讽刺林宝二人，省手。"

　　欲偿白帝凭清洁，

脂批："看他自己收到身上来，是何等身份。"

　　不语婷婷日又昏。

> 首句自珍自重，第二句殷勤灌溉，亦绣鸳鸯之隐意，第三句"胭脂洗出"是淡，下句"冰雪招来"是冷。"淡极"句是淡而艳，则淡中寓艳，外淡而中艳矣。愁多句向以为指宝、黛，误矣。此宝钗自宽也，宝钗素称豁达随分，故有此句也，末两句亦自写，故宝钗此诗，通体自写，自咏其志，不及其他也。

李纨笑道："到底是蘅芜君。"说着又看宝玉的，道是：

　　秋容浅淡映重门。

　　七节攒成雪满盆。

　　出浴太真冰作影，

　　捧心西子玉为魂。

　　晓风不散愁千点，

脂批："这句直是自己一生心事。"

　　宿雨还添泪一痕。

脂批："妙在终不忘黛玉。"

　　独倚画栏如有意，

　　清砧怨笛送黄昏。

脂批："宝玉再细心作，只怕还有好的，只是一心挂着黛玉，故平妥不警也。"

> 第三句指宝钗，第四句指黛玉。

大家看了，宝玉说探春的好，李纨才要推宝钗这诗有身份，因又催黛玉。黛玉道："你们都有了？"说着，提笔一挥而就，掷与众人。[四]李纨等看他写道是：

第三十七回　秋爽斋偶结海棠社　蘅芜苑夜拟菊花题

半卷湘帘半掩门。_{脂批:"且不说花,且说看花的人,起的突然别致。"}

碾冰为土玉为盆。_{脂批:"极妙。料定他自与别人不同。"}

_{首句自写姿态,二句赞海棠之高洁,三、四两句清新警策,出语奇特,唯"偷"字欠浑厚,"月窟"两句展开一笔,虚中描摩,末两句落到自身。全诗气足神完,直贯全篇。}

看了这句,宝玉先喝起彩来,只说:"从何处想来!"又看下面道:

偷来梨蕊三分白,

借得梅花一缕魂。

众人看了,也都不禁叫好,说:"果然比别人又是一样心肠。"又看下面道是:

月窟仙人缝缟袂,

秋闺怨女拭啼痕。_{脂批:"虚敞劳比,真逸才也。且不脱落自己。"}

娇羞默默同谁诉,

倦倚西风夜已昏。_{脂批:"看他终结到自己。一人是一人口气。逸才仙品固让颦儿,温雅沉着终是宝钗,今日之作,宝玉自应居末。"}

众人看了,都道是这首为上。李纨道:"若论风流别致,自是这首;若论含蓄浑厚,终让蘅稿。"探春道:"这评的有理,潇湘妃子当居第二。"李纨道:"怡红公子是压尾,你服不服?"宝玉道:"我的那首原不好了,这评的最公。"_{脂批:"话内细思,则似有不服先评之意。"}又笑道:"只是蘅、潇二首,还要斟酌。"李纨道:"原是依我评论,不与你们相干,再有多说者必罚。"宝玉听说,只得罢了。

_{宝玉之意,黛玉应第一也。}

李纨道:"从此后,我定于每月初二、十六这两日开社,出题限韵都要依我。这其间你们有高兴的,你们只管另择日子补开,那怕一个月每天都开社,我

> 因海棠得诗题，又因海棠得社名，皆随意命名也。

只不管。只是到了初二、十六这两日，是必往我那里去。"宝玉道："到底要起个社名才是。"探春道："俗了又不好，特新了，刁钻古怪也不好。可巧才是海棠诗开端，就叫个海棠社罢。虽然俗些，因真有此事，也就不碍了。"说毕大家又商议了一回，略用些酒果，方各自散去。也有回家的，也有往贾母、王夫人处去的。当下别人无话。_{脂批："一路总不大写薛、林兴头，可见他二人并不着意于此。不写薛、林正是大手笔，独他二人长于诗，必使他二人为之，则板腐矣，全是错综法。"}

> 以上叙诗社，以下再补叙袭人这边，看他笔笔清楚，有条不紊。

且说袭人_{脂批："忽然写到袭人，真令人不解，看他如何终此诗社之文。"}因见宝玉看了字帖儿便慌慌张张的同翠墨去了，也不知是何事。后来又见后门上婆子送了两盆海棠花来。袭人问是那里来的，婆子便将宝玉前一番缘故说了。袭人听说，便命他们摆好，让他们在下房里坐了，自己走到自己房内，秤了六钱银子封好，又拿了三百钱走来，都递与那两个婆子道："这银子赏那抬花来的小子们，这钱你们打酒吃罢。"那婆子们站起来，眉开眼笑，千恩万谢的不肯受，见袭人执意不收，方领了。

袭人又道："后门上外头可有该班的小子们？"婆子忙应道："天天有四个，原预备里面差使的。姑娘有什么差使，我们吩咐去。"袭人笑道："有什么差使？今儿宝二爷要打发人到小侯爷家，与史大姑娘送东西去，可巧你们来了，顺便出去叫后门小子们雇辆车来。回来你们就往这里拿钱，不用叫他们又往前头

第三十七回　秋爽斋偶结海棠社　蘅芜苑夜拟菊花题

混碰去。"婆子答应着去了。

袭人回至房中,拿碟子盛东西与史湘云送去。_{脂批:}却见榼子上碟槽空着。_{脂批:"妙极、细极,因此处依古董式样抠成槽子,故无此件此槽遂空。若忘却前文,此句不解。"}因回头见晴雯、秋纹、麝月等都在一处做针黹,袭人问道:"这一个缠丝白玛瑙碟子那去了?"众人见问,都你看我我看你,都想不起来。半日,晴雯笑道:"给三姑娘送荔枝去的,还没送来呢。"_{还是晴雯机灵。}袭人道:"家常送东西的家伙多,巴巴的拿这个去!"晴雯道:"我何尝不也这样说。他说这个碟子配上鲜荔枝才好看。_{脂批:"自然好看,原该如此。可恨今之有一二好花者,不背(肯)像景而用。"}我送去,三姑娘见了也说好看,叫连碟子放着,就没带来。你再瞧,那榼子尽上头的一对联珠瓶还没收来呢。"秋纹笑道:"提起瓶来,我又想起笑话。我们宝二爷说声孝心一动,也孝敬到二十分。因那日见园里桂花,折了两枝,原是自己要插瓶的,忽然想起来说,这是自己园里的才开的新鲜花,不敢自己先顽,巴巴的把那一对瓶拿下来,亲自灌水插好了,叫个人拿着,亲自送一瓶进老太太,又进一瓶与太太。谁知他孝心一动,连跟的人都得了福了。可巧那日是我拿去的。老太太见了这样,喜的无可无不可,见人就说:'到底是宝玉孝顺我,连一枝花儿也想的到。别人还只抱怨我疼他。'你们知道,老太太素日不大同我说话的,有些不入他老人家的眼的。那日竟叫人拿几百钱给我,

旁注:
- "线头却牵出,观者犹不理会,不知是何碟何物,令人犹思索。"
- 日用家常都是名器,从细小处见其豪阔。
- 补叙一段往事。

673

说我可怜见的,生的单柔。这可是再想不到的福气。几百钱是小事,难得这个脸面。及至到了太太那里,太太正和二奶奶、赵姨奶奶、周姨奶奶好些人翻箱子,找太太当日年轻的颜色衣裳,不知给那一个。一见了,连衣裳也不找了,且看花儿。又有二奶奶在旁边凑趣儿,夸宝玉又是怎么孝敬,又是怎样知好歹,有的没的说了两车话。当着众人,太太自为又增了光,堵了众人的嘴。太太越发喜欢了,现成的衣裳就赏了我两件。衣裳也是小事,年年横竖也得,却不像这个彩头。"

<small>秋纹得贾母、王夫人赏赐,引以为荣,晴雯却不屑于此。一样丫头,两种心态,作者写此两人之差异,是有意写出晴雯之骨气,写出其自我意识之觉醒也。</small>

晴雯笑道:"呸!没见世面的小蹄子!那是把好的给了人,挑剩下的才给你,你还充有脸呢。"秋纹道:"凭他给谁剩的,到底是太太的恩典。"<small>秋纹十足奴才意识。</small>晴雯道:"要是我,我就不要。若是给别人剩下的给我,也罢了。一样这屋里的人,难道谁又比谁高贵些?把好的给他,剩下的才给我,我宁可不要,冲撞了太太,我也不受这口软气。"<small>晴雯心高气傲,有风骨。</small>秋纹忙问:"给这屋里谁的?我因为前儿病了几天,家去了,不知是给谁的。好姐姐,你告诉我知道知道。"晴雯道:"我告诉了你,难道你这会退还太太去不成?"秋纹笑道:"胡说。我白听了喜欢喜欢,那怕给这屋里的狗剩下的,我只领太太的恩典,<small>秋纹之奴才意识如此,又是一种情景。</small>也不犯管别的事。"

<small>众人听了都笑道"骂得巧……"数语,于笑谈中看出众人皆与袭人有隙也。"西洋花点子哈巴儿",骂得巧妙,亦庄亦谐,"花点子"的"花"字尤妙,妙在有意无意之间耳!雪芹文意,往往须从酸咸之外得之,诸君然否?</small>

众人听了都笑道:"骂的巧,可不是给了那西洋花点子哈巴儿了。"<small>于笑谈中恰好骂袭人。</small>袭人笑道:"你们这起烂

第三十七回　秋爽斋偶结海棠社　蘅芜苑夜拟菊花题

了嘴的！得了空就拿我取笑打牙儿。一个个不知怎么死呢。"秋纹笑道："原来姐姐得了，我实在不知道。我陪个不是罢。"_{因原是秋纹说的。}袭人笑道："少轻狂罢。你们谁取了碟子来是正经。"_{脂批："看他忽然夹写女儿喁喁一段，总不脱落正事。所谓此书一回是两段，两段中却有无限事体。或有一语透至一回者，或有反补上回者，错综穿插，从不一气直起直泻至终为了。"}麝月道："那瓶得空儿也该收来了。老太太屋里还罢了，太太屋里人多手杂。别人还可以，赵姨奶奶一伙的人，见是这屋里的东西，又该使黑心弄坏了才罢。_{侧写一笔赵姨娘，可见其心术不正，众人皆知皆防也。}太太也不大管这些，不如早些收来是正经。"晴雯听说，便掷下针黹，道："这话倒是，等我取去。"秋纹道："还是我取去罢，你取你的碟子去。"晴雯笑道："我偏取一遭儿去。是巧宗儿你们都得了。难道不许我得一遭儿？"_{连说带讽，煞是好看。}麝月笑道："通共秋丫头得了一遭儿衣裳，那里今儿又巧，你也遇见找衣裳不成。"晴雯冷笑道："虽然碰不见找衣裳，或者太太看见我勤谨，一个月也把太太的公费里分出二两银子来给我，也定不得。"说着，又笑道："你们别和我装神弄鬼的，什么事我不知道。"_{再刺一笔，晴雯于此遭祸也。}一面说，一面往外跑了。秋纹也同他出来，自去探春那里取了碟子来。_{晴雯嘴利，又于此处揭穿。}

袭人打点齐备东西，叫过本处的一个老宋妈妈来，_{脂批："宋，送也。随事生文。妙。"}向他说道："你先好生梳洗了，换了出门的衣裳来，如今打发你与史姑娘送东西去。"那宋嬷嬷道："姑娘只管交给我，有话说与我，我收拾了就好一顺去的。"袭人听说,便端过两个小掐丝盒子来。先揭开一个,里面装的是红菱和鸡头两样鲜果;又揭开那一个,是一碟子桂花糖蒸新栗粉糕。又说道:"这都是今年咱们这里园里新结的果子,宝二爷送来与姑娘尝尝。再前日姑娘说这玛瑙碟子好,姑娘就留下顽罢。脂批:"妙,隐这一件公案,余想袭人必要玛瑙碟子盛去,何必骄奢轻薄如是耶。因有此一案,则无怪矣。"这绢包儿里头是姑娘上日叫我作的活计,姑娘别嫌粗糙,能着用罢。替我们请安,替二爷问好就是了。"

红菱是红色,鸡头即鸡头米,绿色,皆南方水产,两种鲜果置于一盘,红绿相衬,置之案头,亦可当清供。

宋嬷嬷道:"宝二爷不知还有什么说的,姑娘再问问去,回来又别说忘了。"袭人因问秋纹:"方才可见在三姑娘那里?"秋纹道:"他们都在那里商议起什么诗社呢,又都作诗。想来没话,你只去罢。"宋嬷嬷听了,便拿了东西出去,另外穿戴了。袭人又嘱咐他:"从后门出去,有小子和车等着呢。"宋妈去后,不在话下。

此段是结补叙之文,其时间即探春等起诗社同时,所谓花开一枝,话分两头也。

宝玉回来,先忙着看了一回海棠,至房内告诉袭人起诗社的事。袭人也把打发宋妈妈与史湘云送东西去的话告诉了宝玉。宝玉听了,拍手道:"偏忘了他。我自觉心里有件事,只是想不起来,亏你提起来,正要请他去。这诗社里若少了他,还有什么意思。"袭人劝道:"什么要紧,不过顽意儿。他比不得你们自在,家里又作不得主儿。告诉他,他要来又由不得他,不

因袭人送果品,才及湘云。

第三十七回　秋爽斋偶结海棠社　蘅芜苑夜拟菊花题

来，他又牵肠挂肚的，没的叫他不受用。"宝玉道："不妨事，我回老太太打发人接他去。"正说着，宋妈妈已经回来，回复道生受，与袭人道乏，又说："问二爷作什么呢，我说和姑娘们起什么诗社作诗呢。史姑娘说，他们作诗也不告诉他去。急的了不的。"写湘云是诗狂。宝玉听了，立身便往贾母处来，立逼着叫人接去。贾母因说："今儿天晚了，明日一早再去。"宝玉只得罢了，回来闷闷的。

可见湘云住处离贾府甚近。

次日一早，便又往贾母处来，催逼人接去。直到午后，史湘云才来，宝玉方放了心。见面时就把始末原由告诉他，又要与他诗看。李纨等因说道："且别给他诗看，先说与他韵。他后来，先罚他和了诗：若好，便请入社；若不好，还要罚他一个东道再说。"史湘云道："你们忘了请我，我还要罚你们呢。就拿韵来，我虽不能，只得勉强出丑。容我入社，扫地焚香我也情愿。"众人见他这般有趣，越发喜欢，都埋怨昨日怎么忘了他，遂忙告诉他韵。

史湘云一心兴头，等不得推敲删改，一面只管和人说着话，心内早已和成，即用随便的纸笔录出，脂批："可见越是好文字，不管怎样就有了；越用工夫，越讲究笔墨，终成涂鸦。"先笑说道："我却依韵和了两首，脂批："更奇。想前四律已将形容尽矣，一首犹恐重犯，不知二首又从何处着笔。"好歹我却不知，不过应命而已。"说着递与众人。众人道："我们四首也算想绝了，再一首也不能了。你倒弄了两首，那里有许多话说，必要重了我们。"一面说，一面看时，只见那两首诗写道：

其一

神仙昨日降都门。 脂批："落想便新奇，不落彼四套。"

种得蓝田玉一盆。 脂批："好，'盆'字押得更稳，总不落彼四套。"

自是霜娥偏爱冷， 脂批："又不脱自己将来形景。"

非关倩女亦离魂。

秋阴捧出何方雪， 脂批："拍案叫绝，压倒群芳，在此一句。"

雨渍添来隔宿痕。

却喜诗人吟不倦，

岂令寂寞度朝昏。 脂批："真好。"

其二

蘅芷阶通萝薜门。

也宜墙角也宜盆。 脂批："更好。"

花因喜洁难寻偶，

人为悲秋易断魂。

玉烛滴干风里泪，

晶帘隔破月中痕。

幽情欲向嫦娥诉，

无奈虚廊夜色昏。

脂批："二首真可压卷。诗是好诗，文是奇奇怪怪之文，总令人想不到，忽有二首来压卷。"

众人看一句，惊讶一句，看到了，赞到了，都说："这个不枉作了海棠诗，真该要起海棠社了。"史湘云

> 起句突兀，第二句顺而稳，三四两句是诗忏，直注湘云结局，第五句奇警，秋阴本不该有雪而竟雪至，是意想不到也，下句弱，末两句平平。

> 湘云诗豪，一气写二首，且都不犯，足见其胸次。
> 中间两联，是花是人，浑然一体，末两句余意无穷。

第三十七回　秋爽斋偶结海棠社　蘅芜苑夜拟菊花题

道："明日先罚我个东道，就让我先邀一社，可使得？"众人道："这更妙了。"因又将昨日的诗与他评论了一回。

至晚，宝钗将湘云邀往蘅芜苑安歇去。湘云灯下计议如何设东拟题。宝钗听他说了半日，皆不妥当。因向他说道："既开社，便要作东。虽然是顽意儿，也要瞻前顾后，又要自己便宜，又要不得罪了人，然后方大家有趣。你家里你又作不得主，一个月通共那几串钱，你还不够盘缠呢。这会子又干这没要紧的事，你婶子听见了，越发抱怨你了。况且你就都拿出来，做这个东道也是不够。难道为这个家去要不成？还是往这里要呢？"一席话提醒了湘云，倒踌蹰起来。

宝钗道："这个我已经有个主意，我们当铺里有个伙计，他家田上出的很好的肥螃蟹，前儿送了几斤来。现在这里的人，从老太太起，连上园里的人，有多一半都是爱吃螃蟹的。前日姨娘还说，要请老太太在园里赏桂花吃螃蟹。因为有事还没有请呢。你如今且把诗社别提起，只管普通一请。等他们散了，咱们有多少诗作不得的。我和我哥哥说，要几篓极肥极大的螃蟹来，再往铺子里取上几坛好酒，再备上四五桌果碟，岂不又省事，又大家热闹了？"湘云听了，心中自是感服，极赞他想的周到。

> 以前湘云常住黛玉处，此处明写宝钗邀湘云去住。

> 脂批："却于此刻方写宝钗。"

> 看宝钗，事事算计精细，最是又要便宜，又要不得罪人，计之周密甚矣。

> 处处为湘云着想，实亦处处为自己着想也，湘云从此更入宝钗囊中。

宝钗又笑道："我是一片真心为你的话。_{偏要说明是"一片真心为你的话，你千万别多心"等等，真是欲其感激也，如无此利心，亦无须此等明嘱矣！}你千万别多心，想着我小看了你，咱们两个就白好了。你若不多心，我就好叫他们办去的。"湘云忙笑道："好姐姐，你这样说，倒多心待我了。凭他怎么糊涂，连个好歹也不知，还成个人了？我若不把姐姐当作亲姐姐一样看，上回那些家常话烦难事，也不肯尽情告诉你了。"_{湘钗之结，于是更密。甚矣，宝钗之擅得人也。}宝钗听说，便叫一个婆子来："出去和大爷说，依前日的大螃蟹要几篓来，明日饭后请老太太姨娘赏桂花。你说大爷好歹别忘了，我今儿已请下人了。"_{脂批："必得如此叮咛，阿呆兄方记得。"}那婆子出去说明，回来无话。

这里宝钗又向湘云道："诗题也不要过于新巧了。你看古人诗中那里有那些刁钻古怪的题目和那极险的韵了？若题过于新巧，韵过于险，再不得有好诗，终是小家气。诗固然怕说熟话，更不可过于求生，只要头一件立意清新，自然措词就不俗了。_{此意固不差。}究竟这也算不得什么，还是纺绩针黹是你我的本等。一时闲了，倒是于你我身心有益的书看几章是正经。"_{宝钗一面作诗，一面却牢牢记着女教本分，此所以与黛玉迥别也。}

湘云只答应着，因笑道："我如今心里想着，昨日作了海棠诗，我如今要作个菊花诗如何？"宝钗道："菊花倒也合景，只是前人太多了。"湘云道："我也是如此想着，恐怕落套。"宝钗想了一想，说道："有了，如今以菊花为宾，以人为主，竟拟出几个题目来，

第三十七回　秋爽斋偶结海棠社　蘅芜苑夜拟菊花题

都是两个字：一个虚字，一个实字；实字便用'菊'字，虚字就用人事双关的。如此又是咏菊，又是赋事。前人也没作过，也不能落套。赋景咏物两关着，又新鲜，又大方。"_{好想法。}

_{与前又换一作法。}

湘云笑道："这却很好。只是不知用何等虚字才好。你先想一个我听听。"宝钗想了一想，笑道："《菊梦》就好。"湘云笑道："果然好，我也有一个，《菊影》可使得？"宝钗道："也罢了。只是也有人作过，若题目多，这个也算的上。我又有了一个。"湘云道："快说出来。"宝钗道："《问菊》如何？"湘云拍案叫妙，因接说道："我也有了，《访菊》如何？"宝钗也赞有趣，因说道："越性拟出十个来，写上再来。"说着，二人研墨蘸笔，湘云便写，宝钗便念，一时凑了十个。湘云看了一遍。又笑道："十个还不成幅，越性凑成十二个便全了，也如人家的字画册页一样。"

宝钗听说，又想了两个，一共凑成十二个，又说道："既这样，越性编出他个次序先后来。"湘云道："如此更妙，竟弄成个菊谱了。"宝钗道："起首是《忆菊》；忆之不得，故访，第二是《访菊》。访之既得，便种，第三是《种菊》。种既盛开，故相对而赏，第四是《对菊》。相对而兴有余，故折来供瓶为玩，第五是《供菊》。既供而不吟，亦觉菊无彩色，第六便是《咏菊》。既入辞章，不可不供笔墨，第七便是《画菊》。既为菊

_{以菊为题，事事活脱，如此一编排，题亦有生气矣。}

如是碌碌，究竟不知菊有何妙处，不禁有所问，第八便是《问菊》。菊如解语，使人狂喜不禁，第九便是《簪菊》。如此人事虽尽，犹有菊之可咏者，《菊影》《菊梦》二首续在第十、第十一。末卷便以《残菊》总收前题之盛。这便是三秋的妙景妙事都有了。

湘云依说将题录出，又看了一回，又问："该限何韵？"宝钗道："我平生最不喜限韵的，分明有好诗，何苦为韵所缚。咱们别学那小家派，只出题不拘韵。原为大家偶得了好句取乐，并不为此而难人。"湘云道："这话很是。这样，大家的诗还进一层。但只咱们五个人，这十二个题目，难道每人作十二首不成？"宝钗道："那也太难人了。将这题目誊好，都要七言律，明日贴在墙上。他们看了，谁作那一个就作那一个。有力量者，十二首都作也可；不能的，一首不成也可。高才捷足者为尊，若十二首已全，便不许他后赶着又作，罚他就完了。"湘云道："这倒也罢了。"二人商议妥贴，方才息灯安寝。

要知端的，且听下回分解。

> 此等处自是高见。
>
> 又是灵活生动，不强人亦不限人，是谓趁兴。

第三十七回　秋爽斋偶结海棠社　蘅芜苑夜拟菊花题

【回后评】

贾政点学差看似用正笔，然却是讽刺。此处作者将贾政支开，则大观园宝玉及林、薛、史、探诸钗之才，皆可得舒展之地矣，故大观园诸钗诗社韵事方是正笔。

《红楼梦》文备众体，探春花笺，是六朝书启，文极雅整，而贾芸一信，竟是村夫俗话，不通而似通，不可读而可解，是村极俗极之文，亏作者写得出。盖求雅易，求俗而又俗则难也。诗社诸诗，人各其体，另是生花笔墨。盖《红楼梦》中之诗，虽皆雪芹所作，然除开头"满纸荒唐言"一首是直言外，余皆代言，各按书中人物身份而作，非作者直抒自家胸臆也，是以为难。

晴雯与秋纹一番议论，明写晴雯之自我觉醒意识，于众婢中是佼佼者。其与众人讽刺袭人是"西洋花点子哈巴儿"，又说"你们别和我装神弄鬼的，什么事我不知道"等直刺袭人痛处，为后日得祸之因。

宝钗为湘云安排螃蟹宴一段，极写宝钗之体贴湘云，为湘云筹划得无微不至，湘云为之感激不尽，从此湘云入其囊中矣。观黛玉行止，从无此类牵扯，即是语言应对，亦无卑词趋奉者，此两人之所以有别也。

【校记】

〔一〕回目：己卯、庚辰、杨本、蒙本、戚本、列本同。舒本、甲辰、程甲本下句"苑"作"院"，甲辰本"夜"作"长"。

〔二〕"此时……但是"共十四字，据甲辰、程甲本补。

〔三〕己卯、庚辰本作"绛洞花王"，己卯本后被加红点作"主"，显系后人妄改。查列藏本、舒序本皆作"王",蒙府本则独作"玉",当系"王"字之钞误。戚序、杨本、程甲本皆作"主",非是。现仍从己卯、庚辰本原钞。

〔四〕"说着"至"掷与众人"共十二字,庚辰、己卯本均无,从杨本、蒙府、戚序、列藏、甲辰、舒序诸本增。

第三十八回　　林潇湘魁夺菊花诗
　　　　　　　薛蘅芜讽和螃蟹咏〔一〕

　　话说宝钗、湘云二人计议已妥，一宿无话。湘云次日便请贾母等赏桂花。贾母等都说："倒是他有兴头，须要扰他这雅兴。"脂批："若在世俗小家，则云：'你是客，在我们舍下，怎么反扰你的呢？'一何可笑。"

　　至午，果然贾母带了王夫人、凤姐，兼请薛姨妈等进园来。贾母因问："那一处好？"脂批："必如此问方好。"王夫人道："凭老太太爱在那一处，就在那一处。"脂批："必是王夫人如此答，方妙。"凤姐道："藕香榭已经摆下了。那山坡下两颗桂花开的又好，河里的水又碧清。坐在河当中亭子上岂不敞亮，看着水眼也清亮。"脂批："智者乐水，岂其然乎。"贾母听了，说："这话很是。"说着，就引了众人往藕香榭来。

　　原来这藕香榭盖在池中，四面有窗，左右有曲廊可通，亦是跨水接岸，后面又有曲折竹桥暗接。众人上了竹桥，凤姐忙上来搀着贾母，口里说："老祖宗只管迈大步走，不相干的，这竹子桥规矩是咯吱咯喳的。"脂批："如见其势，如临其上，非走过者，必形容不到。"一时进入榭中，只见栏杆外另

脂批："题曰'菊花诗''螃蟹咏'，偏自太君前。阿凤若许诙谐中不失体，鸳鸯、平儿宠婢中多少放肆之迎合取乐，写来似难入题，却轻轻用弄水戏鱼之看花等游玩事，及王夫人云'这里风大'一句收住入题，并无纤毫牵强，此重作轻抹法也，妙极，好看煞。"
庚辰本回前评。

因藕香榭盖在池中，池内蓄荷、菱，故以藕香命名，确极。

放着两张竹案,一个上面设着杯箸酒具,一个上头设着茶筅、茶盂各色茶具。那边有两三个丫头煽风炉煮茶,这一边另外几个丫头也煽风炉烫酒呢。贾母喜的忙问:"这茶想的到,且是地方,东西都干净!"湘云笑道:"这是宝姐姐帮着我预备的。"先赞宝钗。贾母道:"我说这个孩子细致,凡事想的妥当。"一面说,一面又看见柱上挂的黑漆嵌蚌的对子,命人念。湘云念道:

芙蓉影破归兰桨,

菱藕香深写竹桥。脂批:"妙极,此处忽有(又)补出一处,不入贾政试才一回,皆错综其事,不作一直笔也。"

补叙旧事。贾母听了,又抬头看匾,因回头向薛姨妈道:"我先小时,家里也有这么一个亭子,叫做什么'枕霞阁'。我那时也只像他们这么大年纪,同姊妹们天天顽去。那日谁知我失了脚掉下去,几乎没淹死,好容易救了上来,到底被那木钉把头碰破了,如今这鬓角上那指头顶大一块窝儿,就是那残破了。众人都怕经了水,又怕冒了风,都说活不得了,谁知竟好了。"凤姐不等人说,先笑道:"那时要活不得,如今这大福可叫凤姐之嘴,触处生春,总是讨贾母之好,然能舌灿莲花,新奇百出,实亦不易。谁享呢!可知老祖宗从小儿的福寿就不小,神差鬼使碰出那个窝儿来,好盛福寿的。寿星老儿头上原是一个窝儿,因为万福万寿盛满了,所以倒凸高出些来了。"未及说完,贾母与众人都笑软了。脂批:"看他忽用贾母数语,闲闲又补出此书之前似已有一部十二钗的一般,令人遥忆不能一见。余则将欲补出'枕霞阁'中十二钗来,岂不又添一部新书。"

贾母笑道:"这猴儿惯的了不得了,只管拿我取

第三十八回　林潇湘魁夺菊花诗　薛蘅芜讽和螃蟹咏

笑起来，恨的我撕你那油嘴。"凤姐笑道："回来吃螃蟹，恐积了冷在心里，讨老祖宗笑一笑开心，一高兴多吃两个就无妨了。"_{随口又点到螃蟹。}贾母笑道："明儿叫你日夜跟着我，我倒常笑笑觉的开心，不许回家去。"王夫人笑道："老太太因为喜欢他，才惯的他这样。还这样说，他明儿越发无礼了。"贾母笑道："我喜欢他这样，况且他又不是那不知高低的孩子。家常没人，娘儿们原该这样。横竖礼体不错就罢，没的倒叫他从神儿似的作什么。"_{脂批："近之暴发专讲理法，竟不知礼法。此似无礼，而礼法井井。所谓'整瓶不动半瓶摇'。又曰'习惯成自然'，真不谬也。"}

_{可知凤姐深得贾母欢心，此凤姐擅权妄为之根也。}

说着，一齐进入亭子，献过茶。凤姐忙着搭桌子，要杯箸。上面一桌，贾母、薛姨妈、宝钗、黛玉、宝玉。东边一桌，史湘云、王夫人、迎、探、惜。西边靠门一小桌，李纨和凤姐的，虚设坐位，_{一边虚设坐位，一边去伺候贾母王夫人，写得细。}二人皆不敢坐，只在贾母王夫人两桌上伺候。凤姐吩咐："螃蟹不可多拿来，仍旧放在蒸笼里，拿十个来，吃了再拿。"一面又要水洗了手，站在贾母跟前剥蟹肉，头次让薛姨妈。_{因薛姨妈是客。}薛姨妈道："我自己剥着吃香甜，不用人让。"凤姐便奉与贾母。二次的便与宝玉，又说："把酒烫的滚热的拿来。"又命小丫头们去取菊花叶儿、桂花蕊熏的绿豆面子来，预备洗手。_{用以去腥也。}史湘云陪着吃了一个，就下座来让人，_{史湘云是主。}又出至外头，令人盛两盘子与赵姨娘、周姨娘送去。_{湘云想得周到，因她是主，故由她命人送也。}又见凤

姐走来道："你不惯张罗，你吃你的去。我先替你张罗，等散了我再吃。"湘云不肯，又令人在那边廊上摆了两桌，让鸳鸯、琥珀、彩霞、彩云、平儿去坐。众丫鬟亦另设一桌，当是宝钗主意。鸳鸯因向凤姐笑道："二奶奶在这里伺候，我们可吃去了。"凤姐儿道："你们只管去，都交给我就是了。"说着，史湘云仍入了席。凤姐和李纨也胡乱应个景儿。

凤姐仍是下来张罗，一时出至廊上，鸳鸯等正吃的高兴，见他来了，鸳鸯等站起来道："奶奶又出来作什么？让我们也受用一会子。"凤姐笑道："鸳鸯小蹄子越发坏了，我替你当差，倒不领情，还抱怨我。众人随便说话，一番热闹情趣。还不斟一钟酒来我喝呢。"鸳鸯笑着忙斟了一杯酒，送至凤姐唇边，凤姐一扬脖子吃了。琥珀、彩霞二人也斟上一杯，送至凤姐唇边，那凤姐也吃了。平儿早剔了一壳黄子送来，凤姐道："多倒些姜醋。"一面也吃了，笑道："你们坐着吃罢，我可去了。"

鸳鸯笑道："好没脸，吃我们的东西。"凤姐儿笑道："你和我少作怪。你知道你琏二爷爱上了你，要和老太太讨了你作小老婆呢。"凤姐说话放诞不拘。鸳鸯道："啐，这也是作奶奶说出来的话！我不拿腥手抹你一脸算不得。"说着，赶来就要抹。凤姐儿央道："好姐姐，饶我这一遭儿罢。"琥珀笑道："鸳丫头要去了，平丫头还饶他？你们看看他，没有吃了两个螃蟹，倒喝了一碟子

第三十八回　林潇湘魁夺菊花诗　薛蘅芜讽和螃蟹咏

醋，他也算不会揽酸了。"平儿手里正掰了个满黄的螃蟹，听如此奚落他，便拿着螃蟹照着琥珀脸上抹来，口内笑骂："我把你这嚼舌根的小蹄子！"琥珀也笑着往旁边一躲，平儿使空了，往前一撞，正恰恰的抹在凤姐儿腮上。巧极趣极。触处生风，鸳鸯说要抹凤姐，没有抹，反被平儿抹着凤姐。文章变化有致。凤姐儿正和鸳鸯嘲笑，不防唬了一跳，嗳哟了一声。众人撑不住都哈哈的大笑起来。凤姐也禁不住笑骂道："死娼妇！吃离了眼了，混抹你娘的。"平儿忙赶过来替他擦了，亲自去端水。鸳鸯道："阿弥陀佛！这是个报应。"

一番热闹情趣，如贾政在，无此热闹矣。

贾母那边听见，一叠声问："见了什么这样乐？告诉我们也笑笑。"鸳鸯等忙高声笑回道："二奶奶来抢螃蟹吃，平儿恼了，抹了他主子一脸的螃蟹黄子。八月下旬时令，蟹之团脐已饱满，故蟹黄多也。此句切合时令。主子奴才打架呢。"贾母和王夫人等听了也笑起来。贾母笑道："你们看他可怜见的，把那小腿子脐子给他点子吃，也就完了。"鸳鸯等笑着答应了，高声又说道："这满桌子的腿子，二奶奶只管吃就是了。"凤姐洗了脸走来，又服侍贾母等吃了一回。黛玉独不敢多吃，只吃了一点儿夹子肉就下来了。黛玉体弱，不能多吃。

一片欢笑热闹之声，以往从未有过。

贾母一时不吃了，大家方散，都洗了手，也有看花的，也有弄水看鱼的，游玩了一回。王夫人因回贾母说："这里风大，才又吃了螃蟹，老太太还是回房

689

去歇歇罢了。若高兴,明日再来逛逛。"贾母听了笑道:"正是呢。我怕你们高兴,我走了,又怕扫了你们的兴。既这么说,咱们就都去罢。"回头又嘱咐湘云:"别让你宝哥哥、林姐姐多吃了。"湘云答应着。又嘱咐湘云、宝钗二人说:"你两个也别多吃。那东西虽好吃,不是什么好的,吃多了肚子疼。"

> 贾母、王夫人一去,众人更自由,无拘无束了。

二人忙应着送出园外,仍旧回来,令将残席收拾了另摆。宝玉道:"也不用摆,咱们且作诗。把那大团圆桌就放在当中,酒菜都放着。也不必拘定坐位,有爱吃的去吃,大家散坐,岂不便宜。"宝钗道:"这话极是。"湘云道:"虽如此说,还有别人。"因又命另摆一桌,拣了热螃蟹来,请袭人、紫鹃、司棋、待书、入画、莺儿、翠墨等一处共坐。山坡桂树底下铺下两条花毡,命答应的婆子并小丫头等也都坐了,只管随意吃喝,> 一时上下等级全无,难得此境一现。等使唤再来。

> 一幅众美游乐图。

湘云便取了诗题,用针绾在墙上。众人看了,都说:"新奇固新奇,只怕作不出来。"湘云又把不限韵的原故说了一番。宝玉道:"这才是正理,我也最不喜限韵。"林黛玉因不大吃酒,又不吃螃蟹,自令人掇了一个绣墩倚栏杆坐着,拿着钓竿钓鱼。宝钗手里拿着一枝桂花玩了一回,俯在窗槛上爬了桂蕊掷向水面,引的游鱼浮上来唼喋。湘云出一回神,又让一回袭人等,又招呼山坡下的众人只管放量吃。探春和李纨、

第三十八回　林潇湘魁夺菊花诗　薛蘅芜讽和螃蟹咏

惜春立在垂柳阴中看鸥鹭。迎春又独在花阴下拿着花针穿茉莉花。脂批："看他各人各式，亦如画家有孤仝独出，则（亦？）有攒三聚五，疏疏密密，直是一幅百美图。"宝玉又看了一回黛玉钓鱼，一回又俯在宝钗旁边说笑两句，一回又看袭人等吃螃蟹，自己也陪他饮两口酒。袭人又剥了一壳肉给他吃。

黛玉放下钓竿，走至座间，拿起那乌银梅花自斟壶来，脂批："写壶，非写壶，正写黛玉。"拣了一个小小的海棠冻石蕉叶杯。脂批："妙，杯非写杯，正写黛玉。'拣'字有神理，盖黛玉不善饮，此任兴也。"丫鬟看见，知他要饮酒，忙着走上来斟。黛玉道："你们只管吃去，让我自斟，这才有趣儿。"黛玉自斟自酌，可见其怡然之态，实难多见。说着便斟了半盏。看时却是黄酒，因说道："我吃了一点子螃蟹，觉得心口微微的疼，须得热热的喝口烧酒。"宝玉忙道："有烧酒。"便令将那合欢花浸的酒烫一壶来。黛玉也只吃了一口，便放下了。

可见黛玉此时心情亦甚欢畅，全书中难得一见。

脂批："伤哉，作者犹记矮𩆴舫前以合欢花酿酒乎？屈指二十年矣。"

黛玉能喝一口酒，已是难得，能望其痛饮乎？

宝钗也走过来，另拿了一只杯来，也饮了一口，便蘸笔至墙上把头一个《忆菊》勾了，底下又赘了一个"蘅"字。脂批："妙极，韵极。"宝玉忙道："好姐姐，第二个我已经有了四句了，你让我作罢。"宝钗笑道："我好容易有了一首，你就忙的这样。"黛玉也不说话，接过笔来把第八个《问菊》勾了，接着把第十一个《菊梦》也勾了，也赘一个"潇"字。脂批："这两个妙题。料定黛玉必喜，岂让人作去哉。"宝玉也拿起笔来，将第二个《访菊》也勾了，也赘上一个"绛"字。探春走来看看，道："竟没有人作《簪菊》，让我作这《簪菊》。"又指着宝玉笑道："才宣过总不许带出闺阁字样来，你可要留神。"

说着，只见史湘云走来，将第四、第五《对菊》《供菊》一连两个都勾了，也赘上一个"湘"字。探春道："你也该起个号。"湘云笑道："我们家里如今虽有几处轩馆，我又不住着，借了来也没趣。" 脂批："近之不读书暴发户，偏爱起一别号，一笑。" 宝钗笑道："方才老太太说，你们家也有这个水亭叫'枕霞阁'，难道不是你的？如今虽没了，你到底是旧主人。"众人都道："有理。"宝玉不待湘云动手，便代将"湘"字抹了，改了一个"霞"字。

又有顿饭工夫，十二题已全，各自誊出来，都交与迎春，另拿了一张雪浪笺过来，一并誊录出来。某人作的底下赘明某人的号。李纨等从头看道：

忆菊　蘅芜君 脂批："真用此号，妙极。"

西风闷思、红白断肠，空篱瘦月，归雁寒砧，令人凄切，唯末句稍透希望。宝钗心情何凄冷至此！岂听宝玉梦语后转觉凄冷迷惘乎？

怅望西风抱闷思。蓼红苇白断肠时。
空篱旧圃秋无迹，瘦月清霜梦有知。
念念心随归雁远，寥寥坐听晚砧痴。
谁怜我为黄花病，慰语重阳会有期。

访菊　怡红公子

全诗特写一"访"字，句句与"访"字相关。

闲趁霜晴试一游。酒杯药盏莫淹留。
霜前月下谁家种，槛外篱边何处秋。
蜡屐远来情得得，冷吟不尽兴悠悠。
黄花若解怜诗客，休负今朝挂杖头。

第三十八回　林潇湘魁夺菊花诗　薛蘅芜讽和螃蟹咏

种菊　怡红公子

携锄秋圃自移来。篱畔庭前故故栽。
昨夜不期经雨活，今朝犹喜带霜开。
冷吟秋色诗千首，醉酹寒香酒一杯。
泉溉泥封勤护惜，好知井径绝尘埃。

> 全诗写一"种"字，冷吟一联堪称。

对菊　枕霞旧友

别圃移来贵比金。一丛浅淡一丛深。
萧疏篱畔科头坐，清冷香中抱膝吟。
数去更无君傲世，看来惟有我知音。
秋光荏苒休辜负，相对原宜惜寸阴。

> 枕霞诗豪，下笔不休，中两联皆紧扣"对菊"。"数去""看来"，如对故友，令人情亲不已，不觉流光之易逝也。

供菊　枕霞旧友

弹琴酌酒喜堪俦。几案婷婷点缀幽。
隔座香分三径露，抛书人对一枝秋。
霜清纸帐来新梦，圃冷斜阳忆旧游。
傲世也因同气味，春风桃李未淹留。

> 正写侧写，俱扣"供"字，"抛书"句入化境，爱菊而忘书。

咏菊　潇湘妃子

无赖诗魔昏晓侵。绕篱欹石自沉音。
毫端蕴秀临霜写，口齿噙香对月吟。
满纸自怜题素怨，片言谁解诉秋心。
一从陶令平章后，千古高风说到今。

> 潇湘，诗魂也，首句便入魔境，绕篱欹石，诗思之来也。毫端口齿，诗句之成也，满纸一联，则秋心自倾，末两句说陶令，亦自写也，潇湘格高韵雅，于诗可见。

画菊　蘅芜君

诗余戏笔不知狂。岂是丹青费较量。
聚叶泼成千点墨，攒花染出几痕霜。

> 吕启祥云："黛玉是诗人，更无需名句传世，即此诗人之神韵气质，就够令人心折了。"

淡浓神会风前影，跳脱秋生腕底香。
莫认东篱闲采撷，黏屏聊以慰重阳。

问菊　潇湘妃子

欲讯秋情众莫知。喃喃负手叩东篱。
孤标傲世偕谁隐，一样花开为底迟。
圃露庭霜何寂寞，鸿归蛩病可相思。
休言举世无谈者，解语何妨话片时。

簪菊　蕉下客

瓶供篱栽日日忙。折来休认镜中妆。
长安公子因花癖，彭泽先生是酒狂。
短鬓冷沾三径露，葛巾香染九秋霜。
高情不入时人眼，拍手凭他笑路旁。

菊影　枕霞旧友

秋光叠叠复重重。潜度偷移三径中。
窗隔疏灯描远近，篱筛破月锁玲珑。
寒芳留照魂应驻，霜印传神梦也空。
珍重暗香休踏碎，凭谁醉眼认朦胧。

菊梦　潇湘妃子

篱畔秋酣一觉清。和云伴月不分明。
登仙非慕庄生蝶，忆旧还寻陶令盟。
睡去依依随雁断，惊回故故恼蛩鸣。
醒时幽怨同谁诉，衰草寒烟无限情。

> 宝钗诗，笔笔写画，不脱不离，总嫌平直。

> 潇湘胸中，自有万千愁丝，无处可问耳，得此一题，则天可问矣，中两联句句是问，问得奇，问得杳渺，末两句如得知音。

> 前四句平叙，后四句挺拔。

> 前六句隔而涩，末两句可读。

> 潇湘诗怀，迥不犹人，似梦非梦，似醒非醒，浑成超迈，末两句余意无尽。

第三十八回　　林潇湘魁夺菊花诗　薛蘅芜讽和螃蟹咏

　　残菊　蕉下客

　　露凝霜重渐倾欹。宴赏才过小雪时。

　　蒂有余香金淡泊，枝无全叶翠离披。

　　半床落月蛩声病，万里寒云雁阵迟。

　　明岁秋风知再会，暂时分手莫相思。

> 句句写"残"字，"半床"一联新。然蛩病雁迟，终嫌衰颓。末两句稍作回转。

　　众人看一首，赞一首，彼此称扬不已。李纨笑道："等我从公评来。通篇看来，各人有各人的警句。今日公评：《咏菊》第一，《问菊》第二，《菊梦》第三，题目新，诗也新，立意更新，恼不得要推潇湘妃子为魁了。然后《簪菊》《对菊》《供菊》《画菊》《忆菊》次之。"宝玉听说，喜的拍手叫："极是，极公道。"

> 前三名均为潇湘所得，是夺魁矣。

> 宝玉一听黛玉夺魁便高兴。

　　黛玉道："我那首也不好，到底伤于纤巧些。"李纨道："巧的却好，不露堆砌生硬。"黛玉道："据我看来，头一句好的是'圃冷斜阳忆旧游'，这句背面傅粉。'抛书人对一枝秋'已经妙绝,将'供菊'说完，没处再说，故翻回来想到未折未供之先，意思深透。"李纨笑道："固如此说，你的'口齿噙香'句也敌的过了。"探春又道："到底要算蘅芜君沉着，'秋无迹'、'梦有知'把个'忆'字竟烘染出来了。"宝钗笑道："你的'短鬓冷沾'、'葛巾香染'也就把'簪菊'形容的一个缝儿也没了。"湘云道："'偕谁隐'、'为底迟'真个把个菊花问的无言可对。"李纨笑道："你的'科

> 黛玉赞湘云，为湘诗进一解。

> 一番评赏，不负佳句。

头坐'、'抱膝吟'竟一时也不能别开,菊花有知,也必腻烦了。"说的大家都笑了。

必有此言,才是宝玉。

宝玉笑道:"我又落第。难道'谁家种'、'何处秋'、'蜡屐远来'、'冷吟不尽',都不是访;'昨夜雨'、'今朝霜',都不是种不成?但恨敌不上'口齿噙香对月吟'、'清冷香中抱膝吟'、'短鬓'、'葛巾'、'金淡泊'、'翠离披'、'秋无迹'、'梦有知'这几句罢了。"脂批:"总写宝玉不及,妙绝。"又道:"明儿闲了,我一个人作出十二首来。"李纨道:"你的也好,只是不及这几句新巧就是了。"

大家又评了一回,复又要了热蟹来,就在大圆桌子上吃了一回。宝玉笑道:"今日持螯赏桂,亦不可无诗。脂批:"全是他忙,全是他不及,妙极。"我已吟成,谁还敢作呢?"说着,便忙洗了手提笔写出。脂批:"且莫看诗,只看他偏于如许一大回诗后,又写一回诗,岂世人想的到的。"众人看道:

　　持螯更喜桂阴凉。泼醋擂姜兴欲狂。

　　饕餮王孙应有酒,横行公子却无肠。

　　脐间积冷馋忘忌,指上沾腥洗尚香。

　　原为世人美口腹,坡仙曾笑一生忙。

黛玉笑道:"这样的诗,要一百首也有。"脂批:"看他这一说。"宝玉笑道:"你这会子才力已尽,才三首诗,岂能才力用尽,此点宝玉尚未深知,因宝玉自己不善诗也。不说不能作了,还贬人家。"黛玉听了,并不答言,也不思索,提起笔来一挥,已有了一首。众人看道:

黛玉评得极是,可见其不存私心。无奈世间此类诗太多耳!

第三十八回　林潇湘魁夺菊花诗　薛蘅芜讽和螃蟹咏

铁甲长戈死未忘。堆盘色相喜先尝。
螯封嫩玉双双满，壳凸红脂块块香。
多肉更怜卿八足，助情谁劝我千觞。
对斯佳品酬佳节，桂拂清风菊带霜。

<small>诗亦平铺直叙，可称"怡红体"，此不过欲证宝玉之诗不足为诗耳，非黛玉作诗也。</small>

宝玉看了正喝彩，黛玉便一把撕了，<small>撕得好，亦如撕宝玉之诗也。撕宝玉之诗，亦是撕世人此类诗也。</small>命人烧去，因笑道："我的不及你的，我烧了他。你那个很好，比方才的菊花诗还好，你留着他给人看。"宝钗接着笑道："我也勉强了一首，未必好，写出来取笑儿罢。"说着，也写了出来，大家看时，写道是：

桂霭桐阴坐举觞。长安涎口盼重阳。
眼前道路无经纬，皮里春秋空黑黄。<small>两句绝妙讽世。</small>

<small>眼前两句，是咏蟹绝唱。后四句平平。</small>

看到这里，众人不禁叫绝。宝玉道："写得痛快！我的诗也该烧了。"又看底下道：

酒未敌腥还用菊，性防积冷定须姜。
于今落釜成何益，月浦空余禾黍香。<small>横行一世，终于落釜，亦足为世戒。</small>

众人看毕，都说："这是食螃蟹绝唱。这些小题目，原要寓大意才算是大才。只是讽刺世人太毒了些。"说着，只见平儿复进园来。不知作什么，且听下回分解。

【回后评】

  在螃蟹宴开始前,先叙藕香榭,见得山环水绕,确是佳境。写茶具酒炉,色色俱各周到,具见主事者匠心,然后由湘云说都是宝钗预备的,于是宝钗深得贾母赞赏。复由藕香榭引出枕霞阁,引出贾母一段往事,又引出凤姐一段笑话,更博得贾母欢心。此一段文字,一是叙明螃蟹宴的真正主人乃是宝钗,不是湘云,湘云不过藉名而已;二是写凤姐承欢,随机演说,深得贾母欢心,博得贾母说"明儿叫你日夜跟着我,我倒常笑笑觉的开心,不许回家去",可见凤姐深受贾母喜爱,正是权重令行之时;三是写螃蟹宴的安排,事事周密,连赵姨娘、周姨娘及鸳鸯、琥珀、彩霞、彩云、平儿等俱各顾及,此正写宝钗善能笼络众心,博得普遍称誉,为自己多留地步也。此亦宝钗与凤姐截然不同之处。

  一席螃蟹宴,写众人欢声四溢,不再严分上下尊卑,连贾母亦参与说笑,平儿于无意间抹凤姐一脸蟹黄,亦未见责,此是大观园及贾府中绝少见的欢乐场面。贾母等退席后,袭人、紫鹃、司棋、待书、入画、莺儿、翠墨等以及"答应的婆子并小丫头等也都坐了,只管随意吃喝",这是在贾府中绝无仅有的场面,其原因一是贾政外出,二是贾母、王夫人等都已退席,故诸人得自由随意也。雪芹写此场面,或亦有其社会理想之寓意乎?

  咏菊之诗,是继咏白海棠诗而来,雪芹一枝笔,写五家之诗,而各自有其口吻,亦不乏佳句,足见雪芹诗才。昔人评菊花诗,皆注意探索其诗中之影射,窃以为雪芹为诸人于诗中自露心声则有之,其余则未必。唯宝钗于螃蟹诗中寓讽世之意,自是众所同认,不必疑也。

第三十八回　　林潇湘魁夺菊花诗　薛蘅芜讽和螃蟹咏

【校记】

〔一〕回目：各本同。列藏本"咏"作"韵"。

第三十九回　　村姥姥是信口开河
　　　　　　　　情哥哥偏寻根究底[一]

贾政于八月二十日点学差起身，时节已是八月末矣，至螃蟹宴已入九月。俗云："九月团脐十月尖。"因此时团脐蟹黄饱满也，故平儿嘱要团脐，湘云却只知要大的，岂知大的尖脐多。可见湘云于此道不谙。

话说众人见平儿来了，都说："你们奶奶作什么呢，怎么不来了？"平儿笑道："他那里得空儿来。因为说没有好生吃得，又不得来，所以叫我来问还有没有，叫我要几个拿了家去吃罢。"湘云道："有，多着呢。"忙令人拿了十个极大的。湘云不懂蟹道，并非大的即好。平儿道："多拿几个团脐的。"平儿内行，故要团脐。

众人又拉平儿坐，平儿不肯。李纨拉着他笑道："偏要你坐。"拉着他身旁坐下，端了一杯酒送到他嘴边，平儿忙喝了一口就要走。李纨道："偏不许你去。显见得只有凤丫头，就不听我的话了。"说着又命嬷嬷们："先送了盒子去，就说我留下平儿了。"

那婆子一时拿了盒子回来说："二奶奶说，叫奶奶和姑娘们别笑话要嘴吃。这个盒子里是方才舅太太那里送来的菱粉糕和鸡油卷儿，给奶奶、姑娘们吃的。"又向平儿道："说使你来，你就贪住顽不去了。劝你

第三十九回　村姥姥是信口开河　情哥哥偏寻根究底

少喝一杯儿罢。"平儿笑道："多喝了又把我怎么样？"_{平儿难得自在。}一面说，一面只管喝，又吃螃蟹。李纨揽着他笑道："可惜这么个好体面模样儿，命却平常，只落得屋里使唤。不知道的人，谁不拿你当作奶奶、太太看。"_{李纨一番怜才之心。}

李纨一番怜惜话，亦见其爱惜平儿，为平儿之遭遇深惜，其爱才之心堪称，然其只知应作奶奶、太太，则时代使然也，奈何奈何！

平儿一面和宝钗、湘云等吃喝，一面回头笑道："奶奶，别只摸的我怪痒痒的。"_{李纨爱之而抚之也。所谓"我见犹怜"也。}李氏道："嗳哟！这硬的是什么？"平儿道："钥匙。"李氏道："什么钥匙？要紧梯己东西怕人偷了去，却带在身上。我成日家和人说笑，有个唐僧取经，就有个白马来驮他；有个刘智远打天下，就有个瓜精来送盔甲；有个凤丫头，就有个你。你就是你奶奶的一把总钥匙，还要这钥匙作什么。"_{好比喻，十分贴切。}平儿笑道："奶奶吃了酒，又拿了我来打趣着取笑儿了。"_{平儿的评。}

宝钗笑道："这倒是真话。我们没事评论起人来，你们这几个都是百个里头挑不出一个来的，妙在各人有各人的好处。"李纨道："大小都有个天理。比如老太太屋里要没那个鸳鸯，如何使得。从太太起，那一个敢驳老太太的回。现在他敢驳回。偏老太太只听他一个人的话。老太太那些穿的戴的，别人不记得，他都记得。要不是他经管着，不知叫人诓骗了多少去呢。那孩子心也公道。虽然这样，倒常替人说好话儿，还倒不依势欺人的。"_{两句有千斤之重。}惜春笑道："老太太昨儿还

借此，为诸婢一评。

为鸳鸯评传。

说呢，他比我们还强呢。"平儿道："那原是个好的，我们那里比的上他。"

宝玉道："太太屋里的彩霞，是个老实人。"探春道："可不是，外头老实，心里有数儿。_{探春知人最明。}太太是那么佛爷似的，事情上不留心，他都知道。凡百一应事，都是他提着太太行。连老爷在家出外去的一应大小事，他都知道。太太忘了，他背地里告诉太太。"

> 评彩霞，然则彩霞是王夫人钥匙矣。

李纨道："那也罢了。"指着宝玉道："这一个小爷屋里，要不是袭人，你们度量到个什么田地！凤丫头就是楚霸王，也得这两只膀子，好举千斤鼎。他不是这丫头，就得这么周到了！"平儿笑道："先时陪了四个丫头，死的死，去的去，只剩下我一个孤鬼了。"李纨道："你倒是有造化的。凤丫头也是有造化的。想当初，你珠大爷在日，何曾也没两个人。你们看我还是那容不下人的？天天只见他两个不自在。所以你珠大爷一没了，趁年轻我都打发了。若有一个守得住，我倒有个膀臂。"说着，滴下泪来。众人都道："又何必伤心，不如散了倒好。"说着，便都洗了手，大家约着往贾母、王夫人处问安。众婆子、丫头打扫亭子，收拾杯盘。_{螃蟹宴至此结束。}

> 一句评袭人，然李纨仅知其表耳。

> 评平儿，又及自身，随生悲感，终因寡居也。

袭人和平儿一同往前去。袭人因让平儿到房里坐坐，再吃一钟茶。平儿因说："不吃茶了，再来罢。"一面说，一面便要出去。袭人又叫住[二]问道："这

第三十九回　村姥姥是信口开河　情哥哥偏寻根究底

个月的月钱，连老太太和太太还没放呢，是〔三〕为什么？"平儿见问，忙转身至袭人跟前，又见左近无人，〔四〕才悄悄说道："你快别问，横竖再〔五〕迟两天就放了。"袭人笑道："这是为什么，唬的你这样？"平儿悄声告诉他道：〔六〕"这个月的月钱，我们奶奶早已支了，放给人使呢。等别处的利钱收了来，凑齐了才放呢。因为是你，我才告诉你，〔七〕你可不许告诉一个人去。"

袭人笑道："难道他还短钱使，还没个足厌？〔八〕何苦还操这心。"平儿笑道："何曾不是呢。他〔九〕这几年，拿着这一项银子，翻出有几百来了。〔十〕他的公费月例又使不着，十两八两零碎攒了又放出去，只他这梯己〔十一〕利钱，一年不到，上千的银子呢。"袭人笑道："拿着我们的钱，你们主子奴才赚利钱，哄的我们呆呆的等着。"

平儿道："你又说没良心的话。你难道还少钱使？"袭人道："我虽不少，只是我也没地方使去，就只预备我们那一个。"平儿道："你倘若有要紧的事用钱使时，我那里还有几两银子，你先拿来使，明儿我扣下你的就是了。"袭人道："此时也用不着。怕一时要用起来不够了，我打发人去取就是了。"

平儿答应着，一径出了园门，来至家内，只见凤姐儿不在房里。忽见上回来打抽丰的那刘姥姥和板儿又来了，坐在那边屋里，还有张材家的、周瑞家的陪

凤姐迟发月钱，放债取利，此处悄悄说出，亦为后文伏线。

为凤姐细算账，借袭人之口点明凤姐用公款赚利钱。

凤姐借高利盘剥，所得甚丰，恐此处尚不是实数。

公然称我们那一个，是何等身份口气。

着,又有两三个丫头在地下倒口袋里的枣子、倭瓜并些野菜。众人见他进来,都忙站起来了。_{脂批:"妙文。上回是先见平儿后见凤姐,此则先见凤姐后见平儿也,何错综巧妙得情得理之至耶。"}

刘姥姥因上次来过,知道平儿的身份,忙跳下地来,问:"姑娘好?"又说:"家里都问好。早要来请姑奶奶的安,看姑娘来的,因为庄家忙。好容易今年多打了两石粮食,瓜果菜蔬也丰盛。这是头一起摘下来的,并没敢卖呢,留的尖儿孝敬姑奶奶、姑娘们尝尝。姑娘们天天山珍海味的也吃腻了,_{确是实话,富贵人家实不易吃新鲜园蔬也。}这个吃个野意儿,也算是我们的穷心。"平儿忙道:"多谢费心。"又让坐,自己也坐了。又让:"张婶子、周大娘坐。"又令小丫头子倒茶去。周瑞、张材两家的因笑道:"姑娘今儿脸上有些春色,_{回应螃蟹宴。}眼圈儿都红了。"平儿笑道:"可不是。我原是不吃的,大奶奶和姑娘们只是拉着死灌,不得已喝了两钟,脸就红了。"张材家的笑道:"我倒想着要吃呢,又没人让我。明儿再有人请姑娘,可带了我去罢。"说着,大家都笑了。

周瑞家的道:"早起我就看见那螃蟹了,一斤只好秤两个三个。这么三大篓,想是有七八十斤呢。"周瑞家的道:"若是上上下下只怕还不够。"平儿道:"那里够,不过都是有名儿的吃两个子。那些散众的,也有摸得着的,也有摸不着的。"刘姥姥道:"这样螃蟹,今年就值五分一斤。十斤五钱,五五二两五,

_{庄家人多打两石粮食,确实不易。予幼时深知其情,读者切莫轻看此句。雪芹能写出此句,足见其深知贫困百姓之艰难也。}

第三十九回　村姥姥是信口开河　情哥哥偏寻根究底

三五一十五，再搭上酒菜，一共倒有二十多两银子。阿弥陀佛！这一顿的钱够我们庄家人过一年了。"平儿因问："想是见过奶奶了？"^{脂批："写平儿伶俐如此。"}刘姥姥道："见过了，叫我们等着呢。"说着又往窗外看天气，说道："天好早晚了，我们也去罢，别出不去城才是饥荒呢。"周瑞家的道："这话倒是，我替你瞧瞧去。"说着，一径去了，半日方来，笑道："可是你老的福来了，竟投了这两个人的缘了。"

平儿等问怎么样，周瑞家的笑道："二奶奶在老太太的跟前呢。我原是悄悄的告诉二奶奶，'刘姥姥要家去呢，怕晚了赶不出城去'。二奶奶说：'大远的，难为他扛了那些沉东西来，晚了就住一夜明儿再去。'_{凤姐能体贴庄家人，亦自难得。}这可不是投上二奶奶的缘了。这也罢了，偏生老太太又听见了，问刘姥姥是谁。二奶奶便回明白了。老太太说：'我正想个积古的老人家说话儿，请了来我见一见。'这可不是想不到的投上缘分了。"说着，催刘姥姥下来前去。

刘姥姥道："我这生像儿怎好见的。好嫂子，你就说我去了罢。"_{庄家人心理口吻毕肖。}平儿忙道："你快去罢，不相干的。我们老太太最是惜老怜贫的，比不得那个狂三诈四的那些人。想是你怯上，我和周大娘送你去。"_{平儿能体贴庄家人之心，其心慈也。}说着，同周瑞家的引了刘姥姥，往贾母这边来。

> 富贵人家一餐，庄家人过一年。贫富悬殊如此，此作者史笔也。

> 真意想不到之事，意想不到之文。

二门口该班的小厮们见了平儿出来，都站起来了，又有两个跑上来，赶着平儿叫"姑娘"。可见平儿身份，亦因凤姐故也。 脂批："想这一个姑娘，非下称上之姑娘也。按北俗以姑母曰姑姑，南俗曰娘娘，此姑娘定是姑娘娘之称。每见大家风俗，多有小童称少主妾曰姑姑娘娘者。按此书中若干人说话语气，及动用前照（器物）饮食诸类，皆东西南北互相兼用，此姑娘之称，亦南北相兼而用无疑矣。" 平儿问："又说什么？"那小厮笑道："这会子也好早晚了，我妈病了，等着我去请大夫。好姑娘，我讨半日假可使的？"平儿道："你们倒好，都商议定了，一天一个告假，又不回奶奶，只和我胡缠。前儿住儿去了，二爷偏生叫他，叫不着，我应起来了，还说我作了情。你今儿又来了。" 脂批："分明几回没写到贾琏，今忽闲中一语，补得贾琏天天闹热，令人却如看见听见一般，所谓不写之写也。刘姥姥眼中耳中，又一番识面，奇妙之甚。" 周瑞家的道："当真的他妈病了，姑娘也替他应着，放了他罢。"平儿道："明儿一早来。听着，我还要使你呢，再睡的日头晒着屁股再来！你这一去，带个信儿给旺儿，就说奶奶的话，问着他，那剩的利钱明儿若不交了来，奶奶也不要了，就越性送他使罢。"顺便又点出凤姐放高利贷。 脂批："交代过袭人的话。看他如此说，真比凤姐又甚一层，李纨之语不谬也。不知阿凤何等福得此一人。" 那小厮欢天喜地答应着去了。

平儿等来至贾母房中，彼时大观园中姊妹们都在贾母前承奉。写刘姥姥眼中所见，又与上次不同。 脂批："妙极。连宝玉一并算入姊妹队中了。" 刘姥姥进去，只见满屋里珠围翠绕，花枝招展，并不知都系何人。只见一张榻上歪着一位老婆婆，身后坐着一个纱罗裹的美人一般的一个丫鬟在那里捶腿，凤姐儿站着正说笑。尽是刘姥姥眼中所见景象。 是鸳鸯。 脂批："奇奇怪怪文章。在刘姥姥眼中，以为阿凤至尊至贵，普天下人都该站着说，阿凤独坐才是。如何今见阿凤独站哉，真妙文字。" 刘姥姥便知是贾母了，忙上来陪着笑，道了万福，口里说："请老寿

第三十九回　村姥姥是信口开河　情哥哥偏寻根究底

星安。"贾母亦欠身问好，又命周瑞家的端过椅子来让坐着。那板儿仍是怯人，不知问候。贾母道："老亲家，你今年多大年纪了？"刘姥姥忙立身答道："我今年七十五了。"贾母向众人道："这么大年纪了，还这么健朗。比我大好几岁呢。我要到这么大年纪，还不知怎么动不得呢。"刘姥姥笑道："我们生来是受苦的人，老太太生来是享福的。若我们也这样，那些庄家活也没人作了。"贾母道："眼睛、牙齿都还好？"刘姥姥道："都还好，就是今年左边的槽牙活动了。"贾母道："我老了，都不中用了，眼也花，耳也聋，记性也没了。你们这些老亲戚，我都不记得了。亲戚们来了，我怕人笑我，我都不会，不过嚼的动的吃两口，困了睡一觉，闷了时和这些孙子、孙女儿顽笑一回就完了。"刘姥姥笑道："这正是老太太的福了。我们想这么着也不能。"贾母道："什么福，不过是个老废物罢了。"说的大家都笑了。

贾母又笑道："我才听见凤哥儿说，你带了好些瓜菜来，叫他快收拾去了，我正想个地里现撷的瓜儿菜儿吃。外头买的，不像你们田地里的好吃。"刘姥姥笑道："这是野意儿，不过吃个新鲜。依我们倒想鱼肉吃，只是吃不起。"贾母又道："今儿既认着了亲，别空空儿的就去。不嫌我这里，就住一两天再去。我们也有个园子，园子里头也有果子，你明日也尝尝，带些家去，你也算看亲戚一趟。"_{贾母说话，深有人情味。}凤姐儿见贾母喜欢，也忙留道："我们这里虽不比你们的场院大，空屋子还有两间。你住两天罢，把你们那里的新闻故事儿，说些与我们老太太听听。"贾母笑道："凤丫头别拿他取笑儿。他是乡屯里的人，老实，那里搁的住你打趣他。"说着，又命人去先抓果子与板儿吃。板儿见人多了，又不敢吃。贾母又命拿些钱给他，叫小幺儿们带他外头顽去。

凤姐总是顺着贾母说话。

刘姥姥吃了茶，便把些乡村中所见所闻的事情说与贾母，贾母益发得了趣味。_{贵族之家，深居府中，与世隔绝，虽听些乡村事亦觉新鲜。}正说着，凤姐儿便令人来请刘姥姥吃晚饭。贾母又将自己的菜拣了几样，命人送过去与刘姥姥吃。_{贾母惜老。}凤姐知道合了贾母的心，_{凤姐总是迎合贾母之意。}吃了饭便又打发过来。鸳鸯忙令老婆子带了刘姥姥去洗了澡，自己挑了两件随常的衣服令给刘姥姥换上。_{脂批："一段鸳鸯身份权势心机，只写贾母也。"}那刘姥姥那里见过这般行事，忙换了衣裳出来，坐在贾母榻前，又搜寻些话出来说。彼时宝玉姊妹们也都在这里坐着，他们何曾听见过这些话，自觉比那些瞽目先生说的书还好听。

写凤姐。

写鸳鸯。

那刘姥姥虽是个村野人，却生来的有些见识，况

第三十九回　村姥姥是信口开河　情哥哥偏寻根究底

且年纪老了，世情上经历过的，见头一个贾母高兴，第二见这些哥儿、姐儿们都爱听，便没了说的也编出些话来讲。因说道：^{可见底下是编出来的。}"我们村庄上种地种菜，每年每日，春夏秋冬，风里雨里，那有个坐着的空儿，天天都是在那地头子上作歇马凉亭，什么奇奇怪怪的事不见呢！就像去年冬天，接连下了几天雪，地下压了三四尺深。我那日起的早，还没出房门，只听外头柴草响。我想着，必定是有人偷柴草来了。我爬着窗户眼儿一瞧，却不是我们村庄上的人。"贾母道："必定是过路的客人们冷了，见现成的柴，抽些烤火去，也是有的。"刘姥姥笑道："也并不是客人，所以说来奇怪。老寿星当个什么人？原来是一个十七八岁的极标致的一个小姑娘，梳着溜油光的头，穿着大红袄儿，白绫裙子——"脂批："刘姥姥口气如此。"

刚说到这里，忽听外面人吵嚷起来，又说："不相干的，别唬着老太太。"贾母等听了，忙问怎么了，丫鬟回说："南院马棚里走了水，不相干，已经救下去了。"贾母最胆小的，听了这个话，忙起身扶了人出至廊上来瞧，只见东南上火光犹亮。贾母唬的口内念佛，忙命人去火神跟前烧香。王夫人等也忙都过来请安，又回说："已经救下去了，老太太请进房去罢。"贾母足的看着火光息了，方领众人进来。
脂批："一段为后回作引，然偏于宝玉爱听时截住。"

旁注：
- 刘姥姥实是乖觉人，能见机行事。
- 是写北方农村，南方绝无此大雪。
- 说至紧要处，却生意外，文情顿生转折。

宝玉且忙着问刘姥姥："那女孩儿大雪地作什么抽柴草？倘或冻出病来呢？"贾母道："都是才说抽柴草惹出火来了，你还问呢。别说这个了，再说别的罢。"宝玉听说，心内虽不乐，也只得罢了。

> 说抽柴惹出火来是无理，然恰写出贾母等愚昧而迷信。借失火一事，贾母不再听抽柴之类故事，则贾母自然不再问此事矣。下文单写宝玉命茗烟去访查，则笔无滞碍。

刘姥姥便又想了一篇话，说道："我们庄子东边庄上，有个老奶奶子，今年九十多岁了。<说到贾母关心处。>他天天吃斋念佛，谁知就感动了观音菩萨夜里来托梦说：'你这样虔心，原本你该绝后的，如今奏了玉皇，给你个孙子。'原来这老奶奶只有一个儿子，这儿子也只一个儿子，好容易养到十七八岁上死了，哭的什么似的。后果然又养了一个，今年才十三四岁，生的雪团儿一般，聪明伶俐非常。可见这些神佛是有的。"这一席话，实合了贾母、王夫人的心事，连王夫人也都听住了。<王夫人也一样心思。>

> 句句说到贾母心上，刘姥姥煞是可人。

宝玉心中只记挂着抽柴的故事，因闷闷的心中筹划。探春因问他："昨日扰了史大妹妹，咱们回去商议着邀一社，又还了席，也请老太太赏菊花，何如？"宝玉笑道："老太太说了，还要摆酒还史妹妹的席，叫咱们作陪呢。等着吃了老太太的，咱们再请不迟。"探春道："越往前去越冷了，老太太未必高兴。"

宝玉道："老太太又喜欢下雨下雪的。不如咱们等下头场雪，请老太太赏雪岂不好？咱们雪下吟诗，

> 或以为才赏菊花，便言下雪，未免遥远。殊不知北国风光，时有早雪，九月末十月间初雪，未为奇也。

第三十九回　村姥姥是信口开河　情哥哥偏寻根究底

也更有趣了。"林黛玉忙笑道："咱们雪下吟诗？依我说，还不如弄一捆柴火，雪下抽柴，还更有趣儿呢。"_{黛玉心知宝玉心思，故出此言。}说着，宝钗等都笑了。宝玉瞅了他一眼，也不答话。

一时散了，背地里宝玉到底拉了刘姥姥，细问那女孩儿是谁。刘姥姥只得编了告诉他道："那原是我们庄北沿地埂子上有一个小祠堂里供的，不是神佛，当先有个什么老爷。"说着，又想名姓。宝玉道："不拘什么名姓，你不必想了，只说原故就是了。"刘姥姥道："这老爷没有儿子，只有一位小姐，名叫茗玉。小姐知书识字，老爷太太爱如珍宝。可惜这茗玉小姐生到十七岁，一病死了。"宝玉听了，跌足叹惜，_{是情痴。}又问后来怎么样。刘姥姥道："因为老爷太太思念不尽，便盖了这祠堂，塑了这茗玉小姐的像，派了人烧香拨火。如今日久年深的，人也没了，庙也烂了，那个像就成了精。"宝玉忙道："不是成精，规矩这样人是虽死不死的。"刘姥姥道："阿弥陀佛！原来如此。不是哥儿说，我们都当他成精。他时常变了人出来各村庄店道上闲逛。我才说这抽柴火的就是他了。我们村庄上的人还商议着要打了这塑像、平了庙呢。"宝玉忙道："快别如此。若平了庙，罪过不小。"刘姥姥道："幸亏哥儿告诉我，我明儿回去告诉他们就是了。"

宝玉道："我们老太太、太太都是善人，合家大

> 笔者复校至此，恰好遇上大雪，才阴历十月十三，即遇数十年未见之大雪，予园中雪深盈尺，花木为之尽折，予居京已五十年，第一次见如此大雪也。二〇〇三年十一月六日记。
>
> 宝玉到底放不下此事。

小也都好善喜舍,最爱修庙塑神的。我明儿做一个疏头,替你化些布施,你就做香头,攒了钱把这庙修盖,再装潢了泥像,每月给你香火钱烧香,岂不好?"刘姥姥道:"若这样,我托那小姐的福,也有几个钱使了。"宝玉又问他地名、庄名,来往远近,坐落何方。刘姥姥便顺口胡诌了出来。

> 活画痴公子心思。

> 愈是荒唐,愈加认真,问明远近,已为下文线索。

宝玉信以为真,回至房中,盘算了一夜。次日一早,便出来给了茗烟几百钱,按着刘姥姥说的方向地名,着茗烟去先踏看明白,回来再做主意。那茗烟去后,宝玉左等也不来,右等也不来,急的热锅上的蚂蚁一般。好容易等到日落,方见茗烟兴兴头头的回来。宝玉忙问:"可有庙了?"茗烟笑道:"爷听的不明白,叫我好找。那地名、坐落不似爷说的一样,所以找了一日,我到东北上田埂子上才有一个破庙。"

> 兴兴头头回来,出人意外。

> 没有想到刘姥姥会胡编,只怪未听明白。

> 好容易找着。

宝玉听说,喜的眉开眼笑,忙说道:"刘姥姥有年纪的人,一时错记了也是有的。你且说你见的。"茗烟道:"那庙门却倒是朝南开的,也是稀破的。我找的正没好气,一见这个,我说'可好了',连忙进去。一看泥胎,唬的我跑出来了,活似真的一般。"宝玉喜的笑道:"他能变化人了,自然有些生气。"茗烟拍手道:"那里有什么女孩儿,竟是一位青脸红发的瘟神爷。"

> 此句令宝玉煞是高兴。

> 不是女孩却是瘟神,作者故意调侃也。

> 不是女孩儿,却是瘟神,大煞风景。

第三十九回　村姥姥是信口开河　情哥哥偏寻根究底

宝玉听了,啐了一口,骂道:"真是一个无用的杀才!〔不说自己上当,反说茗烟无用,真正好笑。〕这点子事也干不来。"茗烟道:"二爷又不知看了什么书,或者听了谁的混话,信真了,把这件没头脑的事派我去碰头,怎么说我没用呢?"宝玉见他急了,忙抚慰他道:"你别急。改日闲了你再找去。若是他哄我们呢,〔至此方想到哄我们,但还心存希望。〕自然没了;若真是有的,你岂不也积了阴骘。我必重重的赏你。"正说着,只见二门上的小厮来说:"老太太房里的姑娘们站在二门口找二爷呢。"

要知端的,且听下回分解。

【回后评】

　　平儿、鸳鸯、袭人为《红楼梦》中三大丫鬟，写得各各精彩而又各有各的事情，各自分散。故此处借李纨一评，以彰三人之特才，以醒读者之目。李纨留平儿一段，是平儿特传，说平儿是凤姐的一把钥匙，最得其要。赞鸳鸯一段，亦是鸳鸯特传，彰其德也。于袭人只用一句话评，能得其分寸。宝玉说："太太屋里的彩霞是个老实人。"探春道："可不是，外头老实，心里有数儿。"此是对彩霞的补评，先用宝玉笼统一赞，然后用探春点明，亦见探春之精于鉴人也。

　　凤姐迟发月钱以放高利，平儿说：他的"梯己利钱，一年不到，上千的银子呢"。可见其历年盘剥之利，为后文凤姐之结局先伏一笔。

　　刘姥姥说贾府一顿螃蟹宴的钱，"够我们庄家人过一年了"，此是作者特笔，以见富贵之家与平民之家两相对比，生活之悬殊也。刘姥姥见贾母是两位老人之对比也。贾母享尽富贵，而刘姥姥受尽劳碌，相去何殊天壤之别。雪芹写此，是对社会贫富不均之写照，亦是对人生之感慨耳！

　　刘姥姥编谎，宝玉却信以为真，并命茗烟去寻访，却访得一青面红发之瘟神庙。此是对痴公子之讽谕。而黛玉故意说不如"雪下抽柴，还更有趣"，是对宝玉痴迷之雅谑，亦见旁观之黛玉心中洞明也。

【校记】

　　〔一〕回目：己卯、庚辰、列藏、舒序、甲辰、程甲诸本同，但亦有小异。庚辰上句"河"下多出一"合"字，己卯本"村姥姥"作"村

第三十九回　村姥姥是信口开河　情哥哥偏寻根究底

嬷嬷",列藏、舒序、甲辰、程甲本均作"村姥姥是信口开河,情哥哥偏寻根问底"。蒙府、戚序本均作"村老妪是信口开河,痴情子偏寻根究底"。杨本独作"村老妪说谈承色笑,痴情子实意觅踪迹"。此从列藏、舒序诸本。

〔二〕"再吃一钟"至"袭人又叫住",己卯、庚辰本均缺,其余各本均有,兹据列藏、程甲等本增。

〔三〕"连老太太"以下十二字,己卯、庚辰本缺,同前增。

〔四〕"转身"以下十三字,己卯、庚辰本缺,同前增。

〔五〕"你快"以下七字,己卯、庚辰本缺,同前增。

〔六〕"袭人笑道"以下二十二字,己卯、庚辰本缺,同前增。

〔七〕"因为"以下九字,己卯、庚辰本缺,同前增。

〔八〕"还没个足厌"五字,己卯、庚辰本缺,同前增。

〔九〕"何曾不是呢,他"六字,己卯、庚辰本缺,同前增。

〔十〕"翻出有几百来了"七字,己卯、庚辰本缺,同前增。

〔十一〕"又使不着"至"他这梯己"共二十一字,己卯、庚辰本缺,同前增。

第四十回　　史太君两宴大观园
　　　　　　　金鸳鸯三宣牙牌令[一]

话说宝玉听了,忙进来看时,只见琥珀站在屏风跟前说:"快去罢,立等你说话呢。"

宝玉来至上房,只见贾母正和王夫人、众姊妹商议给史湘云还席。宝玉因说道:"我有个主意。既没有外客,吃的东西也别定了样数,谁素日爱吃的拣样儿做几样。也不要按桌席,每人跟前摆一张高几,各人爱吃的东西一两样,再一个什锦攒心盒子、自斟壶,岂不别致。"贾母听了,说:"很是。"忙命传与厨房:"明日就拣我们爱吃的东西作了,按着人数,再装了盒子来。早饭也摆在园里吃。"商议之间早又掌灯。一夕无话。

次日清早起来。可喜这日天气清朗。李纨侵晨先起,看着老婆子、丫头们扫那些落叶;_{脂批:"是八月尽。"}并擦抹桌椅,预备茶酒器皿。只见丰儿带了刘姥姥、板儿进来,说:"大奶奶倒忙的紧。"李纨笑道:"我说你昨

> 宝玉又是别出心裁,各自吃各自的,不排席次,不按宴集的老套,"每人跟前摆一张高几,各人爱吃的东西一两样,再一个什锦攒心盒子,自斟壶"。十足显出宝玉的自由个性。这样的吃法,倒有几分现代宴会的气氛。

> 扫落叶,点出秋末时令。

第四十回　史太君两宴大观园　金鸳鸯三宣牙牌令

儿去不成，只忙着要去。"刘姥姥笑道："老太太留下我，叫我也热闹一天去。"

丰儿拿了几把大小钥匙，说道："我们奶奶说了，外头的高几恐不够使，不如开了楼，把那收着的拿下来使一天罢。奶奶原该亲自来的，因和太太说话呢，请大奶奶开了，带着人搬罢。"李氏便令素云接了钥匙，又令婆子出去把二门上的小厮叫几个来。李氏站在大观楼下往上看，令人上去开了缀锦阁，一张一张往下抬。小厮、老婆子、丫头一齐动手，抬了二十多张下来。李纨道："好生着，别慌慌张张鬼赶来似的，仔细碰了牙子。"〔描写宴集准备场面，历历如绘，真写生妙手。〕

又回头向刘姥姥笑道："姥姥，你也上去瞧瞧。"刘姥姥听说，巴不得一声儿，便拉了板儿登梯上去。进里面，只见乌压压的堆着些围屏、桌椅、大小花灯之类，虽不大认得，只见五彩炫耀，各有奇妙。〔见大家仓库，富积如山。〕念了几声佛，便出来了。然后锁上门，一齐才下来。

李纨道："恐怕老太太高兴，越性把船上划子、篙桨、遮阳幔子都搬了下来预备着。"众人答应，复又开了，色色的搬了下来。令小厮传驾娘们到船坞里撑出两只船来。〔又取船具，为下文张本。〕

正乱着安排，只见贾母已带了一群人进来了。李纨忙迎上去，笑道："老太太高兴，倒进来了。我只当还没梳头呢,才撷了菊花要送去。"^{正是深秋景色。}一面说,一面碧月早捧过一个大荷叶式的翡翠盘子来,里面盛着各色的折枝菊花。贾母便拣了一朵大红的簪了鬓上。因回头看见了刘姥姥,忙笑道:"过来带花儿。"一语未完,凤姐便拉过刘姥姥来,笑道:"让我打扮你。"说着,将一盘子花横三竖四的给他插了一头。^{"菊花插得满头归"也。}贾母和众人笑的不住,刘姥姥笑道:"我这头也不知修了什么福,今儿这样体面起来。"众人笑道:"你还不拔下来摔到他脸上呢,把你打扮的成了个老妖精了。"刘姥姥笑道:"我虽老了,年轻时也风流,爱个花儿粉儿的,今儿老风流才好。"^{刘姥姥亦善凑趣。}

说笑之间,已来至沁芳亭子上。丫鬟们抱了一个大锦褥子来,铺在栏杆榻板上。贾母倚柱坐下,命刘姥姥也坐在旁边,因问他:"这园子好不好?"刘^{刘姥姥随机凑趣,却是庄家人本色话。句句有真味。}姥姥念佛说道:"我们乡下人到了年下,都上城来买画儿贴。时常闲了,大家都说,怎么得也到画儿上去逛逛。想着那个画儿也不过是假的,那里有这个真地方呢。谁知我今儿进这园里一瞧,竟比那画儿还强十倍。怎么得有人也照着这个园子画一张,^{刘姥姥真会说话。又为惜春作画张本。}我带了家去,给他们见见,死了也得好处。"贾母听说,便指着惜春笑道:"你瞧我这个小孙女儿,他就会画,等明儿叫他画一张如何?"刘姥姥听了,喜的忙跑过来,拉着惜春说道:"我的姑娘,你这么大年纪儿,

第四十回　史太君两宴大观园　金鸳鸯三宣牙牌令

又这么个好模样,还有这个能干,别是个神仙托生的罢。"_{活脱脱是刘姥姥村妪口气。}贾母少歇一回,自然领着刘姥姥都见识见识。先到了潇湘馆。一进门,只见两边翠竹夹路,土地下苍苔布满,_{所谓"石上春风长绿苔"也。}中间羊肠一条石子漫的路。刘姥姥让出路来与贾母众人走,自己却趁走土地。琥珀拉着他说道:"姥姥,你上来走,仔细苍苔滑了。"刘姥姥道:"不相干的,我们走熟了的,姑娘们只管走罢。可惜你们的那绣鞋,别沾脏了。"他只顾上头和人说话,不防底下果踩滑了,咕咚一跤跌倒。众人拍手都哈哈的笑起来。贾母笑骂道:"小蹄子们,还不搀起来,只站着笑!"说话时,刘姥姥已爬了起来,自己也笑了,说道:"才说嘴,就打了嘴。"贾母问他:"可扭了腰了不曾?叫丫头们捶一捶。"刘姥姥道:"那里说的我这么娇嫩了。那一天不跌两下子,都要捶起来,还了得呢。"_{此是庄家人日常情景,富贵人何能知此。}

紫鹃早打起湘帘,贾母等进来坐下。林黛玉亲自用小茶盘捧了一盖碗茶来,奉与贾母。王夫人道:"我们不吃茶,姑娘不用倒了。"林黛玉听说,便命丫头把自己窗下常坐的一张椅子挪到下首,请王夫人坐了。刘姥姥因见窗下案上设着笔砚,又见书架上磊着满满的书,刘姥姥道:"这必定是那位哥儿的书房了。"贾母笑指黛玉道:"这是我这外孙女儿的屋子。"刘姥姥留神打量了黛玉一番,方笑道:"这那像个小姐的绣

> 写潇湘馆与前游园时又是另一番景象。诗人之居也。

> 趁,读寝。《说文》:"趁,行难也。"

> 一段细腻文字,潇湘馆内翠竹夹路,苍苔布满,羊肠小道蜿蜒其间,众人鱼贯而行,独刘姥姥走边道,才说"可惜你们的那绣鞋,别沾脏了",自己却"咕咚一跤跌倒",引得众人哈哈大笑。本来可以一笔带过的叙述文字,却写得既幽雅而又生机活泼。

> 刘姥姥眼中,潇湘馆只是书房,不是绣闺。

房,竟比那上等的书房还好。"

贾母因问:"宝玉怎么不见?"众丫头们答说:"在池子里船上呢。"宝玉不同来潇湘馆,而在船上,文情变化。贾母道:"谁又预备下船了?"李纨忙回说:"才开楼拿几,我恐怕老太太高兴,就预备下了。"贾母听了,方欲说话时,有人回说:"姨太太来了。"贾母等刚站起来,只见薛姨妈早进来了,一面归坐,笑道:"今儿老太太高兴,这早晚就来了。"贾母笑道:"我才说来迟了的要罚他,不想姨太太就来迟了。"

薛姨妈来。

说笑一会,贾母因见窗上纱的颜色旧了,便和王夫人说道:"这个纱,新糊上好看,过了后来就不翠了。这个院子里头又没有个桃杏树,这竹子已是绿的,再拿这绿纱糊上,反不配。我记得咱们先有四五样颜色糊窗的纱呢,明儿给他把这窗上的换了。"凤姐儿忙道:"昨儿我开库房,看见大板箱里还有好些匹银红蝉翼纱,也有各样折枝花样的,也有流云卍福花样的,也有百蝶穿花花样的,颜色又鲜,纱又轻软,我竟没见过这样的。拿了两匹出来。作两床绵纱被,想来一定是好的。"贾母听了,笑道:"呸,人人都说你没有不经过、不见过,连这个纱还不认得呢,明儿还说嘴。"薛姨妈等都笑说:"凭他怎么经过、见过,如何敢比老太太呢。毕竟老太太见多识广也。老太太何不教导了他,我们也听听。"凤姐儿也笑说:"好祖宗,教给我罢。"

贾母深通调色,其鉴赏不俗。

一说"纱",便举出种种名色花样,富贵人家盈实可知。

第四十回　史太君两宴大观园　金鸳鸯三宣牙牌令

贾母笑向薛姨妈众人道:"那个纱,比你们的年纪还大呢。怪不得他认作蝉翼纱,原也有些像,不知道的,都认作蝉翼纱。正经名字叫作'软烟罗'。"_{好名字。"蝉翼纱"名字亦雅,"软烟罗"则更妙。}凤姐儿道:"这个名儿也好听。只是我这么大了,纱罗也见过几百样,从没听见过这个名色。"贾母笑道:"你能够活了多大,见过几样没处放的东西,就说嘴来了。_{确是贾母口气。}那个软烟罗只有四样颜色:一样雨过天晴,一样秋香色,一样松绿的,一样就是银红的。若是做了帐子,糊了窗屉,远远的看着,就似烟雾一样,_{其状可思。}所以叫作'软烟罗'。那银红的又叫作'霞影纱'。_{名字亦雅。}如今上用的府纱也没有这样软厚轻密的了。"薛姨妈笑道:"别说凤丫头没见,连我也没听见过。"

好名字,好色调。

凤姐儿一面说话,早命人取了一匹来了。贾母说:"可不是这个!先时原不过是糊窗屉,后来我们拿这个作被、作帐子,试试也竟好。明儿就找出几匹来,拿银红的替他糊窗子。"凤姐答应着。众人都看了,称赞不已。刘姥姥也觑着眼看个不了,念佛说道:"我们想他作衣裳也不能,拿着糊窗子,岂不可惜?"贾母道:"倒是做衣裳不好看。"

以如此高贵纱罗糊窗屉。富贵人家奢侈可见。

凤姐忙把自己身上穿的一件大红绵纱袄子襟儿拉了出来,向贾母、薛姨妈道:"看我的这袄儿。"贾母、薛姨妈都说:"这也是上好的了,这是如今的上用内造的，竟比不上这个。"凤姐儿道："这个薄片子，还说是上用内造呢，竟连官用的也比不上了。"贾母道："再找一找，只怕还有青的。若有时都拿出来，送这刘亲家两匹。做一个帐子我挂；下剩的添上里子，做些夹背心子给丫头们穿。白收着霉坏了。"凤姐忙答应了，仍令人送去。

> 贾母深知生活。

贾母起身笑道："这屋里窄，再往别处逛去。"刘姥姥念佛道："人人都说大家子住大房。昨儿见了老太太正房，配上大箱大柜、大桌子大床，果然威武。_{"威武"两字有神味。}那柜子比我们那一间房子还大还高。怪道后院子里有个梯子。我想，又不上房晒东西，_{上房晒东西，真穷人家常事，难怪刘姥姥作如此想。}预备个梯子作什么？后来我想起来，定是为开顶柜收放东西，非离了那梯子，怎么得上去呢。如今又见了这小屋子，更比大的越发齐整了。满屋里的东西，都只好看，都不知叫什么。我越看越舍不得离了这里。"_{真大开眼界也，平时刘姥姥如何能见。}凤姐道："还有好的呢，我都带你去瞧瞧。"说着，一径离了潇湘馆。

> 穷人眼中看富贵人家，另是一番气象。

远远望见池中一群人在那里撑船。贾母道："他们既预备下船，咱们就坐。"一面说着，便向紫菱洲、蓼溆一带走来。未至池前，只见几个婆子手里都捧着一色捏丝戗金五彩大盒子走来。凤姐忙问王夫人，早饭在那里摆。王夫人道："问老太太在那里，就在那里罢了。"贾母听说，便回头说："你三妹妹那里就好。

> 回应前文，写水面景色。

> 一顿早饭在何处吃，亦如此讲究。富贵人生活可知矣。

第四十回　史太君两宴大观园　金鸳鸯三宣牙牌令

你就带了人摆去，我们从这里坐了船去。"

凤姐听说，便回身同了探春、李纨、鸳鸯、琥珀带着端饭的人等，抄着近路到了秋爽斋，就在晓翠堂上调开桌案，鸳鸯笑道："天天咱们说，外头老爷们吃酒吃饭，都有一个篾片相公，拿他取笑儿。咱们今儿也得了一个女篾片了。"李纨是个厚道人，_{李纨总是仁心。}听了不解。凤姐儿却知道说的是刘姥姥了，也笑说道："咱们今儿就拿他取个笑儿。"_{凤姐自然如此。}二人便如此这般的商议。李纨笑劝道："你们一点好事也不做，_{李纨总是仁厚。}又不是个小孩儿，还这么淘气，仔细老太太说。"鸳鸯笑道："很不与你相干，有我呢。"

正说着，只见贾母等来了，各自随便坐下。先有丫鬟端过两盘茶来，大家吃毕。凤姐手里拿着西洋布手巾，裹着一把乌木三镶银箸，敁敠人位，按席摆下。贾母因说："把那一张小楠木桌子抬过来，让刘亲家近我这边坐着。"_{贾母惜老。}众人听说，忙抬了过来。凤姐一面递眼色与鸳鸯，_{开始捉弄刘姥姥了。}鸳鸯便拉了刘姥姥出去，悄悄的嘱咐了刘姥姥一席话，_{先为导演一番。}又说："这是我们家的规矩，若错了，我们就笑话呢。"_{捉弄老妪，虽是善谑，亦戏弄也。}调停已毕，然后归坐。

薛姨妈是吃过饭来的，不吃，只坐在一边吃茶。_{脂批："妙，若只管写薛姨妈来即吃饭，则成何文理。"}贾母带着宝玉、湘云、黛玉、宝钗一桌，王夫人带着迎春姊妹三个人一桌，刘姥姥傍着

旁注：
- 鸳鸯带领嘲戏刘姥姥。
- 手巾也用西洋布。
- 敁敠，读颠多。估量，斟酌也。

贾母一桌。贾母素日吃饭,皆有小丫鬟在旁边,拿着漱盂、麈尾、巾帕等物,如今鸳鸯是不当这个差使的了,今日鸳鸯偏接过麈尾来拂着。_{鸳鸯另有作用。}丫鬟们知道他要捉弄刘姥姥,便躲开让他。鸳鸯一面侍立,一面悄向刘姥姥说道:"别忘了。"_{上演前先提示。}刘姥姥道:"姑娘放心。"

> 贾母日常饭时情景。

那刘姥姥入了坐,拿起箸来,沉甸甸的不伏手。原是凤姐和鸳鸯商议定了,单拿一双老年四楞象牙镶金的筷子与刘姥姥。_{先从用筷捉弄起。}刘姥姥见了,说道:"这叉爬子比俺那里铁锨还沉,那里犟的过他。"_{确是妙喻。}说的众人都笑起来。

只见一个媳妇端了一个盒子站在当地,一个丫鬟上来揭去盒盖,里面盛着两碗菜。李纨端了一碗放在贾母桌上。凤姐儿偏拣了一碗鸽子蛋,放在刘姥姥桌上。贾母这边说声"请",刘姥姥便站起身来,高声说道:"老刘,老刘,食量大似牛,吃个老母猪不抬头。"自己却鼓着腮不语。_{几句话,令人捧腹,何人能想出此等话来,雪芹之笔出神入化,雅俗俱宜。}

> 鸳鸯、凤姐导演一出活剧,开始上演。

众人先是发怔,_{一顿。}后来一听,上上下下都哈哈的大笑起来。_{一齐爆炸。}史湘云撑不住,一口饭都喷了出来。林黛玉笑岔了气,伏着桌子叫"嗳哟"。宝玉早滚到贾母怀里,贾母笑的搂着宝玉叫"心肝"。王夫人笑的用手指着凤姐儿,只说不出话来。薛姨妈也撑不住,口里的茶喷了探春一裙子。探春手里的饭碗都合在迎

> 一出笑剧,人人姿态各异,从刘姥姥观之,亦是观众生相也。

第四十回　史太君两宴大观园　金鸳鸯三宣牙牌令

春身上。惜春离了坐位,拉着他奶母叫揉一揉肠子。地下的无一个不弯腰屈背,也有躲出去蹲着笑去的,也有忍着笑上来替他姊妹换衣裳的。独有凤姐、鸳鸯二人撑着,还只管让刘姥姥。

> 众人皆醉,唯凤、鸳独醒。

刘姥姥拿起箸来,只觉不听使,又说道:"这里的鸡儿也俊,〔"鸡儿俊",语言何等新鲜,的是刘姥姥口气。〕下的这蛋也小巧,怪俊的。我且肏攮一个。"〔何等粗俗,何等贴切,姥姥真是可人。〕众人方住了笑,听见这话,又笑起来。贾母笑的眼泪出来,琥珀在后捶着。贾母笑道:"这定是凤丫头促狭鬼儿闹的,快别信他的话了。"那刘姥姥正夸鸡蛋小巧,要肏攮一个,凤姐儿笑道:"一两银子一个呢,你快尝尝罢,那冷了就不好吃了。"刘姥姥便伸箸子要夹,那里夹的起来。满碗里闹了一阵,〔好看。〕好容易撮起一个来,才伸着脖子要吃,〔好看。〕偏又滑下来,滚在地下,忙放下箸子要亲自去拣,早有地下的人拣了出去了。刘姥姥叹道:"一两银子,也没听见个响声儿就没了。"众人已没心吃饭,都看着他取笑。

> 一两银子一个,人以为夸张,予读清人笔记,见有富贵者食补品,先以大补之药饵喂鸡,令其生蛋,然后再食其蛋,则其蛋之价,或高于一两银子矣。

> 是庄语,叹语,却是引人发噱语,可谓妙语连珠也。

贾母又说:"谁这会子又把那个筷子拿了出来?又不请客摆大筵席。都是凤丫头支使的,还不换了呢。"地下的人原不曾预备这牙箸,本是凤姐和鸳鸯拿了来的,听如此说,忙收了过去,也照样换上一双乌木镶银的。刘姥姥道:"去了金的,又是银的。到底不及俺们那个伏手。"凤姐儿道:"菜里若有毒,这银子下

> 金银都不如竹木,是庄家人生活习惯。

去了，就试的出来。"刘姥姥道："这个菜里若有毒，俺们那菜都成了砒霜了。那怕毒死了，也要吃尽了。"贾母见他如此有趣，吃的又香甜，把自己的菜也都端过来与他吃。又命一个老嬷嬷来，将各样的菜给板儿夹在碗上。

<small>妙语如珠。</small>

一时吃毕，贾母等都往探春卧室中去说闲话。

这里收拾过残桌，又放了一桌。刘姥姥看着李纨与凤姐儿对坐着吃饭，叹道："别的罢了，我只爱你们家这行事，怪道说'礼出大家'。"凤姐儿忙笑道："你可别多心，才刚不过大家取乐儿。"一言未了，鸳鸯也进来笑道："姥姥别恼，我给你老人家赔个不是。"刘姥姥笑道："姑娘说那里话，咱们哄着老太太开个心儿，可有什么恼的！你先嘱咐我，我就明白了，不过大家取个笑儿。我要心里恼，也就不说了。"

<small>原来姥姥亦自明白。</small>
<small>姥姥亦是聪明人。</small>

鸳鸯便骂人："为什么不倒茶给姥姥吃。"刘姥姥忙道："刚才那个嫂子倒了茶来，我吃过了。姑娘也该用饭了。"凤姐儿便拉鸳鸯："你坐下和我们吃了罢，省的回来又闹。"鸳鸯便坐下了。婆子们添上碗箸来，三人吃毕。刘姥姥笑道："我看你们这些人都只吃这一点儿就完了，亏你们也不饿。怪道风儿都吹的倒。"<small>俊语。</small>

鸳鸯便问："今儿剩的菜不少，都那去了？"婆子们道："都还没散呢，在这里等着一齐散与他们吃。"

<small>一桌宴席，却是一出戏剧，刘姥姥亦是有意演戏也。</small>

<small>凤、鸳二人事后补礼，妥贴至极。</small>

第四十回　史太君两宴大观园　金鸳鸯三宣牙牌令

鸳鸯道："他们吃不了这些，挑两碗给二奶奶屋里平丫头送去。"（平儿未到，一笔不漏。）凤姐儿道："他早吃了饭了，不用给他。"鸳鸯道："他不吃了，喂你们的猫。"婆子听了，忙拣了两样拿盒子送去。鸳鸯道："素云那去了？"李纨道："他们都在这里一处吃，又找他作什么。"鸳鸯道："这就罢了。"凤姐儿道："袭人不在这里，你倒是叫人送两样给他去。"鸳鸯听说，便命人也送两样去后，（补袭人。）鸳鸯又问婆子们："回来吃酒的攒盒可装上了？"婆子道："想必还得一会子。"鸳鸯道："催着些儿。"婆子应喏了。

凤姐儿等来至探春房中，只见他娘儿们正说笑。

探春素喜阔朗，这三间屋子并不曾隔断。当地放着一张花梨大理石大案，案上磊着各种名人法帖，并数十方宝砚，各色笔筒，笔海内插的笔如树林一般。那一边设着斗大的一个汝窑花囊，插着满满的一囊水晶球儿的白菊。西墙上，当中挂着一大幅米襄阳《烟雨图》，左右挂着一副对联，乃是颜鲁公墨迹，其词云：（探春秋爽斋，又是一番豁朗气象，名士风度。汝窑花囊是名瓷器。米襄阳、颜鲁公，俱是至宝，如此描写，亦见其雅而阔而已，未必真是如此。）

　　烟霞闲骨格，
　　泉石野生涯。

（是不食人间烟火味语。）

案上设着大鼎。左边紫檀架上，放着一个大观窑的大盘，盘内盛着数十个娇黄玲珑大佛手；右边洋漆架上，悬着一个白玉比目磬，旁边挂着小锤。（大观窑，亦是名瓷。）

那板儿略熟了些，便要摘那锤子要击，丫鬟们忙拦住他。他又要那佛手吃，探春拣了一个与他说："顽罢，吃不得的。"东边便设着卧榻，拔步床上悬着葱绿双绣花卉草虫的纱帐。板儿又跑过来看，说："这是蝈蝈，这是蚂蚱。"刘姥姥忙打了他一巴掌，骂道："下作黄子，没干没净的乱闹。_{绝妙，难得一写板儿，却被刘姥姥一掌打掉。}倒叫你进来瞧瞧，就上脸了。"打的板儿哭起来，众人忙劝解方罢。

贾母因隔着纱窗往后院内看了一回，说道："后廊檐下的梧桐也好了，就只细些。"正说话，忽一阵风过，隐隐听得鼓乐之声。_{好意境，好笔墨。妙在隐隐听得，若是鼓乐大作，则意境尽失，此所谓笔少而意多也。}贾母问："是谁家娶亲呢？这里临街倒近。"王夫人等笑回道："街上的那里听的见，这是咱们的那十几个女孩子们演习吹打呢。"_{点梨香院。}贾母便笑道："既是他们演，何不叫他们进来演习。他们也逛一逛，咱们可又乐了。"凤姐听说，忙命人出去叫来，又一面吩咐摆下条桌，铺上红毡子。贾母道："就铺排在藕香榭的水亭子上，借着水音更好听。回来咱们就在缀锦阁底下吃酒，又宽阔，又听的近。"众人都说那里好。_{在水亭上设乐，确是惯家。}

贾母向薛姨妈笑道："咱们走罢。他们姊妹们都不大喜欢人来坐着，怕脏了屋子。咱们别没眼色，正经坐一回子船喝酒去。"说着，大家起身便走。_{写探春。}探春笑道："这是那里的话，求着老太太、姨妈、太太来坐坐还不能呢。"贾母笑道："我的这三丫头却好，只

第四十回　史太君两宴大观园　金鸳鸯三宣牙牌令

有两个玉儿可恶。_{黛玉、宝玉也。}回来吃醉了，咱们偏往他们屋里闹去。"说着，众人都笑了。

一齐出来，走不多远，已到了荇叶渚。那姑苏选来的几个驾娘，早把两只棠木舫撑来。众人扶了贾母、王夫人、薛姨妈、刘姥姥、鸳鸯、玉钏儿上了这一只，落后李纨也跟上去。凤姐儿也上去，立在船头上，也要撑船。贾母在舱内道："这不是顽的，虽不是河里，也有好深的，你快给我进来。"凤姐儿笑道："怕什么！老祖宗只管放心。"说着，便一篙点开。到了池当中。_{凤姐还能撑船，真不易。}船小人多，凤姐只觉乱晃，忙把篙子递与驾娘，方蹲下了。然后迎春姊妹等并宝玉上了那只，随后跟来。其余老嬷嬷、散众丫鬟俱沿河随行。_{沿河随行，又是一番风光。}宝玉道："这些破荷叶可恨，_{荷叶已枯，可见秋深矣。}怎么还不叫人来拔去。"宝钗笑道："今年这几日，何曾饶了这园子闲了，天天逛，那里还有叫人来收拾的工夫。"林黛玉道："我最不喜欢李义山的诗，只喜他这一句：'留得残荷听雨声。'_{句是好句，但毕竟衰瑟，黛玉喜此，是其心理之自然反照也。}偏你们又不留着残荷了。"宝玉道："果然好句，以后咱们就别叫人拔去了。"说着，已到了花溆的萝港之下，觉得阴森透骨，两滩上衰草残菱，更助秋情。_{再写秋深景色。}

贾母因见岸上的清厦旷朗，便问："这是你薛姑娘的屋子不是？"众人道："是。"贾母忙命拢岸，顺着云步石梯上去，一同进了蘅芜苑。只觉异香扑鼻，

_{此自是义山好句，然义山好诗，并非仅此也。}

_{到蘅芜苑，又是一番秋深景象。}

那些奇草仙藤愈冷愈苍翠，都结了实，似珊瑚豆子一般，累垂可爱。_{杜甫《北征》："或红如丹砂，或黑如点漆，雨露之所濡，甘苦齐结实"也。}及进了房屋，雪洞一般，一色玩器全无。案上只有一个土定瓶，瓶中供着数枝菊花，并两部书，茶奁、茶杯而已。床上只吊着青纱帐幔，衾褥也十分朴素。_{雪洞一般，可见宝钗大概，土定瓶，即民间定窑，应是白色，与前汝窑对照。}

贾母叹道："这孩子太老实了。你没有陈设，何妨和你姨娘要些。我也不理论，也没想到，你们的东西自然在家里，没带了来。"说着，命鸳鸯去取些古董来，又嗔着凤姐儿："不送些玩器来与你妹妹，这样小器。"王夫人、凤姐儿等都笑回说："他自己不要的。我们原送了来，他都退回去了。"薛姨妈也笑说："他在家里也不大弄这些东西的。"

贾母摇头道："使不得。虽然他省事，倘或来一个亲戚，看着不像；二则年轻的姑娘们，房里这样素净，_{连贾母都觉得太素净，可见宝钗平时生活情趣。}也忌讳。我们这老婆子，越发该住马圈去了。你们听那些书上、戏上说的小姐们的绣房，精致的还了得呢！他们姊妹们虽不敢比那些小姐们，也不要很离了格儿。有现成的东西，为什么不摆？若很爱素净，少几样倒使得。我最会收拾屋子的，如今老了，没有这些闲心了。他们姊妹们也还学着收拾的好，只怕俗气，_{一语中的，所谓俗不可医也。}有好东西也摆坏了。我看他们还不俗。如今让我替你收拾，包管又大方，又素净。_{要做到大方，亦非易事。}我的梯己两件，收到如今，没给宝玉看

_{是宝钗性格。}

_{读者都知黛玉孤傲、小性儿、爱洁、爱哭，不知宝钗爱素净、爱简朴，房内如雪洞一般，一色玩器全无，只有一个土定瓶（民间定窑花瓶），宝钗简朴素净得出奇，与其他诸钗大不一样，此亦是她的一种癖性。}

第四十回　　史太君两宴大观园　　金鸳鸯三宣牙牌令

见过，若经了他的眼，也没了。"说着叫过鸳鸯来，亲吩咐道："你把那石头盆景儿和那架纱桌屏，还有个墨烟冻石鼎，这三样摆在这案上就够了。再把那水墨字画、白绫帐子拿来，把这帐子也换了。"鸳鸯答应着，笑道："这些东西都搁在东楼上的不知那个箱子里，还得慢慢找去，明儿再拿去也罢了。"贾母道："明日、后日都使得，只别忘了。"

贾母一席话，可知她的见解不俗。

昔人批云，自贾母进蘅芜苑，讲了一大篇话，至出来，宝钗迄未一现，不知何意。

说着，坐了一回方出来，一径来至缀锦阁下。文官等上来请过安，因问演习何曲。贾母道："只拣你们生的演习几套罢。"文官等下来往藕香榭去，不提。

这里凤姐儿已带着人摆设整齐。上面左右两张榻，榻上都铺着锦裀蓉簟。每一榻前有两张雕漆几，也有海棠式的，也有梅花式的，也有荷叶式的，也有葵花式的，也有方的，也有圆的，其式不一。一个上面放着炉瓶，一分攒盒；一个上面空设着，预备放人所喜食物。上面二榻四几，是贾母、薛姨妈薛姨妈与贾母同在上面，因薛是宾也。；下面一椅两几，是王夫人的。余者都是一椅一几。东边是刘姥姥，刘姥姥之下便是王夫人。刘姥姥在王夫人之上，因刘是宾，加之贾母惜老也。西边便是史湘云，第二便是宝钗，宝钗居黛玉之上，亦因宝钗是宾，黛玉是贾母亲外孙女，比宝钗近，故在宝钗之下也。第三便是黛玉，黛玉以下便是贾府三春，宝玉在末，皆贾府之人也。第四迎春、探春、惜春挨次下去，宝玉在末。李纨、凤姐二人之几设于三层槛内，二层纱厨之外。攒盒式样，亦随几之式样。每人一把乌银洋錾自斟壶，一个十锦珐琅杯。

听奏曲又是一种陈设，具见百年富贵气象。

诸人席次，宾主分明，叙得有条理、有格局，具见大家规范。

<small>贾母兴致甚高。</small>

　　大家坐定，贾母先笑道："咱们先吃两杯。今日也行一个令才有意思。"薛姨妈等笑道："老太太自然有好酒令，我们如何会呢？安心要我们醉了，我们多吃两杯就有了。"贾母笑道："姨太太今儿也过谦起来，想是厌我老了。"薛姨妈笑道："不是谦，只怕行不上来，倒是笑话了。"王夫人忙笑道："便说不上来，就便多吃一杯酒，醉了睡觉去，还有谁笑话咱们不成？"薛姨妈点头笑道："依令。老太太到底吃一杯令酒才是。"贾母笑道："这个自然。"说着，便吃了一杯。

　　凤姐儿快走至当地，笑道："既行令，还叫鸳鸯姐姐来行更好。"众人都知贾母所行之令必得鸳鸯提着，故听了这话，都说："很是。"凤姐儿便拉了鸳鸯过来。王夫人笑道："既在令内，没有站着的理。"回头命小丫头子端一张椅子："放在你二位奶奶的席上。"鸳鸯也半推半就，谢了坐，便坐下，也吃了一钟酒，笑道："酒令大如军令，不论尊卑，惟我是主。违了我的话，是要受罚的。"王夫人等都笑道："一定如此，快些说来。"

　　鸳鸯未开口，刘姥姥便下了席，摆手道："别这样捉弄人家，<small>以前已有过一次捉弄，故此次提前求去也。</small>我家去了。"众人都笑道："这却使不得。"鸳鸯喝令小丫头子们拉上席去。小丫头子们也笑着，果然拉入席中。刘姥姥只叫："饶了我罢！"鸳鸯道："再多言的罚一壶。"刘姥姥方住了声。

第四十回　　史太君两宴大观园　　金鸳鸯三宣牙牌令

鸳鸯道："如今我说骨牌副儿，从老太太起，^{真酒令如军令也。}顺领说下去，至刘姥姥止。比如我说一副儿，将这三张牌拆开，先说头一张，次说第二张，再说第三张，说完了，合成这一副儿的名字。无论诗词歌赋，成语俗话，比上一句，都要叶韵。错了的罚一杯。"众人笑道："这个令好，就说出来。"鸳鸯道："有了一副了。左边是张'天'。"贾母道："头上有青天。"^{俗谚。}众人道："好。"鸳鸯道："当中是个'五与六'。"贾母道："六桥梅花香彻骨。"^{西湖苏堤有六桥，为东坡所建，堤上多种梅花。}鸳鸯道："剩得一张'六与幺'。"贾母道："一轮红日出云霄。"鸳鸯道："凑成便是个'蓬头鬼'。"贾母道："这鬼抱住钟馗腿。"^{昆曲《嫁妹》。}说完，大家笑说："极妙。"贾母饮了一杯。

鸳鸯又道："有了一副。左边是个'大长五'。"薛姨妈道："梅花朵朵风前舞。"鸳鸯道："右边还是个'大五长'。"薛姨妈道："十月梅花岭上香。"鸳鸯道："当中'二五'是杂七。"薛姨妈道："织女牛郎会七夕。"鸳鸯道："凑成'二郎游五岳'。"薛姨妈道："世人不及神仙乐。"说完，大家称赏，饮了酒。

鸳鸯又道："有了一副。左边'长幺'两点明。"湘云道："双悬日月照乾坤。"^{李白诗。}鸳鸯道："右边'长幺'两点明。"湘云道："闲花落地听无声。"^{刘长卿诗。}鸳鸯道："中间还得'幺四'来。"湘云道："日边红杏倚云栽。"^{唐高蟾诗。}鸳鸯道："凑成'樱桃九点熟'。"湘云道：

〔旁批一〕前面已说过，贾母所行之令，必得鸳鸯提着，此处贾母所对，句句顺遂，想是贾母所熟习耳。

〔旁批二〕薛姨妈所对四句亦顺遂，想此类游戏应是当时所盛行，故一般人略能对答也。

> "御园却被鸟衔出。"说完,饮了一杯。

> 鸳鸯道:"有了一副了。左边是'长三'。"宝钗道:"双双燕子语梁间。"〔宋刘季孙有"呢喃燕子语梁间"句。〕鸳鸯道:"右边是'三长'。"宝钗道:"水荇牵风翠带长。"〔杜甫诗〕鸳鸯道:"当中'三六'九点在。"宝钗道:"三山半落青天外。"〔李白诗〕鸳鸯道:"凑成'铁锁练孤舟'。"〔旧谣谚〕宝钗道:"处处风波处处愁。"〔唐薛莹有"烟波处处愁"句。〕说完,饮毕。

【贾母、薛姨妈坐上面,故先行令。次是湘云,坐西边一席,再次是宝钗,坐西边第二,更次是黛玉,坐西边第三。】

> 鸳鸯又道:"左边一个'天'。"黛玉道:"良辰美景奈何天。"〔《牡丹亭》句,亦黛玉心中之感慨也。〕宝钗听了,回头看着他。〔宝钗看他之意是谓不该用此类词语也。〕黛玉只顾怕罚,也不理论。〔黛玉说到兴头,虽宝钗目示亦不顾矣,虽系细节,亦见黛玉任情。〕鸳鸯道:"中间'锦屏'颜色俏。"黛玉道:"纱窗也没有红娘报。"〔又是《西厢》句。〕鸳鸯道:"剩了'二六'八点齐。"黛玉道:"双瞻玉座引朝仪。"〔杜甫诗〕鸳鸯道:"凑成'篮子'好采花。"黛玉道:"仙杖香挑芍药花。"说完,饮了一口。

【黛玉前两句,皆引《牡丹亭》《西厢记》事,故宝钗目之,宝钗既目之,则宝钗自亦读《牡丹》《西厢》也。】

> 鸳鸯道:"左边'四五'成花九。"迎春道:"桃花带雨浓。"〔李白诗〕众人道:"该罚!错了韵。而且又不像。"〔至迎春而错韵罚酒,文章陡生变化。不再一顺而下。〕迎春笑着饮了一口。原是凤姐儿和鸳鸯都要听刘姥姥的笑话,故意都令说错,都罚了。至王夫人,鸳鸯代说了个,〔至王夫人便使用省笔,文章变化有致。〕下便该刘姥姥。

【鸳鸯、凤姐又做手脚,捉弄刘姥姥。】

> 刘姥姥道:"我们庄家人闲了,也常会几个人弄这个,但不如说的这么好听。少不得我也试一试。"

第四十回　史太君两宴大观园　金鸳鸯三宣牙牌令

众人都笑道:"容易说的。你只管说,不相干。"鸳鸯笑道:"左边'四四'是个人。"刘姥姥听了,想了半日,说道:"是个庄家人罢。"_{是庄家人本色语。}众人哄堂笑了。贾母笑道:"说的好,就是这样说。"刘姥姥也笑道:"我们庄家人,不过是现成的本色。众位别笑。"

鸳鸯道:"中间'三四'绿配红。"刘姥姥道:"大火烧了毛毛虫。"_{亦是庄家事,秋收后放火烧荒,一以除虫,二以积灰肥。至今民间仍行。}众人笑道:"这是有的,还说你的本色。"鸳鸯道:"右边'幺四'真好看。"刘姥姥道:"一个萝卜一头蒜。"_{萝卜、蒜是民间生活常品。}众人又笑了。鸳鸯笑道:"凑成便是一枝花。"刘姥姥两只手比着,说道:"花儿落了结个大倭瓜。"_{倭瓜亦是农家常种食之物。}众人大笑起来。

只听外面乱嚷——

_{刘姥姥四句话,全是农家本色,土而朴,与上面雅词恰成对比。}

【回后评】

贾母还席,宝玉另出主意,每人一席,各适其性,一反宴席陈规,此正写宝玉自出新意之自由个性也。

自建大观园,贾母未曾游园。刘姥姥亦是初游。作者写贾母游园,与初建时贾政游园完全是另一副笔墨:前者是为工程将竣,视察新建,品题庭榭,拾遗补阙而游园也;此番是赏心悦目而游园也。故贾母于沁芳亭上顾园景而问刘姥姥:"这园子好不好?"语气平和而自得,然后借刘姥姥统体一赞,则大观园在世人心目中之典雅华丽已尽之矣。然后作者再细细分写各处,遂有路转峰回之妙。

潇湘馆黛玉居处,诗人之居也。"一进门,只见两边翠竹夹路,土地下苍苔布满,中间羊肠一条石子漫的路。"真"幽僻处可有人行,点苍苔白露泠泠",完全是一处典雅幽静的幽人居处,加上"窗下案上设着笔砚","书架上磊着满满的书",一派浓郁的书卷气,给人以潇洒出尘之感。作者写潇湘馆,亦是写黛玉其人也。探春个性豁达爽利,其居处阔大疏落,无脂粉气而有洒脱意,加上名人法帖、宝砚、米襄阳《烟雨图》、颜鲁公"烟霞闲骨格,泉石野生涯"墨迹对联,再有汝窑、大观窑等官窑名瓷,豪阔而高雅,另具一番名士气象。

蘅芜苑是宝钗居处,苑内"只觉异香扑鼻,那些奇草仙藤愈冷愈苍翠",是未入室而已袭其香也。然而进入居室,则是"雪洞一般,一色玩器全无。案上只有一个土定瓶",与探春的住处恰成鲜明对照,与潇湘馆也迥然有别。潇湘馆以韵胜,秋爽斋以格胜,各有特色,各极其自然个性。蘅芜苑则简朴到出于常规,未免有故意做作之嫌。虽然,这种特殊简朴的居处,也反映出宝钗的个性特征和癖性。

第四十回　史太君两宴大观园　金鸳鸯三宣牙牌令

作者对这三处描写,既是写景,又是写人,与前面的描写迥然不同。

贾母设宴,鸳鸯、凤姐捉弄刘姥姥,刘姥姥趁趣逗人,活生生演出一场极端成功的喜剧,作者写各人的笑态,可以说淋漓尽致、各极其妙,即集古今笑事于一处,恐亦无此恢宏场面,真是众生颠倒的极乐世界,亦是大观园欢乐世界的最高潮。

宴后的船游,凤姐乘兴点篙,另是一番情趣。贾政游园,并未登舟,贾妃游园,只是一片灯景,"皆系水晶玻璃各色风灯,点的如银花雪浪,上面柳杏诸树虽无花叶,然皆用通草绸绫纸绢依势作成,黏于枝上的","诸灯上下争辉,真系玻璃世界、珠宝乾坤"。字面上写得十分热闹辉煌,实际上却都是装点出来的假景。此番贾母之游所见全是真景,恰补前游之不足,且丝毫无重复之感。特别是贾母等人船游,而"其余老嬷嬷、散众丫鬟俱沿河随行",形成一队岸行,一队船游,两支人马,同时并进的局面,煞是好看,为以往船游之绝无者。因船游得见残荷,引起黛玉对李商隐"留得残荷听雨声"的赏评,遂使残荷衰菱亦成诗料景观。

三宣牙牌令,使此番宴游达于欢乐之极,诸人令句皆属雅词,论者或以为各有所隐指,遂生种种解释,是非难以确证,各存其说可也。唯刘姥姥数语,皆是庄家人本色,朴而有味,纯而弥真,此人所共鉴也。

贾母笑道:"我的这三丫头却好,只有两个玉儿可恶。"查庚辰、蒙府、戚序、杨藏、甲辰、舒序(舒序上句作"三个丫头")、程甲、程乙、王雪香评本、金玉缘本、妙复轩本皆作"两个玉儿",唯列藏本独作"两个姐儿"。洪秋番评云:"或曰两个主儿,一妙玉,一宝玉,否则一黛玉。余曰潇湘馆才去过,断无复往之理,宝玉则贾母不忍为此言。意者其惜春乎?惜春虽无孤僻称,然素性喜静,且喜与妙玉往来,难保不染妙玉之习,故与妙玉同一可恶。"按诸本皆作"玉儿",作"主儿"自不能成立。列藏本作"姐儿",亦是孤证,不可据。当仍从庚辰等诸本作"两个玉儿"。按:能当贾母此语而名字中又有"玉"字者,只有宝玉、黛玉,皆贾母之亲血脉,贾母自可称之为"儿",妙玉则一世外人也,贾母岂能称之为"儿",故妙玉不能当也。洪秋蕃以为指惜春,则与"玉儿"之称毫不相干,更不足论矣。意者仍当指宝玉、黛玉。虽下句云"回来吃醉了,咱们偏往他们屋里闹去",文意似费解,因已从潇湘馆出来也。予以为文意仍可通解,此贾母兴高戏言,重在"闹"字,适在潇湘馆仅少坐也,怡红院则尚未去,二玉爱洁爱清静,故曰偏去"闹"也。在贾母身边唯探春豁达,贾母才从探春处要出,故感而言之,亦以赞探春也,并非必去二玉处也。贾母用"可恶"两字,并非真恶之也,一时之口头语也,试思贾母能恶宝玉乎?

【校记】

〔一〕回目:各本同。